윌리엄 셰익스피어 William Shakespeare

1564년 잉글랜드 스트랫퍼드어폰에이번(Stratford-upon-Avon)에서 비교적 부유한 상인의 아들로 태어났다. 엘리자베스 여왕 치하의 런던에서 극작가로 명성을 떨쳤으며, 1616년 고향에서 사망하기까지 37편의 작품을 발표했다. 그의 희곡들은 현재까지도 가장 많이 공연되고 있는 '세계 문학의 고전'인 동시에 현대성이 풍부한 작품으로, 전 세계 사람들의 마음을 사로잡고 있다. 크게 희극, 비극, 사극, 로맨스로 구분되는 그의 극작품은 인간의 수많은 감정을 총망라할 뿐 아니라, 인류의 역사와 철학까지도 깊이 있게 통찰하고 있다고 평가받는다. 고대 그리스 비극의 전통을 계승하고, 당시의 문화 및 사회상을 반영하면서도, 수백 년이 지난 지금까지 독자들의 공감과 사랑을 받는, 시대를 초월한 천재적인 작품들인 것이다. 그가 다루었던 다양한 주제가 이렇듯 깊은 감동을 이끌어 내는 데에는 그의 시적인 대사도 큰 역할을 한다. 셰익스피어가 남겨 놓은 위대한 유산은 문학뿐 아니라 영화, 연극, 뮤지컬, 오페라와 같은 문화 형식, 나아가 심리학, 철학, 언어학 등 다양한 학문에서도 수없이 발견되고 있다.

옮긴이 최종철

연세대학교 영어영문학과를 졸업하고 연세대학교와 미네소타 대학교에서 문학 석사 학위, 미시건 대학교에서 문학 박사 학위를 받았다. 셰익스피어와 희곡 연구를 바탕으로 다수의 논문을 발표하였으며 현재 연세대학교 영어영문학과의 명예교수이다. 1993년부터 셰익스피어 작품을 운문 형식으로 번역하는 데 매진하여, '셰익스피어 4대 비극'인 『햄릿』, 『오셀로』, 『맥베스』, 『리어 왕』과 『로미오와 줄리엣』, 『한여름 밤의 꿈』, 『베니스의 상인』 등을 번역 출간했다.

KB109146

셰익스피어 전집 4 　　　 비극 I

세익스피어 전집 4

비극 I

윌리엄 세익스피어
최종철 옮김

민음사

셰익스피어 전집의 운문 번역을 시작하며

셰익스피어가 그의 극작품에서 사용하는 언어는 형식상 크게 운문과 산문으로 나뉜다. 산문은 주로 희극적인 분위기나 신분이 낮은 인물들(꼭 그렇지는 않지만), 저급한 내용, 편지나 포고령, 또는 정신 이상 상태 등을 드러낼 때 쓰이고, 운문은 주로 격식을 갖추어 사상과 감정을 표현할 때 쓰인다. 여기에서 운문이라 함은 시 한 줄에 들어가는 음보의 수에 따라 몇 가지 종류가 있지만, 셰익스피어가 주로 사용하는 것은 소위 '약강 오보격 무운시'라 불리는 형식이다. 알다시피 영어에는 우리말과 달리 강세가 있으며, 강세를 받지 않는 음절 다음에 바로 강세를 받는 음절이 따라올 때 이 두 음절을 합쳐 '약강 일보'라 말하고, 이런 약강 음절이 시 한 줄에 연속적으로 다섯 번 나타날 때 이를 '약강 오보'라 부른다. 그리고 '무운'이란 각운을 맞추지 않는다는, 즉 연이은 두 시행의 끝에서 같은 음이 되풀이되지 않는다는 뜻이다. 모든 운문 형식 가운데 이 '약강 오보격 무운시'가 영어의 자연스러운 리듬에 가장 가까우며 셰익스피어가 그 대표적인 사용자이다. 그리고 산문은 이러한 규칙을 지키지 않는 대사를 말한다. 또한 두 형식은 시각적으로도 구분되는데, 일정한 음보 수가 넘치면 시 한 줄이 끝나고 다음 줄로 넘어가는 운문과 달리 산문은 좌우 정렬로 인쇄되어 지면을 꽉 채우도록 배열된다. 극작품마다 운문과 산문의 사용 비율은 각기 다르지만 대부분은 운문이 전체 대사의 절반 이상을 차지하고 그 비율이 80퍼센트 이상인 희곡도 총 38편 가운데 22편이나 된다. 예를 들면 우리가 익히 아는 4대 비극의 경우, 운문과 산문 두 형식의 배분율 퍼센트는

『햄릿』이 75, 25, 『오셀로』가 80, 20, 『리어 왕』이 75, 25, 『맥베스』가 95, 5이다.

이렇게 셰익스피어 연극 대사의 대부분을 차지하는 운문을 어떻게 처리하느냐는 그의 극작품을 우리말로 옮길 때 매우 중요한 고려 사항이다. 시 형식으로 쓴 연극 대사를 산문으로 바꿀 경우 시가 가지는 함축성과 상징성 및 긴장감이 현저히 줄어들고, 수많은 비유로 파생되는 상상력의 자극이 둔화되며, 이 모든 시어의 의미와 특성을 보다 더 정확하고 아름답게 그리고 효율적으로 전달하는 도구인 음악성이 거의 사라지기 때문이다. 이 말은 물론 산문 번역으로는 이런 효과를 전혀 낼 수 없다는 뜻은 아니다. 하지만 시와 산문은 그 사용 의도와 용도 그리고 효과가 많이 다르기 때문에 어느 쪽을 택하느냐에 따라 그 결과는 상당히 다르게 나타날 수 있다. 일반적으로 산문 번역은 정확성을 기하는 데는 좋지만, 시적 효과와 긴장감이 떨어지고, 말이 길어지는 경향 때문에 공연 대본으로 쓰일 경우 공연 시간을 필요 이상으로 늘릴 가능성이 있다. 따라서 가장 이상적인 선택은 셰익스피어 극작품의 운문 대사를 시적 효과와 음악성을 살리면서 동시에 정확성도 확보하는 우리말 번역일 것이다.

그렇다면 셰익스피어 연극 대사의 대부분을 차지하는 영어의 '약강 오보격 무운시'를 그에 상응하는 우리말 시 형식으로 어떻게 옮겨 올 수 있을까? 두 언어가 여러 가지 면에서 다르기 때문에 영어의 음악과 리듬을 우리말로 꼭 그대로 재생할 수는 없다. 그러나 모든 언어는 나름대로의 소리를 배열하여 고유의 리듬을 만들어 낼 수 있는 기본 능력을 갖추고 있다. 그렇기에 영어 음악성의 100퍼센트 복제가 아니라 그와 유사한 그러나 우리말에 독특한 리듬의 재생을 목표로 한다면 방법이 없는 것도 아니다. 이에 역자는 그 해결책으로 우리말의 자수율을 생각해 보았다. 그리고 영어 원문의 '무운시' 번역에 우리 시의 기본 운율인 삼사조와 그것의 몇 가지 변형을 적용해 보았다. 즉, 우리말 대사 한 줄의 자수를 최소 열두 자에서 최대 열여덟 자로 제한하고 그 안에서 적절한 자수율을 찾아보았다. 그 결과 셰익스피어의 '오보'에 해당되는 단어들의 자모 숫자와 우리말 12~18자에 들어가는 자모 숫자의 평균치가 거의 비슷하다는 사실을 알게 되었다. 사람이 한 번의 호흡으로 한 줄의 시에서 가장 편하게 전달할 수 있는 음(의미)의 전달 양은 영어와 한국어가 별로 차이가 없다는 사실을 발견한 셈이다. 이는 또한 셰익스피어 극작품의 시행 한 줄 한 줄이 시로서만 가치를 가지는 것이 아니라, 처음부터 배우들이 말하는 연극 대사로서의 기능을 염두에 두고 쓰였다는 사실을 고려해 볼 때 더욱 자연스러운 발견이었다. 이렇게 우리말의 자수율로 영어의 리듬을 대체할 수 있었을 뿐만 아니라 우리말 시 한 줄의 길이 제한 안에서 영어 원문의 뜻 또한 최대한 정확하게, 거의 뒤틀림 없이 담을 수 있었다.

역자는 이 방법을 1993년 『맥베스』 번역(민음사)에 처음 사용하였고 그 후 지금까지 같은 식으로, 그러나 상당한 변화와 개선을 거치면서 『햄릿』, 『오셀로』, 『리어 왕』, 『로미오와 줄리엣』, 『한여름 밤의 꿈』, 그리고 가장 최근에는 『베니스의 상인』 번역(모두 민음사 세계문학전집)에 사용하였다. 또한 이번 셰익스피어 전집도 극작품은 모두 같은 방법으로 번역하였고 앞으로 출간될 나머지 작품들 또한(소네트와 시는 원래 시 형식으로 쓰였기 때문에 말할 것도 없이) 같은 식으로 번역할 것이다.

끝으로 이러한 우리말 운문 대사가 실제로 어떤 효과를 내는지 궁금한 독자들은 해당 부분을 소리 내어 읽어 보면 그 리듬을 쉽게 느낄 수 있을 것이다. 그리고 이 번역과 다른 셰익스피어 번역을 비교해 보면(대부분 산문 또는 시행의 길이 제한을 두지 않는 불완전한 운문 형식으로 되어 있는데) 그 차이점을 바로 알아차릴 수 있을 것이다.

2014년 봄
최종철

차례

셰익스피어 전집의 운문 번역을 시작하며 — 5

로미오와 줄리엣 — 11
줄리어스 시저 — 163
햄릿 — 293

작가 연보 — 489

일러두기

1. 번역에 사용한 저본 및 참고본은 각 작품의 「역자 서문」에 밝혀 두었다.

2. 고유명사의 표기는 국립 국어원의 외래어표기법을 따르는 것을 원칙으로 하였다. 다만 이미 굳어져 널리 쓰이고 있는 표기 등은 예외를 두었다.

3. 원문에서 의도적으로 어법에 맞지 않게 쓴 표현은 그대로 살려 번역하거나 일부 방언을 사용하였고 각주로 표시하였다.

4. 독자의 편의를 위해 대사의 행수를 5행 단위로 표기하였으며, 이는 원문의 길이와 전체적으로는 거의 같지만 완벽하게 일치하지는 않는다. 한 행이 계단식 배열로 표시된 것은 1) 한 인물이 같은 행을 나누어 말하거나 2) 둘 이상의 인물이 같은 행을 나누어 말하는 경우이다.

5. 막의 구분 없이 장면의 연속으로만 진행되었던 셰익스피어 당시의 공연 관행을 반영하기 위하여 막과 장의 숫자만 명기하고 장소는 각주에서 설명하였다.

로미오와 줄리엣

Romeo and Juliet

역자 서문

윌리엄 셰익스피어(1564~1616)는 『티투스 안드로니쿠스』(1593~1594)를 시작으로 『아테네의 티몬』(1607~1608)까지 총 10편의 비극을 썼다. 이들 비극은 그 내용이 다양하여 한마디로 정의하기는 어렵다. 그러나 이들이 비극으로 분류되는 이유는 적어도 두 가지 공통 요소를 갖추고 있기 때문이다. 우선 이들은 우리 관객이나 독자들에게 전체적으로 기쁨보다는 슬픔을 준다. 그 슬픔의 성격이 단순하거나 복잡할 수도 있고 그 정도가 약하거나 강할 수도 있지만 어쨌든 우리의 마음을 가라앉히기 들뜨게 하지는 않는다. 둘째, 극의 시작은 비록 가볍거나 희극적일 수 있어도 그것은 곧 타협할 수 없는 갈등으로 치닫고 결국에는 주인공의 죽음으로 마무리된다. 이것이 『셰익스피어 전집 4, 5』에 실린 일곱 극작품이 비극이란 장르로 묶여 있는 까닭이다. 그러면 이제부터 이 일곱 극작품을 비극의 두 핵심 요소 가운데 하나인 죽음이란 공통분모를 통하여 간략하게 소개해 보기로 하자.

먼저 첫 작품인 『로미오와 줄리엣』(1595~1596)에서는 여섯 인물이 죽는다. 그들을 죽는 순서대로 말하면 머큐쇼, 티볼트, 파리스, 로미오, 줄리엣, 그리고 로미오의 어머니인 몬터규 부인이다. 이 가운데 몬터규 부인의 죽음은 무대 위에서 직접 벌어지지 않고 몬터규에 의해 짧게 언급되는 사건으로(5.3.209~210) 극 전체의 어두운 분위기를 약간 더하는 역할을 한다. 극의 막바지에서 추방당한 아들의 처지를 한탄하다 죽은 이 어머니는 자식들의 삶에, 특히 그들의 사랑에 무심했던 양가의 부모들을 향한 독자들의 분노를 약간이나마 누그러뜨리는 역할을 한다. 이와는 달리 앞선 세 사람(머큐쇼, 티볼트, 파리스)의 죽음은 앞으로 좀 더 상세히 밝혀지겠지만, 모두 무대에서 직접 벌어지는 사건이고 로미오와 밀접하게 연관되어 있으며 그의 죽음에 상당한 영향을 끼친다. 하지만 이들의 죽음 또한 몬터규 부인의 경우처럼 이 비극의 핵심 사건은 아니다. 왜냐하면 이 비극의 핵심 주제는 로미오와 줄리엣이 왜, 어떻게 죽음으로 내몰리는지, 그리고 그들의 죽음을 우리는 어떻게 받아들일 수 있는지를 보여 주는 과정에서 드러나기 때문이다.

『로미오와 줄리엣』의 핵심 주제는 사랑과 미움의 싸움이다. 그 싸움터는 때로는 베로나 혹은 캐풀릿과 몬터규의 두 가문으로 대표되는 외부 환경이고, 때로는 로미오와 줄리엣으로 대표되는 두 사람의 마음속이다. 그리고 사랑과 미움은 이 작품에서 의인화되어 있지만 실제로는 주인공들을 사랑하고 미워하게 만드는 두 상반되는 심리 상태를 가리킨다. 즉, 인간의 행동에 막대한 영향을 끼치면서 행불행을 좌우하는 인간 내면의 두 힘이라고 할 수 있다. 그리고 이 극에서 이 두 힘의 싸움은 밖에서 시작되어 안으로 옮겨 오며 결국에는 사랑의 승리로 끝나지만 그 승리는 죽음을 통하여, 죽음을 매개체로 얻어지는 것이기 때문에 비극적으로 마무리된다.

『로미오와 줄리엣』은 사랑과 미움 가운데 미움의 활약상을 먼저 보여 주는 것으로 시작된다. 극의 서두에서 로미오와 줄리엣 두 사람이 속한 몬터규와 캐풀릿 두 가문 사이의 오래 묵은 원한은 거의 일상화, 습관화된 폭력으로 나타난다. 해설자가 퇴장하고 극이 본격적으로 시작되자마자 두 집안 하인들의 사소한 말장난에 가려진 서로에 대한 미움은 곧 근거 없고 쓸데없는 자존심 경쟁으로 번진다. 곧 이은 벤볼리오의 등장으로 힘의 균형이 자기들에게 유리한 쪽으로 기울었다고 판단한 캐풀릿가의 하인들이 칼을 뽑아 본격적인 싸움이 시작되고, 이를 말리려는 벤볼리오와 이런 그의 의도를 의도적으로 오해한 티볼트의 개입으로 판이 커지면서 시민들과 두 가문의 수장들이 가세한다. 그리고 마침내 베로나의 군주가 등장하여 이 패싸움을 중지시킬 때까지 양가의 폭력적인 대결은 베로나 시 전체를 뒤흔들 만큼 커진다.(1.1.1~102) 셰익스피어가 이렇게 극의 서두에, 아직 로미오와 줄리엣이 등장하기도 전에 이 사건을 이토록 두드러지게 배치한 이유는 물론 두 주인공의 삶에 두 집안의 적대감이 미치는 영향을 강조하기 위함이다.

이렇게 미움의 힘을 먼저 보여 주는 1막 1장이 150행쯤 지난 뒤에야 주인공 로미오가 등장하고, 이 비극의 핵심 주제는 그를 통해 본격적으로 제시된다. 극의 서두에 벌어진 두 집안 사이의 패싸움에서 멀찍이 떨어져 있던 로미오는 이때 그의 친구 벤볼리오에게 "오! 웬 다툼이 예 있었나?"라고 물은 뒤 곧이어 "하지만 말하지 마, 다 들었으니까. 그것은/미움과 관련이 많지만 사랑과는 더 많아."라고 답한다.(1.1.171~173) 지금은 수수께끼와 같은 로미오의 이 모순 어법은 1막 2장 끝부분에서 그가 사랑하는 아가씨가 로절린이라는 사실이 밝혀지면서(1.2.84) 이해된다. 로미오는 아버지 몬터규의 원수인 캐퓰릿의 질녀 로절린을 사랑하기 때문이다.(1.2.83~85) 따라서 로미오는 지금 밖에서 벌어진, 말하지 않아도 본 것처럼 그 내막을 잘 아는 두 가문 간의 싸움은 미움 때문인 줄 알고 있고 그런 식으로 말한다. 하지만 그 싸움터를 자기 안으로 옮길 때, 지금은 그 사실을 감추고 있지만, 그 다툼은 사랑과 관련이 더 많다. 왜냐하면 그의 사랑은 그에게 이중의 갈등과 고통을 가져오기 때문이다. 그는 우선 로절린의 마음을 얻기 위해 온갖 수단과 방법을 다 써 보았으나 그녀는 "디아나의 마음처럼/강력한 순결로 빈틈없이 무장해서" 아무런 반응을 보이지 않는다.(1.1.206~208) 게다가 로절린이 설령 마음을 연다 해도 그녀는 자기 원수 집안의 가까운 친척이기 때문에 그 사랑은 이루어지기 어렵다. 이런 식으로 두 집안 간의 미움은 로미오의 가슴속에서 사랑과 뒤엉키면서 그의 삶에 커다란 영향을 끼치기 시작한다.

그러나 로절린에 대한 로미오의 마음은 로런스 수사의 지적처럼(2.3.61~84) 사랑이라기보다는 미혹에 더 가깝다. 우선 로절린은 실제로 무대에 등장하지도 않는 인물이다. 게다가 로미오가보여 주는 상사병 증상은 전형적인 짝사랑의 결과이다. 그래서이 시점에서 로미오가 드러내는 사랑과 미움의 관계는 로미오와로절린의 관계처럼 아주 멀고 느슨하며 흐릿하다, 그의 다음 말처럼.

오 그럼, 싸우는 사랑이여! 사랑하는 미움이여!
오, 무에서 처음으로 창조된 만물이여!
오, 무거운 경박함, 심각한 허영심,
잘생긴 형체들의 보기 흉한 혼돈이여!
납 깃털, 맑은 연기, 차가운 불, 병든 건강,
겉보기와 정반대인 뜬눈의 잠이여!
이런 사랑 난 느껴, 느끼지도 못하면서. (1.1.174~180)

사랑의 본질을 이렇게 여러 상반되는 성질의 모순된 결합으로 파악하는 로미오의 심리는 원수 집안의 로절린을 짝사랑하는 로미오를 생각할 때 이해할 만하다. 그래서 천지창조의 원리까지 들먹이는 로미오의 과장된 표현을 지나친 감상주의나 진지함이 모자라는 수사에 지나지 않는다고 무시할 수도 있다. 로미오가 당시 유행했던 페트라르카식의 연애시에 자주 등장하는 모순 어법을 별 뜻 없이 따라했다고 말이다.

그러나 로미오의 이런 사고방식, 특히 사랑과 미움의 불가분리성에 대한 인식은 한때의 넘치는 감정으로 가볍게 여길 수는 결코 없다. 왜냐하면 로미오가 생각하는 사랑과 미움의 뒤엉킴은 그가 캐풀릿가의 축제에 발을 들여놓기 직전에 느끼는 불길한 예감 속에서 삶과 죽음의 불안한 공존으로 발전하기 때문이다.

> 난 너무 일찍이 겁이 나. 내 마음은
> 아직은 별들에 달려 있는 그 어떤 결말의
> 두려운 기일이 오늘 밤 축연에서
> 비참하게 시작되고, 내 가슴에 갇혀 있는
> 멸시받은 생명이 때 이른 죽음으로
> 천하게 만료되지 않을까 불안해하니까. (1.4.106~111)

앞서 로미오의 사랑 속에 들어와 있던 미움은 여기에서 죽음으로 강화된다. 그 이유는 로미오가 기대하는 사랑이 더 커졌기 때문이다. 로미오는 이 축제에 벤볼리오의 충고처럼 로절린에 대한 열정을 식히려고 가는 게 아니라 "님의 광채에 환희하기 위하여"(1.2.102) 간다. 그래서 로미오의 큰 사랑은 큰 미움의 극단적인 표현이자 결과인 죽음을 자연스럽게 떠올린다.(이 맥락에서 우리는 인간 행동의 근원은 꿈/헛것이며 인간은 꿈꾸는 대로 즉, 욕망하는 대로 행동한다는 취지의 머큐쇼의 맵 여왕 대사(1.4.53~95)를 참조할 필요가 있다.)

그리고 로미오의 이런 사랑 방식은 줄리엣을 만난 다음에도 변하지 않는다. 그가 로절린을 사랑했을 때에는 그의 절망적이고 극단적이며 모순된 사랑 방법이 납득되고 동정받을 수 있었다. 로미오의 처지에 있는 그 어떤 젊은이라도 한 가지 마음뿐이었을 테니까. 즉, 죽고 싶었을 테니까. 하지만 그는 캐풀릿가의 축제에서 로절린이 아니라 줄리엣을 만나고 첫눈에 사랑에 빠지며 그녀 또한 그의 사랑에 화답한다. 두 사람이 함께 읊으면서 키스로 끝나는 아름다운 소네트 형식의 대화(1.5.87~100)가 그 증거이다. 그렇다면 이제 로미오의 사랑에 대한 태도는 희망과 미래와 행복한 삶을 찾는 쪽으로 바뀌어야 마땅하다. 그런데 로미오는 이름도 모르는 아가씨와의 입맞춤이 끝나고 나서 그 상대가 누구인지 확인하고 "그녀가 캐풀릿?/오, 가혹한 벌이다! 적에게 생명을 빚지다니."(1.5.111~112)라고 외친다. 이제 그의 사랑은 죽음으로 갚아야 할 빚이 되었다. 줄리엣 또한 유모로부터 그녀가 마음을 준 남자가 "이름은 로미오고 몬터규네 사람이며/큰 원수 집안의 외동아들이래요."라는 말(1.5.130~131)을 듣고

> 하나뿐인 미움이 하나뿐인 사랑을 낳다니.
> 모르고 너무 일찍 만났고 너무 늦게 알았다.
> 혐오스러운 원수를 사랑해야 하다니
> 나에게 이 사랑은 불길한 탄생이다. (1.5.132~135)

라고 한탄하면서 둘의 관계를 사랑과 미움, 삶과 죽음의 불길한 동거로 규정짓는다.

이렇게 두 연인이, 특히 로미오가 그의 사랑을 불길한 쪽으로만 생각하고 행복한 대안을 찾지 않는 또는 못하는 까닭은 그가 줄리엣을 사랑하기 시작함으로써 그에게 미치는 두 가문의 부정적인 영향력이 더 커졌기 때문이다. 그의 애인이 캐풀릿의 질녀인 로절린에서 캐풀릿의 외동딸인 줄리엣으로 촌수가 가까워진 만큼이나 그가 예감했던 죽음은 이제 가시적인 죽음으로 확인되었고, 그가 로절린에게 품었던 짝사랑의 환상이 줄리엣에 대한

쌍방향의 사랑으로 바뀐 만큼이나 잠깐 동안의 환희에 뒤이은 그의 절망 또한 더욱 심화되었다.

로미오가 줄리엣과 행복한 미래를 꿈꾸지 못하는 또 다른 까닭은 그에게 참사랑이 너무나 급작스럽게 찾아왔기 때문이다. 로절린을 볼 것으로 기대하고 찾아간 캐풀릿가의 축제에서 로미오는 횃불보다 더 밝게 빛나는 이름 모를 아가씨를 만나고, 그녀의 사랑을 확인하고, 곧이어 키스하고, 서로의 가문을 알아내고, 서로의 이름을 한탄한다.(1.5.39~135) 대사의 양으로는 100행쯤, 극의 흐름으로는 4분가량 안에 로미오의 사랑은 슬픔에서 환희로 그리고 다시 더 깊은 슬픔으로 바뀐다. 그 짧은 시간 동안 로미오는 줄리엣도 마찬가지이지만, 이 새로운 변화를 이해하고 거기에 적합한 생각을 정리할 겨를이 조금도 없었다. 줄리엣의 말마따나 두 사람은 "모르고 너무 일찍 만났고 너무 늦게 알았다."(1.5.133) 더군다나 로미오와 줄리엣은 신중하고 사려 깊은 행동을 할 나이도 아니고 그들의 첫사랑 또한 그런 행동을 할 여유를 줄 만큼 미약하지도 않다. 따라서 두 사람의 사랑에 대한 태도는 두 사람이 처한 상황을 고려할 때 어리석기는 하지만 한편으로는 아주 자연스러운 반응인 셈이다. 이렇게 두 집안 간의 원한에 영향을 받은 로미오 그리고 줄리엣의 애정관은 이제 두 연인의 마음을 사랑과 미움, 기쁨과 슬픔, 행복과 불행, 삶과 죽음 같은 양극단으로 치닫게 만들면서 이 비극의 핵심적인 갈등 축을 형성한다. 그 가운데서도 그들의 사랑과 뒤엉킨 죽음은 때로는 외적인 갈등으로, 때로는 내적인 괴로움으로 그 모습을 드러내면서 두 연인을 끝까지 뒤따른다.

하지만 이 비극에서 죽음(심화된 미움의 극단적인 결과)이 그 모습을 구체적으로 처음 드러내는 때는 로미오가 캐풀릿가의 축제에서 줄리엣을 처음 만나 그녀의 사랑을 확인하기 직전이다. 이

때 캐퓰릿 부인의 조카인 티볼트는 로미오의 목소리만 듣고도 그가 원수 집안 남자임을 직감하면서 다음과 같이 위협한다.

> 목소리를 들어 보니 몬터규가 틀림없다.
> 야, 내 단검 가져와. (소년 퇴장) 어떻게 놈이 감히
> 괴면상을 덮어쓰고 이곳에 나타나
> 우리의 축하연을 깔보면서 조롱하지?
> 이놈을 쳐 죽여도 죄가 되진 않을 거다. (1.5.49~53)

여기에서 우리가 주목해야 할 점은 사건의 절묘한 배열(첫사랑의 시작과 완성 사이의 짧은 시간을 비집고 들어와 파열음을 내는 죽음)이나 티볼트의 민감함과 민첩함에서 드러나는 미움의 크기만은 아니다. 그보다는 오히려 이 위협, 로미오가 오직 몬터규라는 사실 하나 때문에 내뱉는 이 살해의 위협이 앞으로 가져올 파장이다. 왜냐하면 지금은 좌절된 티볼트의 분노는 결국 극의 중간 부분인 3막 1장에서 티볼트와 머큐쇼의 칼싸움에 따른 머큐쇼의 죽음으로, 그리로 친구인 머큐쇼의 죽음에 격분한 로미오와 티볼트의 칼싸움 및 그에 따른 티볼트의 죽음으로 이어지기 때문이다. 그리하여 로미오와 줄리엣의 사랑의 여정은 티볼트에 대한 로미오의 원치 않은 그러나 미움으로 촉발된 살인으로 말미암아 그 분기점을 지나 돌이킬 수 없는 결말로 치닫는다.

그렇다고 죽음이 이 비극에서 항상 무서운 모습만을 띠는 것은 아니다. 그것은 신혼의 첫날밤을 고대하는 줄리엣의 말장난에서 황홀한 모습을 드러내기도 한다.

> 순한 밤, 정다운 칠흑빛 밤이여, 어서 와서
> 로미오를 내게 주고 이 몸이 죽게 될 때

그이를 잘게 썰어 조각 별을 만들어라.

그러면 온 하늘은 너무나 찬란하여

세상 사람 모두가 밤을 사랑할 것이며

현란한 태양은 숭배하지 않을 거다. (3.2.20~25)

여기에서 줄리엣이 "이 몸이 죽게 될 때"라고 할 때 그 죽음은 물리적이고 육체적인 현상과 함께 성행위의 절정에서 느끼는 황홀감을 뜻하는 말이기도 하다. 이 말장난의 근거는 물론 두 상태 사이의 유사성이다. 하지만 이 비극의 맥락에서, 특히 로미오와 줄리엣의 애정관을 염두에 두고 이 말장난을 해석하면 우리는 죽음에 대한 줄리엣(그리고 나중에는 로미오)의 또 다른 태도를 읽어낼 수 있다. 그것은 바로 그들이 죽음을 그들이 처한 암울한 상황에서 택할 수 있는 단 하나의 출구이자 합일의 수단으로서 바라마지않는 듯한 마음이다. 이런 점에서 줄리엣은 그녀의 자결을 여기에서 예습하고 있는 셈이다.

죽음은 또한 너무나 짧았던 신혼의 첫날밤이 지나간 다음 밝아 온 아침에 이별하기 싫어하는 부부의 대화에서 암울한 모습으로도 나타난다.

줄리엣   내 생각엔 당신이 너무 아래 있으니까

           무덤 안에 누워 있는 죽은 사람 같아요.

           내 시력이 갔거나 당신이 창백한 거겠죠.

로미오   여보, 내 눈엔 당신도 그렇게 보여요.

           갈증 난 슬픔이 우리 피를 마셨어요. 안녕. (3.5.55~59)

그런 다음 죽음은 줄리엣의 가짜 죽음으로 관객들을 놀랜 다음(4.3.58), 연적이었던 파리스를 로미오의 저승길로 끌어들이고

(5.3.72~73), 마지막으로 로미오와 줄리엣의 자결로 그 여정을 마무리한다.

　　로미오(그리고 줄리엣)의 자결 장면은 이 비극에서 관객들의 정서적인 반응이 절정에 이르는 지점, 소위 클라이맥스이다. 이곳에서 두 주인공이 지금까지 걸어온 삶의 궤적과 그것이 불러온 여러 가지 감정들, 특히 기쁨과 슬픔 같은 상반되는 두 감정은 최고조에 다다른다. 그뿐만 아니라 두 주인공의 자결은 지금까지 우리가 추적해 온 사랑과 미움의 싸움, 그리고 그 변형인 사랑과 죽음의 싸움을 고려해 볼 때 참으로 흥미롭다. 왜냐하면 그들의 자살은 그들의 애정관의 완결판이기 때문이다. 로미오가 우리에게 최초로 드러냈던 사랑 인식, 즉 사랑의 본질을 여러 상반되는 성질의 모순된 결합으로 파악하는(1.1.174~180) 그의 내적 성향은 그의 죽음에서 한 치의 변함도 없이 그대로, 가장 화려하게 실현된다. 그는 그가 죽으려고 찾아간 줄리엣의 무덤을 어두운 공간이 아니라 밝은 "탑방"으로, 연회 날의 빛 가득한 "알현실"로 받아들인다.(5.3.84~85) 줄리엣의 아름다움이 강렬한 빛을 내뿜고 있으니까. 그리고 그는 눈앞에 보이는 줄리엣의 죽음을 사실로 받아들이지 않는다. 그녀의 "입술과 뺨 위엔／미의 붉은 깃발이 아직도 남아 있고 ／ 창백한 죽음의 군기는 거기까지 못 왔"(5.3.94~96)으니까. 여기에서 로미오의 강렬한 사랑은 죽음 속에서 삶의 흔적을 찾아냈고, 줄리엣의 가짜 죽음을 알고 있는 관객들은 그의 이런 직감에 기쁨과 슬픔과 애처로움을 동시에 느낀다. 그는 또한 죽기 위해서가 아니라 줄리엣과 영원히 살기 위해서 준비해 온 독약을 마시고, 그 사실을 마지막 포옹과 입맞춤을 통하여 온몸으로 보여 준다. 그의 마지막 대사와 — "난 이렇게 키스하며 죽는다."(5.3.120) — 줄리엣의 몸 위에 쓰러지는 그의 행동 속에는 지금까지 그들의 사랑이 일으킨 모든 상반되는 감정들이 농축되어 한꺼번에 드러난

한꺼번에 드러난다. 빛과 어둠, 기쁨과 슬픔, 사랑과 미움, 삶과 죽음의 가장 강력하고도 즉각적인 결합으로.

그리고 줄리엣은 로미오의 자살이 함축하는 이런 모순을 한편으로는 되풀이하면서 다른 한편으로는 완성한다. 죽음의 잠에서 깨어난 그녀는 자기 옆에 죽어 있는 로미오를 발견하고 그가 못 다 마신 독약으로, 그의 입술에 묻은 약 기운으로, 그와 같은 방식의 자살을 시도한다. 하지만 사정이 여의치 않자 로미오의 칼을 뽑아 "오, 행복한 단검아,/이게 네 칼집이다. 거기서 녹슬며 날 죽게 해 다오.(5.3.168~169)"라고 하면서 자신을 찌르고 로미오 위에 쓰러져 죽는다. 여기에서 줄리엣이 말하는 칼과 칼집, 그리고 그녀가 자신을 찌르는 행위의 성적인 의미를 고려할 때 줄리엣은 로미오보다 훨씬 짧은 순간에 훨씬 짧은 말로 그의 뜻을 완성한다. — 로미오의 칼은 그녀에게 고통이 아니라 기쁨을 주고, 그녀는 로미오와 헤어지는 것이 아니라 그와 합일하며, 그녀의 죽음은 그와 함께하는 영원한 삶이라고.

사랑과 미움의 싸움은 이렇게 사랑의 승리로 끝났다. 하지만 그 대가는 혹독하다. 서로를 사랑한 죄밖에 없는 두 연인이 두 가문 사이의 원한의 제물로 바쳐졌기 때문이다. 캐풀릿과 몬터규로 대표되는 두 가문은 자기들의 증오심에 푹 빠져 로미오와 줄리엣의 비밀스러운 사랑을 모르기도 했지만 알려고도 하지 않았다. 특히 캐풀릿 부인은 줄리엣의 사랑을 어느 정도 눈치채고 있었지만 로미오가 원수 집안의 아들이라는 이유로 남편의 성급한 결정(줄리엣을 파리스에게 결혼시키려는 계획)에 동조하여 딸의 죽음을 막을 결정적인 기회를 놓친다.

따라서 극의 결말에 뒤늦게 이루어진 몬터규와 캐풀릿의 화해는 두 연인의 아픔과 슬픔을 지켜본 관객들에게 그 어떤 위안도 주지 못한다. 상대방에 대한 미움을 이제는 버리겠다면서 두 노친이 내놓은 순금 인물상 건립 제안은(5.3.298~302) 다른 무엇보다도 머큐쇼가 죽어가며 내뱉은 절규를 떠올리게 만든다. "두 집안 다 염병에나 걸려라."(3.1.88, 96, 103) 그럼에도 이 때늦은 화해가 긍정적인 의미를 갖는다면 그 이유는 이 두 황금 조각상이 군주의 말처럼 "줄리엣과 그녀의 로미오 얘기보다/더 비통한 얘기는 절대 없었"(5.3.308~309)다는 사실을 모두의 기억에 길이 남길 것이기 때문이다. 그와 더불어 미움으로 어두워진 밤하늘을 배경으로 빛나는 두 연인의 순수한 사랑 또한 길이 남길 것이기 때문이다.

끝으로 이번 번역은 브라이언 기번스(Brian Gibbons) 편집의 아든(The Arden Shakespeare) 판 『로미오와 줄리엣(Romeo and Juliet)』을 기본으로 하고, G. 블레이크모어 에번스(G. Blakemore Evans) 편집의 리버사이드 셰익스피어(The Riverside Shakespeare) 판과 T. J. B. 스펜서(T. J. B. Spencer) 편집의 뉴펭귄(New Penguin Shakespeare) 판을 참조하였다. 하지만 2012년에 출판된 아든 총서 3판 『로미오와 줄리엣』은 이번 번역에 크게 반영되지 못했다.

등장인물

에스칼루스	베로나의 군주
머큐쇼	군주의 친척인 젊은 신사, 로미오의 친구
파리스	군주의 친척인 귀족 청년
시동	파리스의 하인
몬터규	캐풀릿 집안과 다투는 베로나 가문의 수장
몬터규 부인	
로미오	몬터규의 아들
벤볼리오	몬터규의 조카, 로미오와 머큐쇼의 친구
아브람	몬터규의 하인
발타자르	로미오의 하인
캐풀릿	몬터규 집안과 다투는 베로나 가문의 수장
캐풀릿 부인	
줄리엣	캐풀릿의 딸
티볼트	캐풀릿 부인의 조카
캐풀릿 사촌	노신사
유모	캐풀릿의 하녀, 줄리엣의 젖어머니
피터	유모를 시중드는 캐풀릿의 하인
삼손 ┐	
그레고리	
안토니	캐풀릿 집안의 하인들
팟팬	
부엌 하인들 ┘	
로런스 수사 ┐	프란시스코 교단 소속
존 수사 ┘	
약장수	만토바 소재

세 악사(사이먼 창자줄, 휴 깽깽이, 제임스 받
침대)
야경꾼, 베로나 시민, 가장무도회 참가자, 횃불
잡이, 시동 및 하인들
해설자

장소   베로나와 만토바

머리말

`해설자 등장.

해설자   이 극이 벌어지는 아름다운 베로나에
명망이 엇비슷한 두 가문이 있었는데
오래 묵은 원한으로 새 폭동을 일으켜
시민 피로 시민 손을 더럽히게 되었도다.
이러한 두 원수의 숙명적인 몸에서   5
별들이 훼방 놓은 두 연인이 태어났고
그들은 불운하고 불쌍하게 파멸하며
부모들의 싸움을 죽음으로 묻었도다.
죽음 어린 이 사랑의 두려운 여정과
계속되는 부모들의 격렬한 분노를   10
자식들의 최후밖엔 아무것도 못 막는데
그 내용을 두어 시간 무대 위에 펼치오니
여러분이 인내하며 귀 기울여 주시면
여기서 잘못된 건 열심히 고쳐 보겠나이다.   (퇴장)

1막 1장
캐풀릿 집안의 삼손과 그레고리,

칼과 둥근 방패를 들고 등장.

머리말
원문은 셰익스피어 소네트 형식(고유한
각운법을 가진 14행시)으로 되어 있다.
1행 베로나 이탈리아 북부의 도시.

6행 별들
우리의 사주팔자와 비슷하게 당시 영국
사람들은 출생 시의 별자리에 따라 인간
의 운명이 결정된다고 믿었다.

삼손	그레고리, 우린 절대로 욕을 먹진 않을 거야.
그레고리	암, 우리가 욕을 봐선 안 되니까.
삼손	내 말은 욕을 들으면 칼을 뽑겠다는 뜻인데.
그레고리	음, 하지만 칼 맞을 일은 안 하는 게 좋아.
삼손	난 화가 나면 재빨리 찌르는데.
그레고리	하지만 찌를 만큼 재빨리 화가 나진 않겠지.
삼손	난 몬터규 집안의 개만 봐도 화가 나.
그레고리	화가 나면 움직이고 용감하면 맞서는 거야, 그러니까 넌 화가 나면 달아나는 거야.
삼손	난 그 집안의 개만 봐도 화가 나서 맞설 거야. 몬터규네 하인이든 하녀든 난 깨끗한 담 쪽 길을 차지할 테야.
그레고리	그건 네가 약하다는 표시지. 가장 약한 자가 담 쪽으로 밀려나니까.
삼손	맞았어, 그러니까 여자들은 더 약한 그릇이라서 언제나 담 쪽으로 떠밀려. 그러니까 난 몬터규네 하인들은 담에서 밀어내고 하녀들은 담 쪽으로 떠밀 테야.
그레고리	다툼은 우리의 어르신들끼리 그리고 우리 하인들끼리 벌이는 건데.
삼손	상관없어. 난 폭군처럼 행동할 테니까. 그 집 하인들과 싸운 다음 하녀들에게는 공손할 거야. 성을 빼앗아 버릴 테니까.

5

10

15

20

1막 1장 장소
베로나. 공공장소.
1~3행 욕을…들으면
이 부분은 원문의 말장난을 최대한 살리면서 의역한 곳이다. 이 극에는 이런 종류의 말장난과 그에 따른 의역이 꽤 많지만 앞으로 일일이 밝혀지는 않을 것이다.

11행 담…길
당시의 흙길에서 담 쪽은 가장 깨끗한 곳이었으며 윗사람에게 양보하는 게 예의였다. (아든, 리버사이드)
14행 더…그릇
성경에서 여자를 일컫는 말.(베드로 전서 3장 7절)

그레고리	하녀들의 성을?
삼손	그래, 하녀들의 성 또는 처녀성 말이야. 무슨 뜻으로 받아들이든 마음대로 해.
그레고리	걔들이 받아들여야만 하는 건 뜻이 아니라 느낌이 오는 거겠지.
삼손	암, 내가 서 있을 동안은 날 느낄 거야. 내 물건이 꽤 괜찮다고 알려져 있으니까.
그레고리	넌 물고기가 아닌 게 다행이야. 그랬으면 말라비틀어진 명태였을 테니까. 네 연장 좀 꺼내 봐 — 여기 몬터규네 것들이 나타났어.

25

30

두 명의 다른 하인,

아브람과 발타자르 등장.

삼손	무기를 꺼내 놨어, 알몸으로. 싸움을 걸어, 뒤를 봐 줄 테니까.
그레고리	어떻게, 뒤로 돌아 도망치려고?
삼손	걱정 마.
그레고리	그래도 참! 걱정되네!
삼손	법적으로 우리가 유리하게 만들자, 놈들이 먼저 시작하게 해.
그레고리	난 지나가면서 인상을 쓸 거야, 자기들 맘대로 받아들여 보라지.
삼손	암, 대들어 보라 그래. 난 그들에게 엄지를 깨물어 보

35

40

27행 서 있을 남성의 발기와 관련된 농담.
29행 물고기 당시의 속어로서 여자를 가리킨다. (리버사이드)

일 테야, 그걸 참는 건 치욕이니까.

아브람   우리한테 엄지를 깨무는 거요?

삼손   내 엄지를 그냥 깨무는 겁니다.

아브람   우리한테 엄지를 깨무는 거냐고?   45

삼손   (그레고리에게 방백)

그렇다고 말하면 법적으로 유리해?

그레고리   (삼손에게 방백) 아니.

삼손   아뇨, 당신들한테 엄지를 깨무는 건 아니고 그냥 내 엄
지를 깨무는 겁니다.

그레고리   싸움을 거는 거요?   50

아브람   싸움이라고요? 아뇨.

삼손   하지만 건다면 내가 상대하겠소. 나도 당신 못지않으
니까.

아브람   더 낫진 않겠지.

삼손   글쎄요.   55

벤볼리오 등장.

그레고리   '더 낫다.'고 그래, 저기 주인어른의 친척 한 분이 오고
있어.

삼손   암, 더 낫지.

아브람   거짓말.

삼손   당신들이 남자라면 칼을 뽑아. 그레고리, 끝내주는 네   60
칼솜씨 잊지 마.   (그들과 싸운다.)

벤볼리오   떨어져, 이 바보들아, 칼을 거둬, 무슨 짓을 하는지도
모르면서.   (그들의 칼을 쳐 누른다.)

티볼트 등장.

티볼트 뭐야, 밸도 없는 병신들 사이에서 칼을 뽑아?
　　　　돌아서라 벤볼리오, 네 죽음을 쳐다봐. 　　　　　　　65
벤볼리오 난 평화를 지키려 할 뿐이야, 칼을 거둬,
　　　　아니면 나와 함께 이들을 떼 놓든지.
티볼트 칼을 뽑고 평화라고? 그 말이 난 미워,
　　　　지옥과 몬터규네 모두와 너만큼 밉다고.
　　　　간다, 이 겁쟁이야. 　　　　　　　　　　(싸운다.)　　70

　　　　서너 명의 시민들이 몽둥이나 창을 들고 등장.

시민들 몽둥이와 미늘창, 도끼창을 들어라! 쳐라! 저들을 꺾어
　　　　라! 쳐부숴라 캐풀릿 족! 쳐부숴라 몬터규 족!

　　　　관복 입은 캐풀릿 노인과 캐풀릿 부인 등장.

캐풀릿 이게 무슨 소리냐? 여봐라, 긴 칼을 가져와라!
캐풀릿 부인 목발을, 목발을 가져와라! 칼은 왜 찾아요?

　　　　몬터규 노인과 몬터규 부인 등장.

캐풀릿 칼을 달란 말이오! 몬터규 늙은이가 나와서 　　　75
　　　　모욕적인 칼날을 휘두르고 있어요.
몬터규 캐풀릿 저 나쁜 놈! 잡지 말고 놓으시오!
몬터규 부인 원수를 찾겠다면 한 발짝도 못 나가요.

에스칼루스 군주, 시종들과 함께 등장.

군주	반역하는 신민들, 평화의 적들아,
	이웃 피로 너희 칼을 더럽히는 자들아 — 80
	안 들려? — 여봐라! 짐승 같은 인간들아!
	너희의 혈관이 내뿜는 검붉은 피 분수로
	너희의 그 사악한 분노의 불 끄겠다고?
	고문이 두렵거든 피 비린 그 손에서
	잘못 벼린 무기를 땅으로 내던지고 85
	이 노한 군주의 판결을 들어라.
	당신들, 캐풀릿과 몬터규 두 노인의
	헛말로 생겨난 세 번의 소동으로
	거리의 고요가 세 번이나 깨어졌고
	그 때문에 베로나의 나이 든 시민들은 90
	품위 있고 격에 맞는 장신구를 내던지고
	당신들의 병든 미움 떼어 놓기 위하여
	평화 익힌 늙은 손에 낡은 창을 잡게 됐다.
	다시 한 번 당신들이 짐의 거리 뒤흔들면
	평화를 파괴한 값 생명으로 치르리라. 95
	자 이제, 나머지 모두는 이 자리를 떠나라.
	캐풀릿 당신은 나와 함께 가야겠소.
	그리고 몬터규 당신은 오늘 오후
	옛 자유 촌, 짐의 공공 재판소로 오시오,
	이 건으로 짐의 뜻을 더 알려 줄 터이니. 100

99행 자유 촌 셰익스피어가 이 작품을 쓸 때 참고했던 아서 부룩(Arthur Brooke) 번역의 『로미우스와 줄리엣의 비극적 이야기』에 나오는 지명으로 거기에서는 캐풀릿의 성이 있었다. (아든)

다시 한 번, 죽음이 두렵거든 해산하라.

　　　　　(몬터규, 몬터규 부인, 벤볼리오만 남고 모두 퇴장)

몬터규　오래 묵은 이 분란을 누가 다시 터뜨렸나?

　　　　조카가 말해 보게, 처음부터 있었던가?

벤볼리오　어르신과 어르신 적대자의 하인들이

　　　　제가 오기 이전에 여기서 맞붙어 싸웠는데　　　　　105

　　　　제가 칼을 뽑아서 떼 놓으려 하는 순간

　　　　불같은 티볼트가 준비된 칼을 들고

　　　　도전의 입김을 저에게 내뿜으며

　　　　자신의 머리 위쪽 허공을 휙휙 갈랐지만

　　　　까딱없는 바람은 코웃음을 쳤답니다.　　　　　　110

　　　　저희들 둘이서 치고받고 하는 동안

　　　　점점 많이 몰려와 편을 갈라 싸우다가

　　　　군주께서 나타나 양편을 갈라놓으셨지요.

몬터규 부인　오, 로미오는 어디 있지, 오늘 걔를 보았어?

　　　　이 다툼에 안 끼어서 천만다행이구나.　　　　　　115

벤볼리오　마님, 숭배받는 태양이 동쪽 하늘 금빛 창에

　　　　얼굴을 내밀기 한 시간 전쯤에

　　　　마음이 산란하여 산책을 나간 저는

　　　　도시의 이편에서 서쪽으로 자라는

　　　　무화과나무의 관목 숲 아래에서　　　　　　　　120

　　　　아침 일찍 산책하는 아드님을 봤습니다.

　　　　전 그리로 갔지만 그는 저를 알아보고

　　　　숲 속 깊은 곳으로 숨어 버렸답니다.

　　　　가장 인적 드문 곳을 가장 많이 찾으면서

　　　　저 하나의 숫자도 너무 많아 지겨웠던　　　　　125

　　　　제 심정에 비추어 그 심정을 헤아려 본 저는

	그의 기분보다는 제 기분을 좇았고	
	기쁘게 달아난 친구를 기쁘게 피했지요.	
몬터규 부인	거기서 아침에 여러 번 봤다고 하더구나.	
	신선한 아침 이슬 눈물로 부풀리고	130
	깊은 한숨 구름을 구름에 더하면서.	
	하지만 만물에 생기를 불어넣는 태양이	
	가장 먼 동쪽에서 새벽 여신 침대의	
	검은 휘장 걷어 내기 시작하는 바로 그때	
	침울한 내 아들은 빛을 피해 집으로 숨어들고	135
	자기 방에 자신을 은밀히 가두면서	
	창문을 닫아걸고 밝은 햇빛 몰아내어	
	스스로 가짜 밤을 만들어 낸단다.	
	충고를 잘해서 그 원인을 없애지 않으면	
	이 같은 기분은 불길한 결과를 낳을 거야.	140
벤볼리오	숙부님은 그 원인을 알고 계시는지요?	
몬터규	알지도 캐내지도 못하고 있다네.	
벤볼리오	이런저런 방법으로 캐물어 보셨어요?	
몬터규	나 말고도 다른 많은 친구들이 그래 봤지.	
	근데 걔는 자신의 감정을 자신과 상담하며	145
	(얼마나 참된진 모르나) 본인에게 충실하고	
	자신의 비밀을 너무나 철저히 지켜서,	
	꽃눈이 아름다운 꽃잎을 공중에 펼치거나	
	자신의 미색을 태양에게 바치지도 못하고	
	심술궂은 벌레에게 깨물렸을 때처럼	150
	떠보거나 밝히기가 너무나 어렵다네.	
	이 슬픔의 출처를 찾을 수만 있다면	
	알려진 처방은 기꺼이 써 볼 거야.	

로미오 등장.

벤볼리오	저기 오고 있군요. 물러나 주신다면
	슬픈 까닭 캐내거나 왕 퇴짜를 맞지요. 155
몬터규	조카가 여기 남아 솔직한 고백을
	듣게 되면 참 좋겠네. 자, 부인, 갑시다.

(몬터규와 부인 함께 퇴장)

벤볼리오	참 좋은 아침이야.
로미오	그렇게 이른가?
벤볼리오	9시를 갓 쳤어.
로미오	아, 슬픈 시간 길어 보여.
	재빨리 사라진 건 아버지 아니셨어? 160
벤볼리오	음. 무슨 슬픔 때문에 시간이 길어졌지?
로미오	가지면 짧아지게 되는 걸 못 가져서.
벤볼리오	사랑을?
로미오	못 얻어서.
벤볼리오	하는데도? 165
로미오	하는데도 애인의 마음을 못 얻어서.
벤볼리오	아, 겉보기엔 그렇게도 부드러운 사랑이
	실제로는 그렇게 폭군처럼 거칠다니.
로미오	아, 언제나 눈가리개 하고 있는 사랑이
	눈도 없이 마음대로 제 갈 길을 찾다니. 170
	어디서 식사할까? 오! 웬 다툼이 예 있었나?
	하지만 말하지 마, 다 들었으니까. 그것은
	미움과 관련이 많지만 사랑과는 더 많아.

167행 사랑 의인화된 사랑으로 큐피드를 가리킨다.

오 그럼, 싸우는 사랑이여! 사랑하는 미움이여!

오, 무에서 처음으로 창조된 만물이여!   175

오, 무거운 경박함, 심각한 허영심,

잘생긴 형체들의 보기 흉한 혼돈이여!

납 깃털, 맑은 연기, 차가운 불, 병든 건강,

겉보기와 정반대인 뜬눈의 잠이여!

이런 사랑 난 느껴, 느끼지도 못하면서.   180

웃음이 나지 않아?

벤볼리오   아니, 난 오히려 울고 싶어.

로미오   착하긴. 왜?

벤볼리오   착한 네 마음이 억눌려서.

로미오   그거야 사랑의 범법 행위 때문이지.

가슴속에 누워 있는 무거운 내 비탄을

네 비탄이 올라타고 누르니까 그것이   185

새끼를 치려는 것이지. 네가 보인 사랑은

안 그래도 너무 많은 내 비탄을 키워 줬어.

사랑이란 한숨으로 만들어진 연기인데

정화되면 연인 눈에 반짝이는 불길이고

성질내면 연인의 눈물 먹고 자라는 바다야.   190

그밖에 뭐겠어? 대단히 신중한 광기이고

숨 막히는 쓸개즙, 썩지 않는 단 것이지.

잘 있어.

벤볼리오   잠깐만, 나도 함께 가야겠어.

날 이렇게 떠나는 건 부당한 대우야.

172~173행 그것은…많아
방금 있었던 싸움은 미움 때문이기도 하
고, 로절린이 캐풀릿 쪽 사람이므로 사랑

때문이기도 하다. 그러나 사랑으로 인한
로미오 내면의 혼란이 공개적인 싸움보
다 더 크다는 해석을 할 수도 있다. (아든)

로미오	허, 난 나를 잃었어, 여기엔 없다고.	195
	이것은 로미오가 아니고 다른 데 가 있어.	
벤볼리오	누굴 사랑하는지 진지하게 말해 봐.	
로미오	뭐라고, 신음하며 말하라고?	
벤볼리오	신음? 아냐, 슬프게 그냥 말해, 누구인지.	
로미오	병자더러 진지하게 유언하란 말이지?	200
	너무 아픈 사람에게 뼈아픈 재촉이군.	
	진지하게 난 정말 한 여자를 사랑해.	
벤볼리오	내가 추측했을 때 그 정도는 맞췄어.	
로미오	넌 훌륭한 사수야, 내 애인은 아름답고.	
벤볼리오	아름다운 과녁은 더 빨리 맞추잖아.	205
로미오	응, 그건 잘못 맞췄어. 큐피드의 화살로는	
	그녀를 못 맞춰. 디아나의 마음처럼	
	강력한 순결로 빈틈없이 무장해서	
	사랑의 치졸한 활 따위엔 영향을 안 받아.	
	그녀는 사랑한단 말 공략을 당하려 하지도	210
	마주치는 눈 공격을 받으려 하지도 않으며	
	성자마저 유혹할 황금에도 무릎을 안 열어.	
	오, 그녀는 미모로는 부자이나 가난해,	
	죽을 때 그 풍요도 미와 함께 죽으니까.	
벤볼리오	그럼, 언제나 순결하게 살겠다고 맹세했어?	215
로미오	음, 그렇게 아껴서 막대하게 낭비하지.	
	그녀처럼 가혹하게 굶어죽는 미모는	
	후손들의 모든 미모 잘라내기 때문이야.	

207행 디아나 순결의 여신.
209행 치졸한 활 큐피드가 들고 다니는 조그만 활.

그녀는 너무 곱고 똑똑하고, 똑똑하게 너무 고와

나를 절망시키고도 지복 누릴 자격 있어.　　　　　220

그녀는 맹세코 사랑을 물리쳤고 그 때문에

난 지금 죽었는데 살아서 이렇게 푸념해.

벤볼리오　내 충고를 따라 봐, 그녀 생각 잊어버려.

로미오　오, 생각부터 어떻게 잊을 건지 가르쳐 줘.

벤볼리오　네 눈에 자유를 부여하면 그리되지.　　　　225

다른 미인 살펴봐.

로미오　　　　　　　　그렇게 해 봤자

절묘한 그녀 미를 더 곱씹게 할 뿐이야.

고운 숙녀 이마에 입 맞추는 행복한 가면은

검기에 뒤에 감춘 흰 살결을 떠올리지.

갑자기 실명한 사람은 잃어버린 보물인　　　　　230

자신의 소중한 시력을 못 잊어.

빼어나게 아름다운 아가씨를 보여 줘 봐,

그녀의 미모는 누가 그 빼어난 미녀보다

더 빼어난지를 알리는 주석밖에 더 되겠어?

잘 가, 넌 내게 잊는 법을 못 가르쳐.　　　　　235

벤볼리오　그 비법을 못 전하면 난 빚지고 죽을 거야. (함께 퇴장)

1막 2장

캐풀릿, 파리스와 하인 한 명 등장.

캐풀릿　하지만 몬터규도 나처럼 같은 벌로

규제를 받으니까 우리 같은 늙은이가

평화를 지키는 게 어렵진 않을 것 같구먼.

파리스	두 분 다 신망이 높으신 어른인데
	그리 오래 반목하며 사시다니 유감이죠.	5
	그런데 어르신, 제 청에 대답을 좀?
캐퓰릿	전에 했던 대답을 다시 할 수밖에.
	우리 애는 아직도 세상이 낯설다네,
	열네 번의 해 바뀜도 다 보지 못했어.
	여름의 기세가 두 번만 더 꺾이거든	10
	신붓감이 될 만하다 생각해 보세나.
파리스	더 어린데 행복한 어머니도 있습니다.
캐퓰릿	너무 빨리 됐다가는 너무 일찍 망가지네.
	그 애 말고 내 희망은 땅속에 다 묻혔고
	그 애만이 내 땅의 희망 품은 처녀라네.	15
	하지만 파리스 군, 구애로 걔 마음을 얻게나.
	그 애의 허락에서 내 뜻은 일부일 뿐이고
	그 애가 동의하면 그 선택의 범위 안에
	내 허락, 고운 화답, 모두 다 들어 있네.
	오늘 저녁 관습 따라 옛 축제를 여는데	20
	난 내가 아끼는 많은 분을 초대했고
	자네도 최고로 환영받는 하나로서
	늘어나는 내 손님 한가운데 들어 있네.
	어두운 하늘을 밝히면서 땅을 밟는 별들을
	누추한 내 집에서 오늘 밤 바라보게.	25
	차려입은 사월이 절름발이 겨울 뒤를
	바싹 따라왔을 때 활기찬 청년이 느끼는
	바로 그런 기쁨을 오늘 밤 내 집에서

1막 2장 장소 베로나의 길거리.

신선한 회향꽃 봉오리들 가운데서
얻을 수 있을 걸세. 다 보고 다 들은 뒤   30
최고의 규수를 최고 많이 좋아하게.
여럿을 보고 나면 내 딸은 하나로서
숫자에는 들어가나 계산에는 빠지겠지.
자, 같이 가세. (하인에게) 나가 봐, 베로나 거리를
터벅터벅 걸으면서 거기에 이름 적힌   35
사람들을 찾아내어 그분들께 전하라,
내 집안과 환영이 기다리고 있노라고.

(캐퓰릿과 파리스 함께 퇴장)

하인   여기 이름 적힌 사람들을 찾아내라. 이건 마치 구두장
이에겐 자를 주고 양복장이에겐 구두골을, 고기잡이
에겐 붓을, 그림쟁이에겐 그물을 주고 일하라는 것과   40
같지 뭐야. 그런데도 날더러 여기에 이름 적힌 사람들
을 찾으라는데 이름 적은 사람이 여기에 적어 놓은 이
름을 알 수가 있어야지. 배운 사람한테 가야지 별수 없
군. 때마침 잘됐다.

벤볼리오와 로미오 등장.

벤볼리오 허 참, 맞불을 놓으면 타는 불도 꺼지고   45
큰 통증에 작은 아픔 줄어들게 된다니까.
돌고 어지러우면 거꾸로 돌아서 바로잡아.
불치의 슬픔도 딴 슬픔이 길어지면 사그라져.
네 눈이 새로운 열병에 걸려 봐,
옛것의 깊은 독은 없어지게 될 테니까.   50
로미오   그런 데는 질경이 잎사귀가 아주 좋지.

벤볼리오	어떤 데 좋은데?
로미오	정강이 까진 데.
벤볼리오	아니, 로미오, 너 미쳤어.
로미오	아니, 하지만 미치광이보다 더 묶여 있어.

로미오   아니, 하지만 미치광이보다 더 묶여 있어.
　　　　감옥에 갇혀 있고 음식도 못 먹으며　　　　　　　55
　　　　채찍에다 고문에다 — 기분 좋은 오후야.

하인　　좋은 오후 보내십쇼. 저, 읽을 줄 아시는지?

로미오　암, 내 불행 속에서 내 운명쯤이야.

하인　　그건 아마 외우신 거겠죠. 하지만 저, 보이는 건 뭐든
　　　　지 읽을 줄 아시는지?　　　　　　　　　　　　60

로미오　암, 말과 글자를 안다면야.

하인　　정직한 말씀이네요, 안녕히 계십쇼.

로미오　이봐 멈춰, 읽을 줄 알아.　　　　　(편지를 읽는다.)

　　　　'마르티노 어른과 부인 및 따님들.
　　　　안셀름 백작과 아름다운 자매들.　　　　　　　　65
　　　　유트루비오님의 미망인.
　　　　플라센티오 어른과 사랑스러운 질녀들.
　　　　머큐쇼와 그의 형 밸런타인.
　　　　캐풀릿 숙부님과 부인 및 따님들.
　　　　내 고운 질녀인 로절린과 리비아.　　　　　　　70
　　　　발렌티오 어른과 그의 사촌 티볼트.
　　　　루시오와 발랄한 헬레나.'
　　　　아름다운 모임이군. 이분들이 어디로 가시는데?

70행 로절린
관객들은 아직도 로절린이 로미오의 애인인지 확실히 모른다. 그러나 그녀에게 빠져 있는 로미오는 그 이름을 말할 때 무슨 반응을 보일 수밖에 없을 것이고, 벤볼리오는 곧(84행) 로미오가 누구를 사랑하는지 확인해 준다.

하인	위로요.	
로미오	어디로, 저녁 하러?	75
하인	우리 집으로요.	
로미오	누구네 집인데?	
하인	주인님 집이죠.	
로미오	그걸 먼저 물었어야 하는 건데.	
하인	이젠 묻지 않아도 가르쳐 드리죠. 제 주인님은 큰 부자	80

인 캐풀릿 어른이신데, 당신이 몬터규네 사람이 아니
라면 와서 포도주나 한잔 걸치시죠. 안녕히 계십쇼!

(퇴장)

벤볼리오	캐풀릿 가문의 오래된 축제에서	
	그렇게도 사랑하는 네 고운 로절린이	
	베로나의 감탄할 미녀들과 저녁을 같이해.	85
	거기로 간 다음 아니 물든 눈으로	
	내가 봬 줄 몇 사람과 그녀 얼굴 비교해 봐,	
	네 백조를 까마귀로 생각하게 해 줄 테니.	
로미오	내 눈에 담겨 있는 독실한 신앙심이	
	그런 거짓 믿는다면 눈물은 불이 되어	90
	이것들, 여러 번 빠져도 절대로 안 죽는	
	투명한 두 이단자는 거짓말쟁이로 타 죽어야 해.	
	내 님보다 더 예뻐! 모든 것 다 보는 태양도	
	그녀와 견줄 만한 여자는 태초 이래 못 봤어.	
벤볼리오	참, 아무도 없는 데서 예쁘게 보았겠지,	95

91행 이것들
다음 줄에서 말하는 '투명한 이단자' 즉, 자신의 두 눈을 가리킨다. 만약에 자기 눈이 거듭되는 눈물의 홍수에도 빠져 죽지 않고(멀지 않고) 물 위로 떠오른다면 그것들은 악마와 결탁한 이단자가 분명함으로 화형에 처해 마땅하다. (아든)

양쪽 눈에 꼭 같은 여자를 올려놓고.
하지만 그 수정 접시로 축제에서 빛나는
또 하나의 처녀를 보여 줄 터이니
님 향한 네 사랑과 비교하며 달아 봐.
그러면 최고 같은 그녀도 별 볼일 없을걸.   100

로미오   따라가지, 그런 장면 보려는 게 아니라
         내 님의 광채에 환희하기 위하여.   (함께 퇴장)

1막 3장
캐퓰릿 부인과 유모 등장.

캐퓰릿 부인   유모, 딸애는 어딨어? 이리 좀 불러오게.
유모   쉰네의 열두 살 적 처녀성에 맹세코
           오시라 했는데요. 아, 순한 양! 아, 꾀꼬리!
           맙소사. 이 아가씨 어디 있지? 아, 줄리엣!

줄리엣 등장.

줄리엣   웬일이야, 누가 불러?
유모   마님께서.   5
줄리엣   어머니, 여기요. 왜 부르셨어요?
캐퓰릿 부인   사정을 들어 봐. 유모는 잠시만 나가 있게,
           비밀 얘기 있으니까. 아 유모, 되돌아와.

97행 수정 접시 로미오의 눈.
1막 3장 장소 베로나. 캐퓰릿의 저택.

	생각났어, 우리의 의논을 듣는 게 좋겠어.	
	딸애 나이 꽤 든 건 자네도 알고 있지.	10
유모	아이참, 시간까지 맞출 수 있는걸요.	
캐퓰릿 부인	열넷은 안 됐지.	
유모	제 이빨 열넷에 맹세코 —	

그런데 슬프게도 넷밖에 안 남아서 —
열넷은 아니에요. 수확제 날까지
얼마나 남았지요?

캐퓰릿 부인	열나흘쯤 될 거야.	15
유모	쯤이든 쭘이든 한 해의 모든 날 가운데	

수확제 날 저녁이면 열넷이 될 거예요.
수전과 아가씨가 — 신자들의 명복을! —
같은 나이였는데 수전은 하느님께 갔지요,
분에 넘쳤으니까. 하지만 말씀드렸다시피   20
수확제 저녁이면 열넷이 된답니다.
암요, 그렇게 되지요, 똑똑히 기억나요.
올해로 지진 난 지 십일 년이 되었고
아가씨가 젖 뗀 건 — 그건 절대 못 잊어요. —
한 해의 모든 날 가운데 그날이었으니까.   25
그때 전 젖꼭지에 쓴 쑥물을 바르고
비둘기장 벽 밑에서 햇볕 쬐고 있었어요.
주인님과 마님께선 만토바에 계셨고 —
제 머리도 괜찮죠. 하지만 말씀드렸다시피
고것이 제 젖꼭지 쑥물을 맛보고 나서는   30
쓰다는 걸 느끼고, 고 어린 예쁜 것이

14행 수확제 8월 1일에 열리는 축제.

44   로미오와 줄리엣

아리단 걸 알고서는 제 젖통을 떠밀었죠.
아이쿠! 비둘기장 흔들리네. 참말이지
다시 바를 필요가 없었어요.
그리고 그 뒤로 십일 년이 지났네요.   35
그때 애는 혼자 설 수 있어서, 예, 맹세코,
뒤뚱대며 주위를 다 뛰놀 수 있었어요.
왜냐하면 그 전날만 하더라도 이마를 깼는데
제 남편이 — 하느님이 보살펴 주시기를!
유쾌한 사람이었어요. — 아기를 일으키며   40
'그래, 얼굴을 처박고 넘어졌단 말이지?
좀만 더 꾀가 나면 뒤쪽으로 넘어질걸,
안 그래, 줄?' 했으니까요. 그런데 거참,
고 예쁜 게 울음을 뚝 멈추고 '응.' 그랬어요.
이제 그 농담이 진짜가 될 판이네!   45
장담컨대 이 몸이 천년을 산다 해도
그건 절대 못 잊어요. '안 그래, 줄?' 했는데
고 예쁜 게 뚝 그치고 '응.' 그랬어요.

캐풀릿 부인   그 얘기는 됐으니 제발 입 좀 다물게.
유모   예 마님. 하지만 고것이 울음을 뚝 멈추고   50
'응.' 한 걸 생각하면 웃을 수밖에요.
하지만 장담컨대 고것의 이마 위에
어린 수탉 불알만 한 혹이 돋아났었고 —
위험하게 부딪혔죠. — 괴롭게 울었어요.
제 남편은 '그래, 얼굴을 처박고 넘어져?   55
앞으로 나이 차면 뒤쪽으로 넘어질걸,

33행 아이쿠…흔들리네 지진 때문에.

	안 그래, 줄?' 했는데 뚝 그치고 '응.' 했어요.
캐퓰릿 부인	유모도 뚝 그쳐, 제발 좀 그만하게.
유모	예, 끝났어요. 아가씨께 하느님의 은총을!
	제가 기른 아기 중에 최고로 예뻤는데
	아가씨가 결혼 한번 하는 걸 살아서 본다면
	소원이 없겠어요.
캐퓰릿 부인	맞았어, '결혼'이 내가 말을 하려던
	바로 그 주제야. 줄리엣, 얘기해 봐,
	결혼하는 것에 대한 네 의향은 어떠냐?
줄리엣	그건 제가 꿈꾸지 않았던 영예예요.
유모	영예예요. 유모가 나 말고 여럿이 있었다면
	내 젖 먹고 똑똑해졌다고 말할 텐데.
캐퓰릿 부인	이제는 생각해 보거라. 너보다 어린데도
	여기 이곳 베로나의 지체 높은 숙녀들이
	이미 어미 되었단다. 내 계산으로는
	지금 네 처녀 나이 엇비슷했을 적에
	나도 네 어미였다. 짤막하게 얘기하마.
	용감한 파리스가 네 사랑을 구한단다.
유모	남자예요, 아가씨. 아가씨, 온 세상이
	그런 남자 — 아, 그분은 밀랍 인형 같아요.
캐퓰릿 부인	베로나의 여름에도 그런 꽃은 없단다.
유모	예, 그분은 꽃이에요, 정말로 꽃이에요.
캐퓰릿 부인	그래, 이 신사를 사랑할 수 있겠느냐?

60

65

70

75

67~68행 유모가…텐데
유모의 소탈한 유머 가운데 하나. 그녀는
줄리엣의 천성적인 총명함이 자기 젖에
서 나왔다는 것을 — 그게 아닌 것처럼 말

하면서 — 자랑스럽게 내비친다. (아든)
76행 밀랍 인형
밀랍으로 빚은 인형처럼 완벽하게 잘생
겼다는 말. (리버사이드)

오늘 저녁 연회에서 그를 보게 될 것이다.   80
파리스의 젊은 얼굴, 그 책을 읽은 다음
아름답게 적어 놓은 기쁨을 거기서 찾아봐라.
조화롭게 연결된 모든 특징 다 살피고
그것들이 어떻게 서로 만족하는지 본 다음
이 고운 책에서 알기 힘든 내용은   85
눈가에 적혀 있을 테니까 찾아봐라.
이 귀중한 사랑의 책, 제본 안 된 연인은
그것을 아름답게 꾸며 줄 표지만 없단다.
물고기가 물에 살 듯 미남은 미녀를
품속에 안는 것이 아주 자랑스럽고   90
금빛 걸쇠 안쪽에 금빛 얘기 담은 책은
수많은 사람들과 그 영광을 나눈단다.
너 또한 그의 모든 재산을 그렇게 나눌 거야,
그를 소유함으로써 작아지지 않으면서.

유모   작다니, 커지죠. 여자 배는 남자가 불려요.   95
캐풀릿 부인   짧게 말해 보려무나. 좋아할 수 있겠느냐?
줄리엣   보아서 좋은 마음 생긴다면 좋도록 보지요.
하지만 어머니 마음에 드시는 데까지만
제 눈길을 주도록 해 보겠습니다.

부엌 하인 등장.

부엌 하인   마님, 손님들은 오셨고 저녁상은 올렸고 마님을 찾고   100
있고 아가씨를 부르고 있고 주방에선 유모를 저주하
고, 모든 게 극에 달했습니다. 전 시중들러 가야 하는
데 곧바로 따라오시기 바랍니다.   (퇴장)

| 캐풀릿 부인 | 곧 따르마. 줄리엣, 백작이 기다린다. |
| 유모 | 아가씨, 행복한 낮에 이어 행복한 밤 찾아요. | 105 |

(함께 퇴장)

1막 4장

로미오, 머큐쇼, 벤볼리오, 대여섯 명의

다른 가장무도회 참가자들 및

횃불잡이들과 함께 등장.

로미오	뭐라고? 변명 삼아 소개말을 할 거야?
	아니면 해명 없이 앞으로 나갈 거야?
벤볼리오	장황하게 설명하던 시대는 지났어.
	우리는 수건으로 눈 가린 큐피드처럼
	물감 칠한 타타르 졸대 활로 숙녀들을	5
	허수아비 새 쫓듯이 겁주지도 않을 거고
	입장하기 위하여 외워 온 서문을
	프롬프터 따라서 맥없이 읊지도 않을 거야.
	자기네들 마음대로 박자를 정하면
	박자 맞춰 한 박자 밟아 주고 나올 거야.	10
로미오	횃불이나 하나 줘, 그런 동작 못 하겠어.
	난 마음이 무거우니 불이나 밝힐 거야.
머큐쇼	안 되지 로미오, 넌 춤을 춰야 해.

1막 4장 장소
베로나. 캐풀릿의 저택 앞.
5행 타타르…활
타타르 족의 짧고 굽은 활은 영국의 긴 활

보다 큐피드가 들고 다니는 입술 모양의
활에 더 가까웠을 것으로 추정된다. (리버
사이드)

로미오   정말이지 난 아냐. 넌 바닥이 가벼운
         춤 신발을 신었지만 내 마음의 납 바닥은   15
         땅 위에 날 붙잡아 꼼짝도 못 하게 해.

머큐쇼   넌 연인이잖아, 큐피드의 날개 빌려
         보통 사람 한계 넘어 날아올라 보라고.

로미오   큐피드의 가벼운 깃털로 날기에는
         내 몸에 그의 화살 너무 깊이 박혀 있고   20
         맥 빠진 비탄의 한계를 못 넘는 게 내 한계야.
         무거운 사랑의 짐 때문에 축 내려앉았어.

머큐쇼   네가 내려앉으면 사랑에겐 짐 될 텐데 —
         부드러운 것에게 너무 큰 압박이지.

로미오   사랑이 부드러워? 너무나 거칠고   25
         난폭하고 시끄럽고 가시처럼 찌르는데.

머큐쇼   사랑이 거칠게 굴거든 거칠게 상대해.
         찌를 때 되찌르면 사랑은 풀이 죽어.
         내 얼굴 가려 줄 탈 하나 이리 줘.
         가리개에 가리개라! 찌그러진 내 얼굴을   30
         호기심에 찬 눈들이 뜯어보면 어때서?
         이 송충이 눈썹이 대신 얼굴 붉힐 거야.

벤볼리오 자, 노크하고 들어가. 들어가자마자
         모두들 각자의 다리를 움직여.

로미오   난 횃불 들 거야. 마음 들뜬 난봉꾼은   35
         무감각한 골풀이나 뒤꿈치로 문질러.
         노름판은 촛불 든 사람이 가장 잘 본다는

36행 골풀 엘리자베스 시대 집 안의 방바닥에는 골풀이 깔려 있었고 아마 극장
무대 위에도 깔려 있었을 것이다. (아든)

옛 어른들 속담이 내 처지에 맞으니까.

꽁발이 최고일 때 난 일어설 거야.

머큐쇼   어, 동작 그만. 순경 나리 하시는 말씀이야.   40

일어설 거라면 우리가 빼내 주지,

네가 지금 머리까지 처박힌, 거, 냄새나는

사랑의 늪에서. 자, 태양이 타고 있어!

로미오   어, 지금은 밤인데.

머큐쇼   내 말은 지체하면

대낮의 불빛처럼 횃불만 허비한단 뜻이야!   45

좋은 뜻을 새겨들어, 그 속엔 오감보다

다섯 배나 더 많은 이치가 들어 있으니까.

로미오   이 가장무도회에 가는 뜻은 좋으나

이치엔 맞지 않아.

머큐쇼   왜 그런지 물어볼까?

로미오   간밤에 꿈을 꿨어.

머큐쇼   그야 나도 그랬지.   50

로미오   무슨 꿈을 꿨는데?

머큐쇼   개꿈이 많다는 거.

로미오   잠자면서 때로는 맞는 꿈도 꾸는데.

머큐쇼   아, 그렇다면 맵 여왕이 나타났던 모양이군.

그녀는 산파의 역할 하는 요정인데

시의원의 집게손가락 위의 마노보다   55

크지 않은 정도의 몸집을 하고서

53행 맵 여왕
셰익스피어가 지어낸 인물로 추정된다. (리
버사이드) 아일랜드의 요정인 맵(Mabh)이
라는 설도 있다. (아든)

54행 산파의 역할
요정들의 출산을 도와준다는 말이 아니
라 인간의 환상을 꿈속에서 실현하게 해
주는 요정이란 뜻이다. (아든)

눈곱만 한 짐승들이 이끄는 마차 타고
잠자는 사람들의 코 위를 지나가지.
그녀의 마차는 속이 텅 빈 개암인데
잊어버린 옛적부터 요정 마차 제작가인   60
가구장이 다람쥐나 땅벌레가 만들었어.
그 차의 바퀴살은 긴 거미 다리이고
덮개는 잠자리 날개로 돼 있으며
그녀의 봇줄은 가장 작은 거미줄,
말 목 띠는 물 머금은 달빛으로 빚어졌고   65
채찍은 귀뚜라미 뼈이며 그 끈은 가는 실,
마부는 회색 빛 외투 입은 날벌레로
게으른 처녀의 손가락 밑에서 끄집어낸
조그마한 둥근 벌레 반만큼도 크지 않아.
이 상태로 그녀가 밤마다 질주할 때 닿는 곳이   70
연인들 뇌 속이면 그들은 사랑을 꿈꾸고
궁정인 무릎 위면 그는 곧 절하는 꿈꾸고
변호사 손이면 그는 곧 사례금 꿈꾸고
숙녀들 입술 위면 그들은 곧 키스를 꿈꾸는데
그 입에서 달콤한 과자 냄새 풍긴다고   75
화난 맵이 거길 자주 물집으로 괴롭히지.
때로는 그녀가 궁정인의 코 위를 질주하면
그는 청원 한 건을 냄새 맡는 꿈꾸고
때로는 십일조 돼지의 꼬리를 들고 와서
잠자는 교구 목사 코끝을 간질이면   80
그이는 또 하나의 성직을 꿈꾸게 돼.
때로는 그녀가 군인의 목 위를 지나가면
그는 외적 모가지를 여러 개 자르거나

돌파구나 잠복이나 스페인제 검이나
폭탄주를 꿈꾸다가, 곧이어 그의 귀에   85
북을 둥둥 울려 주면 깜짝 놀라 깨어나서
잔뜩 겁을 먹은 채 잠시 기도 드린 다음
다시 잠에 빠진다네. 바로 이 맵 요정이
말들의 갈기를 한밤중에 엮어 놓고
더러운 년 머리카락 헝클어 놓는데   90
그걸 일단 풀게 되면 큰 불행이 생기지.
바로 이 요괴가 잠자는 처녀들을 짓누르고
무게를 견디는 법 처음으로 가르쳐서
몸가짐이 훌륭한 여인들을 만든다네.
바로 이 ─

로미오   잠깐 잠깐, 머큐쇼, 잠깐만.   95
네 얘기는 헛소리야.

머큐쇼   맞아, 꿈 얘기를 하니까.
꿈이란 건 한가로운 두뇌의 산물인데
생긴 곳은 다름 아닌 공허한 환상이고
그 환상은 공기처럼 속이 텅 비었으며
변덕스러운 바람보다 더 변덕스러워서   100
당장은 얼어붙은 북쪽 나라 좋아하나
화가 나면 거기에서 휙 하고 방향 바꿔
이슬비 내리는 남쪽으로 날아가지.

벤볼리오   그 바람에 우리는 먼 곳으로 날려 갔어,
너무 늦게 도착하여 저녁은 끝났을걸.   105

84행 스페인제 검 스페인의 톨레도에서 제조된 검은 그 품질로 유럽 전역에 이
름을 떨쳤다. (아든)

로미오　　　난 너무 일찍이 겁이 나. 내 마음은
　　　　　　아직은 별들에 달려 있는 그 어떤 결말의
　　　　　　두려운 기일이 오늘 밤 축연에서
　　　　　　비참하게 시작되고, 내 가슴에 갇혀 있는
　　　　　　멸시받은 생명이 때 이른 죽음으로　　　　　　　　110
　　　　　　천하게 만료되지 않을까 불안해하니까.
　　　　　　하지만 내 항로를 조종하는 그분께서
　　　　　　방향을 결정하리. 자, 활기차게 앞으로!
벤볼리오　　북을 쳐라.
　　　　　　　(그들은 무대 위를 이리저리 행진하다가 한쪽에 서 있다.)

1막 5장
부엌 하인들이 식탁보를 들고 앞으로 나온다.

부엌 하인 1　팟팬 어디 갔어, 치우는 일 안 도와주고? 나무 접시 자
　　　　　　기가 옮겨야지! 자기가 닦아야지!
부엌 하인 2　좋은 손버릇이 모두 다 한두 사람의 손에, 게다가 씻지
　　　　　　도 않은 손에 달렸다면 더러운 거야.
부엌 하인 1　의자 가져가, 선반 좀 꺼내고, 은그릇을 조심해. 이보　　5
　　　　　　게, 사탕 과자 한 조각만 남겨 줘. 그리고 내가 밉지 않
　　　　　　거든 문지기한테 말해서 수전 그린드스톤과 넬이 들
　　　　　　어오게 해 줘. ― (하인 2 퇴장) 안토니, 팟팬!

112행 그분　　　　　　　　　　　7행 수전…넬
섭리자인 하느님, 또는 사랑의 신.　　높은 분들의 잔치가 끝난 다음 벌어질 하
1막 5장 장소　　　　　　　　　　　인들의 파티에 올 처녀들. (뉴펭귄)
캐풀릿 저택의 무도장.

안토니와 팟팬 등장.

안토니	아 그래, 여깄어.
부엌 하인 1	큰방에서 널 찾고 부르고 물어보고 수소문하고 있어. 10
팟팬	우리가 여기저기 다 있을 순 없잖아. 이보게들, 힘내!
	잠깐만 기운 차려, 오래 사는 게 장땡이야. (함께 퇴장)

캐풀릿, 캐풀릿 부인, 줄리엣, 티볼트,

유모 및 부엌 하인들과 모든 손님 및 귀부인들,

가장무도회 참가자들에 더하여 등장.

캐풀릿	신사분들, 잘 오셨소, 발가락에 티눈 없는
	숙녀들이 여러분과 한 바퀴 돌 겁니다.
	자 우리 아가씨들, 춤추지 않을 사람 15
	이 가운데 있어요? 까다롭게 구는 여자,
	맹세코 티눈이 났답니다. 정곡을 찔렀지요?
	어서들 오십시오! 이 몸도 한때는 가면 쓰고
	고운 숙녀 귓속에 즐거운 이야기를
	속삭일 수 있었는데, 다, 다 지나갔어요. 20
	잘 오셨소, 신사분들! 악사들은 연주하라.
	자, 자, 자리를 만들고! 처녀들은 춤춰요!

(음악이 연주되고 춤을 춘다.)

애들아, 불을 좀 더 밝히고 이 상들은 치워라.

거기 불 좀 죽이고, 방이 너무 더워졌어.

8행 무대 지시문, 안토니와 팟팬 등장
아든 판에는 없으나, 리버사이드 판을 따랐다.

	이보게, 예상 못 한 손님들이 와 주셨어.	25
	아니 앉게, 앉으라고, 캐퓰릿 사촌 동생,	
	자네와 난 춤출 나이 지나 버렸으니까.	
	우리 둘이 가장무도회에 참석해 본 지가	
	얼마나 되었지?	
캐퓰릿 사촌	그것 참, 삼십 년이네요.	
캐퓰릿	뭐, 그렇게 많지 않아, 그렇게 많지 않아.	30
	오순절이 제 아무리 빨리 다가온대도	
	루센티오 혼례 이래 이십오 년쯤 됐어.	
	바로 그때 우리가 가면 쓰고 춤을 췄어.	
캐퓰릿 사촌	더 됐어요, 그 아들의 나이가 얼만데요.	
	서른이랍니다.	
캐퓰릿촌	그렇단 말이지?	35
	이 년 전엔 그 애가 미성년이었는데.	
로미오	저기 저 기사 손의 값어치를 높여 주는	
	저 숙녀는 누구지?	
부엌 하인	모르겠습니다.	
로미오	오, 횃불보다 더 밝게 빛나는 아가씨다.	
	검은 여인 귓밥 위의 값비싼 보석처럼	40
	밤의 뺨에 그녀가 걸린 것 같구나 —	
	땅 위에서 쓰기엔 너무 귀한 아름다움.	
	까마귀 무리 속의 흰 눈 같은 비둘기가	
	자기 또래 가운데 저 건너 숙녀구나.	
	춤곡이 끝났을 때 서 있는 곳 지켜보고	45

31행 오순절 부활절 후 일곱 번째 일요일에 있는 축제로 성령이 사도들 위에 강림한 것을 축하한다.

그녀 손을 만지면 거친 내 손 복 받으리.

내가 사랑했었던가? 시각이여 부인하라,

진정한 아름다움 이 밤에야 봤으니까.

티볼트   목소리를 들어 보니 몬터규가 틀림없다.

야, 내 단검 가져와. (소년 퇴장) 어떻게 놈이 감히   50

괴면상을 덮어쓰고 이곳에 나타나

우리의 축하연을 깔보면서 조롱하지?

이놈을 쳐 죽여도 죄가 되진 않을 거다.

캐퓰릿   아니, 왜 그러나, 왜 그렇게 격분했어?

티볼트   어르신, 이자는 몬터규, 우리의 적입니다.   55

자식이 악심 품고 이곳에 나타나

오늘 밤 축하연을 조롱하고 있어요.

캐퓰릿   로미오 청년인가?

티볼트   예, 로미오 자식이요.

캐퓰릿   진정해라 조카야, 내버려 두어라,

예의 바른 신사처럼 행동하고 있잖으냐.   60

그리고 사실은 베로나 사람들이 그 애를

선량하고 행실 바른 젊은이로 뽐낸단다.

이 도시의 모든 재물 다 준대도 그에게

바로 여기 내 집에서 무례하진 않을 테다.

그러니 참아라, 신경 쓰지 말거라.   65

내 뜻이야, 네가 그걸 존중할 생각이면

고운 태도 보이고 우거지상 치워라,

잔치에는 그런 표정 어울리지 않는단다.

티볼트   저런 놈이 손님으로 있을 때는 맞는데요.

못 봐주겠습니다.

캐퓰릿   봐줘야 할 것이야.   70

뭐, 후레자식 같으니! 봐줘야 한댔지, 허 참!

누가 여기 주인이냐, 너냐, 나냐? 허 참!

못 봐준단 말이지! 하느님 맙소사,

손님들 사이에서 폭동을 일으키겠다고,

난장판 벌여 놓고 혼자 으스대겠다고!   75

티볼트   아니, 삼촌, 창피해요.

캐퓰릿   허 참, 허 참.

건방진 애로구나. 정말로 그러냐?

이렇게 장난치면 다칠 거야. 빈말 아냐.

내 뜻을 거역해야겠다고. 허 참, 이쯤에서 —

좋습니다, 여러분 — 뻔뻔스러운 놈 같으니,   80

조용해, 안 그러면 — 불을 더! 불을 더! — 창피해서

입 다물게 해 주마. 하, 여러분, 즐겁게!

티볼트   강요된 인내심과 외고집 울화통이 만나니

서로 다른 인사말에 살이 다 떨린다.

난 물러나겠다만 이번 침입 사건은   85

지금은 달콤한 듯해도 쓰디쓴 담즙 되리.   (퇴장)

로미오   (줄리엣에게) 너무나 가치 없는 이 손으로 제가 만일

이 성전을 더럽히면 제 입술은 곧바로

얼굴 붉힌 두 순례자처럼 부드러운 키스로

거친 접촉 지우려는 고상한 죄 짓겠지요.   90

줄리엣   순례자님, 경건함을 이렇게 공손하게

보여 주는 그 손에게 너무 잘못하세요,

성자상도 순례자가 만져 보는 손이 있고

83~84행 강요된…떨린다 삼촌의 명령에 할 수 없이 복종해야 하는 굴욕감과 거
기에 반발하여 분노하는 마음으로 치를 떠는 티볼트 자신을 설명한다.

	맞닿은 손바닥은 순례자의 키스인데.	
로미오	성자상도 순례자도 입술은 있잖아요?	95
줄리엣	예, 순례자님, 기도에 써야 하는 입술이죠.	
로미오	그렇다면 성자여, 입술로 손일을 합시다.	
	기도를 — 허락해요, 믿음이 절망 되지 않도록.	
줄리엣	성자상은 기도는 허락하나 움직이진 못해요.	
로미오	그렇다면 기도하는 동안에 움직이지 말아요.	100

(그녀에게 키스한다.)

	이렇게 내 죄는 그대의 입술로 씻기었소.	
줄리엣	그렇다면 내 입술로 죄가 옮겨 왔군요.	
로미오	내 입술에서요? 오, 이 달콤한 범법 재촉!	
	내 죄를 돌려 줘요.　　　　(그녀에게 다시 키스한다.)	
줄리엣	책에 적힌 키스네요.	
유모	아가씨, 어머니가 꼭 하실 말씀이 있답니다.	105
로미오	어머니가 누군가요?	
유모	원 이런, 젊은이,	
	아가씨 어머니는 이 집의 안주인이시고	
	훌륭하신 부인이며 똑똑하고 정숙해요.	
	당신과 말을 나눈 따님을 이 몸이 키웠는데	
	정말이지 그녀를 손에 넣는 남자는	110
	한밑천 잡을 거요.	
로미오	그녀가 캐퓰릿?	
	오, 가혹한 벌이다! 적에게 생명을 빚지다니.	
벤볼리오	자, 떠나자, 놀이가 절정에 이르렀어.	

87~100행 너무나…말아요
로미오와 줄리엣의 첫 대화는 소네트(14
행시) 형식으로 되어 있다. 로미오의 4행
시, 줄리엣의 4행시, 두 사람의 4행시, 그
리고 두 사람의 2행 연구와 키스로 이 소
네트가 완성된다.

로미오	그런 것 같아서 내 불안은 더 커졌어.	
캐풀릿	아니, 여러분, 떠날 준비 마시오,	115

보잘것없지만 다과를 내오려 합니다.

(그들이 그의 귀에 속삭인다.)

그렇단 말이지요? 그럼 모두 고맙소.

고맙소, 훌륭한 신사분들, 잘 가시오.

횃불 더 가져와라! 자 그럼, 자러 가자.

(캐풀릿 사촌에게) 이보게, 참말이지, 밤이 많이 늦었어,   120

난 가서 쉬려네.   (줄리엣과 유모만 남고 모두 함께 퇴장)

줄리엣	아 유모, 이리 와 봐. 저 신사는 누구지?	
유모	티베리오 노인의 아들이며 상속인요.	
줄리엣	지금 문을 나서는 저 사람은 누구고?	
유모	음, 저건 페트루시오의 아드님 같은데요.	125
줄리엣	여기까지 따라와 춤을 안 춘 저 사람은?	
유모	몰라요.	

줄리엣   가서 이름 물어봐. 그가 만일 기혼이면

무덤이 내 신혼의 침대가 될 것 같아.

유모	이름은 로미오고 몬터규네 사람이며	130

큰 원수 집안의 외동아들이래요.

줄리엣   하나뿐인 미움이 하나뿐인 사랑을 낳다니.

모르고 너무 일찍 만났고 너무 늦게 알았다.

혐오스러운 원수를 사랑해야 하다니

나에게 이 사랑은 불길한 탄생이다.   135

유모	뭐라고요, 뭐라고?	

줄리엣   같이 춤춘 사람에게

방금 배운 시 한 수야. (안에서 누가 '줄리엣' 하고 부른다.)

유모   곧 갑니다, 곧 가요!

자 어서, 낯선 사람 모두 다 떠났어요.　　(함께 퇴장)

2막
해설자 등장.

해설자　옛 욕망은 바야흐로 죽음을 맞이하고
　　　　자라나는 애정이 뒤잇기를 갈망하며
　　　　신음에다 죽음까지 바치려던 미녀는
　　　　온화한 줄리엣에 비하니 미녀가 아니라네.
　　　　매력적인 용모에 서로가 현혹되어　　　　　　　　5
　　　　이제야 로미오는 사랑 받고 또 하지만
　　　　추정된 적에게 한탄해야만 하고 그녀 또한
　　　　달콤한 사랑 미끼 무서운 낚시에서 훔치네.
　　　　그는 적의 신분이라 그녀에게 접근하여
　　　　연인들의 뭇 언약을 맹세할 수 없었으며　　　　10
　　　　사랑은 꼭 같으나 수단은 훨씬 적은 그녀 또한
　　　　새로운 님 만나 볼 곳 아무 데도 없었다네.
　　　　하지만 열정과 시간으로 만날 힘과 수단 얻어
　　　　극한 기쁨 느끼면서 극한 상황 극복하네.　　(퇴장)

2막 1장
로미오 홀로 등장.

2막 해설자　1막의 서두처럼 해설자의 대사는 소네트 형식으로 되어 있다.

로미오	내 마음은 여깄는데 떠날 수가 있겠어?
	둔한 등신, 돌아서서 네 중심을 찾아봐. (물러난다.)

벤볼리오, 머큐쇼와 함께 등장.

벤볼리오	로미오! 내 사촌 로미오!
머큐쇼	똑똑한 친구니까
	틀림없이 집에 가서 자려고 도망쳤어.
벤볼리오	이쪽으로 뛰어가서 정원 담을 넘었어. 5
	불러 봐, 머큐쇼.
머큐쇼	그러지, 마법도 걸어 볼게.
	로미오! 변덕쟁이! 미치광이! 열정! 연인!
	한숨의 형태로 네 모습을 드러내라,
	운에 맞춰 한마디만 말해도 만족할게.
	'원, 이런!' 하든지 '너랑' '사랑' 발음해 봐, 10
	수다쟁이 비너스에게 고운 말 한번 해 봐.
	앞 못 보는 그녀 아들 아브라함 큐피드 소년,
	걔 별명도 불러 봐. 거지 처녀 사랑했던
	코페투아 임금님을 멋지게 쏴 맞혔잖아.
	듣지 않을 뿐더러 기척이나 미동조차 없구먼. 15

2막 1장 장소
베로나. 캐풀릿의 정원.
12행 아브라함…소년
이 이름에 관해 두 가지 해석이 있다. 1)반
벌거숭이 몸으로 시골을 돌아다니며 거
지 행각과 도둑질을 일삼았던 아브라함
거지(Abraham man)와 관련 있는 말이다.
2)아브라함은 장수한 성경 속 인물이고

큐피드는 소년이기 때문에 '아브라함 큐
피드 소년'은 그 자체가 모순이다. 하지만
큐피드는 소년인 동시에 가장 나이 많은
신이기도 하다. (아든, 리버사이드)
13~14행 거지…임금님
「코페투아 임금님과 거지 처녀」라는 오래
된 발라드를 언급하는 말. (뉴펭귄)

원숭이가 죽었으니 마법을 걸어야지.
로절린의 총명한 눈으로 마법을 걸겠다.
그녀의 드높은 이마와 붉은 입술,
멋진 발, 곧은 다리, 떨리는 허벅지와
그 근처에 자리 잡은 사유지로 명하노니   20
너와 닮은 모습으로 우리에게 나타나라.

벤볼리오   그가 만약 네 말을 듣는다면 성낼 텐데.

머큐쇼   이래서는 성이 안 나. 성이 나고 싶으면
애인의 마법의 원 안에서 성질이 이상한
악마 한 놈 일으키고 그녀가 그놈을   25
죽게 만들 때까지 서 있어야 할 거야.
그럭하면 좀 화가 나겠지. 내 주문은
공평하고 정직해. 그의 애인 이름으로
마법 걸어 그를 그냥 일으키는 것뿐이야.

벤볼리오   그만 가자. 그는 저 나무 틈에 숨어서   30
습기 찬 이 밤과 교제하고 싶어 해.
눈먼 그의 사랑에는 어둠이 최고야.

머큐쇼   사랑이 눈멀면 표적을 맞출 수가 없는데.
이제 그는 서양모과 나무 아래 앉아서
처녀가 혼자서 웃으며 모과라고 부르는   35
그 과일이 자신의 애인이길 바랄 거야.
오, 로미오, 그녀는, 오, 그녀는 거시기
구멍 난 모과이고 너는 긴 배였으면!
잘 자라, 로미오. 난 간이침대로 갈 거야.

16행 죽었으니   24행 마법의 원
죽은 체하니. (리버사이드)   마술사가 땅 위에 그리는 원과 애인의 성
                              기라는 두 가지 뜻을 가진 말.

이 야외 침대는 잠자기엔 너무 추워.   40

자, 가 볼까?

벤볼리오   가자, 숨으려 하는 사람

찾으려 하는 건 쓸데없는 일이니까.

(벤볼리오, 머큐쇼 함께 퇴장)

2막 2장

로미오, 앞으로 나온다.

로미오   다쳐 본 적 없는 자가 흉터를 비웃는 법.

줄리엣 위쪽 창문에 등장.

잠깐만, 저기 저 창문에서 웬 빛이 새 나오지?

저곳은 동쪽이고 줄리엣은 해님이다.

고운 해님 솟아올라 시기하는 저 달을

무찔러 버려요. 자신의 시녀인 그대가   5

훨씬 더 곱다고 벌써부터 슬퍼서 창백해요.

그녀는 시기하니 시녀 되진 마세요.

그녀의 순결한 제복은 초록빛 병색이고

광대들만 입는다오. 그걸 벗어 버려요.

저건 내 님이다. 오, 저건 내 사랑이다!   10

오, 이 사실을 그녀가 알았으면!

2막 2장 장소   베로나. 캐풀릿의 정원.
5행 시녀   앞줄에 언급된 달, 즉 달의 여신 디아나를 시중드는 여인.

입을 연다. 그런데 말은 없어. 상관있어?
눈으로 대화하니 거기에 답할 거야.
난 너무 대담해, 말 걸지도 않았는데.
넓디넓은 하늘의 가장 고운 두 별이   15
그녀의 눈에게 일 좀 보고 올 때까지
자기네 천구에서 반짝여 달라고 간청하네.
그녀 눈과 별들의 자리가 바뀌면 어찌 될까?
그녀 뺨은 너무 밝아 햇빛 아래 등불처럼
별들은 창피해하리라. 하늘로 간 그녀 눈은   20
창공을 가로질러 너무 밝게 빛나므로
새들은 노래하며 대낮이라 생각할 것이다.
저것 봐, 손으로 자기 뺨을 괴고 있어.
오, 내가 저 손에 낀 장갑 되어 그녀 뺨을
만져나 보았으면.

줄리엣   아, 어쩌나.

로미오   말을 한다.   25
오, 다시 말해 보시오, 빛나는 천사여,
왜냐하면 이 몸 위에 떠 있는 이 밤의 그대는
날개 달린 하늘의 전령이 허공의 가슴 위를
한가로운 뭉게구름 걸터타고 날아갈 때
몸을 젖혀 응시하며 놀라움에 흰자위를   30
허옇게 드러낸 인간들의 눈에 비친
그의 모습만큼이나 눈부시게 아름다우니까.

줄리엣 오 로미오, 로미오, 왜 그대는 로미오인가요?

28행 날개…전령
앞서 말한 천사인 동시에 신들의 사자인 헤르메스를 가리킨다.

	아버지를 부인하고 그대 이름 거부해요.	
	그렇게 못 한다면 애인이란 맹세만 하세요,	35
	그럼 난 더 이상 캐퓰릿이 아니에요.	
로미오	더 들을까 아니면 이쯤에서 말을 할까?	
줄리엣	그대의 이름만이 나의 적일 뿐이에요.	
	몬터규가 아니라도 그대는 그대이죠.	
	몬터규가 뭔데요? 손도 발도 아니고	40
	팔이나 얼굴이나 사람 몸 가운데	
	어느 것도 아니에요. 오, 다른 이름 가지세요!	
	이름이 별건가요? 우리가 장미라 부르는 건	
	다른 어떤 말로도 같은 향기 날 거예요.	
	로미오도 마찬가지, 로미오라 안 불러도	45
	호칭 없이 소유했던 그 귀중한 완벽성을	
	유지할 거예요. 로미오, 그 이름을 벗어요,	
	그대와 상관없는 그 이름 대신에	
	나를 다 가지세요.	
로미오	그 말 듣고 가질게요.	
	애인이라 불러만 준다면 다시 세례받은 뒤	50
	앞으로는 절대로 로미오라 안 할게요.	
줄리엣	누구신대 이렇게 밤의 장막 속에서	
	제 비밀과 마주치게 된 거죠?	
로미오	이름으론	
	누구인지 그대에게 말할 수 없군요.	
	성자시여, 제 이름은 제가 미워합니다.	55
	그것이 그대의 적이기 때문이죠.	
	만약에 써 놨다면 찢어 버릴 겁니다.	
줄리엣	그대 혀가 내놓은 말 내 귀로 마신 것이	

	백 마디도 안 되지만 그 음성은 알아요.	
	로미오가 아닌가요, 그리고 몬터규죠?	60
로미오	아가씨가 싫다면 어느 쪽도 아닙니다.	
줄리엣	어떻게 오셨어요, 말해 봐요, 뭣 때문에?	
	정원의 벽은 높고 넘어오기 힘들며	
	내 친척 누군가가 그대를 발견하면	
	그대 신분 고려할 때 여긴 죽는 곳이에요.	65
로미오	사랑의 가벼운 날개로 벽을 날아 넘었죠.	
	돌로 지은 장애물은 사랑을 못 내치고	
	사랑은 할 수 있는 일이면 과감히 하니까요.	
	그러므로 그대 친척, 나를 막진 못합니다.	
줄리엣	만약 보게 된다면 살해할 거예요.	70
로미오	아! 그들의 스무 자루 칼보다도 더 큰 위험이	
	그대 눈에 있답니다. 그대만 즐거우면	
	그들의 적개심은 날 찌르지 못합니다.	
줄리엣	무슨 일이 있어도 그들이 못 보면 좋겠어요.	
로미오	밤의 외투 걸쳐서 그들 눈엔 안 띄지만	75
	그대 사랑 없다면 날 찾아내라지요.	
	그들의 미움으로 내 생명 끝나는 게	
	사랑 없이 지연된 죽음보다 낫답니다.	
줄리엣	누구의 안내로 이곳을 찾아냈죠?	
로미오	사랑이 맨 처음 알아보라 귀띔했죠.	80
	그는 내게 조언했고 난 눈을 빌려 줬답니다.	
	난 선장은 아니지만 가장 먼 바닷물에 씻기는	
	불모의 해안만큼 그대가 저 멀리 있다 해도	
	이런 상품 구하려고 모험했을 겁니다.	
줄리엣	알다시피 밤의 가면 내 얼굴을 덮었어요.	85

안 그러면 오늘 밤에 들으신 말 때문에
처녀 뺨은 수줍어 붉어졌을 거예요.
격식을 차리고 싶어요. 했던 말을 기꺼이, 기꺼이,
부인하고 싶어요. 하지만 관습은 버리자.
날 사랑하세요? '예.'라고 말하실 줄 알아요,   90
그 말을 믿을게요. 그래도 맹세를 하신다면
거짓될 수 있답니다. 연인들의 위증에
조브가 웃는다고 하니까. 오, 로미오,
사랑하고 있다면 성실하게 선언해요.
만약 나를 너무 빨리 얻었다고 생각하면   95
다시 구애하도록 심술궂게 찌푸리고
안 돼요 할 테지만, 아니라면 절대로 안 그래요.
참말이지 몬터규 님, 난 너무 좋아요.
그래서 내 행동을 가볍다 여길 수 있겠지만
믿어 줘요, 교활하게 쌀쌀맞은 여자보다   100
더 진실된 사람임을 입증할 테니까.
고백건대 그대가 나 몰래 참사랑의 감정을
엿듣지만 않았어도 그대를 더 쌀쌀맞게
대했을 거랍니다. 그러니 날 용서하고
어두운 밤중에 들켜 버린 이 허락을   105
가벼운 사랑의 탓으로 돌리지는 마세요.

로미오   아가씨, 이 과일 나무 끝 모두를 은칠 하는
저기 저 축복받은 달님에게 서약건대 —

줄리엣   오, 둥근 궤도 안에서 한 달 내내 변하는

93행 조브
주피터라고도 불리는 로마 신계의 주신. 그리스 신화의 제우스에 해당한다.

	지조 없는 달에게 맹세하진 마세요,	110
	그대의 사랑도 그처럼 바뀌지 않도록.	
로미오	어디에다 맹세하죠?	
줄리엣	아무 맹세 마세요.	
	하겠다면 품위 있는 자신에게 맹세해요,	
	이 몸이 우상으로 숭배하는 신이니까.	
	그럼 믿을 거예요.	
로미오	내 가슴의 사랑이 —	115
줄리엣	저, 맹세하지 마세요. 그대가 좋긴 해도	
	오늘 밤 이 언약은 즐겁지 않답니다.	
	너무너무 성급하고 무모하고 빨라요.	
	'번개 친다.' 말하기도 이전에 사라지는	
	번개와 너무나 꼭 같아요. 님이여, 잘 자요.	120
	이 사랑의 꽃눈은 여름의 숨결로 자라나	
	우리 다음 만날 때면 예쁘게 피겠지요.	
	잘 자요, 잘 자요! 내 가슴속에 있는	
	감미로운 휴식이 그대의 마음에도 오기를.	
로미오	오, 난 이렇게 불만인데 그대는 떠나요?	125
줄리엣	오늘 밤에 원하시는 만족이 뭔데요?	
로미오	성실한 사랑 서약 교환하는 거랍니다.	
줄리엣	요청도 하기 전에 내 것을 드렸어요,	
	하지만 그것을 다시 주고 싶네요.	
로미오	철회하고 싶어서요? 목적이 뭔데요?	130
줄리엣	너그러운 마음으로 그냥 다시 주려고요.	
	하지만 가진 것을 주고 싶을 뿐이에요.	
	아낌없는 내 마음은 바다처럼 끝이 없고	
	사랑 또한 그처럼 깊어서 더 많이 줄수록	

더 많이 생겨나요, 둘 다 무한하니까.   135
안에서 소리가 들려요. 잘 가요, 내 사랑.

                        (안에서 유모가 부른다.)

곧 갈게, 유모 ― 참되세요, 몬터규 님.
잠시만 기다려요, 돌아올 테니까.

                        (줄리엣 위에서 퇴장)

로미오   오, 축복, 축복받은 밤이다! 밤이라서
        이 모든 게 실제라고 하기엔 너무나   140
        기분 좋게 달콤한 꿈일까 봐 두렵구나.

                위에서 줄리엣 등장.

줄리엣   로미오 님, 세 마디만 더하고 정말 안녕.
        그대가 사랑하는 방향이 올바르고
        목적이 결혼이면 내일 내가 주선하여
        보내는 사람 편에 말씀을 전하세요,   145
        어느 때 어디서 예식을 거행할지.
        그러면 내 재산 모두를 그대에게 바치고
        이 세상 어디든 남편으로 따를게요.
유모   (안에서) 아가씨.
줄리엣   곧 갈게 ― 그러나 좋지 않은 의도라면   150
        정말로 간청컨대 ―
유모   (안에서) 아가씨.
줄리엣   금방 갈게 ―
        애쓰길 멈추고 나 혼자 한탄하게 두세요.
        내일 사람 보낼게요.
로미오   내 영혼에 맹세코 ―

줄리엣	수천 번 좋은 밤 보내세요.	(위에서 퇴장)	
로미오	그대 빛을 잃고 나니 수천 배나 더 나빠요.		155
	님 향한 애인 걸음 책 덮은 학생 같고		
	님 떠난 애인 걸음 우울한 등굣길 같구나.		

위에서 줄리엣 다시 등장.

줄리엣	쉿! 로미오, 쉿! 오, 매사냥꾼 목소리로	
	이 귀한 보라매를 다시 불러 봤으면!	
	속박에 목이 쉬어 큰 소리를 못 지르네.	160
	안 그러면 메아리 여신의 동굴을 깨부수고	
	로미오란 이름을 그녀에게 반복시켜	
	혀 없는 그녀 목을 나보다 더 쉬게 할 텐데.	
로미오	내 영혼이 내 이름을 부르고 있구나.	
	경청하는 사람에게 부드러운 음악처럼	165
	연인들의 밤 말은 얼마나 은종 소리 같은가.	
줄리엣	로미오.	
로미오	내 어린 매.	
줄리엣	내일 아침 몇 시에	
	사람을 보낼까요?	
로미오	9시가 됐을 때요.	
줄리엣	꼭 그리할게요. 그때까지 이십 년 같아요.	
	그대를 왜 도로 불렀는지 잊었어요.	170
로미오	기억날 때까지 서 있게 해 줘요.	
줄리엣	그대를 거기 있게 하려고 잊겠어요,	

161행 메아리 여신 에코를 말한다.

	얼마나 같이 있고 싶은지를 기억하며.	
로미오	이 집 말고 다른 집은 모두 다 잊으면서	
	그대가 계속 잊게 계속 서 있을게요.	175
줄리엣	거의 아침이에요. 그대를 보내고 싶지만	
	짓궂은 소년의 새보다 더 멀리는 안 돼요.	
	걔는 마치 고것이 족쇄 찬 불쌍한 죄수인 양	
	자신의 손을 떠나 조금 뛰게 해 주지만	
	무턱대고 그 자유를 의심하기 때문에	180
	은빛 실을 홱 당겨 도로 낚아챈답니다.	
로미오	내가 그대 새였으면.	

줄리엣   그랬으면 좋겠지만

너무 많이 품었다가 죽이게 될걸요.

잘 자요, 잘 자요. 이별의 슬픔은 감미로워

아침이 올 때까지 밤 인사 할 거예요.   185

로미오   그대 눈과 가슴에 잠과 평화 찾아오고

나 또한 기쁨에 찬 잠과 평화 누렸으면.   (줄리엣 퇴장)

잿빛 눈의 아침은 얼룩덜룩 금빛으로

동쪽 구름 칠하면서 찌푸린 밤 보며 웃고

빛 점 박힌 어둠은 술꾼처럼 비척대며   190

낮의 길과 태양신의 불 마차를 피해 가네.

난 이제 신부님의 암자로 발을 옮겨

도움을 간청하고 이 행운을 전해야지.   (퇴장)

188~191행 아침, 어둠, 낮 의인화 된 사물.

바구니를 든 로런스 수사 홀로 등장.

로런스 수사   난 이제 저 태양이 불타는 눈을 들어
낮 기운을 북돋우고 밤이슬을 쫓기 전에
독초와 귀한 액즙 들어 있는 꽃으로
이 버들 바구니를 한가득 채워야지.
대지가 곧 자연물의 어미이자 무덤이고   5
그들이 묻히는 묘지가 곧 그들의 자궁인데
우리는 그 자궁의 다양한 자식들이
생모의 가슴에서 젖 빠는 걸 볼 수 있다.
갖가지 뛰어난 효험 가진 것도 많고
약효가 없는 것은 없지만 다 다르다.   10
오, 초목과 광물과 그 특성에 담겨 있는
강력한 효능은 참 크기도 하여라. 왜냐하면
땅 위에 사는 것은 아무리 사악해도
특유의 이로움을 땅으로 조금은 되돌리고
또 아무리 이로워도 선용하지 않으면   15
오용에 빠지면서 천성을 저버리게 되니까.
미덕도 잘못 쓰면 악덕으로 바뀌고
악덕도 때로는 행동으로 영예를 얻는다.

로미오 등장.

이 약한 꽃송이의 어린 망울 속에서

2막 3장 장소 베로나. 로런스 수사의 암자.

독은 머물 자리를, 약은 힘을 얻는다,　　　　　　　20
그 냄새만 맡을 때는 전신에 활력을 주지만
맛을 보면 심장 따라 모든 감각 멈추니까.
이처럼 적대하는 미덕, 욕정, 두 왕이
인간이나 약초 안에 언제나 진을 치고
둘 가운데 나쁜 것이 우세하면 곧바로　　　　　25
죽음이란 자벌레가 그걸 먹어 버린다.

로미오　　좋은 아침입니다, 신부님.

로런스 수사　　　　　　　　　축복을 받으시오.
참 유쾌한 아침 인사 같은데 뉘시오?
너였구나, 이렇게 아침 일찍 눈 뜬 걸 보니까
머리가 아픈 일이 있다는 말이구나.　　　　　30
늙은이의 눈 속엔 걱정거리 보초 서고
걱정거리 머문 곳에 잠은 절대 안 오지만
골치도 안 아프고 안 부대낀 젊은이가
네 활개를 접는 곳엔 금빛 잠이 쏟아지지.
그러니까 네가 일찍 일어난 건 분명히　　　　35
무언가 불편한 게 있다는 말이구나.
그런 게 아니라면 어디 한번 맞혀 볼까 ―
로미오가 간밤에 잠자리를 비웠구나.

로미오　　예, 그래서 더 달콤한 휴식이었답니다.

로런스 수사　　맙소사, 죄를 졌어! 로절린과 함께였어?　　40

로미오　　로절린과 함께요? 아닙니다, 신부님.
그 이름과 그 이름의 비탄은 잊었어요.

로런스 수사　　그것 참 잘했다. 그럼 어디 있었느냐?

로미오　　또다시 묻기 전에 말씀을 드리지요.
이 몸이 적과 함께 향연을 즐기던 중　　　　　45

	저로부터 상처받은 한 사람이 갑자기	
	저에게 상처를 입혔고 두 사람의 치료는	
	신부님의 도움과 성스러운 의술에 달렸어요.	
	제 마음에 미움은 없습니다, 신부님,	
	제 탄원은 적에게도 혜택을 주니까요.	50
로런스 수사	분명하고 알기 쉽게 취지를 말해라.	
	고해가 난해하면 속죄도 난해할 수밖에.	
로미오	그렇다면 분명하게, 제 마음의 연인으로	
	캐풀릿 갑부의 고운 딸이 결정되었습니다.	
	그녀의 마음도 저와 같이 정해졌고	55
	신부님이 혼인으로 합쳐 주는 일만 빼고	
	다 합쳐졌답니다. 어느 때 어디서 어떻게	
	둘이 만나 구애하고 언약을 나눴는지	
	가면서 말할 테니 제발 부탁드립니다,	
	저희를 혼인으로 오늘 맺어 주십시오.	60
로런스 수사	나 원 참, 이럴 수가! 많이도 변했구나!	
	그렇게도 사랑하던 로절린을 버렸다고?	
	이리 빨리? 젊은이의 사랑은 진실로	
	마음속이 아니라 눈 속에 있구나.	
	예수님, 성모님! 로절린 때문에	65
	핏기 없는 네 뺨 위에 흘린 눈물 얼마더냐!	
	짠맛도 나지 않는 사랑을 보존해 보려고	
	낭비한 짠물은 또 얼마나 많았더냐!	
	허공의 네 한숨 아직 볕에 안 말랐고	
	늙은 이 두 귀에 네 신음이 아직 들려.	70
	이것 봐, 여기 네 뺨 위에 옛 눈물 자국이	
	아직도 씻기지 않은 채 남아 있어.	

네가 옛날 너이고 이 비탄이 네 거라면

너와 이 비탄은 다 로절린 때문이었잖아.

그런데 변했다고? 그럼 이 격언이나 읊어라.   75

남자가 힘없으면 여자는 쓰러진다.

로미오   로절린을 사랑한다, 자주 꾸중하셨어요.

로런스 수사 사랑이 아니라 혹했다고 그런 거지.

로미오   사랑을 묻어라, 그러셨죠.

로런스 수사   무덤 속에

하나 묻고 또 하나를 꺼내라고 한 건 아냐.   80

로미오   꾸중하지 마세요, 지금의 애인과는

사랑과 호의를 서로 주고받으니까.

전에는 못 그랬죠.

로런스 수사   오, 그거야 네 사랑이

뜻 모르고 외운 건 줄 그녀가 알아봤으니까.

하지만 갈팡질팡하는 애야, 함께 가자.   85

한 가지 점에서 도와주마. 이 결합이

정말로 행복하여 두 집안의 원한이

순수한 사랑으로 바뀔 수도 있으니까.

로미오   어서 가요, 갑자기 서두르고 싶어요.

로런스 수사 천천히 현명하게. 빨리 뛰면 넘어진다.   (함께 퇴장)   90

2막 4장
벤볼리오와 머큐쇼 등장.

머큐쇼   이 로미오는 도대체 어디로 간 거야? 간밤엔 집에도
안 왔어?

벤볼리오	부친 집엔 안 왔어, 하인한테 알아봤지.
머큐쇼	허, 저 창백한 돌 심장 계집아이, 그 로절린의 극심한 고문에 그는 분명 미치고야 말 거야.
벤볼리오	캐퓰릿 영감의 친척인 티볼트가 로미오 부친 집으로 편지를 보냈다지.
머큐쇼	도전장이 틀림없어.
벤볼리오	로미오는 답을 할 테고.
머큐쇼	글만 쓰면 답장이야 누구나 할 수 있지.
벤볼리오	아니, 편지의 주인에게 응답을 할 거야. 감히 덤볐으니까 감히 덤비겠노라고.
머큐쇼	아, 불쌍한 로미오, 그는 이미 죽었어. 파리한 계집애의 검은 눈에 찔리고, 귀는 사랑의 노래로 꿰뚫려 버렸으며 심장은 눈먼 소년의 연습용 화살로 한가운데가 쪼개져 버렸으니까. 이런 사나이가 티볼트를 대적할 수 있을까?
벤볼리오	왜, 티볼트가 뭔데?
머큐쇼	고양이의 왕보다는 한 수 위지. 오, 그는 결투 예법의 용감한 대장이야. 악보 보고 노래하듯 정확하게 싸운다네, 박자, 거리, 리듬을 지키면서. 최소한의 휴지를 두면서 한두 번 찌르다가 세 번째는 가슴이야. 그는 비단 단추 도살의 명수로서 — 검투사야, 검투사. 최고급 양성소 출신의 신사로서 싸움하는 명분의 첫째와 둘째 이유를 따른다네. 아, 그 필살의 전방 공격, 후방 공격과 직타격!

5

10

15

20

25

2막 4장 장소 베로나의 길거리.
15행 눈먼 소년 큐피드.

24~25행 첫째와…이유
첫째 이유는 죽음으로 값을 치러야 하는 범죄이고 둘째는 명예이다. (아든)

벤볼리오   그건 또 뭐야?

머큐쇼   이렇게 기괴하게 혀 꼬고 잘난 체하는 거드름쟁이들,
낯선 말 내뱉는 자들은 염병에나 걸려라! '어라, 아주
훌륭한 검잽이네! 아주 간 덩치 큰 남자야! 열라 유쾌   30
한 창녀잖아!' 아니, 벤볼리오 노인, 이거 통탄할 일 아
닌가? 우리가 이런 이상한 날벌레들, 유행병에 걸린
자들, 새로운 예의를 너무 차린 나머지 오래된 범절은
제대로 챙기지도 못하면서 젠체하는 자들 때문에 이
렇게 괴로움을 당해야만 하다니. 뼈가 썩어 문드러질   35
놈들!

로미오 등장.

벤볼리오   로미오가 저기 오네, 로미오가 저기 와!

머큐쇼   마른 청어처럼 이리는 빠졌네. 오, 인간이 저렇게 물고
기가 되다니! 이제 그는 페트라르카의 구슬픈 노래에
어울리게 되었어. 자기 아가씨에 비하면 로라는 부엌   40
데기, (아 참, 그녀의 애인이 시는 더 잘 지었지), 디도
는 촌뜨기, 클레오파트라는 검둥이, 헬레네와 헤로는
매춘부 매음녀고, 티스베는 잿빛 눈이 괜찮지만 별 볼

26행 직타격
벤볼리오 귀에는 낯설게 들리는 검술 용
어로 원래는 이탈리아어인데 이렇게 옮
겨보았다.
29~31행 어라…창녀잖아
벤볼리오가 곧 설명할 이상한 말의 예.
31행 벤볼리오 노인
머큐쇼는 자기가 마치 무분별하게 외래

풍조에 물든 젊은이들을 한탄하는 노
인이 된 것처럼 벤볼리오 노인에게 말을
건다.
39행 페트라르카
이탈리아 르네상스 시기의 시인으로 '로
라'에 대한 사랑을 주제로 하는 『칸초니
에레』를 남겼다.

일 없어. 봉주르, 시뇨르 로미오! 이건 당신의 프랑스
바지에 맞춘 프랑스식 인사요. 어제 저녁엔 뺑소니로   45
우리를 멋지게 속였소이다.

로미오 안녕들 하십니까. 제가 무슨 뺑소니를 쳤지요?

머큐쇼 도망친 거 말이야, 도망친 거. 못 알아듣겠어?

로미오 미안해 머큐쇼, 중요한 일이 있었어. 그럴 경우엔 예절
을 좀 어길 수도 있잖아.   50

머큐쇼 그 말은 너 같은 경우엔 다리가 후들거려 어정쩡한 자
세로 예의를 표할 수밖에 없다는 뜻이지.

로미오 왼발 빼고 하는 절 말이지.

머큐쇼 아주 점잖게 알아맞혔어.

로미오 아주 예의 바른 설명이야.   55

머큐쇼 그럼, 난 바로 예절의 꽃이니까.

로미오 장미는 꽃이지.

머큐쇼 맞아.

로미오 그렇다면 내 구두의 꽃 장식은 훌륭해.

머큐쇼 재치가 빈틈없군, 이제 이 농담을 따라가 봐, 네 구두   60
가 닳아 없어질 때까지. 그래서 그 유일한 밑창이 닳아

41~43행 디도…티스베
디도는 베르길리우스의 서사시 『아이네
이스』의 주인공 아이네이아스가 사랑한
카르타고의 여왕이고, 클레오파트라는 시
저와 안토니가 사랑했던 이집트의 여왕
이며 ― 그래서 '검둥이'로 오해받는다 ―
헬레네는 트로이 전쟁을 일으킨 납치 사
건의 장본인이고, 헤로는 말로의 시 『헤
로와 리앤더』에서 리앤더로 하여금 밤마
다 헬레스폰트를 헤엄쳐 건너가 사랑을
나누다가 어느 밤 빠져 죽게 만든 세스토

스의 미녀이며, 티스베는 오비디우스의
『변신 이야기』에서 부모들의 반대로 사
랑을 이루지 못하고 비극적인 죽음을 맞
이하는 피라무스의 연인이다.
44행 봉주르…로미오
'안녕하세요, 로미오 씨.'라는 뜻의 프랑스
어 인사.
51~52행 다리가…뜻이지
머큐쇼는 로미오가 마치 성병에라도 걸
린 사람처럼 어색한 자세를 취한다고 농
담조로 얘기한다.

없어진 뒤에도 이 농담은 유일하게 외로이 남아 있도록 말이야.

로미오   오, 닳아 빠진 농담이여, 유치하기 때문에 유일하게 외로구나!   65

머큐쇼   착한 벤볼리오, 나 좀 거들어 줘, 내 머리가 멍해졌어.

로미오   채찍과 박차를 써, 어서. 안 그러면 내가 이겼다고 외칠 거야!

머큐쇼   아냐, 이런 식의 도깨비놀음이라면 난 끝장났어. 넌 내 마음의 다섯 기능 전체가 가진 것보다 더 많은 도깨비   70
를 한 기능 안에 가졌으니까. 내가 너와 함께 도깨비를 쫓았던가?

로미오   넌 나와 함께한 게 아무것도 없어, 나와 함께 도깨비를 쫓지 않았으니까.

머큐쇼   그런 농담을 하다니 귀를 깨물어 줄 테다.   75

로미오   안 돼, 도깨비야, 깨물지 마.

머큐쇼   네 재치는 아주 새콤달콤한 사과야, 아주 매운 소스란 말이지.

로미오   그래서 맛있는 도깨비 잡아먹을 때 내놓기를 잘했잖아?   80

머큐쇼   오, 재치가 노루 가죽 같구나. 짧은 한 치가 마흔다섯 치로 늘어나다니!

로미오   내가 그 재치를 '늘어나다.'라는 단어와 함께 잡아당겨 도깨비에다 붙이면 넌 길디길고 넓디넓은 도깨비가 될 거야.   85

70행 마음의…기능
그 다섯 가지는 일반적으로 상식, 상상력, 공상, 판단력과 기억력을 일컫는다.

머큐쇼	아니, 지금 이게 사랑 때문에 신음하는 것보다 낫잖아?
	이제야 넌 사교적이 되었고 로미오가 되었어. 이제야
	넌 재주로나 본성으로나 원래의 너야. 왜냐하면 이 사
	랑이라는 놈은 혓바닥을 빼물고 침을 질질 흘리면서
	커다란 바보처럼 이리저리 뛰어다니니까. 자신의 광 90
	대 지팡이를 구멍 속에 집어넣어 감추려고 말이야.
벤볼리오	멈춰, 거기에서 멈춰.
머큐쇼	넌 내가 막 거시기로 들어가려는데 얘기를 멈춰 달라
	고 했어.
벤볼리오	안 그러면 네 얘기가 길어질 테니까. 95
머큐쇼	아, 그건 잘못 짚었어, 난 그걸 줄이려고 했는데. 거시
	기 끝이 닿는 데까지 간 다음엔 더 이상 이 문제에 집
	착할 생각은 정말 없었으니까.
로미오	훌륭한 물건이군.

유모와 하인 피터 등장.

	배다! 배야! 100
머큐쇼	두 척이야. 두 척. 치마와 바지야.
유모	피터.
피터	예.
유모	피터, 내 부채.
머큐쇼	이봐 피터, 그걸로 그녀 얼굴을 가려 줘, 부채가 그 얼 105
	굴보다 더 고우니까.
유모	좋은 아침이네요, 신사 여러분.
머큐쇼	좋은 오후네요, 아주머니.
유모	좋은 오후라고요?

머큐쇼	그렇고말고요. 문자반의 음탕한 손끝이 지금 정오 점	110
	을 만지고 있으니까.	
유모	에구머니, 무슨 사람이 그래요?	
로미오	아주머니, 그는 하느님이 자기 자신을 망치라고 만든	
	사람이랍니다.	
유모	그거 정말 맞는 말이네요. '자기 스스로 망친다.' 그 말	115
	이죠? 신사 여러분, 로미오 젊은이를 어디서 찾을지	
	말해 줄 수 있어요?	
로미오	내가 말하지요. 하지만 로미오 젊은이는 당신이 수소	
	문할 때보다 찾았을 때 더 늙어 있을 겁니다. 그 이름	
	가진 사람으로는 내가 가장 젊지요, 더 못난 사람이 없	120
	어서.	
유모	좋은 말씀이네요.	
머큐쇼	예, 못난 게 좋다고요? 이해력 만점이야, 정말로. 똑똑	
	하다, 똑똑해.	
유모	당신이 그분이라면 대하를 좀 나누고 싶은데요.	125
벤볼리오	로미오를 저녁 식사에 초래할 거야.	
머큐쇼	뚜, 뚜, 뚜쟁이다! 저기 있다!	
로미오	뭘 봤는데 그래?	
머큐쇼	토끼 갈보는 아냐, 암, 다 먹기도 전에 쉬어 버리는 사	
	순절 파이 속의 토끼라면 모를까.	130

(그들 주변을 걸으면서 노래한다.)

120행 못난
'잘난'이라고 해야 맞지만 로미오가 반어
적으로 '못난'으로 바꾸었고 그것을 눈치
채지 못했다고 머큐쇼가(123~124행) 유
모를 놀린다. (아든)
125행 대하

대화. 유모가 잘못 쓴 말.
126행 초래
벤볼리오가 '초대'를 의도적으로 익살스
럽게 잘못 쓴 말.
127행 저기 있다
사냥꾼들이 토끼를 봤을 때 지르는 소리.

늙어 빠진 흰 토끼 갈보와
늙어 빠진 흰 토끼 갈보는
사순절 고기로는 아주 좋아.
하지만 늙은 토끼 갈보는
다 먹기도 전에 썩는다면   135
돈 주고 같이 자긴 역겨워.

로미오, 아버지 집으로 올 거지? 우리도 거기에서 저
녁 먹을 건데.

로미오 따라갈게.

머큐쇼 잘 있어요, 고령의 숙녀여, 잘 있어요, 숙녀, 숙녀, 숙   140
녀여.   (머큐쇼와 벤볼리오 함께 퇴장)

유모   저토록 버릇없이 못된 짓만 꽉 차 있는 장돌뱅이가 누
군지 말해 주시겠어요?

로미오 유모, 저 사람은 자기 말을 듣기 좋아하는 신사인데 한
달 동안 참은 것보다 더 많은 말을 일 분 동안에 쏟아   145
놓는답니다.

유모   나를 나쁘게 말하면 덮쳐 버릴 거예요. 그가 지금보다
싱싱하다 해도, 그깟 놈 스물이 덤빈다고 해도요. 내가
못 하면 할 수 있는 사람을 찾겠어요. 더러운 놈! 난 그
런 헤픈 계집이 아니라고, 몇따는 놈들의 계집이 아니   150
란 말이야. (자기 하인 피터에게 몸을 돌려) 근데 넌 곁에
서서 온갖 잡놈들이 날 마음대로 갖고 놀도록 내버려
둬야겠어!

피터   유모를 마음대로 갖고 노는 사람 못 봤는데. 봤다면 내
연장을 재빨리 꺼냈겠지요. 장담컨대, 나도 다른 사내   155
들만큼 감히 빨리 뽑아요. 유리한 싸움에서 기회가 엿
보이고 법이 내 편이라면.

유모	아이참, 얼마나 괘씸한지 온몸이 다 떨리네. 더러운 놈. 저, 한마디만. 말씀드렸듯이 우리 아기씨가 당신을 찾아보라 하셨어요. 전해 달라는 말씀은 나 혼자만 간직할 겁니다. 그렇지만 먼저 해 둘 말이 있는데, 만약 당신이 우리 아기씨를 재미 보려고 꼬신다면, 그렇잖아요, 그건 아주 천한 행동이라고요, 그렇잖아요, 아기씨는 어리니까. 그래서 당신이 만약 그녀를 속여 먹는다면 그건 정말 어떤 숙녀가 당해도 좋지 않은 일이고 아주 형편없는 짓이라고요.
로미오	유모, 당신의 아가씨 여주인께 안부 잘 전해 줘요. 유모에게 단언컨대 —
유모	마음도 착하시지, 그 말씀을 그대로 전할게요. 암, 아무렴, 아기씨는 기쁨에 찬 여인이 될 거예요.
로미오	그녀에게 무슨 말을 할 건데, 유모? 내 말을 듣지도 않으면서.
유모	당신이 단언을 했다고 말씀드릴 거예요 — 그건 내가 보기에 신사다운 제안이니까.
로미오	그녀에게 말해 줘요, 고해할 빌미를 오늘 오후 찾아내면 로런스 수사님 암자에서 사죄받고 결혼하실 거라고. 수고가 많았어요.
유모	정말로 안 돼요, 한 푼도.
로미오	무슨 말씀을, 받아요.
유모	오늘 오후라고요? 예, 아기씨가 거기로 가실 겁니다.
로미오	그런데 잠깐만, 유모 — 수도원 담 뒤로 한 시간쯤 지나면 내 하인이 유모에게 밧줄로 된 사다리를 가져갈 터인데

160

165

170

175

180

	은밀한 밤중에 기쁨의 정상으로	185
	이 몸을 날라 주는 수단이 될 겁니다.	
	잘 가요. 신뢰를 지켜요, 보답할 테니까.	
	잘 가요. 아가씨께 안부 잘 전해 줘요.	
유모	하느님의 축복을 받으세요! 이보세요.	
로미오	뭐라고 그랬어? 사랑스러운 유모께서?	190
유모	하인 입은 무거워요? 이런 말 몰라요?	
	하나를 없애야 둘의 비밀 지켜진다.	
로미오	충직함이 철석같은 하인임을 보증해요.	
유모	그건 그렇고, 우리 아가씨는 상냥하기 이를 데 없는 숙	
	녀랍니다. 암, 아무렴! 고 어린것이 재잘거리던 시절	195
	에 — 아, 시내에 파리스라는 귀족이 한 분 있는데 한	
	번 덤벼 보실 모양이죠. 하지만 그녀는 착하기도 하시	
	지, 그를 보느니 차라리 두꺼비를, 진짜 두꺼비를 보겠	
	다지 뭐예요. 난 때로 그녀를 약 올리며 파리스가 더	
	멋진 남자라고 말하죠. 하지만 그럴 때 그녀의 모습은	200
	온 세상 흰옷처럼 새하얘진답니다. 로즈메리와 로미	
	오가 같은 글자로 시작하지 않나요?	
로미오	그래요, 유모, 그게 어때서? 둘 다 '알' 자로 시작하	
	는데.	
유모	아, 우습다! 남자가 어떻게 알일까. 남자 알은 — 아니,	205
	그건 다른 글자로 시작하는 줄 아는데. — 아가씨는	
	그 글자와 당신과 로즈메리에 관해 최고로 예쁜 말씸	
	을 알고 있는데 들어 보면 기분 좋으실 거예요.	
로미오	아가씨께 안부 잘 전해 줘요. (로미오 퇴장)	

207행 말씸 말씀.

유모	암요, 수천 번 전할게요. 피터!	210
피터	예.	
유모	앞서서 빨리 걸어.	(함께 퇴장)

2막 5장

줄리엣 등장.

줄리엣　유모를 보냈을 때 9시를 쳤었고
　　　　반시간 안으로 돌아온다, 약속했어.
　　　　혹시나 못 만날 수도 있지. 그건 아냐.
　　　　오, 유모는 절름발이! 사랑은 생각이 전해야 돼.
　　　　음울한 언덕에서 그늘을 내모는 햇빛보다　　　　　　5
　　　　열 배나 더 빠르게 날아갈 수 있으니까.
　　　　그래서 비둘기가 비너스의 마차 끌고
　　　　바람 같은 큐피드에게 날개가 달렸어.
　　　　지금은 태양이 하루의 여정에서
　　　　최정상에 와 있고, 9에서 12시 사이의　　　　　　　10
　　　　세 시간은 기나긴데 유모는 여태 안 와.
　　　　그녀에게 애정과 젊음의 더운 피가 있다면
　　　　공처럼 움직임이 재빨랐을 것이다.
　　　　그럼 난 말로써 그 공을 내 님에게 쳐 보내고
　　　　받기도 했을 텐데.　　　　　　　　　　　　　　15
　　　　하지만 노인들은 죽은 거나 마찬가지 —
　　　　뻣뻣하고 느리고 무거우며 납처럼 창백해.

2막 5장 장소　베로나. 캐풀릿의 정원.

유모와 피터 등장.

어머, 왔어. 오, 꿀 같은 유모야, 소식은?

그분을 만났어? 하인을 저리 보내.

유모　　피터, 대문에서 기다려.　　　　　　　　　　　(피터 퇴장)　20

줄리엣　자, 착한 유모 ─ 아이참, 왜 그렇게 슬퍼 보여?

소식은 슬퍼도 유쾌하게 말해 줘.

좋은데 그렇게 시무룩한 얼굴 하면

희소식의 음악을 무색하게 만들잖아.

유모　　피곤해요. 잠시 날 내버려 두세요.　　　　　　　　　　25

아이고 뼛골이야! 참 멀리도 쏘다녔지!

줄리엣　내 뼈를 가져가고 소식은 날 줬으면.

자 이제, 말을 해 봐, 착한 유모, 말을 해 봐.

유모　　원, 급하기도. 잠시도 못 기다리겠어요?

숨찬 이 내 모습이 보이지도 않으세요?　　　　　　　30

줄리엣　숨찼다고 나에게 말할 숨은 남았는데

어떻게 유모가 숨찼다고 할 수 있어?

이렇게 지체하며 만들어 낸 핑계가

그 핑계로 말 않는 얘기보다 더 길잖아.

좋은 소식, 나쁜 소식? 그것부터 대답해 줘,　　　　　35

어떤 건지 밝히면 그 정황은 기다릴게.

의구심을 풀어 줘. 좋은 거야, 나쁜 거야?

유모　　글쎄, 아가씬 어리석은 선택을 하셨어요. 남자를 어떻
게 고르는지 모르십니다. 로미오요? 아뇨, 그는 아니에
요. 얼굴은 누구보다 잘생겼고 다리도 누구보다 늘씬하　　40
지만, 또 손과 발과 몸매로 말하자면 ─ 그런 건 얘기할
가치도 없지만 ─ 비교가 안 돼요. 그는 예절의 꽃은 아

	니랍니다, 하지만 장담컨대 양처럼 온순해요. 가 봐요	
	아가씨, 하느님 섬기고. 참, 식사는 하셨어요?	
줄리엣	아니, 아니. 하지만 그런 건 다 알던 거야.	45
	우리들의 결혼에 대해선? 뭐라고 하셨어?	
유모	아이고 머리야! 내 머리가 왜 이래!	
	산산조각 날 것 같이 지끈지끈거리네.	
	이 등골 한쪽이 — 아, 이 등골, 이 등골!	
	그 심보 좀 고쳐요, 이리저리 나를 보내	50
	죽도록 왔다 갔다 헤매게 만들다니.	
줄리엣	유모 몸이 안 좋은 건 정말로 미안해.	
	착하디착한 유모, 말해 줘, 그이가 뭐랬어?	
유모	그이는 명예로운 신사처럼 얘기했고	
	게다가 공손하고 친절하고 멋지며	55
	틀림없이 덕스러운 — 마님은 어디에 계셔요?	
줄리엣	어디에 계셔요? 그야 안에 계시지	
	어디로 가셨겠어? 참 이상한 대답이야!	
	'그이는 명예로운 신사처럼 얘기했고	
	마님은 어디에 계셔요?'	
유모	오, 성모님 맙소사!	60
	그렇게 몸 달아요? 나 원 참, 이보세요.	
	뼛골이 쑤시는데 이런 약을 내게 줘요?	
	앞으로 심부름은 스스로 하세요.	
줄리엣	공연히 난리야. 자, 로미오가 뭐랬어?	
유모	고해 성사 가는 건 허락을 받았어요?	65
줄리엣	받았어.	
유모	그럼 빨리 로런스 수사님 암자로 가 봐요,	
	아내로 맞이해 줄 남편이 있을 테니.	

이제야 그 뺨 위에 야한 피가 도는군요.
무슨 소식이든지 곧바로 새빨개지니까.   70
성당으로 급히 가요. 나는 길을 달리 잡고
아가씨의 애인이 어두워지자마자
둥지로 올라갈 사다리를 가져올 테니까.
아가씨의 기쁨 위해 천한 일은 내가 해요.
근데 곧 밤이 되면 아가씨가 힘들걸요.   75
난 저녁 먹을 테니 암자로 빨리 가요.

줄리엣　귀한 행운 속히 잡자! 멋진 유모, 안녕.　　(함께 퇴장)

2막 6장

로런스 수사와 로미오 등장.

로런스 수사　성스러운 이 혼사에 하늘은 미소 짓고
나중에 슬픔 내려 꾸중하지 마소서.

로미오　아멘, 아멘, 하지만 어떤 슬픔 오더라도
그것은 그녀와 마주보고 교환하는
한순간의 제 기쁨에 필적할 수 없답니다.   5
성스러운 말씀으로 저희 손을 맺어만 주시면
사랑을 삼키는 죽음은 뭐든지 하라지요,
그녀를 내 것이라 부르면 족하니까.

로런스 수사　그처럼 격렬한 기쁨은 끝 또한 격렬하여
입 맞추며 폭발하는 불꽃과 화약처럼   10
절정에서 사라진다. 꿀이 너무 달다 보면

2막 6장 장소　베로나. 로런스 수사의 암자.

감미로움 자체가 싫증을 일으키고
정작 맛을 보았을 땐 욕구를 없앤단다.
적당히 사랑해라, 긴 사랑은 그렇단다.
너무 빨리 도착해도 너무 늦은 지각이야.   15

                        줄리엣 등장.

        아가씨가 왔구나. 오, 저렇게 가벼운 발걸음에
        단단한 돌바닥은 절대 닳지 않으리라.
        사랑하는 사람은 짓궂은 여름 바람 맞으며
        한가로이 나부끼는 거미줄에 올라타도
        안 떨어진다지. 덧없어라, 세상 기쁨.   20
줄리엣   고해 성사 신부님께 저녁 인사 드려요.
로런스 수사 로미오가 우리 둘의 고마움을 표할 거다.
줄리엣   고마움이 너무 많아 한 번은 갚을게요.
로미오   오, 줄리엣, 그대가 느끼는 기쁨이
        내 것만큼 쌓였다면, 그것을 과시할 기술이   25
        나보다도 많다면, 목소리로 주변 공기
        감미롭게 만들고 그 풍성한 음악으로
        이 귀한 만남에서 우리 서로 주고받는
        상상 속의 행복을 드러내 보여 줘요.
줄리엣   말보다는 내용으로 가득한 상상력은   30

16~17행 저렇게…않으리라   23행 고마움이…갚을게요
수사는 이 대사를 아마도 너그럽게 그리   줄리엣은 로미오로부터 받은 두 번의 키
고 유머러스하게 읊을 것이다, 왜냐하면   스(신부의 몫을 포함하여) 가운데 한 번을
가장 무거운 발걸음이라도 가장 단단한   로미오에게 돌려준다.
돌을 닳게 할 수는 없으니까. (아든)

장식이 아니라 본질을 뽐내는 법이에요.
거지들은 자기 값을 헤아릴 수 있겠지만
진실된 내 사랑은 한없이 크게 자라
그 재산의 절반도 계산할 수 없답니다.

로런스 수사 자, 같이 가서 이 일을 재빨리 해치우자.   35
성스러운 교회가 너희 둘을 한 몸 만들 때까지
실례지만 너희를 같이 둘 순 없으니까.   (함께 퇴장)

3막 1장

머큐쇼, 벤볼리오 및 하인들 등장.

벤볼리오 머큐쇼, 부탁인데 제발 좀 물러나자.
날은 덥고 캐풀릿 사람들이 돌아다녀.
만나면 싸움을 피할 수 없을 거야,
이렇게 더운 날엔 미친 피가 끓으니까.

머큐쇼 넌 선술집에 들어가 탁자 위에 자기 칼을 탕 올려놓고   5
는 '네가 필요할 일이 절대 없기 바란다.'라고 하는 녀
석과 꼭 같아. 그러다가 두 잔쯤 마시고 술기운이 돌면
술 뽑는 친구에게 칼을 뽑지, 그럴 필요가 정말 없는데
도 말이야.

벤볼리오 내가 그런 자와 같다고?   10

머큐쇼 그럼, 그럼, 넌 이탈리아의 어떤 사내 못지않게 성질이
나 있어. 그리고 성깔을 돋우면 바로 성질내고 성질내
면 바로 성깔 부려.

3막 1장 장소 베로나. 공공장소.

벤볼리오	그런 사람은 하나도 없어.

머큐쇼　없지, 만약 그런 사람이 둘씩이나 있다면 어떻게 되겠 15
어? 바로 없어질 거야, 서로 죽일 테니까. 너 말이야?
아니, 넌 어떤 사람의 턱수염에 털이 너보다 하나 더
많다거나 하나 더 적다고 싸울 거잖아. 넌 어떤 사람이
열매를 깬다고 싸움을 걸 거야, 네 눈이 개암 열매 색
깔인 것 말고는 아무런 이유도 없이. 그 눈 말고 어떤 20
눈이 그런 싸움을 탐지해 내겠어? 네 머리는 계란이
먹을 걸로 꽉 차 있듯이 싸움으로 꽉 차 있어. 하지만
네 머리는 싸움 때문에 계란처럼 깨지고 또 썩었어. 넌
어떤 사람이 길거리에서 기침한다고 그래서 햇볕 쬐
며 자고 있는 너의 개를 깨웠다고 싸웠잖아. 양복쟁이 25
하나와는 부활절이 오기도 전에 새 저고리를 입었다
고, 또 하나와는 새 구두에 낡은 리본을 달았다고 다투
지 않았어? 그러면서 내게는 싸움을 멀리하라 가르쳐!

벤볼리오　내가 만약 너처럼 툭하면 싸운다면 내 생명의 절대 소
유권은 누구나 살 수 있는 한 시간 십오 분짜리밖에 안 30
될 거야.

머큐쇼　절대 소유권이라! 순진하긴!

티볼트, 페트루시오, 그리고 몇 사람 등장.

벤볼리오　골치 아파, 캐풀릿 인간들이 나타났어.

머큐쇼　밟아 버려, 상관 안 해.

티볼트　내 뒤를 바싹 따라와, 놈들에게 말 걸 테니. 신사분들, 35
좋은 오훕니다. 어느 한 분께 한마디만.

머큐쇼　우리 가운데 한 사람에게 한마디만? 거기에 뭘 덧붙여

티볼트	한마디와 한 방으로 만드시지.
티볼트	기회만 준다면 기꺼이 그렇게 할 수 있다는 걸 아실 겁니다. 40
머큐쇼	주지 않은 기회를 만들어 낼 순 없습니까?
티볼트	머큐쇼, 넌 로미오와 한패니까 —
머큐쇼	패거리라고? 아니, 넌 우리를 악사 나부랭이로 취급하는 거야? 우리를 악사로 취급한다면 불협화음밖에는 들을 생각 말아야지. 이게 내 활이고, 이게 널 춤추게 45 만들 거야. 패거리라고, 제기랄!
벤볼리오	여기는 대중들이 자주 찾는 장소야. 조용한 곳으로 자리를 옮기든지 아니면 차분하게 불만을 설명해. 안 그러면 떠나자, 모두 우릴 응시해. 50
머큐쇼	사람 눈은 보라고 있는 건데 응시들 하라지. 암, 난 누가 뭐래도 꼼짝하지 않을 거야.

로미오 등장.

티볼트	그럼 잘 지내시지, 내 사람이 왔으니까.
머큐쇼	그가 너의 수하라면 내 목을 내놓겠다. 참, 결투장에 먼저 가요, 그가 따를 테니까. 55 그래야 나리께서 '내 사람' 운운할 수 있죠.
티볼트	로미오, 너에 대한 내 사랑은 있지만 이보다 좋은 말은 못 하겠다. 넌 상놈이다.
로미오	티볼트, 너를 사랑해야 할 이유가 있어서

45행 활 쏘는 활이 아니라 현을 켜는 데 쓰는 도구.

	그 인사에 적합한 분노를 대부분	60
	누그러뜨리겠다. 난 상놈 아니다.	
	그러니까 잘 가라, 넌 나를 몰라보는구나.	
티볼트	자식이, 그런다고 내게 줬던 모욕을	
	용서받진 못할 테니 돌아서서 칼을 뽑아.	
로미오	단언컨대 난 너를 절대로 모욕한 적 없었고	65
	내 사랑의 이유를 네가 알아낼 때까지	
	네 상상을 넘을 만큼 사랑하고 있단다.	
	그러니 훌륭한 캐퓰릿 — 나는 그 이름을	
	내 것만큼 소중하게 여기니까 — 이해해라.	
머큐쇼	오, 조용하고 비열하고 더러운 복종이다!	70
	단 일격에 이기는군. (칼을 뽑는다.)	
	쥐나 잡는 티볼트, 저쪽으로 가 보실까?	
티볼트	나한테 무슨 볼일 있으신지?	
머큐쇼	고양이의 왕이시여, 당신의 아홉 목숨 가운데 단 하나	
	를 원하오. 감히 그걸 빼앗고 또 지금부터 날 어떻게	75
	대하는지에 따라서 나머지 여덟 개도 요절낼 참이오.	
	칼 귀를 붙잡고 가죽집에서 뽑아낼 거지? 서둘러, 안	
	그러면 그게 나오기도 전에 내 칼이 너의 귀 근처로 갈	
	테니까.	
티볼트	내가 상대하지. (칼을 뽑는다.)	80
로미오	머큐쇼, 제발 검을 집어넣어.	
머큐쇼	자, 전방 공격 해 보시지. (둘이 싸운다.)	
로미오	벤볼리오, 칼을 뽑아, 무기를 못 쓰게 해.	
	이보게들, 창피해, 이 폭력을 그만두게.	

74행 아홉 목숨 속담에 등장하는 미신. (아든)

티볼트, 머큐쇼! 군주께서 특명으로   85

베로나 거리에서 치고받지 말라고 하셨어.

(로미오가 둘 사이에 끼어든다.)

멈춰라, 티볼트! 이보게 머큐쇼!

(티볼트가 로미오의 팔 밑으로 머큐쇼를 찌른다.

티볼트, 추종자들과 함께 급히 퇴장)

머큐쇼   찔렸어.

두 집안 다 염병에나 걸려라. 난 끝났어.

그는 갔어, 멀쩡하게?

벤볼리오   아니 너, 찔렸어?

머큐쇼   응 그래, 할퀴었어, 할퀴었어, 근데 족해.   90

내 시동 어딨어? 야 이놈아, 의사를 불러와.

(시동 퇴장)

로미오   자, 기운 내, 별것 아닌 상처야.

머큐쇼   그래, 우물만큼 깊지도 교회 문만큼 넓지도 않지만 이
걸로 족해, 목적 달성할 테니까. 내일 나를 찾아봐, 무
덤 사람 됐을 테니. 난 이 세상에선 볼 장 다 봤어, 장담   95
하지. 너희 두 집안 다 염병에나 걸려라. 제기랄, 개 새
끼 쥐 새끼 고양이 새끼가 사람을 할퀴어 죽게 해. 검
술 교재 따라서 싸우는 떠버리 불한당 상놈이 — 도대
체 넌 우리 둘 사이에 왜 끼어들었어? 네 팔 밑으로 찔
렸잖아.   100

로미오   난 다 좋게만 생각했어.

머큐쇼   누구네 집이든 데려다 줘, 벤볼리오,

기절할 것 같아. 두 집안 다 염병에나 걸려라,

날 구더기 밥으로 만들었어. 난 당했어,

게다가 늘씬하게. 두 집안 때문이야!   105

(머큐쇼와 벤볼리오 함께 퇴장)

로미오 군주님의 가까운 친척이며 바로 내 친구인
　　　　이 신사가 이렇게 치명상을 입었다,
　　　　나를 위해. 내 명예도 손상을 입었다 —
　　　　한 시간 전부터 내 친척이 되었던 티볼트,
　　　　티볼트의 모독으로. 오, 사랑하는 줄리엣,　　　　　110
　　　　난 그대의 아름다움 때문에 약해졌고
　　　　강철 같은 내 용맹도 부드럽게 바뀌었소.

　　　　　　　　　벤볼리오 등장.

벤볼리오 오 로미오, 로미오, 용감한 머큐쇼가 죽었어,
　　　　여기에서 너무 일찍 이 세상을 비웃었던
　　　　늠름한 그 영혼은 구름 위로 올라갔어.　　　　　115
로미오 오늘의 불길한 운명은 앞날에 걸쳐 있고
　　　　다른 날에 끝나야 할 슬픔의 시작일 뿐이다.

　　　　　　　　　티볼트 등장.

벤볼리오 격분한 티볼트가 되돌아오고 있어.
로미오 의기양양 떠났었지, 머큐쇼는 살해됐고.
　　　　사려 깊은 너그러움 하늘로 날릴 테니　　　　　120
　　　　광기여, 불같은 네 눈으로 이제 날 인도하라!
　　　　자 티볼트, 좀 전에 네가 내게 주었던
　　　　그 상놈을 되받아라. 머큐쇼의 영혼이
　　　　우리들 머리 위 가까운 곳에서
　　　　동무할 네 영혼을 기다리고 있으니까.　　　　　125

너나 나, 아니면 둘이서 그와 함께 가야 해.

티볼트   그와 같은 패거리인 불행한 네 녀석을
함께 가게 해 주지.

로미오   이걸로 결정하자.

                (둘이서 싸우다가 티볼트 쓰러진다.)

벤볼리오   로미오, 도망쳐, 달아나,
시민들이 일어났고 티볼트는 살해됐어!   130
멍하게 서 있지 마. 붙잡히면 군주께서
사형을 내리신다. 여기서 도망쳐, 달아나!

로미오   오, 난 운명의 노리개다.

벤볼리오   왜 멈춰 서 있어?

                   (로미오 퇴장)

시민들 등장.

시민   머큐쇼를 죽인 자는 어디로 달아났소?
살인자 티볼트는 어디로 달아났소?   135

벤볼리오   그 티볼트, 저기에 누웠소.

시민   일어나 같이 가요.
군주의 이름으로 명령하니 따르시오.

군주, 몬터규, 캐풀릿, 두 부인 및
모두들 등장.

군주   이 고약한 소동을 일으킨 자들은 어딨느냐?

128행 이걸로 칼싸움으로.

벤볼리오	오, 군주님, 제가 이 치명적인 싸움의	
	불행한 전말을 다 밝힐 수 있습니다.	140
	군주님의 친척인 용감한 머큐쇼를 죽이고	
	로미오에 의해서 죽은 사람 저기 누웠습니다.	
캐풀릿 부인	내 조카 티볼트, 아, 오빠의 아들이다!	
	오, 군주시여, 오, 남편이여, 오, 소중한 제 친척이	
	피를 흘렸습니다. 공정하신 군주시여,	145
	우리 피의 대가로 몬터규 피 흘리소서.	
	오, 조카야, 조카야.	
군주	벤볼리오, 누가 이 혈투를 시작했나?	
벤볼리오	살해된 티볼트요, 로미오가 살해했죠.	
	로미오는 그에게 이 싸움이 얼마나 하찮은지	150
	생각해 보라 했고, 더불어 군주님의 노여움을	
	역설하였습니다. 이 모두를 부드럽게	
	차분하고 겸손하게 허리 굽혀 말했으나	
	화해에 귀 막은 티볼트의 사나운 역정을	
	잠재울 순 없었고, 날카로운 그의 칼은	155
	용감한 머큐쇼의 가슴을 향했는데	
	못지않게 화난 그도 살기등등 대적하며	
	무사다운 냉소로 차가운 죽음을	
	한 손으로 막은 다음 그걸 다른 손으로	
	티볼트에게 보냈지만 그 또한 민첩하게	160
	맞받아 쳤답니다. 로미오는 큰 소리로	
	'그만둬, 친구들, 떨어져.' 외치면서 팔을 들어	
	혀보다 더 빠르게 칼끝들을 쳐 내리며	
	둘 사이로 돌진했고 그의 팔뚝 밑으로	
	악의에 찬 티볼트가 건장한 머큐쇼를 찔러서	165

명줄을 끊었으며, 그런 다음 도망을 갔다가
곧바로 되돌아와 로미오를 만났는데
그 또한 새롭게 복수심을 품었기에
두 사람은 번개처럼 맞붙어 건장한 티볼트는
제가 둘을 떼 놓기도 이전에 살해됐고   170
그가 땅에 쓰러지자 로미오는 달아났습니다.
이 사실이 허위라면 저를 죽이십시오.

캐풀릿 부인   이자는 바로 그 몬터규의 친척으로
정에 끌려 거짓되고 진실하지 못합니다.
이 음흉한 싸움에는 스물 정도 관련됐고   175
스무 명이 죽인 건 한 목숨뿐입니다.
정당한 처벌을 청하오니 내리셔야 합니다.
티볼트를 살해한 로미오가 살아선 안 됩니다.

군주   머큐쇼를 죽인 그를 로미오가 살해했다.
귀한 피의 대가를 누가 치를 것인가?   180

몬터규   로미오는 아닙니다, 머큐쇼의 친구니까.
잘못이 있다면 티볼트의 목숨을 법 대신
끊은 것뿐입니다.

군주   바로 그 죄를 물어
짐은 그를 이곳에서 지금 즉시 추방한다.
이 무식한 난동에서 내 혈족이 피 흘리니   185
당신들의 싸움에는 내 몫 또한 있도다.
그렇지만 벌금형을 엄청나게 크게 매겨
모두들 내 손실을 후회하게 만들겠다.
탄원이나 변명 따윈 듣지 않을 것이고
눈물로도 기도로도 면죄부는 못 살 테니   190
이용 말라. 로미오는 급히 여길 뜨게 하라.

발각되면 그 시간이 마지막이 될 것이다.

시체를 옮겨 놓고 짐의 뜻을 기다려라.

살인자를 용서하는 자비 또한 살인이다.　(함께 퇴장)

3막 2장

줄리엣 홀로 등장.

줄리엣　　번개처럼 발 빠른 말들이여, 질주하라,

태양신의 안식처로. 파에톤 같은 마부가

서쪽으로 너희들을 채찍질하면서

당장에 어두운 밤 불러오면 좋으련만.

사랑 짓는 밤이여, 짙은 장막 드리워라,　　　　　　　　5

훼방꾼들 눈을 가려 소리 없이 소문 없이

로미오가 내 품으로 뛰어들 수 있도록.

연인들의 고운 빛은 그들이 올리는 사랑 의식

볼 수 있게 해 주지만 사랑이 눈멀다면

밤이 가장 어울려. 엄숙한 밤이여, 오너라,　　　　　　10

온통 검게 차려입은 수수한 부인처럼.

그래서 오점 없는 처녀 총각 둘이서 벌이는

지면서 이기는 시합을 나에게 가르쳐라.

네 검은 외투로 남편 없이 달아오른

내 뺨을 가려 줘라, 수줍은 사랑이 용감해져　　　　　15

3막 2장 장소
베로나. 캐풀릿의 저택.
2행 파에톤
태양신 포이보스(아폴로)의 아들로 아버

지의 불 마차를 하루만 몰도록 허락을 받
았으나 말들을 잘 통제하지 못하여 지구
를 태울 지경에 이르자 제우스에게 죽임
을 당했다.

참사랑이 순결을 움직였다 생각하게.
밤은 오고, 밤중의 낮 로미오여, 어서 와요,
그대는 까마귀 등 위의 첫눈보다 더 희게
밤의 두 날개 위에 누워 있을 테니까.
순한 밤, 정다운 칠흑빛 밤이여, 어서 와서   20
로미오를 내게 주고 이 몸이 죽게 될 때
그이를 잘게 썰어 조각 별을 만들어라.
그러면 온 하늘은 너무나 찬란하여
세상 사람 모두가 밤을 사랑할 것이며
현란한 태양은 숭배하지 않을 거다.   25
오 나는 사랑이란 이름의 저택을 샀으나
소유하진 못했고 그이에게 팔렸으나
즐거움은 아직 없다. 오늘은 지루하기
한량이 없구나, 축제 있기 전날 밤에
새 옷을 받았으나 입지는 못하는   30
초조한 아이처럼. 아, 유모가 저기 오네.

                줄사다리를 앞에 든 유모, 두 손을 쥐어짜며 등장.

소식을 가져왔고, 로미오의 이름만 부르면
그 누구든 천상의 웅변가가 되고 말아.
자 유모, 무슨 소식? 손에 든 건 또 뭐야?
로미오가 가져가란 밧줄이지?

유모   밧줄은 맞아요.   35

줄리엣   아이참, 소식은? 손은 왜 쥐어짜?

유모   아이고, 그이가 죽었어요, 죽었어, 죽었어!
       아가씨, 우리는 망했어요, 망했어!

	어쩌나, 떠났어요, 살해됐고 죽었어요.	
줄리엣	하늘이 그렇게 악독해?	
유모	하늘은 안 그래도	40

로미오는 그래요. 오, 로미오, 로미오!
누가 그걸 생각이나 했겠어요? 로미오!

줄리엣 유모가 악귀야, 날 이렇게 괴롭히게?
이러한 고문은 음울한 지옥에나 어울려.
로미오가 자결했어? '예.'라고 말만 해, 45
나는 그 한마디에 노려보면 죽는다는
닭뱀의 눈보다 더 심한 독기를 받을 거야.
그런 '예.'가 있거나 그이가 두 눈을 감았기에
그런 '예.'가 나왔다면 난 내가 아니야.
죽었으면 '예.' 하고, 아니라면 '아뇨.' 해, 50
짧은 말이 행불행을 결정할 테니까.

유모 상처를 봤어요, 내 눈으로 봤다고요.
— 하느님 맙소사 — 사나이 가슴 여기.
불쌍한 피투성이 불쌍한 시체는
재, 재처럼 창백했고 온몸은 피범벅, 55
엉긴 피를 덮었어. 난 보고 기절했다고요.

줄리엣 오, 내 심장아 터져라, 빈털터리 곧 터져라.
두 눈은 감옥 가고 절대 자유 못 보리라.
천한 이 몸, 흙이 되고 동작은 예 멈춰라,
이 몸과 로미오는 슬픈 관 하나에 누우리라 60

유모 오, 티볼트, 티볼트, 나의 최고 친구여.

47행 닭뱀 바실리스크 혹은 코카트리스라고 불리는 전설 속의 괴물. 머리와 다리,
날개는 닭, 몸통과 꼬리는 뱀의 형상으로, 그 눈길을 받은 상대는 죽는다고 한다.

오, 예절 바른 티볼트, 명예로운 신사여.

내가 당신 죽음을 살아서 볼 줄이야.

줄리엣   이 무슨 폭풍이 정반대로 마구 불지?

로미오는 살해됐고 티볼트도 죽었어?   65

최고 귀한 내 사촌과 더 귀한 내 남편이?

그렇다면 무서운 나팔은 종말을 고하라,

그 둘이 떠났다면 산 사람은 없을 테니.

유모   티볼트는 떠나갔고 로미오는 추방이요,

그를 죽인 로미오, 그이는 추방이요.   70

줄리엣   오, 하느님! 로미오가 티볼트의 피를 흘려?

유모   그랬어요, 그랬어, 아이고, 그랬어요!

줄리엣   오, 꽃 얼굴 뒤에 숨은 독사의 심장이여!

그렇게 고운 굴에 용이 산 적 있었을까?

아름다운 폭군이여, 천사 같은 악마여,   75

비둘기 털 까마귀! 늑대 이빨 양이여!

최고신의 모습 갖춘 혐오스러운 실체여!

정확한 겉모습의 정확한 반대여!

저주받은 성자여, 명예로운 악한이여!

오, 자연이여, 당신은 뭣 때문에 지옥에서   80

그렇게도 아름다운 육신의 낙원 속에

마귀의 영혼을 집어넣은 것입니까?

그렇게 저급한 내용을 그토록 아름답게

담은 책이 있었을까? 오, 그 화려한 궁전에

거짓이 머물다니!

74행 용 줄리엣이 말하는 서양의 용은 동양 문화권에서처럼 상서로운 영물이
아니라 탐욕을 상징하는 괴물이다.

| 유모 | 신뢰도 믿음도 정직도 | 85 |

남자에겐 없답니다. 모두가 위증하고
거짓되며 사악하고 사기꾼들이에요.
아, 내 하인 어딨어? 독한 술 좀 가져와라.
이런 고뇌, 이런 비탄, 슬픔으로 내가 늙어.
빌어먹을 로미오!

| 줄리엣 | 그러길 바라는 혓바닥은 | 90 |

갈라 터져 버려라! 빌어먹지 않을 거야.
그이의 이마에는 그런 운수 못 들어와,
그곳은 영예가 온 세상의 유일한 군주로서
왕관 쓰고 자리 잡는 옥좌이기 때문에.
오, 내가 그일 꾸짖다니 짐승 같은 짓이었어.　　　　95
유모　사촌을 죽였는데 좋게 말할 거예요?
줄리엣　내가 내 남편을 나쁘게 말해야 돼?
아, 불쌍한 서방님, 세 시간밖에 안 된 아내가
당신 이름 구겼는데 그 누가 펴 줄까요?
하지만 몹쓸 당신, 내 사촌을 왜 죽였죠?　　　　100
그 몹쓸 사촌이 내 남편을 죽이려 했으니까.
어리석은 눈물아, 원천으로 돌아가라,
네 몸을 떨어뜨려 바칠 곳은 비탄인데
기쁜 일에 잘못 알고 내놓으려 하는구나.
티볼트가 살해할 뻔했던 내 남편은 살았고　　　　105
내 남편을 살해할 뻔했던 티볼트는 죽었다.
이 모든 게 안심이다. 그럼 내가 왜 울지?
티볼트의 죽음보다 몹쓸 말이 있었는데
그게 날 살해했다. 그걸 잊고 싶지만
오, 죄인 가슴 압박하는 저주받은 악행처럼　　　　110

그것이 내 기억을 짓누르고 있구나.

'티볼트는 죽었고 로미오는 추방됐다.'

'추방됐다.' 바로 그 '추방됐다.' 한마디에

만 명의 티볼트가 살해됐다. 티볼트의 죽음은

그게 끝이었다면 충분히 비통한 일이었다.　　　　　　115

아니면, 시무룩한 비탄이 친구를 좋아해서

비통의 대열에 꼭 끼어야 되겠다면

'티볼트가 죽었다.'는 유모의 말 뒤에

슬플 때 흔히들 생길 법한 일로서 왜

아버지나 어머니, 아니면 둘 다가 아니고　　　　　　120

티볼트의 죽음 뒤에 '로미오는 추방됐다.'

그 말이 따라왔지? 바로 그 한마디에

아버지, 어머니, 티볼트, 로미오, 줄리엣이

다 살해되었고 다 죽었다! '로미오는 추방됐다!'

그 말 속의 죽음엔 끝이나 한계나 크기나　　　　　　125

경계가 없어서 말로는 그 비탄을 잴 수 없다.

유모, 아버지와 어머니는 어디에 계시지?

유모　　티볼트의 시체 놓고 울고불고하세요.

두 분에게 가시려고? 모셔다 드릴게요.

줄리엣　　눈물로 그 상처를 씻으셔? 그 눈물이 마르면　　　130

내 눈물은 로미오의 추방 두고 흘릴 거야.

그 밧줄을 집어 들어. 불쌍한 밧줄아,

너와 난 속았다, 로미오는 유배되었으니까.

내 침실 오는 길로 그인 너를 만들었어.

하지만 난 처녀이자 과부로 죽는단다.　　　　　　135

자 밧줄아, 자 유모, 나는 신방 갈 테니

죽음아, 로미오 대신에 내 처녀성 가져라.

유모	방으로 빨리 가요. 아가씨를 위로해 줄
	로미오를 찾을게요, 어딨는지 잘 압니다.
	잘 들어요, 로미오가 밤에 여기 올 거예요.	140
	가 볼게요. 로런스 님 암자에 숨었어요.
줄리엣	오, 찾아봐, 이 반지를 기사님께 전하고
	마지막 작별 위해 오시라고 일러 줘. (함께 퇴장)

3막 3장

로런스 수사 등장.

로런스 수사 나와라 로미오, 나와라, 겁에 질린 사람아.
고난이 네 자질에 마음을 빼앗겼고
그래서 넌 재앙과 결혼한 셈이다.

로미오 등장.

로미오   신부님, 소식은요? 군주님의 심판은요?
제가 아직 모르는 무슨 슬픔 다가와서   5
친교를 갈구하죠?
로런스 수사   사랑하는 내 아들은
시무룩한 자들과 너무 친숙하구나!
너에게 군주님의 심판 소식 가져왔다.
로미오   최후 심판 아니라면 무슨 심판인데요?
로런스 수사 관대한 판결이 그 입에서 나왔단다.   10

3막 3장 장소 베로나. 로런스 수사의 암자.

	육신의 죽음이 아니라 육신의 추방이다.	
로미오	하! 추방이라! 자비롭게 '죽음'이라 하세요.	
	유배형의 모습은 죽음보다 훨씬 더	
	쳐다보기 끔찍해요. '추방'이란 말 마세요.	
로런스 수사	너는 이곳 베로나 시에서 추방됐다.	15
	참아라, 이 세상은 크고도 넓으니까.	
로미오	베로나 성벽 넘어 딴 세상은 없습니다,	
	연옥과 고문과 지옥 자체 말고는.	
	그러므로 '추방'은 세상에서 추방이고	
	세상에서 유배는 죽음이죠. 그래서 '추방'은	20
	죽음의 오기이며 죽음을 '추방'이라 부르면서	
	신부님은 제 머리를 금도끼로 자른 다음	
	그 살인의 일격에 미소 짓고 있답니다.	
로런스 수사	오, 지독하게 나쁜 죄! 오, 무례한 배은망덕!	
	네 잘못은 사형인데 친절한 군주께서	25
	네 편을 들면서 법을 밀쳐 버리고	
	'죽음'이란 험한 말을 '추방'으로 바꾸셨다.	
	이건 정말 자비인데 넌 그걸 보지 못해.	
로미오	자비가 아니라 고문이죠. 줄리엣이 사는 곳,	
	여기가 천국이고 모든 개와 고양이	30
	어린 생쥐까지도, 가치 없는 모든 것도	
	이 천국에 살면서 그녀를 보건만	
	로미오만 못 봐요. 쉬파리들조차도	
	로미오를 능가하는 가치와 지위와	
	예법이 있답니다. 놈들은 줄리엣의	35
	놀라운 흰 손을 붙잡고 그녀의 두 입술,	
	순결한 여사제의 바로 그 겸손으로	

맞닿음도 죄인 양 항상 붉게 물드는 그곳에서
불멸의 축복을 훔쳐 낼 수 있건만
로미오는 못 그래요, 그는 추방됐습니다.　　　　　　　　40
파리들도 하는 일을 피해야만 합니다.
놈들은 자유지만 저는 추방됐습니다.
그런데도 유배가 죽음이 아니란 말입니까?
조제 독약 없어서, 날 선 칼이 없어서
추하지 않게끔 급사시킬 방법이 없어서　　　　　　　　45
'추방'으로 절 죽여요? '추방'이라고요?
오, 수사님, 그 말은 울부짖음과 함께
지옥에서 쓴답니다. 무슨 맘을 먹었기에
성직자이면서 고해 성사 받는 분이
죄 사면을 하는 분이, 친구라고 밝힌 분이　　　　　　　50
'추방'이란 말로써 저를 짓이깁니까?

로런스 수사　　어리석은 미치광이, 내 말 좀 들어 봐.

로미오　　오, 또다시 추방 얘기 하려는 거지요.

로런스 수사　　그 말을 막아 줄 갑옷을 네게 주마,
역경 속의 달콤한 우유인 철학으로　　　　　　　55
추방은 당했지만 너를 위로해 주마.

로미오　　아직도 '추방'이요? 철학 집어치워요.
철학으로 줄리엣을 만들어 내거나
도시를 옮기거나 군주 판결 뒤집지 못하면
도움도 납득도 안 됩니다. 그만해요.　　　　　　　60

39행 불멸의 축복
자기 손에 앉은 파리를 쫓으며 줄리엣이 '신의 축복이 있기를!(God bless you!)' 또는 '축복이 있기를!(Bless you!)'이라고 하는 말. 원래는 악이나 재난으로부터 인간을 지켜 주는 신의 가호를 기원하는 말이었지만 단순하게 '이런!' 정도의 뜻을 가진 표현으로 변했다.

로런스 수사	오, 미치면 안 들린단 그 말이 맞는구나.	
로미오	어떻게 듣겠어요, 현자가 못 보는데?	
로런스 수사	네 처지를 우리 함께 의논 좀 해 보자.	
로미오	본인이 느끼지도 못하는 걸 말할 순 없어요.	
	신부님이 저처럼 젊은데, 줄리엣이 아내이고	65
	결혼한 지 한 시간에 티볼트는 살해됐고	
	저처럼 혹했고 저처럼 추방된 상태라면	
	그러면 저처럼 얘기하고 머리칼 쥐어뜯고	
	지금 제 행동처럼 땅바닥에 드러누워	
	파지 않은 무덤 크길 재어 보고 있겠지요. (노크)	70
로런스 수사	일어나, 누가 왔어. 로미오야, 몸을 숨겨.	
로미오	아닙니다, 안타까운 신음의 입김이	
	안개처럼 날 못 찾게 감싸 주지 않는다면. (노크)	
로런스 수사	심하게 두드리네. 누구요? — 로미오, 일어나,	
	붙잡혀 갈 거야. — 잠깐만요. — 일어서. (노크)	75
	내 서재로 달려가. — 곧 갑니다. — 이거야 원,	
	왜 이렇게 어리석어? — 갑니다, 간다고요. (노크)	
	누가 그리 두들겨요? 어디서, 왜 왔어요?	
유모	(안에서) 들어가게 해 주시면 말씀드리겠어요.	
	줄리엣 아가씨가 보냈어요.	
로런스 수사	그럼 어서 오시오.	80
	(문을 따 준다.)	

유모 등장.

유모	오, 수사님, 말씀 좀 해 주세요, 수사님,
	아가씨의 서방님, 로미오는 어딨어요?

로런스 수사	제 눈물에 취해서 저기 저 땅바닥에.
유모	오, 아가씨가 보여 주는 바로 그 모습이네!

꼭 같은 모습이야. 오, 비통의 일치야!　　　　　　　　85

가련한 곤경이야! 그녀도 꼭 저렇게 누워서

울고불고, 불고 울고 그러고 있답니다.

일어나요 일어나, 남자답게 일어서요.

줄리엣을 위하여, 그녀 위해 일어서요.

그렇게 깊은 오! 속에는 왜 빠져 있어요?　　　　　　90

로미오	유모.　　　　　　　　　　　　(그가 일어선다.)
유모	아 예, 아 예, 죽으면 다 끝이에요.
로미오	줄리엣 얘기 했지? 상태는 어떤데?

이 몸을 닮고 닮은 살인자로 생각 안 해?

내가 방금 그녀와 멀지 않은 친척 피로

갓 움튼 우리 기쁨 물들여 놨으니까.　　　　　　　95

어디 있어? 어떡하고? 숨통 끊긴 우리 사랑

숨겨 놓은 내 아내는 뭐라고 말했어?

유모	오, 아무 얘기 안 하시고 울고 또 울다가

침대에 엎어졌다 벌떡 일어나서는

티볼트를 부른 다음 '로미오'를 외치고　　　　　　100

다시 엎어지셔요.

로미오	그건 마치 그 이름이

무섭게 정조준 된 포구에서 발사되어

그 이름의 욕된 손이 그녀 친척 살해했듯

그녀를 살해한 것 같네. 오, 수사님, 말해 줘요.

85~86행 비통의…곤경이야
이렇게 어렵고 유식한 말은 유모에게 어
울리지 않다고 생각하는 편집자들은
이 대사를 로런스 수사에게 돌리기도 하
지만 그녀도 몇 마디쯤은 멋진 말을 적절
한 자리에서 쓸 수 있지 않을까? (아든)

이 몸의 어느 추한 부분에 제 이름이   105
머물고 있는지. 말해 줘요, 그 미운 저택을
부숴 버릴 테니까.

로런스 수사   멈춰라 그 무모한 손.
네가 과연 남자냐? 생긴 꼴은 그렇다만
네 눈물은 여자 같고 네 거친 행동은
짐승의 비이성적 광기를 드러낸다.   110
남자처럼 보이는데 볼품없는 여자이고
둘 다인 것 같은데 보기 흉한 짐승이라!
넌 정말 놀랍구나. 내 성직에 맹세코
나는 네 성품이 이보다는 좋은 줄 알았다.
티볼트를 죽였어? 자결할 작정이냐?   115
그래서 네 생명 안에 사는 네 아내를
저주받은 자해로 죽이려고 하느냐?
네 출생과 하늘과 땅, 왜 원망하느냐?
한꺼번에 잃겠다는 네 출생과 하늘과 땅,
세 가지가 한꺼번에 네게로 모였는데.   120
허, 네 모습과 네 사랑과 네 지능이 창피하다,
그 모두가 풍족한데 고리대금업자처럼
정말로 써야 할 곳, 네 모습과 사랑과 지능을
장식하는 일에는 하나도 안 쓰다니.
남자의 용맹성, 거기에서 벗어나면   125
고귀한 네 모습도 밀랍상일 뿐이고
간직하길 맹세했던 그 사랑을 저버리면
소중한 네 사랑도 허황된 위증일 뿐이며
네 모습과 네 사랑의 장식품인 네 지능도
앞선 둘의 잘못된 처신으로 망가졌어.   130

미숙한 군인의 뿔 통에 든 화약이
자신의 부주의로 불붙고 폭발하여
자기방어 수단으로 사지가 찢어지는 것처럼.
어허, 정신 차려! 소중한 줄리엣을 위하여
좀 전에 넌 죽으려 했는데 그녀는 살아 있어.   135
그래서 넌 운이 좋아. 널 죽이려고 했던
티볼트를 살해했어. 그래서 넌 운이 좋아.
사형으로 위협하던 국법이 친구 되어
추방을 내놓았다. 그래서 넌 운이 좋아.
축복은 떼를 지어 너에게 몰려오고   140
행복은 최고의 옷을 입고 너에게 구애한다.
그런데 넌 버릇없고 무뚝뚝한 처녀같이
네 행운과 애인을 못마땅해하는구나.
조심해, 그럭하면 비참하게 죽으니까.
약속했던 그대로 아내에게 가 보아라.   145
침실로 올라가 — 어서 가서 위로해 주거라.
하지만 파수를 설 때까진 머물지 마,
그럼 넌 만토바로 건너가지 못하니까.
넌 거기에 살 거야. 우리가 때를 봐서
네 결혼을 공표하고 친구들을 화해시키고   150
군주님께 사면 청해 떠날 때의 슬픔보다
백만 배의 기쁨으로 너를 불러올 때까지.
유모는 앞서 가게. 아가씨께 안부하고
온 집안을 일찍 자게 만들라고 하게나.
깊은 슬픔 때문에 그러기가 십상일 테니까.   155
로미오가 간다네.

유모   어머나, 밤새 여기 남아서 훌륭한 충고를

	들었으면 좋겠네. 오, 아는 것도 많으셔라.	
	서방님, 아가씨께 오신다고 알릴게요.	
로미오	그래 줘, 꾸중할 준비도 하고 있고.	160

(유모가 가려다가 되돌아온다.)

유모	여기요, 아가씨가 전하라던 반지예요.	
	서둘러 오세요, 많이 늦어졌답니다.	(퇴장)
로미오	이걸 보니 얼마나 위안이 되는지.	
로런스 수사	가 보아라, 잘 자고. 네 상황은 이렇다.	
	파수 서기 이전에 이곳을 떠나든지	165
	동틀 녘에 변장하고 여기를 떠나거라.	
	만토바에 체재해. 나는 네 하인을 찾아서	
	여기서 일어나는 좋은 일은 모조리	
	수시로 너에게 알리도록 하겠다.	
	악수하자. 늦었다, 잘 가고 좋은 밤 보내라.	170
로미오	크나큰 기쁨이 절 부르지 않는다면	
	이런 급한 작별은 슬픔일 것입니다.	
	안녕히 계십시오.	(함께 퇴장)

3막 4장

캐풀릿 노인, 캐풀릿 부인과 파리스 등장.

캐풀릿	그런데 일이 너무 불운하게 벌어져	
	우리 딸을 설득할 시간이 없었다네.	
	이보게, 그 애는 티볼트를 지극히 사랑했고	

3막 4장 장소 베로나. 캐풀릿의 저택.

나 또한 그랬다네. 하긴, 태어나면 죽는 법.

상당히 늦었네. 오늘 밤 그 애는 안 내려와.　　　　　5

단언컨대 난 손님이 자네가 아니었더라면

한 시간 전에 벌써 잠자리로 갔을 걸세.

파리스　　비탄의 시간에 구애할 시간은 없군요.

마님, 따님에게 안부 전해 주십시오.

캐풀릿 부인　그러지, 아침 일찍 걔 뜻도 알아내고.　　　　　10

그 애는 오늘 밤 무거운 시름에 갇혀 있네.

　　　　　　　　(파리스가 가려는데 캐풀릿이 그를 다시 부른다.)

캐풀릿　　파리스 백작, 내 자식의 혼사에 대하여

절박한 제안을 하겠네. 그 애는 모든 걸

내 결정에 맡길 것 같은데, 암, 틀림없어.

여보, 잠자러 가기 전에 걔에게 가 보시오.　　　　　15

내 사위 파리스의 사랑을 알려 주고

걔에게 — 알겠소? — 다가오는 수요일에 —

잠깐만 — 오늘이 무슨 요일이던가?

파리스　　　　　　　　　　　　　　　　　월요일요.

캐풀릿　　월요일! 하 하! 하긴, 수요일은 너무 일러.

목요일로 하자고, 목요일에 그 애가　　　　　20

이 백작과 결혼할 거라고 말하시오.

자네는 준비되나? 이렇게 서둘러도 좋은가?

큰 법석은 없을 걸세 — 친구 한둘 정도로.

들어 보게, 티볼트가 살해된 게 최근인데

너무 흥청거리면 우리의 친척인 그 애를　　　　　25

소홀히 여긴다고 생각할 테니까.

그래서 아는 사람 여섯 정도 부르고

그걸로 끝일세. 그런데 목요일은 괜찮은가?

파리스	어르신, 저는 그 목요일이 내일이면 합니다.
캐풀릿	그렇다면 가 보게, 목요일로 하겠네.

당신은 자기 전에 줄리엣한테 가서

혼인날에 대비하여 준비를 시키시오.

잘 가게, 백작. — 여봐라, 내 방에 불 밝혀라!

이거 참, 시간이 너무 늦어 이제 곧

새벽이라 말해도 될 것 같군. 잘 자게.　　　(모두 퇴장)

30

35

　

3막 5장
로미오와 줄리엣 위쪽의 창문에 등장.

줄리엣	가려고요? 날은 아직 밝지도 않았는데.

걱정하는 당신의 텅 빈 귀를 꿰뚫은 건

종달새가 아니라 밤 꾀꼬리였어요.

밤마다 저기 저 석류나무 위에서 우니까.

내 말을 믿으세요, 여보, 밤 꾀꼬리였어요.

5

로미오	종달새였다니까, 아침의 전령이지

밤 꾀꼬린 아니오. 저 봐요, 저 건너 동녘에

시샘하는 빛살이 터진 구름 수놓는 걸.

밤 촛불은 다 꺼지고 유쾌한 낮의 신이

안개 낀 산마루에 발끝으로 서 있다오.

10

난 가서 살거나 남아서 죽어야만 한답니다.

줄리엣	저 빛은 햇빛이 아니란 걸 알아요, 예,

저것은 태양이 내뿜은 혜성으로

3막 5장 장소　베로나. 캐풀릿의 정원.

오늘 밤 당신 위해 횃불잡이 노릇하며
만토바로 가는 길을 밝히려 한다고요.   15
그러니까 머물러요, 갈 필요 없다니까.

로미오   잡혀가게 해 줘요, 죽임을 당하도록.
당신이 그러기를 원하면 난 만족이랍니다.
나는 저 잿빛이 아침의 눈망울이 아니라
창백한 달님 이마 반사한 것뿐이며   20
저 높은 곳에서 노래로 창공을 울리는 게
종달새가 아니라고 우겨 말할 테니까.
난 가려는 의지보다 머물 맘이 더 많아요.
죽음이여 어서 와라. 줄리엣의 뜻이다.
어때요, 여보? 날은 밝지 않았소, 얘기해요.   25

줄리엣   밝았어요, 밝았어. 어서 여길 떠나세요.
거슬리는 불협화음 불유쾌한 올림표로
엉망진창 노래하는 저것은 종달새랍니다.
종달새는 고운 음을 분산 연결한다는데
저것은 못 하네요, 우릴 분리시키니까.   30
종달새와 역겨운 두꺼비가 눈을 바꿨다는데
오, 서로의 목소리도 바꿨으면 좋았을걸.
그 소리에 놀라서 우리 포옹 풀어지고
일어나라 노래하며 당신 쫓아내니까요.
아, 이제 가요, 점점 더 밝아지고 있어요.   35

로미오   날은 점점 밝아지고 우리 한탄 짙어지네.

유모 황급히 등장.

유모   아씨.

줄리엣	유모?
유모	마님께서 아씨의 방으로 오십니다.
	동텄으니 조심하고 주변을 살피세요. (퇴장) 40
줄리엣	그럼 창아, 낮은 오고 생명은 가게 해라.
로미오	잘 있어요, 한 번만 키스하고 내려갈게. (내려간다.)
줄리엣	가셨어요? 여보 당신, 예, 남편이자 애인이여,
	매일매일 시간마다 소식 줘야 합니다,
	단 일 분 안에도 여러 날이 있으니까. 45
	오, 이렇게 셈을 하면 내가 당신 로미오를
	또다시 보기 전에 늙어 버리겠어요.
로미오	(아래에서) 잘 있어요.
	여보, 내 인사를 당신에게 전할 수만 있다면
	그 어떤 기회도 놓치지 않을게요. 50
줄리엣	오, 당신은 우리가 다시 볼 것 같아요?
로미오	반드시 그럴 거요, 그리하여 이 모든 한탄은
	우리의 미래에 달콤한 얘깃거리 될 거예요.
줄리엣	맙소사, 내 영혼이 액운을 점치네!
	내 생각엔 당신이 너무 아래 있으니까 55
	무덤 안에 누워 있는 죽은 사람 같아요.
	내 시력이 갔거나 당신이 창백한 거겠죠.
로미오	여보, 내 눈엔 당신도 그렇게 보여요.
	갈증 난 슬픔이 우리 피를 마셨어요. 안녕. (퇴장)
줄리엣	오 운명, 운명아! 모두가 널 변덕스럽다고 한다. 60
	네가 변덕스럽다면 신의로 유명한 사람을
	어디다 쓰겠느냐? 운명아, 변덕을 부려라.

60행 운명 운명의 여신.

그럭하면 그이를 오래 아니 붙잡고
돌려보낼 테니까.

캐풀릿 부인 등장.

캐풀릿 부인   애, 딸애야, 일어났어?

줄리엣   누가 날 부르지? 어머니로구나.   65
이리 늦게 안 주무셔? 너무 일찍 깨셨나?
무슨 별난 까닭으로 오시게 된 걸까?

                              (창문에서 내려간다.)

캐풀릿 부인   그래, 줄리엣, 좀 어떠냐?

줄리엣 등장.

줄리엣   안 좋아요, 어머니.

캐풀릿 부인   사촌이 죽었다고 계속해서 울고 있어?
아니, 눈물로 그 애를 무덤에서 꺼내려고?   70
그래도 그 애를 살려 내진 못할 거다.
그러니 그쳐라. 애통은 사랑의 표시지만
지나치면 언제나 지각없단 표시란다.

줄리엣   그래도 느껴지는 상실이니 울겠어요.

캐풀릿 부인   상실은 느끼지만 네 친구는 운다 해도   75
못 만지지 않느냐.

줄리엣   상실을 느낄 때면
친구 위해 계속 울지 않을 수 없어요.

캐풀릿 부인   글쎄다, 넌 걔가 죽어서 우는 게 아니라
그 애를 참살한 악당이 살아서 울고 있지.

줄리엣	무슨 악당 말씀인지?
캐퓰릿 부인	로미오란 악당이지. 80
줄리엣	(방백) 악당과 그이는 수십 마일 떨어져라. —
	신은 그를 사하소서. 저도 진정 용서해요.
	하지만 그런 사람 때문에 애통하진 않아요.
캐퓰릿 부인	역적 같은 살인자가 살았으니 그렇지.
줄리엣	예, 어머니, 이 손이 닿을 수 없는 곳에. 85
	나 홀로 사촌 죽음 복수할 수 있었으면.
캐퓰릿 부인	우리는 복수하게 될 테니 염려 마라.
	그러니 그만 울어. 만토바로 사람을 보낼 거야,
	바로 그 추방된 떠돌이가 사는 데로.
	희귀한 독약을 그자에게 먹여서 90
	머지않아 티볼트와 동무하게 만들 거야.
	그럼 넌 만족할 거라고 믿는다.
줄리엣	저는 정말 로미오에 절대 만족 못 해요, —
	죽어 있는 — 그 사람을 쳐다볼 때까지
	친척 위해 애타는 제 마음은 그래요. 95
	어머니, 독약을 가져갈 사람을
	찾아만 주신다면 제가 그걸 조절하여
	로미오가 받아먹고 곧바로 조용히
	잠들게 하겠어요. 오, 그 이름 듣고 나서
	내 마음은 이리도 그를 혐오하는데 100
	사촌을 참살한 그의 몸에 다가가서
	내가 품은 사촌 사랑 분풀이 못 하다니.

94행 죽어…사람
여기에서 줄리엣이 말하는 '그 사람'은 로미오이다. 그러나 그녀가 의도하지 않은 아이러니는 그녀가 다음번에 그를 쳐다볼 때 그는 죽어 있다는 데 있다. (아든)

캐풀릿 부인	수단을 찾아봐라, 사람은 찾아 줄게.
	근데 애야, 이제는 기쁜 소식 말해 주마.
줄리엣	기쁨이 꼭 필요한 때를 맞춰 잘 왔군요. 105
	말씀해 보세요, 어머니, 뭔데요?
캐풀릿 부인	응 그래, 너에겐 자상한 아버지가 계신다.
	무거운 네 마음을 덜어 주기 위하여
	너도 예상 못 했고 나도 기대 못 했지만
	뜻밖에도 기쁜 날을 골라 놓으셨단다. 110
줄리엣	참 다행이네요, 어머니. 그게 무슨 날이죠?
캐풀릿 부인	응, 애야, 이번 주 목요일 아침 일찍
	씩씩하고 젊으며 가문 좋은 신사인
	파리스 백작이 널 성 베드로 성당에서
	다행히도 기쁨에 찬 신부로 만들어 줄 거야. 115
줄리엣	성 베드로 성당과 베드로에 맹세코
	그는 저를 기쁨에 찬 신부로 못 만들 거예요.
	이렇게 서둘다니 이상해요. 남편 될 사람이
	구애도 하기 전에 결혼해야 되다니.
	아버지께 말씀드려 주세요, 어머니, 120
	전 아직 결혼 않을 거라고. 한다면 맹세코
	파리스보다는 어머니가 제 미움을 잘 아시는
	로미오일 겁니다. 이거 정말 소식이네!
캐풀릿 부인	아버지가 오신다, 네가 직접 얘기해라,
	네 말을 어떻게 받아들이시는지 좀 보자. 125

캐풀릿과 유모 등장.

캐풀릿	해가 지면 땅 위에는 서리가 내린다,

하지만 내 형님의 아들이 지고 나니
곧바로 비가 오네.
얘, 분수라도 되었어? 뭐, 아직도 눈물을?
끊임없이 퍼부어? 너는 그 작은 몸 하나로   130
배와 바다 그리고 바람 흉내 내는구나.
바다라고 해도 좋을 네 눈엔 언제나
눈물이 오락가락하니까. 네 몸은 배처럼
짠물 위를 항해하고 네 한숨은 바람처럼
눈물과 뒤섞이어 맹렬하게 몰아치니   135
급히 고요 못 찾으면 폭풍 맞은 네 몸은
뒤집어질 것이다. 근데 여보, 어떡했소?
우리의 결단을 딸에게 전달했소?

캐풀릿 부인 예, 하지만 안 한다며 당신께 고맙대요.
이 바보는 무덤과 결혼하면 좋겠어요.   140

캐풀릿 잠깐만, 알아듣게, 알아듣게 말해 줘요.
뭐라고, 안 한다고? 우리에게 감사 안 해?
반갑지 않다고? 축복으로 생각 안 해?
훌륭하지 못한 애를 우리가 노력하여
참 훌륭한 신사를 신랑 되게 해 줬는데?   145

줄리엣 해 주셔서 반갑진 않으나 고맙긴 합니다.
싫은 것이 절대로 반가울 순 없으나
뜻은 사랑이기에 싫어도 고맙긴 합니다.

캐풀릿 뭐, 뭐, 어쨌다고? 말을 돌려? 이게 뭐지?
'반갑다.' '고맙다.' 하다가 '고맙잖다.'   150
게다가 '반갑잖다?' 버릇없는 것 같으니,
고맙다 반갑다 다 집어치우고
그 잘난 몸이나 추슬러 이번 주 목요일에

	성 베드로 성당으로 파리스와 함께 가.	
	안 그러면 틀에 묶어 내가 끌고 가겠다.	155
	나가, 이 누렇게 썩을 년아! 나가, 이 못난 것아!	
	허연 상관하고는!	

캐풀릿 부인 아니 여보, 미쳤어요?

줄리엣 아버지, 무릎 꿇고 간청을 드리오니
한마디만 제 얘기를 들어 봐 주십시오.

(무릎을 꿇는다.)

캐풀릿 목이나 매거라, 말 안 듣는 못난 것!　　　　　160
내 뜻을 말해 주지. — 목요일에 성당에 가,
안 그러면 그 뒤로 내 얼굴 다시는 못 본다.
말이나 응답이나 대답도 하지 마라.
손이 근질거린다. 여보, 하느님이 우리에게
얘 하나만 주셔서 복도 없다 그랬잖소.　　　　　165
그런데 이제 보니 이 하나도 너무 많고
우리가 저것을 얻은 게 저주임을 알겠소.
꺼져라, 이 상것아.

유모 하느님, 아씨를 살피소서.
그런 욕을 하시다니 주인님 잘못이오.

캐풀릿 왜지요, 지혜 마님? 입 다물게, 현명 여사!　　　170
저리 가서 수다꾼들 하고나 떠드시지.

유모 사악한 말 안 했어요.

캐풀릿 아, 잠이나 주무셔!

유모 얘기도 못 해요?

캐풀릿 조용해, 이 옹알이 바보야!
무게 있는 말씀은 수다 떨 때 하라고,
여긴 필요 없으니까.

| 캐퓰릿 부인 | 너무 흥분하셨어요. | 175 |

캐퓰릿　원 참, 미치겠네! 밤낮으로, 일하거나 놀거나
　　　　혼자 거나 함께 거나 내 걱정은 언제나
　　　　애의 혼인이었고 그러다가 이제 와서
　　　　많은 토지 소유하고 젊은 데다 가문 좋고
　　　　사람들 말처럼 훌륭한 자질로 꽉 찼으며　　　　180
　　　　상상 속의 바람직한 남자 모습 모두 갖춘
　　　　귀족 가문 신사를 마련해 놓았는데
　　　　이제는 이 망할 것, 징징 짜는 바보가
　　　　푸념하는 얼간이가 복이 굴러 왔는데도
　　　　'전 결혼 안 해요, 사랑할 수 없어요,　　　　185
　　　　어려서요, 용서해 주세요.'라고 대답하다니.
　　　　하지만 결혼을 안 해도 용서는 하겠다!
　　　　딴 데 가서 빌어먹어, 나와 함껜 못 살 테니.
　　　　조심해서 생각해 봐, 늘 하는 농담 아냐.
　　　　목요일은 가까워. 가슴에 손을 얹고 숙고해 봐.　　　　190
　　　　네가 만약 내 것이면 친구에게 주겠지만
　　　　아니라면 목을 매! 구걸해! 굶다가 객사해!
　　　　목숨 걸고 난 너를 절대 인정 않겠으며
　　　　내가 가진 어떤 것도 네겐 도움 안 될 거다.
　　　　내 말 믿어, 명심해, 위증하지 않을 테니.　　　　(퇴장)　195

줄리엣　제 비탄을 바닥까지 굽어 살펴보시는
　　　　동정심의 천사는 구름 위에 없나요?
　　　　오, 사랑하는 어머니, 절 버리지 마세요!
　　　　결혼을 한 달만, 일주일만 연기해 주세요.
　　　　아니면 제 신방을 티볼트가 누워 있는　　　　200
　　　　어둑한 석실묘 안에다 만들어 주세요.

캐풀릿 부인	난 입을 다물 테니 나한테 얘기 마라.
	난 너랑 끝났으니 맘대로 하려무나. (퇴장)
줄리엣	오 하느님! 오 유모, 이걸 어찌 막아 내지?

내 남편은 땅 위에, 내 서약은 하늘에 있는데   205
어떻게 그 서약이 땅으로 돌아오지?
그 남편이 땅을 떠나 하늘에서 그것을
보내오지 않는다면? 위로해 줘, 조언해 줘!
아, 슬프다, 나같이 연약한 사람에게
하늘이 이렇게 계략을 꾸미다니!   210
어떡하지? 기쁜 말은 한마디도 못 하겠어?
위로 좀 해 줘 유모.

유모	그럼 이럭하세요.

로미오는 추방됐고 온 세상이 뒤집혀도
아가씨를 요구하러 절대 감히 못 옵니다.
온대도 남몰래 올 수밖에 없지요.   215
그렇다면 사정이 지금과 같으니까
백작과 결혼을 하는 게 제일인 것 같아요.
오, 그이는 참 멋진 신사예요.
그에 비해 로미오는 걸레죠. 독수리조차도
파리스의 눈처럼 푸르고 생기 있고   220
고운 눈은 못 가졌죠. 내가 저주받더라도
두 번째 혼인으로 행복하실 겁니다,
첫째보다 나으니까. 낫지 않다 하더라도
첫째는 죽었어요, 아니면 여기 살아 있어도
써먹지 못한다면 죽은 거나 다름없죠.   225

207~208행 그…않는다면 내 남편이 죽은 게 아니라면.

줄리엣	마음에서 우러나온 말이야?	
유모	영혼까지 합쳐서요. 아님 둘 다 빌어먹죠.	
줄리엣	아멘!	
유모	뭐라고요?	
줄리엣	글쎄, 유모는 날 놀랄 만큼 위로해 주었어.	230
	들어가서 마님께 난 로런스 님 암자로	
	아버지를 불쾌하게 해 드린 걸 고백하고	
	죄 사함을 받으러 갔다고 말씀 드려.	
유모	예, 그러지요. 현명하게 처리하신 거예요. (퇴장)	
줄리엣	저주받을 할망구! 오, 참으로 사악한 악마여!	235
	내 맹세를 저버리길 바라는 게 더 큰 죄냐,	
	아니면 그이를 견줄 데 없다고	
	천 번 만 번 칭찬하던 그 입으로 그이를	
	헐뜯는 게 더 큰 죄냐? 잘 가라, 조언자여,	
	내 마음과 유모는 이제부터 남남이야.	240
	수사님께 대책을 알아보러 가야지.	
	모든 방법 실패해도 죽을 힘은 남아 있다. (퇴장)	

4막 1장

로런스 수사와 파리스 등장.

로런스 수사	목요일요? 시간이 아주 모자라는데.
파리스	장인 되실 캐풀릿이 그 날짜를 원하시오,

228행 아멘!
유모는 '그렇게 되기를 비나이다.'라는 아
멘의 원래 뜻을 알아차리지 못한다.

4막 1장 장소
베로나. 로런스 수사의 암자.

	저 또한 그분의 재촉을 늦추고 싶진 않고.	
로런스 수사	아가씨의 마음을 모른다고 말하셨지.	
	순조롭지 않은데. 마음이 안 내켜요.	5
파리스	그녀는 티볼트의 죽음에 한없이 운답니다.	
	그래서 사랑 얘긴 별로 못 해 봤어요,	
	비너스는 우는 집에 미소 짓지 않으니까.	
	그런데 그녀 부친께서는 그녀가 슬픔에	
	너무 크게 흔들리면 위험하다 생각하고	10
	범람하는 그녀의 눈물을 막으려고 —	
	혼자일 땐 울고픈 맘 크게 일어나지만	
	곁에 누가 있으면 멈출 수 있으니까. —	
	현명하게 우리 결혼 서두르신답니다.	
	이제는 서두르는 이유를 아셨지요.	15
로런스 수사	(방백) 왜 늦춰야 되는지 몰랐으면 좋으련만 —	
	저 봐요, 아가씨가 암자로 오는군요.	

줄리엣 등장.

파리스	잘 만났소, 아가씨 그리고 내 아내여!	
줄리엣	그럴지도 모르지요, 내가 아내 된다면.	
파리스	목요일엔 그 가정이 사실이 될 겁니다.	20
줄리엣	필연이면 그렇겠죠.	
로런스 수사	그건 맞는 말이다.	
파리스	여기 이 신부님께 고백하러 오셨나요?	
줄리엣	답하려면 당신에게 고백을 해야겠죠.	
파리스	그에게 날 사랑한다는 걸 부인 마오.	
줄리엣	나는 그를 사랑한다, 당신에게 고백하죠.	25

파리스	날 사랑한다는 고백 또한 할 겁니다.
줄리엣	내가 만약 그런다면 당신 몰래 하는 것이
	보며 하는 것보다 더 가치 있겠죠.
파리스	저런, 눈물이 그대 얼굴 너무 할퀴었네요.
줄리엣	그래서 눈물이 얻은 건 별로 없죠,
	못살게 굴기 전에 이미 험했으니까.
파리스	얼굴에겐 눈물보다 더 나쁜 말이군요.
줄리엣	사실을 말한 것은 비방이 아니고
	내 말은 내 얼굴을 두고서 한 겁니다.
파리스	그대 얼굴 내 것인데 그것을 비방했소.
줄리엣	그럴지도 모르지요, 내 것은 아니니까.
	지금 좀 짬을 낼 수 있으세요, 신부님?
	아니면 저녁 미사 시간에 올까요?
로런스 수사	지금 짬이 있단다, 수심에 잠긴 애야.
	백작님, 둘만의 시간을 간청해야겠습니다.
파리스	신앙심을 방해하면 절대로 안 되지요.
	줄리엣, 목요일 아침 일찍 깨우겠소.
	그때까지 잘 있고 신성한 이 키스를 간직하오. (퇴장)
줄리엣	오, 그 문을 닫으세요, 그렇게 하신 다음
	함께 울어 주세요. 희망, 치유, 도움조차 없어요!
로런스 수사	오, 줄리엣, 네 비탄을 이미 알고 있단다.
	내 머리 가지고는 해결 못 할 일이야.
	듣자하니 넌 연기가 불가능한 상황에서
	목요일에 이 백작과 결혼해야 한다면서?
줄리엣	들었단 말씀조차 마세요, 신부님,

30

35

40

45

50

24~25행 그 앞의 그는 신부이고 뒤의 그는 로미오이다.

막을 수 있는 법을 말해 주지 못할 바엔.
당신의 지혜로 도와줄 수 없다면
제 결단을 현명하다 말씀만 해 주세요,
그러면 이 칼로 그걸 곧 실행에 옮길게요.
두 마음은 신께서, 두 손은 당신께서 합쳤으니   55
당신께서 로미오와 맺어 준 이 손으로
또 다른 허가서에 도장을 찍기 전에
제 진심이 모반하여 다른 남자 보기 전에
이 손과 이 심장을 죽여 버리겠어요.
그러니까 오랫동안 쌓아 온 경험으로   60
즉각 조언해 주거나 아니면 보십시오,
잔학한 이 칼은 저와 제 극한 상황 사이에서
당신의 연륜과 기술의 권위를 가지고도
참으로 명예로운 결론을 못 내리는 사안을
중재하며 심판의 역할을 할 겁니다.   65
말씀을 지체하지 마세요. 하시는 말씀이
치유책이 아니라면 전 죽고 싶어요.

로런스 수사   멈춰라, 딸애야. 일종의 희망이 보이는데
그걸 달성하려면 막으려고 하는 것이
절박한 만큼이나 절박한 행동이 요구된다.   70
파리스 백작과 결혼하는 대신에
네가 만약 자결할 의지력을 가졌다면
죽음을 피하려고 죽음 그 자체에 맞섰으니
이번의 치욕을 꾸짖어 쫓기 위해
죽음과 비슷한 일 시도할 것 같구나.   75
그걸 감행하겠다면 치유책을 말해 주마.

줄리엣   오, 파리스와 결혼보단 차라리 저더러

어느 요새 탑에서든 뛰어내리라거나
도둑 많은 길 가거나 뱀들이 있는 곳에
은신을 명하세요. 울부짖는 곰과 함께 묶거나   80
악취 나는 정강이, 턱뼈 빠진 노란 해골,
덜컹대는 뼈다귀로 꽉 차 있는 납골당에
밤마다 이 몸을 숨겨 놓으십시오.
아니면 저더러 새로 만든 무덤에 들어가
수의 감은 시체 곁에 숨으라고 하세요. —   85
그런 얘기 듣고서는 몸을 떨었었는데 —
그러면 공포나 의심 없이 그럭할 거예요,
소중한 서방님의 티 없는 아내로 살기 위해.

로런스 수사   그럼 됐다. 집에 가서 명랑하게 지내고
파리스와 결혼에 동의해라. 내일은 수요일,   90
내일 밤엔 조심해서 혼자서 자도록
유모가 네 방에서 같이 자지 않도록 해.
침대에 누운 다음 이 병을 꺼내어
온몸에 퍼지는 이 약을 끝까지 다 마셔라.
그러면 곧 차갑고 나른한 기운이   95
핏줄을 통하여 네 온몸에 퍼질 거다,
맥박은 제대로 못 뛰고 멈추고 말 테니까.
온기도 숨결도 네 생명을 입증 못 할 것이고
장밋빛 입술과 두 뺨은 파리한 잿빛으로
퇴색할 것이며, 죽음이 삶의 날을   100
마감할 때처럼 눈의 창은 닫힐 거다.
유연한 동작을 박탈당한 각 기관은
죽음처럼 빳빳하고 차가워 보일 거며
이렇게 죽음의 축소판을 빌려 온 상태로

넌 스물하고도 네 시간을 지낸 다음   105
유쾌한 잠에서 깨어나듯 깨어날 것이다.
그런데 신랑이 아침에 침대에서 자는 너를
깨우러 왔을 때 너는 거기 죽어 있다.
그러면 우리 나라 풍습이 그렇듯이
최고 좋은 옷 입히고 뚜껑 열린 관에 넣어   110
캐퓰릿 가문의 모든 친척 누워 있는
오래된 묘지로 너를 옮길 것이다.
그러는 동안에 네가 깰 때 대비하여
로미오는 내 편지로 우리 의향 알아내고
이리로 올 텐데, 그러면 그와 나는   115
깨는 너를 지키다가 바로 그날 저녁에
로미오가 널 데리고 만토바로 갈 것이다.
그럼 넌 지금의 치욕에서 해방된다,
변덕이나 여자의 공포심 때문에
실행할 용기가 줄어들지 않는다면.   120

줄리엣 주세요, 주세요! 오, 공포 얘긴 마세요.
로런스 수사 이걸 받고 가거라. 결심을 굳게 하고
성공하기 바란다. 난 빨리 네 남편 앞으로
수사 한 명 편지 줘서 만토바로 보내겠다.
줄리엣 사랑은 내게 힘을, 힘은 도움 줄 거예요.   125
신부님, 안녕히 계세요!   (함께 퇴장)

4막 2장
캐퓰릿, 캐퓰릿 부인, 유모 및
부엌 하인 두세 명 등장.

캐풀릿	여기에 적힌 대로 손님들을 초대해라. (부엌 하인 퇴장) 이봐, 솜씨 좋은 요리사 스무 명을 고용해.
부엌 하인	서투른 놈은 하나도 없을 겁니다, 어르신, 자기 손가락 을 빨 줄 아는지 시험해 볼 테니까요.
캐풀릿	뭐! 그런 식으로 시험할 수 있다고?
부엌 하인	참, 나리도, 자기 손가락도 빨 줄 모르는 놈은 서투른 요리사잖아요. 그래서 자기 손가락도 빨 줄 모르는 놈 은 저랑 같이 안 놀아요.
캐풀릿	가, 어서 가.　　　　　　　　　　　(부엌 하인 퇴장) 이번 일엔 갖추지 못한 게 많을 거야. 여봐라, 딸애는 로런스 수사에게 갔느냐?
유모	예, 그럼요.
캐풀릿	글쎄, 수사가 좀 도움이 될지도 모르지. 철없는 고집쟁이 맹추 같으니라고.

5

10

줄리엣 등장.

유모	저 봐요, 유쾌한 모습으로 속죄하고 오시네요.
캐풀릿	그래 이 옹고집아, 어디를 싸다녔어?
줄리엣	아버지와 아버지의 분부에 순종 않고 반항한 죄악을 뉘우치는 곳에 가서 교육을 받았고 로런스 신부님으로부터 여기에서 엎드려 용서를 빌도록 명을 받았습니다. 용서해 주세요. 이제부터 아버지의 지도를 받겠어요. (무릎을 꿇는다.)

15

20

4막 2장 장소　베로나. 캐풀릿의 저택.

캐풀릿	백작을 불러라, 가서 이 얘기를 해 주고.
	내일 아침 이 인연을 맺도록 하겠다.
줄리엣	수사님 암자에서 그 젊은 백작을 만났고
	겸손의 범위를 넘어서지 않으면서
	적당한 사랑을 표시해 드렸어요.
캐풀릿	그것 참 기쁘구나, 잘됐다, 일어나라.
	그래야 되느니라. 백작을 만나 보마.
	암, 그렇지. 가라니까, 그를 이리 데려와.
	하느님께 맹세코, 우리 시민 모두는
	수사의 은덕을 크게 입고 있단다.
줄리엣	유모, 내 방에 같이 가서 유모의 생각에
	내일 있을 몸단장에 알맞고도 필요한
	장신구를 고르는 일 도와줄 수 있겠어?
캐풀릿 부인	아, 목요일까지는 안 해도 돼, 시간은 충분해.
캐풀릿	유모, 같이 가게, 성당엔 내일 갈 테니까.

(줄리엣과 유모 함께 퇴장)

캐풀릿 부인	필요한 물품들이 모자랄 터인데
	이제 거의 밤이에요.
캐풀릿	흠, 내가 좀 움직이지,
	그러면 만사가 잘될 거요, 여보, 보증하오.
	줄리엣에게 가서 치장을 도와주오.
	나는 오늘 안 잘 테니 나한테 다 맡겨요.
	이번만 주부 노릇 해 보겠소. ─ 여봐라! ─
	다 나갔군. 그렇다면 파리스 백작에게

25

30

35

40

24행 내일　앞서 목요일로 예정된 혼인날을 캐풀릿이 여기에서 수요일로 앞당
기는 바람에 줄리엣은 화요일 밤에 수면제를 마시게 된다.

나 혼자 걸어가서 내일에 대비토록   45
준비를 시키겠소. 고집불통 딸애가
양순해지니까 내 마음이 놀랍도록 가볍다오.

(함께 퇴장)

4막 3장
줄리엣과 유모 등장.

줄리엣   응, 그 옷들이 최고야. 하지만 착한 유모,
         오늘 밤엔 혼자 있게 해 줬으면 좋겠어.
         유모도 알다시피 꼬이고 죄 많은 내 신세에
         하늘이 감동하여 미소 짓게 만들려면
         기도를 많이 할 필요가 있거든.   5

                     캐풀릿 부인 등장.

캐풀릿 부인   그래 얘야, 바쁘냐? 내가 좀 도와줄까?
줄리엣   아니에요, 어머니, 내일의 예식에 필요한
             여러 가지 필수품을 둘이서 골랐어요.
             그러니까 이젠 절 혼자 있게 해 주시고
             유모는 오늘 밤을 어머니와 새우게 해 주세요.   10
             이렇게 갑작스러운 혼사로 온통 손이
             모자랄 게 틀림없을 테니까요.
캐풀릿 부인   잘 자거라.

4막 3장 장소 베로나. 캐풀릿의 저택.

	침대로 가서 쉬어, 휴식이 필요할 테니까.	
	(캐풀릿 부인과 유모 퇴장)	
줄리엣	주무세요. 언제 다시 만날지는 몰라요.	
	아뜩하게 찬 공포가 내 온몸에 쫙 퍼져	15
	따뜻하던 생기가 얼어 버린 것 같네.	
	두 사람을 다시 불러 위로를 받아야지.	
	― 유모! ― 여기서 그녀가 무엇을 해야 하지?	
	이 무서운 장면은 나 혼자 연기해야만 한다.	
	자, 약병아.	20
	그런데 이 약이 전혀 듣지 않는다면?	
	그럼 내일 아침에 결혼하게 되는 거야?	
	아냐! 아냐! 이걸로 막을 거야. 거기 있어.	
	(칼을 내려놓는다.)	
	이게 만약 수사님이 날 죽일 심산으로	
	앞서 나를 로미오와 결혼시켰으니까,	25
	두 번째 결혼에서 체면 잃지 않으려고	
	교묘하게 조제한 독약이면 어떡하지?	
	그럴까 봐 겁난다. 하지만 아니라고 생각해,	
	언제나 거룩한 분임이 입증되었으니까.	
	내가 만약 무덤 속에 안치되어 있다가	30
	로미오가 돌아와서 구해 주기 이전에	
	깨어나면 어쩌지? 그거 참 소름이 끼치네!	
	그러면 가족묘 안에서 질식하지 않을까?	
	더러운 입구로 좋은 공기 못 들어와	
	로미오가 오기 전에 숨 막혀 죽지는 않을까?	35
	산다 해도 그 장소에 따르는 공포에다	
	죽음과 밤에 의한 끔찍한 상상으로	

무슨 일이 정말로 일어나지 않을까? ―
내가 만약 오래된 저장고, 가족묘 안에서
지나간 수백 년 동안에 장사 지낸   40
내 모든 조상들의 유골이 빼곡한 곳,
피투성이 티볼트가 아직도 말짱한 시체로
수의 속에 썩는 곳, 그리고 소문처럼
유령들이 밤중에 몰려드는 그 곳에서 ―
아아, 슬프다! 너무 일찍 깨어나면   45
무슨 일이 있잖을까? 메스꺼운 냄새에다
독 인삼이 뽑힐 때 지르는 것과 같은 비명에
산 사람이 들으면 미친다고 하던데,
오, 내가 깨어난다면 얼빠지지 않을까?
이 모든 으스스한 것들에 둘러싸여   50
조상들의 뼈다귀로 미친 듯 장난치고
만신창이 티볼트를 수의 찢고 꺼내면서
광분하는 가운데 친척의 뼈 몽둥이 휘둘러
절망에 찬 내 머리를 까부수지 않을까?
오, 저것 봐, 내 생각에 사촌의 혼령이   55
자기 몸을 칼끝으로 산적 꿴 로미오를
찾아 나선 것 같아! 멈춰, 티볼트, 멈춰!
로미오, 로미오, 로미오, 이 약을! 그대 위해 마실게요!

　　　　　　　　　(커튼 안쪽에서 침대 위로 넘어진다.)

47행 독 인삼 맨드레이크라 불리며 그 뿌리가 인체를 닮았고 그것이 뽑힐 때 사
람을 미치게 만들거나 심지어는 죽게 한다고 생각된 식물. (아든)

4막 4장

캐풀릿 부인과 유모 등장.

캐풀릿 부인　유모 잠깐, 이 열쇠로 향료 좀 더 가져오게.

유모　과자방에서는 대추야자, 마르멜로 찾는데요.

캐풀릿 등장.

캐풀릿　자, 움직여라, 움직여, 둘째 닭이 울었다!

통금종이 울렸으니 3시가 되었어.

안젤리카, 구운 과자 좀 넉넉히 만들어,　　　　5

비용은 걱정 말고.

유모　　　　　　　　부엌데기 노릇 말고

잠이나 주무세요. 참, 오늘 밤을 새웠으니

내일은 병나실 겁니다.

캐풀릿　전혀 아냐. 뭐, 이보다 못한 일로 전에도

온 밤을 새웠지만 병난 적은 없었어.　　　　10

캐풀릿 부인　예, 당신도 한때는 바람 좀 피웠지요.

근데 이젠 그런 밤샘 못 하게 할 거예요.

(캐풀릿 부인과 유모 퇴장)

캐풀릿　질투하네, 질투해!

부엌 하인 서너 명이 꼬챙이,

통나무와 바구니를 가지고 등장.

4막 4장 장소 베로나. 캐풀릿의 저택.

여봐라, 그게 뭐냐?

부엌 하인 1   요리사가 쓸 건데 뭔지는 모릅니다.

캐풀릿   서둘러라, 서둘러!   (부엌 하인 1 퇴장)

— 여봐라, 마른나무 가져와!   15

피터를 불러라, 있는 데를 보여 줄 것이다.

부엌 하인 2   나리, 이 일로 피터를 귀찮게 안 하고도

제 머리가 통나무를 찾을 만은 합니다요.

캐풀릿   말 한번 잘했다! 웃기는 상놈이야, 하.

통나무 대갈통 같으니!   (부엌 하인 2 퇴장)

— 원 이런! 동이 텄네!   20

(안에서 음악이 들린다.)

백작이 악사들과 곧바로 닥칠 거다,

그런다고 했으니까. 가까이 왔구나.

유모! 부인! 여봐라! 아니, 유모, 안 들려!

유모 등장.

곧 가서 줄리엣을 깨우고 단장을 시키게,

파리스와 난 한담할 테니까. 자, 서둘러,   25

서둘러라, 신랑 될 사람이 벌써 왔어.

서두르란 말이다.   (캐풀릿과 부엌 하인들 함께 퇴장)

4막 5장
유모가 커튼 쪽으로 간다.

유모   아가씨! 허, 아가씨! 줄리엣! — 푹 빠진 게 분명 —

자, 어린 양! 자, 숙녀님! 잠꾸러기 같으니!
아니, 이보라니까요! 아씨! 고운 님! 새색시!
한마디도 못 해요? 잠시라도 지금 자요.
일주일쯤 자 둬요. 장담컨대 오늘 밤엔   5
파리스 백작이 빳빳하게 일어나
아가씨를 못 쉬게 할 테니까. 지나쳤나?
맞아, 그래. 참으로 깊은 잠에 빠지셨네!
깨워야 하는데. 아씨, 아씨, 아씨!
아이, 백작이 침대에서 아가씨를 안으면   10
깜짝 놀라 일어나실 텐데, 참. 안 그래요?

                                        (커튼을 열어젖힌다.)

아니, 옷을 다 차려입고 또다시 누우셨어?
깨워야 되겠어요. 아가씨! 아가씨! 아가씨!
아아! 살려 줘요, 살려 줘! 아가씨가 죽었어요!
아이고, 내가 왜 태어나 가지고.   15
거기, 독한 술 좀 가져와! 주인님! 마님!

캐풀릿 부인 등장.

캐풀릿 부인   이게 무슨 소린가?
      유모   오, 애처로운 날이다!
캐풀릿 부인   이 무슨 일인가?
      유모   봐요, 봐! 오 슬픈 날이다!
캐풀릿 부인   오, 오 이런! 우리 애가, 하나뿐인 내 생명이.
          살아나라, 쳐다봐, 안 그러면 같이 죽자.   20

4막 5장 장소 베로나. 캐풀릿의 저택.

살려 줘요! 도움을 청해라!

캐풀릿 등장.

캐풀릿	창피하다, 줄리엣을 데려와, 신랑이 왔다고.
유모	죽었어요, 떠났어요! 죽었어요! 아, 슬프다!
캐풀릿 부인	아, 슬프다! 죽었어요, 죽었어요, 죽었어!
캐풀릿	하! 어디 좀 봅시다. 아, 갔구나, 차갑구나.

피는 멈춰 버렸고 사지가 뻣뻣하네.
입술과 생명이 헤어진 지 오래구나.
죽음이 애에게 때 이른 서리처럼 내렸어,
온 들판의 꽃 가운데 가장 예쁜 꽃 위에.

유모	오, 애처로운 날이다!
캐풀릿 부인	오, 비참한 시간이다!
캐풀릿	날 통곡게 하려고 이 애를 데려간 죽음이

내 혓바닥 붙잡고 말 못 하게 하는구나.

로런스 수사와 파리스 및 악사들 등장.

| 로런스 수사 | 자, 신부는 성당 갈 준비가 됐는지요? |
| 캐풀릿 | 갈 준비는 됐지만 절대 못 돌아오오. |

오 사위, 자네가 결혼하기 전날 밤
죽음이 자네 처와 같이 잤어. 저기 좀 봐,
꽃 같은 그녀를 그자가 꺾었다네.
죽음이 내 사위, 죽음이 내 상속인이야,
내 딸과 결혼했어. 난 죽을 것이고
다 넘겨 줄 거야. 생명, 삶, 다 죽음의 것이야.

25

30

35

40

파리스	이 아침을 맞을 생각 정말 오래 했었는데
	이런 꼴을 보려고 그랬단 말입니까?
캐퓰릿 부인	저주받고 불행하며 혐오스러운 날이다.
	시간의 끝없는 순례 여정 가운데
	최고로 비참한 때 바로 지금이구나.
	단 하나, 딱 하나, 하나뿐인 다정한 애였는데
	기뻐하고 위로받는 단 하나였는데
	잔인한 죽음이 내 눈에서 앗아 갔어.
유모	오, 슬프다! 오, 슬프고, 슬프고 슬픈 날.
	최고로 애처롭고 최고로 슬픈 날
	아직까지 이런 날은 단 한 번도 못 봤다.
	오 이런, 오 이런, 오 이런 미운 날!
	이토록 어둠에 잠긴 날은 본 적이 없었다.
	오, 슬픈 날, 오 슬픈 날이다.
파리스	사기, 이혼, 악행과 분풀이, 죽임을 당했다.
	참으로 증오할 죽음이여, 네가 날 속였고
	잔인하고 잔인한 네가 날 거꾸러뜨렸다.
	오, 사랑! 오, 생명! 생명 없는 죽은 사랑!
캐퓰릿	멸시, 고통, 미움과 고문과 죽임을 당했다.
	낙이 없는 시간이여, 너는 왜 지금 와서
	우리의 잔치를 망치고 또 망치느냐?
	오 애야, 오 애야! 자식 아닌 내 영혼아!
	네가 죽어 버렸구나. 아, 우리 애가 죽었다.
	그리고 애와 함께 내 기쁨도 묻혔다.
로런스 수사	자, 조용히, 창피하오. 혼란으론 혼란을
	치유하지 못합니다. 하늘과 당신 몫이
	이 고운 처녀에게 있었으나 이젠 다 하늘 차지,

45

50

55

60

65

그러니까 처녀에겐 더욱 잘된 일이지요.
당신 몫은 죽지 않게 지키지 못했지만
하늘은 자기 몫을 영생 속에 지킵니다.　　　　　　　70
그녀가 당신의 천국으로 올라가야 하기에
그녀의 승천을 가장 많이 구하셨습니다.
근데 이제 우십니까? 저 구름 너머로
하늘만큼 높은 데로 나아가게 되었는데?
오, 이건 너무 잘못된 자식 사랑입니다,　　　　　　　75
잘된 걸 보고서 미치다니 말입니다.
여자가 결혼해서 오래 살면 잘한 결혼 아니고
젊었을 때 죽는 결혼 그게 최고 결혼이죠.
눈물을 거두고 이 고운 시체 위에
로즈메리 가지 꽂고 관례에 따라서　　　　　　　80
최고 좋은 옷을 입혀 성당으로 옮깁시다.
어리석은 본성은 우리의 애도를 명하지만
본성의 눈물은 이성의 기쁨이니까요.

캐풀릿　　잔치에 쓰기로 지정했던 모든 것을 ·
어두운 장례로 그 소임을 돌려라.　　　　　　　85
여러 가지 악기는 우울한 조종으로
혼인 축하 연회는 슬픈 장례식으로
성대한 축가는 쓸쓸한 만가로 바꾸어라.
신부의 화환은 시신 위해 쓸 것이며
모든 것을 그 반대로 바꾸도록 하여라.　　　　　　　90

로런스 수사　　안으로 드시지요, 부인도 가시고,
파리스 백작도. 이 고운 시신을

80행 로즈메리　여기에서는 전통적인 기억의 상징. (아든)

묘지까지 배웅토록 모두들 준비하오.

무언가 잘못이 있어서 하늘이 노했으니

높은 뜻을 더 이상 거스르지 마십시오.   95

        (유모와 악사들만 남고 모두 앞으로 나가면서

        줄리엣 위에 로즈메리를 던지고 커튼을 닫는다.)

악사 1   허 참, 악기들을 꾸려서 떠나야겠군요.

유모   참 좋은 친구들, 아, 꾸리게, 꾸리라고,

딱한 사정이란 걸 잘 알고 있을 테니.   (퇴장)

악사 1   예, 맹세코 이 사정은 좋아질 수 있는데.

피터 등장.

피터   악사님들, 오 악사님들, '편안한 마음', '편안한 마음!'   100

오, 날 살려 주는 셈치고 '편안한 마음'을 연주해 줘요.

악사 1   왜 '편안한 마음'이죠?

피터   오 악사님들, 내 마음이 스스로 '슬픔은 가득히'를 연주

하니까 그렇지요. 오, 내게 위안이 되게끔 즐겁고 구슬

픈 곡을 연주해 줘요.   105

악사 1   그럴 생각은 조금도 없소! 지금은 연주할 때가 아니오.

피터   그럼 못 하겠단 말이오?

악사 1   그렇소.

피터   그렇다면 그거나 큰 소리로 줘 볼까.

악사 1   뭘 주겠단 말이오?   110

피터   돈은 말고 정말로, 엿이나 먹어라. 당신들은 기껏해야

풍각쟁이야.

악사 1   그렇다면 당신은 기껏해야 종놈이지.

피터   그럼 난 그 종놈의 단검을 당신 골통에 꽂아 놓을 테야.

| | 콩나물 대가리 같은 소리 말라고. 난 당신들을 레 — |115|
| | 하고 파 — 할 거야. 내 말 알아듣겠어. |

악사 1 우리를 레 — 하고 파 — 한다면 우리를 음에 맞춘단
말이지.

악사 2 제발 단검은 집어넣고 기지나 꺼내 보시지.

피터 그렇다면 어디 내 기지 맛 좀 보시지. 쇠와 같은 기지 120
로 피 안 나게 패 주고 쇠 단검은 집어넣겠다. 남자답
게 대답해 봐.

　　　　‘비수 같은 비탄이 심장을 찌르고

　　　　　슬픔에 풀이 죽어 가슴이 답답할 때

　　　　음악은 은 같은 소리로’ — 125

왜 ‘은 같은 소리’지? 왜 ‘음악은 은 같은 소리로’라고
했을까? 사이먼 창자줄, 넌 어떻게 생각해?

악사 1 그야, 은이 아름다운 소리를 내니까 그렇지.

피터 잡소리 하고 있네. 휴 깽깽이, 넌 어떻게 생각해?

악사 2 악사들은 은화를 받으려고 소리를 내니까 ‘은 같은 소 130
리’겠지.

피터 역시 잡소리야. 제임스 받침대, 넌 어떻게 생각해?

악사 3 원, 뭔 말을 해야 할지 모르겠네.

피터 아이고 죄송합니다, 가수란 걸 모르고. 내가 대신 말해
주지. 악사들이 소리를 내 봤자 금은 생기지 않으니까 135
‘음악은 은 같은 소리로’라고 했지.

　　　　‘그럴 때 음악은 은 같은 소리로

　　　　재빠르게 위안을 가져다준답니다.’ 　　(퇴장)

악사 1 저런 염병할 놈을 봤나!

악사 2 잭, 저놈의 목을 매! 자, 저 안에 들어가서 조객들을 기 140
다렸다가 저녁이나 얻어먹자. 　　　　(함께 퇴장)

로미오 등장.

로미오　　아첨하는 꿈의 진실 믿을 수만 있다면
　　　　　기쁜 소식 있을 거란 예감이 드는구나.
　　　　　내 마음의 군주인 사랑이 유쾌히 좌정하니
　　　　　오늘은 하루 종일 유례없는 기분으로
　　　　　명랑한 생각 하며 땅 위를 떠다녔다.　　　　　5
　　　　　꿈속에서 부인이 죽은 나를 와서 보고 —
　　　　　죽었는데 생각을 하다니 이상한 꿈이지! —
　　　　　키스로 내 입술에 생기를 불어넣어
　　　　　난 되살아났었고 황제가 되었다.
　　　　　아아, 사랑의 그림자가 이처럼 좋은데　　　　　10
　　　　　사랑 그 자체를 소유하면 얼마나 달콤할까.

　　　　　　　　로미오의 하인 발타자르, 장화 신고 등장.

　　　　　베로나 소식이다! 그래 뭐냐, 발타자르?
　　　　　수사님의 편지를 가져오지 않았느냐?
　　　　　아씨는 어떠냐? 아버지는 잘 계시고?
　　　　　줄리엣은 어떠냐? 그걸 다시 묻겠다,　　　　　15
　　　　　그녀만 잘 있으면 잘못될 일 없으니까.
발타자르　그렇다면 잘 계시고 잘못될 일 없습니다.
　　　　　아씨 몸은 캐퓰릿 가문의 석실묘에 잠자고
　　　　　불멸하는 부분은 천사들과 함께 있죠.

5막 1장 장소　만토바의 길거리.

	그녀를 친족 묘에 넣는 걸 보고 나서	20
	곧바로 말을 달려 알리려고 왔습니다.	
	오, 나쁜 소식 가져온 절 용서해 주십시오,	
	그 임무를 저에게 남겨 주셨으니까.	

로미오　그렇단 말이지? 그럼 난 별들에게 도전한다!
　　　　내 숙소를 알 테니 종이, 잉크, 가져오고　　　　25
　　　　파발마를 구해라. 오늘 밤에 떠나겠다.

발타자르　주인님, 간청컨대 참으시기 바랍니다.
　　　　모습이 창백하고 격앙되어 무언가
　　　　불운을 알리고 있습니다.

로미오　　　　　　　　　　흠, 잘못 봤어.
　　　　물러나서 하라고 명령한 일이나 해.　　　　30
　　　　수사님이 내게 보낸 편지는 없었어?

발타자르　예, 없었어요, 주인님.

로미오　　　　　　　　상관없어, 어서 가 봐.
　　　　그리고 말을 구해. 너한테로 곧장 가마.

　　　　　　　　　　　　　　　(발타자르 퇴장)

　　　　자, 줄리엣, 난 오늘 밤 당신 곁에 누울 거요.
　　　　수단을 찾아보자. 오, 절망한 사람에게　　　　35
　　　　사악한 마음은 재빨리도 드는구나.
　　　　약장수 하나가 기억이 나는데 —
　　　　이 근처에 살았어. — 최근에 그 사람이
　　　　누더기를 걸치고 시무룩한 얼굴로
　　　　약초를 모으는 걸 보았다. 깡마른 모습에　　　　40
　　　　극심한 빈곤으로 뼈만 남아 있었으며
　　　　궁색한 가게에는 거북이가 걸려 있고
　　　　박제한 악어와 몇 가지 못생긴 물고기의

가죽도 있었지. 그리고 선반에는
거지 살림만도 못한 빈 상자 몇 개와   45
푸른색 질그릇, 오줌통, 곰팡이 핀 씨앗들,
포장 끈 자투리와 묵은 장미 덩어리가
구색을 갖추려고 성기게 흩어져 있었다.
그 궁핍을 보고 나서 난 혼자 말했었지.
'누가 지금 독약이 정말로 필요한데   50
만토바 시에서 판매하면 즉각 사형이지만
그걸 팔 천한 놈이 여기 살고 있다.'라고.
오, 이 생각이 내 요구를 앞질러 떠올랐고
이 궁한 사람은 그걸 내게 팔아야 해.
내가 기억하기로 이게 그의 집이야.   55
공휴일이라서 거지의 가게가 닫혔구나.
여봐라, 약장수!

약장수 등장.

약장수   누가 이리 큰 소리를?
로미오   이보게, 이리 와. 가난한 게 다 보여.
            받아, 금화 사십 냥이야. 그리고 나한테
            독약 좀 주게나, 온몸의 혈관에   60
            저절로 신속하게 쫙 퍼지는 놈으로.
            그래서 삶에 지친 음독자는 죽게 되고
            불붙은 화약이 치명적인 대포의 자궁을
            성급히 떠나갈 때처럼 격렬하게
            그 몸에서 호흡이 끊어질 수 있도록.   65
약장수   그렇게 명줄 끊는 독약은 있지만

건네주면 만토바의 법으로 죽음이오.

로미오 그렇게 헐벗고 비참함에 찌들은 사람이
　　　　죽기가 두려워? 기근은 뺨 위에 서리고
　　　　짓누르는 궁핍으로 눈은 푹 꺼졌으며　　　　　　　70
　　　　경멸과 가난이 등줄기에 걸렸는데.
　　　　세상이나 세상의 법이나 네 편은 아니고
　　　　이 세상 법으로는 부자가 될 수 없어.
　　　　그렇다면 가난을 깨부수고 이걸 받아.

약장수 제 의지가 아니라 빈곤 탓에 응합니다.　　　　　75

로미오 네 의지가 아니라 빈곤에게 지불하네.

약장수 이것을 아무거나 액체에 탄 다음
　　　　끝까지 마십시오. 스무 남자 힘 있어도
　　　　곧바로 당신을 처치해 줄 겁니다.

로미오 이 금은 네 것이다. 네가 아니 팔려 했던　　　　80
　　　　시시한 이 약보다 영혼에겐 더 나쁜 독이고
　　　　더 많은 살인을 이 역겨운 세상에서 저지르지.
　　　　내가 독을 판 것이지 넌 내게 판 게 없어.
　　　　잘 있게, 밥 사 먹고 살이나 좀 찌라고.
　　　　자, 독이 아닌 치료제여, 줄리엣의 무덤으로　　　85
　　　　함께 가자, 거기서 널 써야만 하니까.　　　(함께 퇴장)

5막 2장
존 수사 등장.

존 수사 성 프란체스코 수사님, 수도사님 계십니까!

로런스 수사 등장.

로런스 수사　　목소리로 보건대 존 수사가 틀림없다.
　　　　　　　만토바에서 어서 오게. 로미오가 뭐라던가?
　　　　　　　만약 뜻을 적었으면 편지를 이리 주게.

존 수사　　　여기 이 도시에서 병자들을 돌보는　　　　　　　　5
　　　　　　　교단의 형제들 가운데 저와 함께 맨발로
　　　　　　　동행을 할 수 있는 수사를 찾다가
　　　　　　　한 사람을 찾았는데, 도시 검역관들이
　　　　　　　우리 둘 다 역병이 실제로 창궐했던
　　　　　　　집 안에 있었다고 의심을 하고서는　　　　　　　10
　　　　　　　문을 꽉 봉한 다음 못 나가게 했습니다.
　　　　　　　그래서 제 만토바 급행은 거기서 멈췄어요.

로런스 수사　　그럼 누가 내 편지를 로미오에게 전했나?

존 수사　　　보내지를 못했고 — 다시 여기 있습니다. —
　　　　　　　수사님께 돌려보낼 전령도 못 구했죠.　　　　　15
　　　　　　　그들은 역병을 너무나 두려워했답니다.

로런스 수사　　불운한 일이다! 내 교단에 맹세코
　　　　　　　이 편지는 하찮은 게 아니라 막중하고
　　　　　　　중요한 내용인데 소홀히 할 경우
　　　　　　　위험이 클 것이야. 존 수사는 어서 가서　　　　20
　　　　　　　쇠지레를 찾은 다음 곧바로 가져오게,
　　　　　　　내 암자로.

존 수사　　　　　　　　수도사님, 가서 가져오지요.　　　　(퇴장)

로런스 수사　　난 이제 혼자서 기념 묘로 가야 한다.

5막 2장 장소　베로나. 로런스 수사의 암자.

세 시간이 지나면 줄리엣이 깨어날 것이고

그녀는 로미오가 이 뜻밖의 일들을   25

통지받지 못했다고 나를 많이 책망할 것이다.

하지만 난 만토바로 편지를 다시 쓰고

로미오가 올 때까지 그녀를 내 암자에 둬야지.

가여워라 산 송장, 죽은 자의 묘 안에 갇혔어.   (퇴장)

5막 3장

파리스와 시동, 꽃과 향수, 횃불을 가지고 등장.

파리스   애, 그 횃불 이리 주고 멀찌감치 물러서라.

하지만 불은 꺼라, 안 보이고 싶으니까.

저기 저 주목들 밑으로 몸을 길게 누이고

푸석한 땅 위에 귀를 바싹 대거라.

무덤을 파느라고 뒤집어 놓았으니   5

누구든 성당 묘지 밟고 오는 발걸음은

들을 수 있을 거야. 그러면 휘파람 소리로

무엇이 다가온단 신호를 보내라.

자, 그 꽃은 이리 주고 시킨 대로 해, 가 봐.

시동   (방백) 여기 성당 묘지에 혼자 서 있는 게   10

좀 무섭긴 하지만 모험을 해 봐야지.   (물러난다.)

(파리스는 무덤에 꽃을 뿌린다.)

파리스   꽃 같은 그대의 신방에 이 꽃을 뿌립니다.

아, 슬프다, 그대의 천장은 흙에다 돌이군요.

5막 3장 장소 베로나. 캐풀릿 가문의 무덤이 있는 성당 묘지.

밤마다 이곳을 향수로, 향수가 없으면
방울방울 신음 맺힌 눈물로 적시겠소.   15
밤마다 무덤 위에 꽃 뿌리고 우는 것이
이 몸이 그대 위해 지키려는 상례라오.

                              (시동이 휘파람을 분다.)

시동이 경고한다, 무엇이 다가오고 있구나.
어떤 자가 이 밤중에 저주받은 발을 옮겨
내 상례를, 참사랑의 의식을 훼방 놓지?   20
뭐, 햇불까지? 밤이여, 잠시 나를 감싸다오.

                                        (물러난다.)

                        로미오와 발타자르,
                   햇불과 곡괭이, 쇠지레를 가지고 등장.

로미오   곡괭이와 비트는 쇠막대를 이리 줘.
       잠깐, 이 편지를 받아라. 내일 아침 일찍이
       나의 주인, 아버지께 확실히 전해라.
       햇불을 이리 줘. 목숨이 두렵거든   25
       무엇을 듣거나 보더라도 멀찍이 물러서라.
       그리고 내 진로를 가로막지 말거라.
       내가 이 죽음의 침실로 내려가는 까닭은
       일부는 아내 얼굴 보려는 것이지만
       주목적은 죽은 그녀 손에서 귀중한 반지를   30
       빼내 오는 것이다, 그 반지를 요긴하게
       써야 하기 때문에. 그러니 여기를 떠나라.
       그런데도 네가 만약 의심하며 되돌아와
       내 의도가 무엇인지 엿보려 한다면

	맹세코 내 너를 마디마디 찢은 다음	35
	굶주린 이 성당 묘지에 사지를 뿌릴 테다.	
	이 순간 내 의지는 야수처럼 거칠고	
	배고픈 호랑이나 포효하는 바다보다	
	더 사나울뿐더러 훨씬 더 가차 없다.	
발타자르	여길 떠나 주인님을 괴롭히지 않겠어요.	40
로미오	그게 네 우정의 표시이다. 이걸 받아.	
	자, 잘 먹고 잘 살아라. 잘 가라, 착한 녀석.	
발타자르	(방백) 그럼에도 이 근처에 숨어 있어 봐야지.	
	주인님 얼굴은 무섭고 의도는 미심쩍다. (물러난다.)	
로미오	지상에서 가장 귀한 별미를 꿀꺽 삼킨	45
	가증스러운 아가리, 죽음의 자궁아,	
	썩은 네 턱, 이렇게 강제로 벌린 다음	
	원치 않는 음식을 더 쑤셔 넣겠다.	

(로미오가 무덤을 연다.)

파리스	이건 바로 추방당한 그 오만한 몬터규다,	
	내 님의 사촌을 살해하고 — 그 비탄 때문에	50
	아름다운 그녀가 죽었다고 하는데 —	
	이제는 여기 와서 악당처럼 시신들을	
	욕보이려고 한다. 그를 체포해야지. (앞으로 나선다.)	
	야비한 몬터규야, 불경한 작업을 멈춰라.	
	죽음 넘어서까지 복수를 추구해?	55
	저주받은 악당아, 내 너를 체포한다.	
	복종하고 같이 가자, 죽어야 할 테니까.	
로미오	그래야만 할 것이오, 그래서 여기 왔소.	
	젊은 양반, 절망한 사람을 시험치 마시오.	
	날 두고 도망가요. 이 망자들 생각하고	60

겁을 좀 먹어요. 부탁이오, 젊은이,
광기로 나를 몰아 또 하나의 죄업을
떠안지 않도록 해 주시오. 오, 떠나시오,
맹세코 난 그대를 나보다 더 사랑하오,
나는 나를 해치려고 채비하고 왔으니까.   65
섰지 말고 가시오. 앞으로 살아남아
미친 자의 관용으로 도망쳤다 말하시오.

파리스 그따위 애원은 과감히 무시하고
내 너를 중범으로 현장에서 체포한다.

로미오 싸움을 거시겠다? 그럼, 자, 덤비시지!   (싸운다.)   70

시동 맙소사, 쌈 붙었네! 야경꾼을 불러야지.   (퇴장)

파리스 오, 난 살해됐다! 너에게 자비심이 있거든
묘를 열고 줄리엣 옆에 날 뉘어 다오.   (죽는다.)

로미오 정말로 그러겠소. 얼굴이나 확인하자.
머큐쇼의 친척인 파리스 백작이다!   75
내 정신이 어지러워 주목하지 않았을 때
오면서 하인이 뭐랬지? 파리스가 줄리엣과
결혼하게 됐었다고 말한 것 같은데.
걔가 그리 말했던가? 내가 그리 꿈꾼 걸까?
아니면 줄리엣 얘기 듣고 내가 미쳐   80
그렇다고 생각했나? 오, 손을 이리 주시오,
암울한 불행의 장부에 나와 함께 적힌 그대.
장엄한 무덤 속에 안치해 주겠소.
무덤? 아니, 탑방이오, 살해당한 젊은이여.

84행 탑방
건축 용어인 랜턴(Lantern)을 옮긴 것으   기에 올려놓은 비교적 작은 크기의 장식
로 성당이나 교회 건물의 둥근 지붕 꼭대   탑을 가리킨다. 채광과 통풍이 좋다.

여기 누운 줄리엣의 아름다움 때문에 85
빛 가득한 이 방은 연회 날의 알현실이니까.
죽음아, 죽은 자가 널 묻는다, 게 누워라.

(파리스를 무덤 안에 눈다.)

사람들이 죽는 순간 유쾌해지는 일이
참으로 자주 있지! 간수들은 그것을
죽기 전의 섬광이라 부른다. 오, 이걸 어찌 90
섬광이라 부를 수가? 오, 님이여, 아내여,
꿀 같은 그대 목숨 빨아들인 죽음도
아름다운 이 자태는 어찌하지 못했군요.
당신은 정복되지 않았어요. 입술과 뺨 위엔
미의 붉은 깃발이 아직도 남아 있고 95
창백한 죽음의 군기는 거기까지 못 왔어요.
티볼트, 피에 젖은 수의 입고 게 누웠어?
오, 네 젊음을 두 동강 낸 이 손으로
너의 적인 나의 젊음 끊어 놓는 것보다
더 나은 호의를 어떻게 베풀지? 100
사촌은 날 용서해 줘! 아, 사랑하는 줄리엣,
아직도 왜 이렇게 고와요? 실체 없는 죽음이
깡마르고 흉측한 그 괴물이 연정 품고
당신을 자신의 애인 삼기 위하여
여기 이 어둠 속에 가뒀다고 믿을까요? 105
그것이 두렵기에 난 항상 당신과 함께 남아
희미한 이 밤의 궁전을 절대 다시
떠나지 않겠어요. 당신의 구더기 시녀들과
난 여기, 여기에 머물 거요. 오, 여기에
내 영원한 안식처를 확정할 것이고 110

불길한 별들의 멍에를 세상 지친 이 몸에서
떨쳐 버릴 것이오. 눈이여, 끝으로 보아라!
팔이여, 끝으로 포옹하라! 그리고 입술이여,
오 너, 호흡의 관문이여, 올바른 키스로
다 삼키는 죽음과 무한 계약 맺어라.   115
오라, 쓰디쓴 길잡이여, 불쾌한 안내자여!
너, 절망한 선장이여, 바다에 지친 배를
파선의 바위 위로 지금 즉시 몰아가라.
내 님을 위하여! (마신다.) 오, 정확한 약장수다,
약효가 빠르네. 난 이렇게 키스하며 죽는다.   120

                                    (쓰러진다.)

등불과 쇠지레 및 삽을 든 로런스 수사 등장.

로런스 수사   원, 빨리 가야 하는데. 오늘 밤엔 유난히도
           늙은 발에 무덤들이 차이네. 게 누구요?
발타자르   이쪽은 친구인데 당신을 잘 아는 사람이죠.
로런스 수사   지복이 내리기를. 내 친구는 말해 보게,
           무슨 놈의 횃불이 저기서 하릴없이   125
           땅벌레와 해골 들을 비추지? 내 판단에
           저것이 타는 곳은 캐풀릿 가문의 기념 묘야.
발타자르   맞아요, 신부님, 당신이 사랑하는
           제 주인님 저깄어요.
로런스 수사   누군데?
발타자르   로미오요.
로런스 수사   얼마나 오래됐지?
발타자르   넉넉히 반시간요.   130

로런스 수사	납골당에 같이 가자.
발타자르	전 감히 못 갑니다.
	주인님은 제가 여길 떠난 줄로 아세요.
	남아서 자신의 의도를 지켜보면
	죽이겠노라고 무섭게 위협하셨답니다.
로런스 수사	그럼 여기 있어라, 혼자 가마. 두렵구나, 135
	오, 불상사가 있을까 봐 무척이나 두렵구나.
발타자르	제가 여기 주목 밑에 잠자고 있었을 때
	주인님이 누군가와 싸우는 꿈을 꿨고
	주인님이 그 사람을 살해했답니다.
로런스 수사	로미오!

(수사가 허리를 굽히고 핏자국과 무기들을 살펴본다.)

오 이런, 오 이런, 이게 무슨 핏물인데　　　　　　140
돌로 만든 이 분묘의 입구를 물들이지?
이 칼들은 왜 여기 안식의 장소에서
주인 잃고 피 엉긴 채 변색되어 놓여 있지?

(묘 안으로 들어간다.)

로미오, 오, 창백하다! 또 누가? 뭐, 파리스도!
피에 흠뻑 젖은 채? 아, 몰인정한 시간이다,　　　　145
이렇게 통탄할 우발 죄를 범하다니!
아씨가 움직인다.

줄리엣이 일어난다.

줄리엣	오, 위안 주는 수사님, 제 남편 어딨지요?
	전 제가 있어야 할 곳을 똑똑히 기억하고
	거기에 있군요. 로미오는 어딨어요? (안에서 소리) 150

로런스 수사	뭔 소리가 들리네. 그 죽음과 역병과	
	부자연스러운 잠의 소굴 밖으로 나오너라.	
	우리가 거역 못 할 커다란 힘 때문에	
	우리 뜻이 좌절됐다. 자 여길 떠나자.	
	네 남편은 거기 네 가슴 위에 죽어 있고	155
	파리스도 죽었단다. 자 어서, 난 너를	
	수녀들의 교단에 맡기도록 하겠다.	
	물어보려 지체 마라, 야경꾼이 오니까.	
	자 가자, 줄리엣. (다시 소리) 더 이상은 못 있겠다.	
줄리엣	수사님은 어서 가요, 전 떠나지 않을 테니.	160

(로런스 수사 퇴장)

이게 뭐야? 내 님이 움켜잡은 잔이야?
음, 독으로 때 이르게 끝을 맞으셨구나.
오, 깍쟁이. 다 마시고 뒤따르는 날 도와줄
약 방울은 없나요? 이 입술에 키스할 거예요.
혹시나 거기에 독이 좀 남았으면   165
효력이 있어서 나를 죽게 해 주겠죠. (그에게 키스한다.)
당신 입술 따뜻해요!

야경꾼	(안에서) 자, 앞서라. 어디지?
줄리엣	음, 소리가? 그럼 짧게. 오, 행복한 단검아,
	이게 네 칼집이다. 거기서 녹슬며 날 죽게 해 다오.

(로미오 위에 쓰러지며 죽는다.)

파리스의 시동과 야경꾼들 등장.

169행 이게 줄리엣의 몸(가슴)을 가리킨다.

| 시동 | 다 왔어요. 횃불이 타고 있는 저깁니다. | 170 |
| 야경꾼 1 | 땅이 피에 젖었군. 성당 묘지 수색하라. | |

몇 명이 같이 가라, 찾으면 누구든 체포하라.

(야경꾼 몇 명 함께 퇴장)

가엾은 광경이다! 백작은 살해되어 누웠고
줄리엣은 이틀 동안 안치되어 있었는데
피 흘리며 더운 채 새롭게 죽어 있다.   175
군주님께 알려라, 캐퓰릿 집으로 달려가라,
몬터규 일가를 깨우고, 몇 명은 수색하라.

(야경꾼 몇 명 함께 퇴장)

비탄이 일어난 장소는 알겠지만
가련한 이 비탄의 진정한 진원지는
정황을 모르고는 밝혀낼 수 없구나.   180

야경꾼 몇 명과 발타자르 등장.

야경꾼 2   로미오의 하인인데 성당 묘지에 있었어요.
야경꾼 1   군주께서 여기 오실 때까지 감금해라.

다른 야경꾼 한 명과 로런스 수사 등장.

야경꾼 3   떨며 울며 한숨짓는 수사님이 여깄어요.
           성당 묘지 저쪽에서 걸어오는 그에게서
           여기 이 곡괭이와 삽 하나를 빼앗았습니다.   185
야경꾼 1   대단히 수상하다. 수사님도 잡아 둬라.

군주와 시종들 등장.

| 군주 | 무슨 놈의 불운이 이리 일찍 일어나 |
| | 아침 휴식 취하는 짐을 불러왔는가? |

캐풀릿과 캐풀릿 부인 및 하인들 등장.

캐풀릿	무슨 일로 저렇게 비명을 지릅니까?
캐풀릿 부인	아, 거리에서 사람들이 '로미오'를 외치고	190
	일부는 '줄리엣'과 '파리스'를 외치면서
	모두들 우리 가문 기념 묘로 달려가요.
군주	이게 무슨 공포기에 짐의 귀가 흠칫하지?
야경꾼 1	군주님, 살해된 파리스 백작이 여기 있고
	로미오도 죽었으며 앞서 죽은 줄리엣은	195
	따뜻한데 다시 죽었습니다.
군주	이 더러운 살인의 원인을 추적하여 밝혀라.
야경꾼 1	한 명의 수사와 로미오의 하인이 여깄는데
	이 죽은 사람들의 묘를 열기 적합한
	연장들을 지니고 있습니다.	200
캐풀릿	오, 맙소사! 오, 부인, 우리 딸이 피 흘려요!
	이 단검은 잘못됐소. 봐요, 칼집은 저기 저
	몬터규의 등 뒤에 빈 채로 달렸는데
	내 딸의 가슴에 잘못 꽂혀 있어요.
캐풀릿 부인	아아, 이 죽음의 광경은 이 늙은 몸에게	205
	분묘로 가는 길을 알리는 경종과 같군요.

몬터규와 하인들 등장.

| 군주 | 어서 와요, 몬터규, 새벽같이 일어나 |

	저녁같이 가 버린 아들을 보게 됐소.
몬터규	아, 군주님, 제 아내가 어제 저녁 죽었는데
	아들 추방 한탄하다 숨을 거뒀답니다.
	또 어떤 슬픔이 늙은 제게 음모를 꾸밉니까?
군주	보시오, 그러면 알 것이오.
몬터규	못 배운 놈 같으니! 이게 무슨 예의냐,
	아비에 앞서서 무덤으로 내닫다니?
군주	절규하는 입들을 잠시 동안 봉해 놓고
	모호한 점들을 말끔하게 해명하여
	사태의 근원과 진정한 내력을 알아내면
	난 당신들 슬픔의 지휘관이 된 다음
	죽음까지 가 보겠소. 그때까진 꾹 참고
	인내로 불운을 다스리기 바라오.
	의심 가는 자들을 이리로 데려오라.
로런스 수사	그 첫째가 저로서 가장 능력 없으나
	이 무서운 살인의 때와 또 장소가
	저에게 불리하여 가장 크게 의심받습니다.
	그래서 유죄이자 무죄인 저 자신을
	고발, 면죄 하려고 이 자리에 섰습니다.
군주	그럼 즉각 이에 관해 아는 바를 말하시오.
로런스 수사	간단하게 아뢰지요, 제가 숨 쉴 날들이
	지겨운 얘기처럼 길지는 않을 테니.
	저기 죽은 로미오는 줄리엣의 남편이며
	저기 죽은 줄리엣은 로미오의 충실한 아내로
	제가 결혼시켰고 둘의 비밀 결혼 날은
	티볼트의 제삿날이었는데, 그의 요절 때문에
	새신랑은 도시에서 추방됐고 줄리엣은

210

215

220

225

230

티볼트가 아니라 그를 위해 애태웠답니다.   235
당신은 그녀를 에워싼 비탄을 풀기 위해
그녀를 파리스 백작에게 약속했고
강제 결혼 시키려 했지요. 그녀는 제게 와서
격앙된 모습으로 두 번째 결혼을 면해 줄
모종의 수단을 강구해 달라고, 안 그러면   240
거기 제 암자에서 자결한다 말했고
그때 저는 그녀에게 — 제 의술에 의거하여 —
수면제를 주었는데 그 물약은 의도대로
효력을 발휘하여 그녀 몸에 죽음의 모습을
만들어 냈습니다. 그사이에 로미오에게는   245
무서운 이 밤에 여기 와서 그녀를
약효가 끝나는 시간이 됐으니까
잠시 빌린 무덤에서 꺼내야 한다고 썼지요.
하지만 제 편지를 몸에 지닌 존 수사가
사고로 지체됐고 어제 저녁 그 편지를   250
제게 돌려줬답니다. 그래서 저 혼자
그녀가 깨나기로 예정된 시각에
친족들의 묘에서 꺼내려 여기 왔고
로미오에게 사람을 쉬이 보낼 때까지
그녀를 제 암자에 은밀히 감춰 두려 했지요.   255
하지만 그녀가 깨어나기 얼마 전
제가 여기 왔을 때, 고귀한 파리스와
진실된 로미오가 때 이르게 죽어 있었습니다.
그녀는 깨어났고, 전 나오라 간청하며
하늘이 하는 일을 인내로 견디자고 하다가   260
소리가 나기에 겁을 먹고 나왔는데

그녀는 절망이 너무 커 안 가겠다 했었고
사태를 보아하니 자해한 것 같습니다.
이것이 전부이며 이 결혼에 대해서는
유모가 잘 압니다. 이번 일에 무언가 265
본인의 잘못으로 틀어진 게 있다면
이 늙은 목숨을 최고로 가혹한 법에 따라
때가 오기 조금 전에 바치고자 합니다.

군주 우리는 당신을 언제나 성자로 알았소.
로미오의 하인은 어딨느냐? 할 말은? 270

발타자르 주인님께 줄리엣의 죽음을 전했을 때
주인님은 황급히 만토바를 떠나서
바로 이 시각에 바로 이 무덤에 왔습니다.
이 편지를 아침 일찍 부친께 전하라 명하고
가족묘에 들면서 자기를 거기 두고 275
떠나지 않으면 죽인다고 위협했습니다.

군주 편지를 내놓아라, 내가 읽어 보겠다.
야경을 깨웠던 백작의 시종은 어딨느냐?
여봐라, 네 주인은 이곳으로 왜 왔느냐?

시동 주인님은 아씨 묘에 꽃 뿌리려 왔는데 280
전 물러서 있으라서 그렇게 했습니다.
곧 누가 횃불을 들고 와 무덤을 열려 했고
주인님은 그 즉시 칼을 뽑았습니다.
그때 저는 야경을 부르려고 달려갔습니다.

군주 이 편지로 보건대 수사의 말이 맞다. 285
그들의 사랑의 여정과 그녀가 죽은 소식
그리고 여기엔 가난한 약장수에게서
독약을 샀으며 그걸 갖고 가족묘에

죽어서 줄리엣과 누우려 왔다고 적혀 있다.

이 원수들 어딨느냐? 캐풀릿, 몬터규,　　　　　　　290

하늘이 당신들의 기쁨을 사랑으로 죽였으니

당신들의 미움에 어떤 천벌 내렸는지 보아라.

나 또한 당신들의 불화에 눈감은 대가로

한 쌍의 친척을 잃었다. 모두가 벌받았다.

캐풀릿　　오, 몬터규 형, 형님 손을 내게 주오.　　　　　　　295

내 딸의 과부 소유 재산은 이것이오,

더는 요구 못 하니까.

몬터규　　　　　　　　　　하지만 난 더 주겠소.

그녀의 조각상을 순금으로 건립하여

베로나의 이름이 잊히지 않는 한

변함없이 정절 지킨 줄리엣의 모습보다　　　　　　　300

더 높이 쳐주는 인물은 없도록 할 것이오.

캐풀릿　　같은 값의 로미오도 아내 곁에 설 것이오.

우리들 반목의 불쌍한 희생자들 말이오.

군주　　　암울한 평화가 이 아침에 내렸으니

태양은 비탄으로 얼굴을 안 보인다.　　　　　　　305

여길 떠나 이 슬픈 일들을 더 얘기해 보라.

용서받고 벌받는 자들이 있으리라.

줄리엣과 그녀의 로미오 얘기보다

더 비통한 얘기는 절대 없었으니까.　　(모두 함께 퇴장)

296행 과부…재산
결혼할 때 남편이 죽을 경우 아내가 소유권을 가지도록 해 놓은 재산.

줄리어스 시저

Julius Caesar

역자 서문

윌리엄 셰익스피어(1564~1616)는 『티투스 안드로니쿠스』(1593~1594)를 시작으로 『아테네의 티몬』(1607~1608)까지 총 10편의 비극을 썼다. 이들 비극은 그 내용이 다양하여 한마디로 정의하기는 어렵다. 그러나 이들이 비극으로 분류되는 이유는 적어도 두 가지 공통 요소를 갖추고 있기 때문이다. 우선 이들은 우리 관객이나 독자들에게 전체적으로 기쁨보다는 슬픔을 준다. 그 슬픔의 성격이 단순하거나 복잡할 수도 있고 그 정도가 약하거나 강할 수도 있지만 어쨌든 우리의 마음을 가라앉히지 들뜨게 하지는 않는다. 둘째, 극의 시작은 비록 가볍거나 희극적일 수 있어도 그것은 곧 타협할 수 없는 갈등으로 치닫고 결국에는 주인공의 죽음으로 마무리된다. 이것이 『셰익스피어 전집 4, 5』에 실린 일곱 극작품이 비극이란 장르로 묶여 있는 까닭이다. 그러면 이제부터 이 일곱 극작품을 비극의 두 핵심 요소 가운데 하나인 죽음이란 공통분모를 통하여 간략하게 소개해 보기로 하자.

둘째 작품인 『줄리어스 시저』(1599)에서는 여덟 명의 등장인물이 죽는다. 그들을 죽는 순서대로 말하면 시저, 신나, 포셔, 키케로, 카시우스, 티티니우스, 카토 그리고 브루투스이다. 이때 우리가 주목할 점은 그들이 죽는 시점과 그 연관성이다. 왜냐하면 첫 번째인 시저의 죽음은 극의 한가운데에서 일어나고 그다음에 따라오는 것은 모두 그의 죽음과 직접 또는 간접적으로 연결되어 있으며 그 마무리가 브루투스의 죽음이기 때문이다. 다시 말하면 이 극은 브루투스가 시저를 죽이고 그 결과 죽음을 맞이하는 얘기이며, 그 핵심 주제는 두 사람이 왜 죽는지 그리고 그 죽음의 의미는 무엇인지를 묻는 과정을 통하여 드러난다.

『줄리어스 시저』의 핵심 주제는 이상주의이다. 그것은 이 작품의 두 주인공인 시저와 브루투스를 돌이킬 수 없는 갈등과 죽음으로 몰아가는 근본 원인으로 작동한다. 그리고 바로 이 이상주의 때문에 우리는 브루투스의 죽음에 당연한 인과응보 이상의 감정을 느낀다. 즉, 그가 자신의 이상에 충실하려고 했기 때문에 생기는 오류와 실수와 죽음을 애석해하고 안타까워하고 아쉬워한다. 왜냐하면 이상주의는 그 자체가 인간의 이타적인 정신을 대변하는 고귀한 성품의 표현이기 때문이다. 그러나 그것은 이 세상의 다른 어떤 가치나 이념과 마찬가지로 극단적으로 추구할 경우 부작용이 생긴다. 그것은 긍정적인 의미에서 삶의 의의를 오로지 이상, 특히 도덕적/사회적 이상의 실현에 두는 태도이면서 동시에 부정적으로는 현실적 가능성을 무시하는 공상적이거나 광신적인 태도 또는 그런 경향을 말하기 때문이다. 그리고 브루투스는 이상주의자가 보여 줄 수 있는 이런 두 가지 상충되는 면모를 가장 특징적으로 보여 주는 인물이다.

브루투스의 이상주의는 정치와 결합했을 때 공화정 옹호와 독재 반대로 나타난다. 로마 역사에서 이 극의 핵심 사건인 시저 암살이 벌어지는 때는 기원전 44년 3월 15일이고 이때가 바로 오랫동안 로마의 번영을 이끌었던 공화정이 옥타비우스 시저의 왕정으로 건너가는 역사적인 시점 가운데 하나이다. 기원전 509년 왕정이 무너졌을 때 로마는 시민들이 매년 선출하고 원로원의 조언을 받는 두 명의 집정관이 정부를 이끄는 공화국을 시작하였고, 그 후 분권과 견제와 균형을 원칙으로 하는 공화정을 확립하여 번영 일로를 걸었다. 그리고 브루투스 가문은 이 공화국 설립에 앞장섰다. 전설에 따르면 왕정을 무너뜨리고 로마 공화국을 건국한 사람은 루시우스 주니우스 브루투스이고 플루타르코는 그를 우리의 주인공인 마르쿠스 브루투스의 조상으로 부른다. 이 브루투스는 타르퀴니우스 왕가, 특히 로마 최후의 왕 '오만한 타르퀴니우스'를 타도한 것으로 너무나 유명하여 카피톨에 그의 청동상이 세워졌다고 한다.

그러나 이런 정치 체제 문제와 그것을 둘러싼 역사적인 사실들은 『줄리어스 시저』에서 별로 부각되지 않는다. 공화정과 관련된 브루투스 가문의 역할만 카시우스가 브루투스를 부추길 때, 특히 그의 명예욕과 자부심을 건드릴 때 몇 번 언급될 뿐이다. 그 대신 브루투스가 생각하는 공화정 최고의 가치는 자유이다. 물론 당시의 모든 사람이 다 자유롭지는 않았지만 — 예컨대 자유민 여성도 선거권과 피선거권이 없었다. — 적어도 공화정 시대의 로마 시민들에게는 자유가 보장되었다. 그런데 이 자유가 한 사람이 절대권을 행사하는 왕정에서는 핍박받을 것이 분명하다는 게 브루투스의 생각이다. 한 사람만 자유롭고 다른 모든 사람은 노예 상태에 빠지는 것, 브루투스는 이런 위험을 감수할 수 없다고 생각한다. 게다가 그것은 공익에 부합하지도 않는다고 확신한다. 그에게 자유는 자기 목숨보다 소중한 절대 가치이고 그는 그것을 자기뿐만 아니라 모든 사람이 다 같이 누릴 수 있기 바란다. 아니, 자기보다 오히려 다른 사람들이 그것을 누리지 못하게 될까 봐 더 노심초사한다. 브루투스의 고귀한 성품은 바로 이 이타적인 자유 수호에 있다. 그래서 브루투스의 이상주의는 자유 수호로 구체화되고 그것을 지키는 데 자신의 모든 것을 걸 준비가 되어 있다.

이런 맥락에서 극의 서두는 자유와 속박의 문제를 다루고 있다. 이 문제의 당사자인 시저나 브루투스가 아직 등장하지 않기 때문에 직접적이 아니라 간접적인 접근이라 할 수 있다. 그리고 그것은 서민들과 호민관들이 시저에 대해 보이는 뚜렷한 시각차를 통하여 전달된다. 극이 열리면 우선 폼페이를 무찌르고 개선하는 시저를 보기 위해 몰려든 서민들이 등장한다. 그들은 이날을 공유일로 선포하고 멋진 옷을 차려입고 동료, 친구, 식구들과 떼를 지어 시저를 기다린다. 그들의 이런 행동을 못마땅해하는 호민관 무렐루스는 그들을 다음과 같이 욕한다. 시저의 개선을 "왜 축하해? 그가 뭘 정복해서 가져오지?/어떤 조공 사신들이 포로 되어 묶인 채/전차 바퀴 장식하며 로마로 따라오지?"(1.1.31~33)라며 무렐루스가 그들을 이렇게 꾸짖는 이유는 단순히 시저의 개선이 로마에게 아무런 경제적인 이득을 가져다주지 않는다는 데 있지 않다. 그보다는 오히려 이 "목석 같은 멍청이, 짐승만도 못한 것들"(1.1.134)이 폼페이를 잊었다는 사실에 있다. 왜냐하면 다른 사람들도 아닌 바로 그들이 얼마 전만 해도 지금과 꼭 같은 태도와 방식으로 폼페이의 개선을 환영했기 때문이다. 그런데 지금 그들은 그 사실을 까맣게 잊은 채 폼페이를 죽이고 돌아오는 시저를 축하하는 배은망덕을 저지르고 있다. 더군다나 무렐루스가 보기에 이 시저는 서민들의 추앙이란 날개를 달아 줄 경우 정상 고도 안에서 날지 않고 "시야 밖으로 솟아올라/굴종의 두려움에 우릴 떨게 할 것"(1.1.73~74)이다. 이렇게 본인들의 행위가 그들의 삶에 어떤 영향을 미치게 될지 전혀 모르는 군중들과, 시저의 정치적인 위상의 변화가 로마의 자유인들에게 미칠 파장을 우려하는 호민관 사이의 대조는 이 첫 장면을 통하여 앞으로 벌어질 브루투스와 시저의 대립을 암시한다.

그리고 이런 암시는 1막 2장에서 시저와 브루투스의 등장으로 구체화된다. 우선 카시우스는 시저 암살 계획에 브루투스를 끌어들이기 위한 기초 공작을 시작한다. 그런데 그 첫 작업이 바로 브루투스에게 시저의 실상을 똑바로 볼 수 있는 눈을 가져 달라는 주문을 하는 것이다. 나중에 밝혀지지만 이 눈은 이미 브루투스가 어느 정도 뜨고 있지만 카시우스는 그것을 좀 더 확실하게 만들고자 한다. 그래서 카시우스는 시저를 "불멸"의 존재로 묘사한다거나 현 시대가 "멍에 아래 신음"(1.2.61)한다는 등의 말을 흘리면서 시저가 이미 독재자의 면모를 보이기 시작했음을 암시한다. 그리고 그에 바로 화답하지는 않지만 브루투스 또한 시저의 정치적인 변화에 촉각을 곤두세우는 모습을 보인다. 루페르칼리아 축제가 끝나고 군중들이 멀리서 함성을 지르자 브루투스는 "사람들이 시저를/왕으로 추대할까 두렵"(1.2.79~80)다고 말한다. 그러자 카시우스는 "아 그게 두려운가?/그럼 그걸 원하지 않는다고 봐야겠군."(1.2.80~81)이라고 하면서 그의 의중을 분명히 알고 싶어 한다. 하지만 아직까지 브루투스의 마음은 어느 한편으로 완전히 기울지 않았다. 그래서 그는 "원하진 않지만 그를 많이 좋아하네."(1.2.82)라고 대답한다. 그렇다고 해도 브루투스에게 한 가지 사실은 확실하다. 그는 만약 지금 카시우스가 제안하고자 하는 일이 "공익"에 부합하면 자기 눈앞에 명예와 죽음을 놓는다 해도 둘 다 "무심하게 쳐다볼 것"(1.2.85~87)이라고 단언한다. 여기에서 공익이란 명시적으로 밝히지는 않지만 자유 수호를 말한다. 따라서 브루투스에게 이 공익은 자신의 명예와 자신의 죽음에 앞서는 가치이다. 이처럼 자유를 향한 브루투스의 정치적 이상주의는 처음부터 확고하다. 단지 이 시점에서 그는 시저에 대한 사적인 호감과 독재자 시저에 대한 반감 사이에서 내적 갈등을 겪고 있을 뿐이다.

그리고 이 브루투스의 갈등은 2막 1장에서 다음과 표면화되고 드디어 시저 암살 쪽으로 방향을 정한다.

그가 죽는 수밖에 없구나. 그런데 나로서는
그에게 쏴붙일 이유가 공적인 게 아니라면

사적으론 전혀 없다. 그는 관을 쓰려 하고
그래서 본성이 어떻게 변할지, 그것이 문제다.
밝은 낮이 돼야지 독사가 나오니까
조심해서 걸을밖에. 그에게 왕관을 씌운다.
그리되면 마음대로 위험한 짓 하도록
독침을 달아 주는 격이란 걸 인정한다.
권좌의 오용은 권력에서 동정심을
떼어 낼 때 생기는데, 참되게 말하면
이성보다 감정에 휘둘리는 시저를
본 적은 없었다. 하지만 흔히 증명되듯이
겸손은 자라나는 야심의 사다리고
오르는 사람은 얼굴을 위쪽으로 향한다.
하지만 일단 그가 꼭대기에 이르면
사다리를 등지고 몸을 돌린 다음에
그가 밟고 올라왔던 낮은 단계 조소하며
구름을 쳐다본다. 시저도 그럴지 모른다.
그렇다면 못하게 미리 막자. 그리고
그 인간 자체로는 싸울 구실 못 찾으니
이렇게 꾸며 보자. 그 사람 자체가 커지면
이런저런 극단으로 치닫게 되리라고.
그러므로 그자를 독사의 알이라고 생각하자,
부화하면 그 같은 종류는 사악해지니까
껍질 속에 있을 때 죽이자. (2.1.10~34)

여기에서 브루투스가 드러내는 내적인 논쟁 과정은 그가 품
은 이상주의의 장점과 단점을 한꺼번에 보여 준다. 그것을 보기
위해 브루투스가 이 독백 내내 펼쳐 보이는 두 상반되는 가치나

주장을 보자. 우선, 그에게는 시저를 죽여야 할 공적인 이유는 있지만 개인적인 이유는 없다. 그는 관을 쓰려 하고 그로 인한 본성의 변화가 문제다. 밝은 낮이 되어야지 독사가 나온다, 따라서 우리는 조심해야 한다. 그에게 왕관을 씌운다, 그것은 그에게 독침을 달아 주는 격이다, 등등. 이렇게 그의 논리는 계속된다. 그런데 여기에서 문제점은 브루투스가 시저 암살 문제에 접근할 때 그는 이미 어느 한쪽으로 결론을 내려 놓고 논쟁을 벌이는 것이지 공평무사한 마음으로 그러는 게 아니라는 사실이다. 그래서 그의 논쟁은 시작부터 자기 결론을 합리화하는 수순에 지나지 않으며 반대론은 처음부터 설 자리가 없다. 예를 들면 그는 공익을 사적인 감정보다 앞세우고 있고, 밝은 낮이 아직 오지 않았는데 왔다고 가정하여 독사를 등장시키고, 시저가 왕관을 쓰지도 않았는데 썼다고 가정하고 그가 독침을 달았다고 단언한다. 즉, 그가 죽는 수밖에 없다는 대전제를 받아들인 다음 모든 논리를 거기에 꿰맞추고 있다는 말이다. 그런데 그의 논리를 이렇게 왜곡시키는 장본인이 바로 그의 이상주의이다. 왜냐하면 우리들 가운데 그누가 공익보다 사적인 감정을 앞세우는 정치 지도자를 원하며, 그 누가 독재자의 독침을 두려워하지 않으며, 따라서 그 누가 이 독사를 부화하기 전인 알의 상태에서 죽이는 데 동의하지 않겠는가? 이상주의의 관점에서 브루투스의 행동은 절대선이다. 그러나 문제는 이 절대선에 몇 가지 전제가 달려 있다는 데 있다. 즉, 시간 압축과 조건 변경과 가정법 말이다. 시저가 만약 이러저러한 때에 이러저러한 상황에서 이러저러한 행동을 한다면 그는 이러저러한 사람일 것이다, 이것이 브루투스의 논리이다. 그래서 브루투스의 이상주의는 그 자체로는 훌륭하지만 그 실행 방법과 과정에는 분명한 허점을 보이는데 그 단적인 예가 우리가 지금 읽은 그의 독백이다.

이렇게 시저 암살 쪽으로 마음을 굳힌 브루투스의 이상주의는 그의 정치적인 노선뿐만 아니라 시저 암살의 목적과 방법과 결과 모두에 막대한 영향을 미친다. 시저를 독재자가 되기 전에 제거해야만 로마인의 자유가 보장된다는 절대 논리를 확신하는 브루투스는 다른 사람의 의견을 경청하려 하지 않고 자기 생각만 고집한다. 그리고 브루투스의 명망에 전적으로 의존하는 다른 음모자들은 감히 그의 의견에 반대하지 못한다. 그에 따라 거사 전날 밤 자기들의 시저 암살 결의를 맹세로 다지자는 카시우스의 제안은 허식에 불과하다는 브루투스의 반론에 여지없이 묵살되고, 키케로를 포섭하자는 카시우스와 카스카와 신나와 메텔루스의 열망은 브루투스의 반론(키케로는 남이 시작한 것은 절대로 안 따른다.)에 급반전을 보이며, 시저의 절친인 안토니도 죽이자는 카시우스의 현실적인 제안은 브루투스의 이상론에 막혀 길을 잃는다. 브루투스는 자기들이 시저라는 머리를 자른 다음 안토니라는 수족까지 자르면 그런 행보가 너무 잔인해 보일 것이라는 논리를 펴는데, 이는 안토니의 능력을 과소평가한 브루투스의 결정적인 실수임이 드러난다. 왜냐하면 이렇게 살려 둔 안토니가 시저의 장례식 장면에서 브루투스 일당을 해방 영웅이 아니라 역적으로 만드는 장본인이기 때문이다. 카시우스의 현실적인 정치 감각은 안토니의 잠재적인 위험을 알았으나 브루투스의 이상론은 그 위험을 대수롭지 않은 것으로 치부하여 화를 키운 셈이다.

그러나 브루투스의 이상주의는 아직까지는 잠재적인 불안 요소일 뿐 관객들의 반감을 불러일으킬 정도는 아니다. 왜냐하면 관객들은 아직까지 시저의 피를 직접 보지 않았고 그 피에 손을 적시며 이를 이상한 논리로 정당화하는 브루투스 일당을 보지 않았기 때문이다. 게다가 시저 또한 브루투스와 비슷한 이상주의적인 경향을 보임으로써 그의 독재적인 성향에 대한 브루투스의 의구심을 뒷받침해 준다. 2막 2장에서 운명의 날인 3월 15일 아침 시저는 자신의 죽음을 꿈꾼 아내 칼퍼니아의 얘기를 듣고 사적인 두려움보다 공익을 앞세우는 이상적인 지도자의 면모를 보인다. 아내의 꿈에 따라 복점관들에게 오늘의 운수를 알아보라는 명령을 내린 시저는 그들이 제물로 바친 짐승 안에서 심장을 찾을 수 없었다는 보고, 즉 오늘은 불길하니 나가지 마시라는 권고에 다음과 같이 대답한다. "신들은 겁보에게 창피 주려 이리한다./시저가 두려움 때문에 오늘 집에 있다면/심장 없는 짐승이 되어야 할 것이다."(2.2.40~42) 그래서 그는 카피톨로 나갈 것이라고 한다. 자기가 위험보다 더 위험한 존재라고 말하면서. 이때 우리는 시저의 자신감이 좀 지나치다고 생각하지만 긍정적으로는 그가 훌륭한 지도자상을 보여 준다고 생각한다. 언제든지 변할 수 있는 개인의 감정 때문에 국사를 뒤로 미루지 않는 인물로써 그는 존경받아 마땅하니까. 하지만 시저는 칼퍼니아의 간청에 못 이겨 집에 남기로 결정한다. 그런 다음 데시우스의 아첨하는, 상서로운 꿈 해석에(그는 칼퍼니아의 악몽을 길몽으로 풀이한다.) 다시 등청하기로 마음을 바꾼다. 여기에서 우리는 브루투스의 이상주의가 양면성을 가지듯이 시저의 이상주의 또한 자신에게 다가오는 두려움에는 초연하면서 동시에 아첨에는 휘둘리는 이중성을 가지고 있음을 알 수 있다.

시저의 정치적 이상주의가 보이는 양면성은 그가 죽임을 당하기 직전 가장 크게 부각된다. 그는 지도자의 자질 가운데 가장 중요한 덕목인 일관성을 보여 준다. 그는 메텔루스가 자기 동생의 사면과 복권을 간청할 때 그것을 거절하면서 "동생은 판결에 의하여 추방됐"기 때문에 이제 와서 그 결정을 번복하지 않을 것이라고 한다. 그러면서 동시에 "시저는 잘못도 않거니와/이유 없는 납득도 않으리라."(3.1.44~48)라고 말한다. 시저는 이렇게 자기 행동의 일관성과 그것의 무결점에 대한 과신을 동시에 드러낸다. 그리고 그의 이런 이중적인 태도는 그의 마지막 말에서 가장 두드러지게 나타난다. 계속되는 음모자들의 탄원에 시저는 자신의 결심을 다음과 같이 밝힌다.

> 내가 자네들이라면 꽤나 흔들렸겠지.
> 내가 누굴 흔들려고 기도할 수 있다면
> 나 또한 기도로 흔들리게 되겠지.
> 하지만 나는 저 북극성만큼이나 일관되고
> 확실히 고정되어 변치 않는 그 특성은
> 천상의 세계에도 비견할 데 없다네.
> (중략)
> 난 심버가 추방됐을 때에도 일관됐고
> 그대로 두는 데도 일관될 것이네. (3.1.58~74)

지도자의 일관성은 분명 우리 모두가 바라마지 않는 덕목이다. 그러나 그것이 북극성처럼 제자리를 지키면서 변치 않아야 하고 언제나 그럴 수 있다고 믿는다면 이는 인간의 능력을 넘어 신의 지위를 넘보는 일임에 틀림없다. 왜냐하면 우리 모두는 시저를 비롯하여 불완전한 존재로서 실수할 수 있기 때문이다. 그러나 시저는 죽는 순간까지 확신에 차 있다. 북극성의 비유도 모자라 자신을 "올림포스"(3.1.75)라 칭하기까지 한다. 이렇게 시저에서 제우스로 등극한 순간 그의 머리 뒤로 카스카의 칼이 내리꽂히고 마지막으로 브루투스의 칼이 그를 향했을 때 시저는 자신의 죽음을 받아들인다. 이렇게 시저의 이상주의는 브루투스의 이상주의를 자극하여 자신의 죽음을 불러온다. 왜냐하면 시저가 자신의 일관성을 올림포스 정상까지 끌어올려 만천하에 과시할 때 브루투스는 그것을 앞으로 다가올 독재의 확실한 증거로 받아들이기 때문이다.

한편 브루투스의 정치적 이상주의의 한계와 문제점은 그가 시저의 피를 실제로 보았을 때 극명하게 드러난다. 그가 동료 음모자들에게 하는 말은 얼마나 괴기스러운가! "허리 굽혀, 허리 굽혀 우리 손을 시저 피에/팔꿈치까지 담근 다음 칼에다 바"르고 머리 위로 핏빛 무기 흔들면서 "'평화와 해방과 자유'를 외칩시다."(3.1.107~111) 이는 뒤바뀐 순서이다. 먼저 평화, 해방, 자유를 외치고 그것이 이루어지지 않았을 때 할 수 없이 피를 볼 수는 있어도 먼저 피를 본 다음에 그것을 외쳐서는 자유를 위한 그 어떤 명분도 수단도 정당화될 수 없기 때문이다. 브루투스의 이상주의는 결국 또 다른 피를 훨씬 더 많이 부르는 결과를 낳는다. 시저가 죽은 뒤 안토니가 폭동을 일으키고 로마는 결국 두 패로 나뉘어 내전에 돌입하며 수많은 피를 흘린 다음 결국 카시우스와 브루투스가 죽는 것으로 결론이 난다.

그러나 브루투스는 죽기 전 딱 한 번 자신의 이상주의적인 확신을 굽히고 자신의 잘못을 인정한다. 그것은 바로 4막 3장에서 브루투스와 카시우스가 화해하는 장면이다. 두 사람의 다툼은 브루투스가 부하들에게 급료를 지불하기 위해 자신에게 없는 금을 카시우스에게 요청했지만 거절당했다는 데서 시작한다. 이때 브루투스는 자신은 깨끗한 지휘관이기 때문에 불쌍한 농민들에게 돈을 갈취할 수는 없다는 이상론을 내세운다. 그런 다음 브루투스는 카시우스를 "돈독이 올랐다고" 비난하고, 이 말에 화가 난 카시우스는 자신이 브루투스보다 "경력도 더 많고 더 유능한/군인"(4.3.31~32)임을 내세워 그와의 감정싸움을 이어 간다. 이 탈출구가 없어 보이는 싸움은 그러나 브루투스가 자신의 실수를 인정하고(심기가 사나워 카시우스의 화를 돋우게 되었노라고) 용서를 구하는 것으로 극적으로 끝난다. 이 화해가 아름다운 이유는 브루투스가 처음으로 자신의 이상주의적인 고집을 꺾고 카시우스에게 자신의 솔직한 심경을 고백하기 때문이다. 자기 아내 포셔가 죽었다는 소식에 너무 가슴이 아픈 상태에서 둘의 말싸움이 벌어지게 되었노라고, 그래서 자신이 지켜야 할 예의의 한계를 넘어서게 되었노라고. 그 결과 우리는 지금까지 브루투스가 중요한 고비마다 카시우스의 말을 듣지 않다가 커다란 화를 자초하였는데 앞으로는 현실적인 카시우스의 의견을 들을지도 모른다는 기대감을 갖게 된다.

그러나 그런 기대는 잠시 동안만 지속될 뿐 브루투스는 다시 예전의 브루투스로 되돌아간다. 그는 빌립보 전투를 결정하는 순간 카시우스의 논리를 가로막고 자신의 주장을 관철시킨다. 그래서 두 사람은 카시우스의 말처럼 "단 한 번의 전투에" 그들의 자유를 다 걸 수밖에 없게 되었고(5.1.74~75) 패전의 결과 카시우스가 먼저 그리고 브루투스가 다음으로 로마인다운, 명예로운 죽음을 맞이한다. 이런 맥락에서 브루투스의 죽음은 시저의 죽음처럼 이상주의자의 "일관성"을 유지한 결과라고 할 수 있다. 둘 다 자신의 이상주의를 믿고 있는 상태에서 죽기 때문이다. 그래서 브루투스의 인품을 기리는 안토니의 고별사는 우리에게 그의 죽음의 의미를 되새기게 만든다.

이 사람이 그들 중 가장 귀한 로마인이었다.
그를 뺀 나머지 공모자들 모두는
위대한 시저에게 악심 품고 그 짓 했다.
오직 그만 공적이고 정직한 생각에서
모두의 공익을 위하여 한패가 되었다.
그의 삶은 고귀했고 인성은 완벽하여

자연의 여신조차 일어서서 온 세상에
'이게 사람이었다.'라고 했을 것이다. (5.5.68~75)

　따라서 브루투스의 시저 암살은 비록 그가 예상하지 못했던 끔찍한 결과를 낳았지만 그 동기는 순수했고 그는 끝까지 공익을 위한 초심을 잃지 않았다. 또한 그의 독재 타도는 실패로 돌아갔지만 — 아우구스투스 시저라는 황제를 탄생시켰으니까 — 그의 자유 수호 정신은 억압받는 모든 시대의 모든 사람들에게 떨치고 일어날 용기를 줄 것이다. 그리고 이것이 그의 비극적인 죽음에서 우리가 찾을 수 있는 긍정적인 의미일 것이다.

　끝으로 이번 번역은 데이비드 다니엘(David Daniell) 편집의 아든(The Arden Shakespeare) 판 『줄리어스 시저(Julius Caesar)』를 기본으로 하고, G. 블레이크모어 에번스(G. Blakemore Evans) 편집의 리버사이드 셰익스피어(The Riverside Shakespeare) 판과 조너선 베이트와 에릭 라스무센(Jonathan Bate and Eric Rasmussen) 편집의 RSC(The Royal Shakespeare Company) 판을 참조하였다.

등장인물

줄리어스 시저

마르쿠스 브루투스 ┐
카이우스 카시우스 │
카스카 │
데시우스 브루투스 ├ 줄리어스 시저 암살의 공모자들
신나 │
메텔루스 심버 │
트레보니우스 │
카이우스 리가리우스 ┘

옥타비우스 시저 ┐
마크 안토니 ├ 시저 사후의 삼두
레피두스 ┘

칼퍼니아 시저의 아내

포셔 브루투스의 아내

루시우스 브루투스의 몸종

키케로 ┐
푸블리우스 ├ 원로원 의원들
포필리우스 레나 ┘

무렐루스 ┐
플라비우스 ┘ 호민관들

신나 시인

루실리우스 ┐
티티니우스 │
메살라 ├ 브루투스와 카시우스의 지지자들이며
카토 2세 │ 그들 군대의 장교들
스트라토 ┘

바루스 ┐
클라우디오
클리투스
다르다니우스
볼룸니우스 ┘

브루투스와 카시우스의 병사들

핀다루스

아르테미도루스

목수

구두장이

시인

점쟁이

시저의 하인

안토니의 하인

옥타비우스의 하인

전령

평민 5명

군인 3명　**브루투스 군대 소속**

군인 2명　**안토니 군대 소속**

시저의 혼령

평민들, 군인들 및 그 밖의 사람들

장소　　로마, 사르디스 근처, 빌립보 근처

1막 1장
플라비우스, 무렐루스 및 평민 몇 명
무대 위로 등장.

플라비우스　집으로 가! 한가한 작자들아, 집으로 가!
　　　　　오늘이 휴일이야? 아니, 넌 직공이니까
　　　　　일하는 날에는 직종 표시 안 달고
　　　　　싸돌아다니면 안 되는 거 몰랐어?
　　　　　말해 봐, 네 직업이 무엇이냐?　　　　　　　　　　5
　　　목수　그야, 나리, 목수입죠.
　무렐루스　네 가죽 앞치마와 줄자는 어디 있어?
　　　　　그렇게 좋은 옷은 뭣 하러 입었어?
　　　　　거기 당신, 직업이 무엇이냐?
　구두장이　진짜로는 나리, 빼어난 일꾼에 비하면 전 말하자면 밑　　10
　　　　　창 두드릴 뿐입죠.
　무렐루스　그래서 네 직업이 뭐냐고? 똑바로 말해.
　구두장이　그게 나리, 양심에 거리낌 없이 일했으면 하는 직업인
　　　　　데 사실은 나리, 낡은 바닥 수선입죠.
플라비우스　뭔 직업이라고, 이 나쁜 놈? 이 못된 놈, 뭔 직업이냐고?　　15
　구두장이　아니, 나리, 제발 화내지 마십시오. 하지만 나리의 화
　　　　　가 나가면 고쳐 드릴 순 있죠.
　무렐루스　그게 무슨 말이야? 내 화를 고쳐, 건방진 네 녀석이?
　구두장이　그럼요, 나리, 고쳐 드리지요.
플라비우스　너 구두장이지, 그렇지?　　　　　　　　　　　　　　20
　구두장이　진짜로 나리, 전 송곳 하나 가지고 먹고살 뿐 업자들도

1막 1장 장소　로마.

여자들도 쑤시고 다니지는 않습니다. 그래도 그것만
있으면 진짜로 나리, 전 헌 구두 의사랍니다, 커다란
위험에 처한 걸 회복시켜 주죠. 여태껏 쇠가죽 신고 다
니는 멋쟁이 남자들은 죄다 제 솜씨를 거쳤지요.   25

플라비우스   그런데 오늘은 왜 직장에 안 나갔지?
             이자들을 길거리로 왜 몰고 다니지?

구두장이   진짜로 나리, 그들의 신발을 닳게 하려고, 일감을 더
             얻으려고요. 하지만 사실은 나리, 저희들은 시저를 보
             려고, 그의 개선을 축하하려고 쉰답니다.   30

무렐루스   왜 축하해? 그가 뭘 정복해서 가져오지?
             어떤 조공 사신들이 포로 되어 묶인 채
             전차 바퀴 장식하며 로마로 따라오지?
             목석 같은 멍청이, 짐승만도 못한 것들!
             오, 매정한 인간들, 잔인한 로마인들이여,   35
             폼페이를 잊었는가? 당신들은 여러 번
             어린 아기 팔에 안고 성벽과 흉벽으로
             망루와 창문과, 그렇지, 굴뚝까지 올라가
             하루 온종일을 참으며 기대하며
             거기 앉아 있었지, 위대한 폼페이가   40
             로마의 거리를 지나는 걸 보려고.
             그가 탄 전차가 보이기만 하여도
             떠나가라 고함을 지르지 않았던가?
             그래서 테베레는 당신들의 목소리가
             움푹 팬 강변에 부딪혀 나오는 걸 듣고서   45
             저 강둑 아래에서 떨고 있지 않았던가?

44행 테베레 로마 시를 통과하여 지중해로 흘러드는 강의 이름.

근데 이젠 이렇게 좋은 옷을 입었어?

근데 이젠 이날을 공휴일로 정했어?

근데 이젠 그가 가는 길 위에 꽃을 뿌려?

폼페이의 피 흘리고 개선을 하는데도?　　　　　　　　　50

썩 꺼져라!

집으로 뛰어가 두 무릎 꿇고서

이 같은 배은에 내릴 수밖에 없는 재앙을

멈추어 달라고 신들에게 기도해.

플라비우스　　자 동포 여러분, 잘못을 범했으니　　　　　　55

당신같이 가난한 사람들을 모두 모아

테베레 강변으로 데려가서 강물 위로

눈물을 쏟아 내요, 가장 낮은 물결이

최고 높은 강변에 입 맞출 때까지.

　　　　　　　　　　　　　　(평민들 모두 함께 퇴장)

저 보게, 저속한 근성이 자극받지 않았나.　　　　　　60

저들은 죄의식에 입 다물고 사라졌네.

자네는 저 길로 카피톨 쪽으로 내려가게,

난 이리로 갈 테니. 동상들이 예물로

장식되어 있거든 그걸 벗겨 버리게.

무렐루스　　그래도 되겠나?　　　　　　　　　　　　　65

루페르칼리아 축제란 걸 알지 않나.

플라비우스　　그게 무슨 상관인가. 그 어떤 동상에도

62행 카피톨
극의 이 시점에서 대단히 중요한 이정표로 다음 장의 모든 행위가 모이는 곳이다. 카피톨은 주피터 신에게 바쳐진 로마의 국가 사원으로 대광장(포럼)을 내려다보는 곳에 있었다. (아든)

66행 루페르칼리아 축제
목양의 신 판 및 로마 건국의 역사와 관련이 있는 토속 신이자, 풍요를 가져다준다고 여겼던 루페르쿠스를 기리는 축제이다. 로물루스와 레무스가 늑대의 젖을 빨았던 동굴이 루페르칼이기도 하다. (아든)

시저의 기념품을 못 걸게 하게나.
난 거리의 서민들을 몰아낼 터이니
그들이 **빽빽한** 데 보이거든 자네도 그러게. 70
시저의 날개에 자라는 이 깃털을 떼야지
정상 고도까지만 날게 될 것이야,
안 그러면 우리 시야 밖으로 솟아올라
굴종의 두려움에 우릴 떨게 할 것이네.   (함께 퇴장)

1막 2장

시저, 뛸 준비를 마친 안토니, 칼퍼니아, 포셔,
데시우스, 키케로, 브루투스, 카시우스, 카스카,
그리고 점쟁이에 뒤이어
무렐루스와 플라비우스 등장.

시저	칼퍼니아.
카스카	쉿! 시저가 말한다.
시저	칼퍼니아.
칼퍼니아	여기요.
시저	안토니가 자신의 경주로를 뛰어갈 때
	그 길을 마주 보고 서 있게. 안토니오.
안토니	예, 시저 각하. 5
시저	빠르게 뛰어갈 때 칼퍼니아 만지는 걸
	잊지 마라, 안토니오. 노인들이 말하기를
	성스러운 이 경주 때 석녀 몸을 만지면

1막 2장 장소 로마. 공공장소.

불임 저주 풀린다 하니까.

안토니 　　　　　　　　기억하겠습니다.

시저가 '이리 하라.' 말하면 시행될 것입니다. 　　　10

시저 시작하라, 어떠한 의식도 빼지 말고. 　　　(음악)

점쟁이 시저!

시저 하! 누구냐?

카스카 모든 소리 멈추어라. 다시 한 번 입 다물라!

시저 군중들 가운데서 누가 나를 불렀는가? 　　　15

그 어떤 음악보다 날카로운 목소리로

'시저!'를 외쳤다. 시저는 돌아서서 듣노라.

점쟁이 삼월의 보름날을 조심하오.

시저 　　　　　　　누군가?

브루투스 점쟁이가 삼월의 보름날을 조심하랍니다.

시저 내 앞에 세워라. 그 얼굴 좀 보자. 　　　20

카시우스 이봐, 군중에서 나와서 시저를 보아라.

시저 얘기할 게 뭔가? 다시 한 번 말해 보라.

점쟁이 삼월의 보름날을 조심하오.

시저 꿈꾸는 자로다. 버려두고 지나가자. 　　　(나팔)

　　　　　　(브루투스와 카시우스만 남고 모두 퇴장)

카시우스 경주의 순위를 알아보러 갈 텐가? 　　　25

브루투스 난 아니네.

카시우스 가 보지 그러나.

브루투스 난 놀이를 안 좋아해. 안토니가 타고난

활발한 기질이 내겐 좀 모자라지.

카시우스 자네를 방해하고 싶진 않네, 　　　30

난 가네.

카시우스 브루투스, 난 최근 자네를 지켜봤네.

자네의 눈길에서 내가 받곤 하였던
친절과 사랑의 표현이 없어졌어.
자네를 사랑하는 친구에게 너무나   35
뻣뻣하고 소원한 태도이지.

브루투스   카시우스,
속지 말게. 내가 만약 내 모습을 가렸다면
내 안색이 드러내는 문제를 온전히
자신에게 돌려서 그렇다네. 격심한 갈등으로
개인에만 국한된 생각들로 난 최근   40
괴로워했는데, 아마도 그 때문에
내 행동에 흠이 좀 있었나 보구먼.
그렇다고 착한 내 친구들이 비탄한다거나
(카시우스 자네도 그 가운데 하나인데)
자신과 싸움 중인 불쌍한 브루투스의   45
무관심한 태도를 남들에게 애정 표현
잊은 것 이상으로 해석하진 말아야지.

카시우스   그럼 내가 자네의 고민을 꽤 오해했고
그 때문에 가치 있는 깊은 생각, 심각하게
숙고할 사항들을 내 가슴에 묻어 뒀네.   50
브루투스, 자네는 자네 얼굴 볼 수 있나?

브루투스   아니, 카시우스. 반영이나 다른 사물 없이는
눈이 그 자체를 보지는 못하니까.

카시우스   그렇다네,
그리고 브루투스, 아주 크게 애석한 건   55
자네의 숨겨진 가치를 그 눈으로 보내어
자네의 영상을 볼 수 있게 해 주는
거울이 없다는 점이네. 내가 들은 바로는

로마에서 최고로 존경받는 인사들이
(불멸의 시저는 빼놓고) 브루투스 얘기하며   60
그리고 이 시대의 멍에 아래 신음하며
고귀한 브루투스에게 두 눈 있길 바랐다네.

브루투스　카시우스 자네는 어떤 위험 속으로
　　　　　날 데려가려고 내 안에 없는 것을
　　　　　내가 찾아내기를 원하는가?   65

카시우스　그러니 브루투스, 준비하고 들어 보게.
　　　　　자네가 자신을 반영된 것만큼 잘 보진
　　　　　못한다고 아니까 자네의 거울인 이 몸이
　　　　　자네가 모르는 자신의 면모를
　　　　　더하기나 빼기 없이 보여 줄 것이네.   70
　　　　　그러니 날 의심 말게나, 브루투스.
　　　　　내가 만약 만인의 웃음거리이거나
　　　　　천박한 맹세로 새로운 떠버리 모두에게
　　　　　사랑을 판다면, 또한 내가 사람들의
　　　　　비위를 맞추면서 힘주어 껴안고   75
　　　　　나중에 욕한다고 알거나 아니면
　　　　　연회에서 내 우정을 온갖 잡놈들에게
　　　　　표한다고 알거든 날 위험하다고 여기게.

　　　　　　　　　　　　　　　　　(나팔 소리와 함성)

브루투스　저게 무슨 함성인가? 사람들이 시저를
　　　　　왕으로 추대할까 두렵네.

카시우스　　　　　　　　　　아 그게 두려운가?   80
　　　　　그럼 그걸 원하지 않는다고 봐야겠군.

브루투스　원하진 않지만 그를 많이 좋아하네.
　　　　　그런데 왜 나를 이리 오래 붙잡았나?

나에게 전하고자 하는 바가 무엇인가?
그게 만약 공익을 지향하는 일이라면   85
명예와 죽음을 내 눈앞에 놓는대도
난 둘 다 무심하게 쳐다볼 것이네.
신들이 보우하사 죽음이 두려운 것보다
명예로운 이름을 더 사랑하기 때문이지.

카시우스   그 미덕이 자네에게 있음을 알고 있네,   90
내가 자네 생김새를 알고 있는 것처럼.
그런데 내 얘기의 주제는 명예라네.
난 자네나 사람들이 이 삶을 어떻게
생각하고 있는진 모르네. 나 하나만 말하면
나 같은 인간을 경외하며 사느니   95
난 차라리 존재하지 않는 편이 낫겠어.
시저처럼, 자네처럼, 난 자유인 출신이네.
우린 둘 다 시저만큼 밥 잘 먹고 시저만큼
겨울의 추위 또한 잘 견딜 수 있다네.
한번은 쌀쌀하고 바람 심한 어느 날   100
괴로운 테베레 강변이 물결에 부대낄 때
시저가 나에게 '카시우스, 지금 나와
저 노한 강물에 뛰어들어 저 건너 지점까지
헤엄쳐 볼 테야?' 했었지. 그 말 듣고
입은 복장 그대로 난 첨벙 뛰어들어 그에게   105
따라오라 했었지. 그는 정말 따라왔네.
급류는 포효했고 우리는 강건한 근육으로
물살을 헤치면서 그것과 싸움했고
경쟁하는 마음으로 거슬러 나아갔지.
하지만 제안했던 목표에 닿기 전에 시저는   110

'도와줘, 카시우스, 가라앉아!' 그렇게 외쳤고
난 위대한 우리 선조 아이네이아스가
트로이의 불 속에서 안키세스 노친을
들쳐 업고 나왔듯이 테베레의 파도에서
지친 시저 데리고 나왔다네. 근데 이제   115
이 사람은 신이 됐고 불쌍한 상것인
카시우스 이 사람은 시저가 생각 없이
고개만 까딱해도 굽실대야 한다네.
시저가 스페인에 갔을 때 열병이 났는데
그에게 발작이 왔을 때 얼마나 떠는지   120
난 정말 보았어. 맞아, 신이 몸을 떨었다네.
겁쟁이 그 입술은 원래의 색깔을 버렸고
굽어보면 세상을 위압하는 그 눈도
광채를 잃었었지. 신음까지 들었어.
아, 로마인이 주목하고 그가 한 말들을   125
책에 적게 만드는 혀 또한 병든 계집애처럼
'아이고, 마실 것 좀 주게, 티티니우스.'
그렇게 소리를 질렀어. 맙소사, 그렇게
허약한 체질의 인간이 장엄한 이 세상을
이토록 선점하고 영예를 독차지하다니   130
깜짝 놀랄 일이네.   (함성. 나팔 소리)

브루투스   함성을 또 질러?
이 박수 소리는 시저에게 쏟아진
새로운 영예를 기리는 게 분명하네.

112행 아이네이아스 불타는 트로이에서 자기 아버지 안키세스를 구출한 영웅
이며 나중에 로마를 건국했다.

카시우스   허, 이보게, 그는 마치 콜로서스처럼

이 좁은 세상 위에 우뚝 섰고 왜소한 우리는   135

거대한 그의 다리 밑에서 곁눈질로

비루한 묏자리나 찾아보고 있다네.

인간은 때때로 운명의 주인이 된다네.

우리가 아랫것 노릇 하는 잘못은 브루투스,

별들이 아니라 우리에게 있다니까.   140

'브루투스'와 '시저', 이 '시저'에 뭐가 있나?

그 이름은 왜 자네 것보다 듣기 좋지?

같이 쓰면 자네 것도 꼭 같이 아름다워,

소리 내면 꼭 같이 입에 잘 어울리고.

달아 보면 무게도 같다네. 그걸로 마법 걸면   145

'시저'만큼 재빠르게 혼을 불러올 거야.

그런데 신들의 이름을 한꺼번에 다 걸고

우리의 이 시저가 무엇을 먹었기에

이렇게 커졌지? 시대여, 넌 창피당했다!

로마여, 네 고귀한 혈통은 다 사라졌다!   150

대홍수 이래로 어느 한 시대가

한 사람만으로 유명한 적 있었단 말인가?

지금까지 로마를 얘기할 때 그 누가

그 넓은 거리가 한 사람만 품었다 할 수 있나?

오로지 한 사람만 있게 된 지금이야말로   155

진정한, 게다가 여지가 충분한 로마로다.

오, 자네와 난 선친들이 하는 얘기 들었지,

134행 콜로서스
로도스 항구에 세워졌다고 하는, 높이가
약 36미터에 이르는 아폴로의 청동상. 세

계 7대 불가사의 가운데 하나.
155~156행 오로지…로마로다
비꼬는 조로, 경멸 조로 하는 말.

	일찍이 또 한 명의 브루투스는 로마에서	
	왕이 쉽게 자기 옥좌 지키게 하느니	
	영원한 마왕이 그러도록 놔뒀을 거라고.	160
브루투스	자넨 날 사랑해, 의심할 바 전혀 없이.	

브루투스　자넨 날 사랑해, 의심할 바 전혀 없이.
설득하는 이유도 어느 정도 추측하네.
이번 일과 현 세태에 대한 내 생각은
다음에 자세히 말하겠네. 당장은
더 이상 흔들리지 않을 텐데 그래서　　　　165
사랑으로 간청하네. 지금까지 해 준 얘긴
고려해 보겠네. 앞으로 해야 할 얘기는
인내하며 들을 테고 그러한 중대사를
듣고 또 답하기에 적절한 시간을 찾아보지.
그때까진 친구여, 이 점을 곱씹어 보게나.　　170
나 브루투스는 이 시각 우리에게
들이닥칠 것만 같은 난국에 처한다면
자신을 로마의 아들로 평가하기보다는
차라리 촌놈이 될 것이네.

카시우스　　　　　　　　　힘없는 내 말에
브루투스가 열기 띤 모습을 이만큼이라도　　175
보이다니 기쁘군.

시저와 그 일행 등장.

158행 또…브루투스

전설에 따르면 기원전 509년경에 로마 공화국을 건국한 루시우스 주니우스 브루투스를 말하고, 플루타르크는 그를 마르쿠스 브루투스의 조상으로 부른다. 이 브루투스는 타르퀴니우스 왕가, 특히 로마 최후의 왕, '오만한 타르퀴니우스'를 타도한 것으로 무척 유명하여 카피톨에 청동상이 세워졌다. (아든)

브루투스	경기가 끝나고 시저가 돌아오네.	
카시우스	그들이 지나갈 때 카스카의 소매를 잡으면	
	오늘 행사 가운데 주목할 만한 일을	
	자신의 신랄한 방식으로 말해 줄 것이네.	180
브루투스	그러지. 하지만 저것 보게, 카시우스,	
	시저의 얼굴에 노기가 번득이고	
	그 일행은 모두 다 야단맞은 것 같아.	
	칼퍼니아의 두 뺨은 창백하고 키케로는	
	카피톨 안에서 토론 중 원로원 의원들의	185
	반론을 접했을 때 우리가 본 것 같은	
	흰 담비 눈알의 불타는 눈빛을 드러냈어.	
카시우스	뭔 문젠지 카스카가 말해 줄 것이네.	
시저	안토니오.	
안토니	시저.	190
시저	내 주변엔 뚱뚱한 사람들을 두고 싶어,	
	깔끔한 머리칼에 밤에는 자는 사람 말이야.	
	카시우스 저 친구, 마르고 굶주린 상이야.	
	생각이 너무 많아. 저런 자는 위험해.	
안토니	두려워 마십시오, 시저, 위험치 않습니다.	195
	로마의 귀족이고 성격이 좋답니다.	
시저	더 뚱뚱했더라면! 하지만 두려워하진 않아.	
	만약에 내 이름이 두려움을 탄다면	
	깡마른 저 카시우스만큼이나 내가 빨리	
	피할 사람 없을 거야. 그는 책을 많이 읽고	200
	예리하게 관찰하며 인간의 행위를	

187행 담비 붉은 데다 작고 사나우며 좁은 눈을 암시하는 동물. (아든)

꿰뚫어본다네. 안토니가 좋아하는 연극을
그는 안 좋아해, 음악도 듣지 않고.
미소는 거의 짓지 않는데 지을 때의 모습은
그 자신을 조롱하고, 미소를 지을 만큼   205
뭔가에 얼빠진 자신을 경멸하는 것 같아.
그와 같은 사람들의 마음은 자기보다
더 큰 사람 쳐다볼 때 절대로 편치 못해.
그러므로 이런 자는 대단히 위험해.
난 항상 시저니까 나에게 두려운 것보다   210
자네가 두려워해야 할 걸 말해 주지.
오른손 편으로 와, 이쪽 귀는 안 들려.
그에 대한 생각을 거짓 없이 말해 주게.   (나팔)

                                    (시저와 그 일행 함께 퇴장)

카스카   외투 자락을 잡아당겼는데, 나와 얘기하고 싶은가?

브루투스   응, 카스카, 오늘은 무슨 일로 시저가   215
        저렇게 심각한지 말해 주게.

카스카   아니, 그와 함께 있지 않았던가?

브루투스   그렇다면 카스카에게 묻지도 않았겠지.

카스카   글쎄, 누군가 그에게 왕관을 바쳤는데, 그때 그는 손등
        으로 이렇게, 그걸 물리쳤지. 그랬더니 사람들이 함성   220
        을 질렀지 뭔가.

브루투스   두 번째 소란은 뭣 때문이었지?

카스카   그야, 같은 일로 그랬지.

카시우스   함성을 세 번 질렀는데 마지막은 왜 그랬지?

212행 이쪽…들려 셰익스피어가 지어낸 결함. '항상 시저'인 이 사람은 이 장면에
등장할 때와 마찬가지로 실수할 수 있는, 불완전한 인간으로 퇴장한다. (아든)

| 카스카 | 그야, 같은 일로 그랬지. | 225 |

브루투스　왕관을 세 번이나 바쳤어?

카스카　암, 참말로 그랬지. 그리고 그는 세 번 다 물리쳤지. 매번 앞서보단 좀 더 부드럽게. 그리고 물리칠 때마다 정직한 내 이웃들은 함성을 질렀지.

카시우스　왕관을 바친 건 누군가? 　230

카스카　그야, 안토니지.

브루투스　그 태도를 말해 주게, 고귀한 카스카.

카스카　그 태도를 얘기하느니 차라리 교수형을 당하겠네. 그건 순전한 바보짓이었지. 난 주목하지도 않았어. 마크 안토니가 왕관을 바치는 걸 그냥 봤지. — 근데 그건 　235 왕관도 아니었어, 작은 관이었지. — 그리고 말했듯이 그는 일단 그걸 물리쳤어. 하지만 그럼에도 내 생각엔 그걸 갖고 싶어 했어. 그러고는 그가 다시 바쳤지. 그리고 그는 다시 물리쳤고. 하지만 내 생각엔 손가락을 떼어 내기가 아주 싫은 것 같았어. 그런 다음 그가 그 　240 걸 세 번째로 바쳤지. 그리고 그가 계속 거절했을 때 잡배들은 고함을 질렀으며 터진 손으로 손뼉을 쳤고 기름때 묻은 잠 모자를 내던졌으며, 시저가 왕관을 거절했다고 썩은 입김을 얼마나 내뿜었는지 시저를 거의 질식시킬 정도였다네, 그가 기절해서 넘어졌으니 　245 까. 나로 말하자면 감히 웃지도 못했지, 입을 열면 나쁜 공기를 들이마실까 봐 걱정돼서.

카시우스　근데 제발 잠깐만. 아니, 시저가 기절했어?

카스카　그는 시장 바닥에 쓰러져 입에 거품을 물었고 말을 못

243행 잠 모자　당시 사람들이 잠잘 때 쓰던 방한용 모자.

했다네.   250

브루투스 아주 그럴듯하네. 떠는 병이 있으니까.

카시우스 시저에겐 그게 없네. 하지만 자네와 나

그리고 정직한 카스카는 떠는 병이 있다네.

카스카 그게 무슨 말인지는 모르겠으나 시저가 쓰러진 건 확

실하네. 거지발싸개들이 그가 자기들 맘에 드느냐 안   255

드느냐에 따라 박수를 보내거나 야유를 퍼붓지 않았

다면, 극장에서 배우들에게 그러듯이 말이야, 난 사람

도 아닐세.

브루투스 정신이 되돌아왔을 땐 뭐라던가?

카스카 원 참, 쓰러지기 전에 그는 천한 무리들이 자기가 왕관   260

을 거절해서 기뻐한다는 걸 알고서는 웃옷을 확 열어

젖히며 그들에게 자기 목을 치라고 내놓지 않았겠나.

내가 만약 무슨 직공이면서 그의 말을 곧이곧대로 받

아들이지 않았다면, 난 그 잡놈들 틈에서 지옥에라도

가고 싶었을 거야. 그런 다음 그는 쓰러졌지. 다시 정   265

신을 차렸을 때 그는 그가 만약 잘못된 말이나 행동을

했다면 어르신들께서는 그가 병약해서 그랬다고 생각

해 주시기 바란다고 했지. 서너 명의 계집들이 내가 서

있던 곳에서 '어머, 착하기도 하셔라!'라고 외쳤고 진

심을 다해 그를 용서했다네. 하지만 그들에게 신경 쓸   270

필요는 없네, 시저가 자기네 어미를 쑤셨대도 못지않

은 말을 했을 테니까.

브루투스 그 일이 있은 뒤 그렇게 심각하게 떠났어?

263행 곧이곧대로
진지하게, 그리고 실제로 시저의 목을 치는 행동까지 포함하여.

카스카	그렇지.	
카시우스	키케로는 무슨 말이라도 했어?	275
카스카	음, 그리스어를 했지.	
카시우스	무슨 취지로?	
카스카	아, 내가 그걸 얘기하면 두 번 다시 자네 얼굴을 못 볼 걸세. 하지만 그의 말을 이해한 사람들은 서로에게 미 소를 지었고 고개를 가로저었다네. 하지만 나한테는	280

카스카   아, 내가 그걸 얘기하면 두 번 다시 자네 얼굴을 못 볼
걸세. 하지만 그의 말을 이해한 사람들은 서로에게 미
소를 지었고 고개를 가로저었다네. 하지만 나한테는   280
그게 알 수 없는 그리스어였어. 더 전해 줄 소식이 있
는데, 시저 조각상에 걸린 목도리를 벗겨 낸 죄로 무렐
루스와 플라비우스의 입이 막혔다네. 잘들 있게. 기억
을 못 해서 그렇지 바보짓이 더 있었어.

카시우스   오늘 저녁, 나와 함께 먹을 텐가, 카스카?   285

카스카   아니, 선약이 있다네.

카시우스   내일 같이 식사할 텐가?

카스카   그러지, 내가 만약 살아 있고 자네 마음이 변치 않으며
자네 저녁이 먹을 만하다면.

카시우스   좋아. 기다리고 있겠네.   290

카스카   그러게. 둘 다 잘 있게.   (퇴장)

브루투스   저 친구 참으로 통명스러워졌구먼!
학교 다닐 적에는 활발했었는데.

카시우스   느림보 흉내를 내고 있긴 하지만
배짱이 필요하고 고상한 일이면 무엇이든   295
실천하는 데 있어선 지금도 활발하네.
이 거친 행동은 그의 멋진 기지에 양념을 쳐
사람들이 그의 말을 더 욕심내면서
삼키도록 해 준다네.

브루투스   그건 맞는 말일세.

지금은 자네를 떠나겠네. 300

자네가 내일 나와 얘기하고 싶다면

내가 자네 집으로 가든지 괜찮다면

내 집으로 오게나. 기다리고 있겠네.

카시우스   그러지. 그때까진 세상을 좀 생각하게. (브루투스 퇴장)

좋아, 브루투스, 자네는 고결해. 하지만 305

자네의 올곧은 자질은 변질될 수

있는 걸로 보이네. 그래서 고귀한 사람들은

언제나 유유상종하는 게 마땅한 법.

꾀어내지 못할 만큼 굳건한 자 있겠어?

시저는 날 나삐 보지만 브루투스는 사랑해. 310

지금 내가 브루투스, 그가 카시우스라도

그가 내 맘 바꿔 놓진 못할 거다. 오늘 밤

난 그의 창문 안에 시민 몇이 보낸 듯한

몇 가지 필체의 글을 던져 넣을 테고

그 모두가 로마인이 그 이름에 대하여 315

품고 있는 높은 평판 다루는데 — 거기에서

시저의 야심을 모호하게 암시할 것이다.

그 뒤로는 시저더러 자리 굳게 지키라 해,

우리가 흔들거나 더 험한 날들이 올 테니까.   (퇴장)

1막 3장

천둥과 번개. 카스카와 키케로 등장.

312행 그가…거다   즉, 브루투스는 내 생각을 움직일 수 없을 것이다.(내가 그의
생각을 움직이듯이.)/시저는 여전히 나를 유인할 수 없을 것이다. (RSC)

키케로	잘 지냈나, 카스카. 시저를 댁으로 모셨어?
	왜 그렇게 숨 가쁘고 왜 그렇게 노려보나?
카스카	지상의 모든 힘이 불안정한 것처럼
	흔들리고 있는데 괜찮아요? 오, 키케로,
	전 태풍이 옹이 진 참나무를 꾸짖는 바람으로
	찢는 것도 보았고, 야심 품은 대양이
	위협하는 구름만큼 높이 올라가려고
	부풀어 광분하고 거품 내는 것 또한 봤어요.
	하지만 불 흘리는 태풍은 오늘 저녁
	바로 지금까지는 한 번도 겪은 적 없답니다.
	하늘에서 내란이 벌어지고 있거나
	신들에게 너무나 건방졌던 이 세상이
	그들을 자극하여 파멸을 불러왔습니다.
키케로	아니, 더 놀라운 거라도 보았단 말인가?
카스카	한 평범한 노예의 — 보시면 잘 아는 자인데 —
	치켜든 왼손에서 스무 햇불 합친 만큼
	큰 불길이 훨훨 타올랐는데도 그 손은
	불기운을 못 느낀 채 화상 없이 온전했죠.
	그 밖에도 — 그 뒤론 칼을 넣지 않았지만 —
	카피톨 정면에서 사자를 만났는데
	그놈은 나를 노려보고는 해치지 않고서
	음울하게 지나갔죠. 또 공포에 질려 버린
	백 명의 창백한 여자들이 무리 지어
	웅크리고 있었는데 그들은 불타는 남자들이
	길을 오르내리는 걸 봤노라고 맹세했고

5

10

15

20

25

1막 3장 장소 로마. 길거리.

어제는 밤의 새 부엉이가 대낮인데
정말로 장터에 앉아서 부엉부엉
울부짖지 않았겠습니까. 이러한 전조들이
너무 함께 나타나서 '그 이유는 이렇고
자연적인 현상이다.' 그런 말은 못 합니다.   30
왜냐하면 그것들이 해당되는 지역에선
불길한 조짐으로 믿고 있기 때문이죠.

키케로   정말이지 수상하게 생겨 먹은 시절이네.
하지만 사람들은 사물을 제멋대로
목적과는 전혀 달리 해석할 수 있다네.   35
시저는 내일 아침 카피톨로 나오시나?

카스카   나오죠. 안토니오에게 명하여 당신에게
내일 거기 간다고 전하라 했으니까.

키케로   그럼, 잘 자게, 카스카. 어지러운 하늘은
걷기에 좋지 않네.

카스카   잘 가요, 키케로.   (키케로 퇴장)   40

카시우스 등장.

카시우스   누구냐?

카스카   로마인.

카시우스   목소리가 카스카군.

카스카   귀가 좋군. 카시우스, 이 무슨 밤인가?

카시우스   정직한 사람에겐 참 유쾌한 밤이지.

카스카   하늘이 그렇게 위협할 줄 그 누가 알았겠나?

카시우스   이 세상이 허물로 꽉 찬 줄 아는 이들이겠지.   45
나로서는 위험한 밤에게 날 맡기고

길거리를 이리저리 걸으면서, 카스카,
보다시피 이렇게 옷을 열어젖히고
벼락에게 가슴을 드러내 보였다네.
시퍼런 번개가 찢어지며 하늘의 가슴을   50
여는 것 같았을 땐 나 자신을 바로 그
섬광의 표적으로 내놓기도 했었지.

카스카 하지만 왜 그렇게 하늘을 시험했나?
최고로 막강한 신들이 우리를 놀래려고
무서운 전령들을 신표로 보낼 때는   55
두려워서 떠는 게 인간의 역할인데.

카시우스 자네는 둔하다네, 카스카, 로마인이
반드시 가져야 할 생명의 불꽃이 없거나
쓰지 않고 있다네. 자네는 저 하늘의
이상한 조바심을 보고서 창백하고   60
응시하며 겁을 먹고 놀라움에 빠졌다네.
하지만 자네가 이 모든 불꽃들
이 모든 나르는 유령들, 새들과 짐승들이
각자의 특성을 왜 벗어났는지
노인과 천치와 애들이 왜 예측하는지   65
이 모든 것들이 왜 천명을 어기고
그들의 본성과 예정된 기능을 바꾸어
괴물이 됐는지 그 진짜 이유를 숙고하면
암, 그럼 자넨 하늘이 이것들에 혼을 넣어
괴이한 이 상황에 던지는 공포와 경고의   70
수단으로 삼았다는 사실을 알 것이네.
카스카, 난 지금 자네에게 무서운 이 밤과
가장 닮은 한 사람을, 천둥과 번개를 내리며

무덤 열어젖히고 카피톨의 사자처럼
포효하는 한 사람을 지적할 수 있다네.   75
개인적인 행동에선 자네나 나보다 더
힘이 세진 못하지만 이 이상한 변괴처럼
불길한 데다가 두렵기도 한 사람을.

카스카   시저란 말이지. 안 그런가, 카시우스?

카시우스 누구이든 상관없네, 지금의 로마인도   80
조상들의 근육과 팔다리는 있으니까.
하지만 아 슬프다, 아비의 정신은 다 죽고
어미의 마음이 지배하고 있으니
우리는 멍에와 굴종으로 여자로 보인다네.

카스카   사실은 원로원 의원들이 내일이면   85
시저를 왕으로 옹립할 작정이고
그는 자기 왕관을 이탈리아 여기만 빼놓고
바다 육지 모든 데서 쓰고 다닐 거라네.

카시우스 난 그때 이 단검 꽂을 곳을 알고 있지.
카시우스가 카시우스를 속박에서 구할 걸세.   90
신들이여, 그리하여 당신들은 약자를
최강자로 만들고 폭군들을 꼭 꺾어 놓습니다.
그 어떤 돌탑이나 두드려 편 구리 벽도
답답한 지하 감옥, 단단한 쇠사슬도
정신의 힘만은 억누를 수 없다네.   95
그래서 생명은 속세의 장애물이 지겨울 때
자기 제거 능력을 항상 갖고 있다네.
난 그걸 아니까, 모두들 알아야겠지만
지금 참고 견디는 이 독재는 마음대로
떨쳐 낼 수 있다네.   (계속되는 천둥)

| 카스카 | 그건 나도 할 수 있네. | 100 |

그리고 묶인 자는 누구나 자신의 손안에
속박을 취소시킬 힘을 갖고 있다네.

| 카시우스 | 그럼 왜 시저는 독재자가 돼야지? 딱한 사람, |

난 그가 로마인이 양 떼로만 안 보이면
늘대가 되고 싶진 않을 걸로 알고 있네.   105
로마인이 암사슴 아니면 그도 사자 아니겠지.
큰 불을 급하게 피우려는 사람들은
하찮은 짚으로 시작하네. 로마가
무슨 놈의 쓰레기, 찌꺼기, 폐물이야?
저급한 물질로서 시저처럼 시시한 걸   110
빛나게 해 주다니? 하지만 너 비탄이여,
날 데려온 곳이 어디냐? 난 아마 이 말을
노예를 자청한 자에게 하는지도. 그럼 난
해명을 해야겠지. 하지만 난 무장했고
위험이 있다 한들 개의치 않는다네.   115

| 카스카 | 자네는 이 카스카, 비웃으며 고자질은 |

못 하는 사람에게 말하네. 자, 악수하세.
이 모든 비탄을 고치는 한패가 되자고,
그럼 난 최고 멀리 가는 사람 걸음만큼
내 발을 옮기겠네.

| 카시우스 | 이걸로 계약을 맺었네. | 120 |

이젠 알려 주겠네, 카스카, 난 이미
명예롭고 위험한 결과를 가져올 모험을
나와 함께 해 나갈 최고로 너그러운
로마인 몇 사람을 움직여 놓았어.
그들은 지금쯤 폼페이 현관에서   125

분명히 날 기다려. 지금 이 무서운 밤중에
나오거나 걷는 사람, 길거리엔 없다네.
그리고 대기가 드러내는 빛깔은
그 모습이 우리가 막 하려는 일처럼
몹시도 피비리고 불같고 몹시도 오싹하네.   130

신나 등장.

카스카   잠시만 숨어 있게, 누가 급히 오고 있어.

카시우스   신나라네. 걸음걸이 보고서 알았지.

          우군일세. 신나, 어딜 그리 급히 가나?

신나   자네를 찾으러. 누군가? 메텔루스 심버야?

카시우스   아닐세, 카스카야, 우리의 시도에   135

          동참한 사람이지. 다들 날 기다리나, 신나?

신나   거 기쁜 일이네. 이 얼마나 무서운 밤인가?

          우리들 중 두세 명이 이상한 걸 봤다네.

카시우스   다들 날 기다리나? 말해 보게.

신나   그렇다네.

          오, 카시우스 자네가   140

          고귀한 브루투스를 우리 편 만들 수만 —

카시우스   걱정 말게. 신나 자넨 이 문서를 받아서

          법무관의 의자 위에 놓이도록 해 주게,

125행 폼페이 현관
시저 암살 11년 전인 기원전 55년 폼페이
가 세웠고, 같은 때 지은 폼페이 극장과
붙어 있어 극장 관객들의 피난처로 의도
된 현관들 가운데 하나. 폼페이는 시저의
적이었다. (아든)

143행 법무관의 의자
지금 벌어지고 있는 사건에 조금 앞서 브
루투스는 시저에 의해 집정관 바로 아래
자리인 법무관이 되었고, 소송을 해결해
주기 위해 '대관의 의자'에 앉을 참이었다.
(아든)

	브루투스가 볼 수밖에 없도록. 또 이건	
	창틀 안에 던져 넣고. 이건 풀로 붙이게,	145
	브루투스 선조의 조각상에. 끝나고 갈 곳은	
	폼페이 현관인데 우린 거기 있겠네.	
	데시우스 브루투스와 트레보니우스 거기 있나?	
신나	자넬 찾아 집으로 간 메텔루스 심버 말고	
	모두들 거기 있네. 그럼 난 가 보겠네,	150
	시킨 대로 이 글들을 여기저기 놔두지.	
카시우스	그런 다음 폼페이 극장으로 가게나. (신나 퇴장)	
	자 가세, 카스카, 자네와 난 여명 전에	
	브루투스를 집에서 볼 것이네. 그 사람의	
	사분의 삼은 이미 우리 거고 그 전체를	155
	다음번 만남에서 넘겨받을 것이야.	
카스카	오, 모든 사람 마음속에 그는 높이 앉아 있네.	
	그래서 우리에겐 죄가 될 일이라도	
	그가 얼굴 내밀면 최고의 연금술로 그것을	
	미덕과 가치로 바꿔 놓을 것이야.	160
카시우스	그와 그의 가치와 대단한 필요성을	
	자네는 정확히 이해했네. 가 보세,	
	자정이 지난 다음 여명이 오기 전에	
	그를 깨워 확실히 얻어야 할 테니까. (함께 퇴장)	

2막 1장
브루투스, 정원에 등장.

브루투스	이봐라, 루시우스?

별들의 운행으론 아침이 가까운지
알 수가 없구나. — 루시우스, 안 들려?
저렇게 깊은 잠이 나의 결점이었으면.
원 참, 루시우스? 일어나. 애, 루시우스!   5

루시우스 등장.

루시우스   부르셨습니까?
브루투스   서재에 촛불을 갖다 놔라, 루시우스.
          불을 켠 다음엔 여기 와서 나를 불러.
루시우스   예, 나리.   (퇴장)
브루투스   그가 죽는 수밖에 없구나. 그런데 나로서는   10
          그에게 쏴붙일 이유가 공적인 게 아니라면
          사적으론 전혀 없다. 그는 관을 쓰려 하고
          그래서 본성이 어떻게 변할지, 그것이 문제다.
          밝은 낮이 돼야지 독사가 나오니까
          조심해서 걸을밖에. 그에게 왕관을 씌운다.   15
          그리되면 마음대로 위험한 짓 하도록
          독침을 달아 주는 격이란 걸 인정한다.
          권좌의 오용은 권력에서 동정심을
          떼어 낼 때 생기는데, 참되게 말하면
          이성보다 감정에 휘둘리는 시저를   20
          본 적은 없었다. 하지만 흔히 증명되듯이
          겸손은 자라나는 야심의 사다리고
          오르는 사람은 얼굴을 위쪽으로 향한다.

2막 1장 장소 정원.

하지만 일단 그가 꼭대기에 이르면
사다리를 등지고 몸을 돌린 다음에   25
그가 밟고 올라왔던 낮은 단계 조소하며
구름을 쳐다본다. 시저도 그럴할지 모른다.
그렇다면 못 하게 미리 막자. 그리고
그 인간 자체로는 싸울 구실 못 찾으니
이렇게 꾸며 보자. 그 사람 자체가 커지면   30
이런저런 극단으로 치닫게 되리라고.
그러므로 그자를 독사의 알이라고 생각하자,
부화하면 그 같은 종류는 사악해지니까
껍질 속에 있을 때 죽이자.

루시우스 등장.

루시우스   나리 방에 촛불을 밝혀 놓았습니다.   35
           창가에서 부싯돌을 찾다가 봉인된
           이 문서를 보았는데 제가 자러 갔을 때는
           분명히 거기 놓여 있지를 않았어요.

                                              (그에게 편지를 준다.)

브루투스   다시금 자러 가라, 날이 밝지 않았다.
           애야, 내일이 삼월의 초하루가 아니냐?   40
루시우스   모르겠습니다, 나리.
브루투스   달력에서 찾아보고 나에게 알려 줘.
루시우스   예, 나리.   (퇴장)
브루투스   씽씽 나는 별똥들이 너무 밝은 빛을 내어
           그것들의 도움으로 읽을 수 있구나.   45

                                              (편지를 꺼내어 읽는다.)

'브루투스, 자고 있소. 깨어나 자신을 보시오.
로마가 어쩌고…….. 말하고 싸우고 고치시오.'
'브루투스, 자고 있소, 깨나시오.'
이러한 격문들은 내가 그걸 주운 곳에
자주 놓여 있었다.   50
'로마가 어쩌고…….' 이렇게 완성해야 되겠지.
로마가 한 사람 밑에서 떨어야 합니까?
어떤 로마? 내 조상은 로마의 거리에서
타르퀴니우스를 그가 왕일 때에도 몰아냈다.
'말하고 싸우고 고치시오.' 말하고 싸우라는   55
간청을 내가 받아? 오, 로마여, 약속한다.
고칠 일이 생긴다면 브루투스의 손으로
이 탄원을 완벽하게 실현해 주겠다.

                    루시우스 등장.

루시우스   나리, 삼월은 보름이 흘러갔습니다.   (안에서 노크)
브루투스   알았다. 문으로 가 봐라, 누군가 두드린다.   60

                              (루시우스 퇴장)

         카시우스가 날 자극해 시저에 맞서게 한 뒤로
         난 한숨도 못 잤다.
         무서운 일 처음으로 작심하고 그것을
         행동으로 옮기는 사이의 시간은
         모두 다 환상이나 섬뜩한 꿈과 같다,   65
         우리의 수호신과 심신의 기능들이

54행 타르퀴니우스 1막 2장 158행의 주 참조.

격론 중에 있으니까. 그러면 인간은
조그만 왕국이 반란 상태 겪는 것과
꼭 같은 상황에 처한다.

                    루시우스 등장.

루시우스   나리, 카시우스 처남께서 문간에 있는데   70
           나리를 뵙고자 하십니다.
브루투스   혼자인가?
루시우스   아뇨, 몇이 더 있습니다.
브루투스   그들을 아느냐?
루시우스   아뇨, 그들은 모자를 귀밑까지 내려 쓰고
           얼굴의 절반은 외투에 묻혀 있어
           면상의 특징을 살펴서는 절대로   75
           알아낼 수 없었어요.
브루투스   들어오게 해 줘라.
                              (루시우스 퇴장)

           이들이 바로 그 당파이다. 오, 공모자여,
           위험한 네 이마를 보이기가 창피하냐,
           죄악이 활개 치는 밤인데도? 그럼 낮엔
           괴물 같은 네 면상을 가릴 만큼 검은 동굴   80
           어디서 찾으려고? 찾지 마라, 공모자여,
           미소와 상냥함 뒤편에 본색을 감추어라.
           네가 만약 원래의 모습대로 나다니면

66행 심신의 기능들 불멸하는 수호신의 명령을 수행할 뿐인 하수인들로, 이들
이 수호신과 대립하면 인간은 혼란에 빠진다.

에레보스 자체라도 너를 숨겨 줄 만큼

두터운 어둠은 되지 못할 것이다.   85

공모자들인 카시우스, 카스카, 데시우스, 신나,

메텔루스 및 트레보니우스 등장.

카시우스	쉬는데 우리가 너무 염치없었군.
	좋은 아침, 브루투스, 우리가 방해라도?
브루투스	지금까지 깨 있었네, 밤 내내 자지 않고.
	함께 온 사람들은 내가 아는 이들인가?
카시우스	그렇다네, 모두 다. 이 가운데 자네를 90

존경치 않는 사람 없으며 모두들 자네가

고귀한 로마인 모두가 자네에게 품고 있는

바로 그런 평판을 가졌으면 한다네.

이쪽은 트레보니우스.

브루투스   이곳에 잘 왔소.

카시우스   이쪽은 데시우스 브루투스.

브루투스   꼭 같이 잘 왔소.   95

카시우스   이쪽은 카스카, 이쪽은 신나와 메텔루스 심버네.

브루투스   모두들 잘 왔소.

무슨 근심 있어서 밤에 잠 못 이루고

눈을 못 붙였소?

카시우스   한마디 간청할까?   (둘이서 속삭인다.)

데시우스   여기가 동쪽이오. 아침이 여기로 오잖소?   100

84행 에레보스   창조 설화에서 죄인 또는 모든 죽은 자가 살고 있다고 여겨지는
지하의 암흑계. 타르타로스 또는 지옥으로도 불린다.

카스카	아니오.
신나	아, 미안하지만 맞아요, 구름을 수놓는
	저 잿빛 줄무늬는 낮의 전령들이지요.
카스카	두 분 다 틀렸음을 고백하실 겁니다.
	제가 칼을 겨누는 이곳에서 태양이 뜨는데
	지금이 한 해의 초입임을 감안할 때
	남쪽으로 꽤 많이 치우쳐 있습니다.
	지금부터 두 달이면 북쪽으로 높이 떠서
	첫 불길을 보내지요. 그리고 정동향에
	카피톨이 있는데 바로 여기 이쪽이오.
브루투스	(카시우스와 함께 앞으로 나오며)
	모두들 손을 이리 주시오, 한 사람씩.
카시우스	그리고 우리의 결의를 맹세로 다집시다.
브루투스	아뇨, 맹세는 아니 되오. 사람들의 낯빛과
	우리들 영혼의 고난과 이 시대의 악습들
	이런 것이 동기로서 약하다면 일찌감치
	각자의 한가로운 침대로 돌아들 가시오,
	그래서 모두가 무작위로 쓰러질 때까지
	독재가 드높이 배회하게. 하지만 이것들이
	겁쟁이를 달구고 여성의 부드러운 마음도
	용맹하게 만들 만큼 열기를 지녔다면,
	난 그걸 확신치만, 그럼 동포들이여,
	고치라고 우리를 자극하는 명분 말고
	다른 박차 왜 필요합니까? 과묵한 로마인이
	약속하고 두말하지 않는 계약, 그것 말고
	다른 뭐가 있지요? 명예에 명예 걸고
	이 일을 이루든지 그 때문에 죽든지

105

110

115

120

125

우리에게 그것 말고 다른 서약 있나요?
맹세는 사제와 겁쟁이, 조심하는 자들과
늙고 약한 고깃덩이, 불의를 환영하여
고통받는 자들이 합니다. 의심하는 자들이 130
안 좋은 명분에 맹세하죠. 그런데 우리의
명분이나 실행에 맹세가 필요하다 생각하여
이번 우리 기획의 한결같은 장점이나
억제가 불가능한 우리의 기백을
더럽히진 마시오, 자신이 한 약속을 135
그것이 무엇이든 눈곱만큼이라도 깬다면
로마인 모두의 피, 게다가 고귀한 피
한 방울 한 방울 모두가 각자의
서출 죄를 입증해 줄 이 시각에 말입니다.

카시우스 하지만 키케로는? 그를 떠볼 겁니까? 140
대단히 든든한 동지가 될 거라고 보는데.

카스카 그를 빼지 맙시다.

신나   절대 빼면 안 되오.

메텔루스 오, 그분을 잡읍시다. 그의 은빛 머리로
훌륭한 평가를 구매할 수 있으며
우리의 행위를 칭찬할 여론도 살 수 있소. 145
분별로 우리 손을 이끌었다 말할 거요.
우리의 젊은 격정 조금도 안 보이고
그분의 진중함에 모든 게 묻힐 거요.

브루투스 그를 거론 마시오. 떠보지 맙시다,
다른 이가 시작한 건 무엇이든 절대로 150

139행 서출 죄 순수한 로마인이 아니라 천출로 태어난 죄.

	안 따를 테니까.
카시우스	그럼 그를 뺍시다.
카스카	사실 그는 안 맞아요.
데시우스	시저 말곤 아무도 손대지 않습니까?
카시우스	데시우스, 그거 잘 다그쳤네. 시저의 사랑을
	듬뿍 받는 안토니가 시저보다 더 오래 사는 건
	맞지 않다 생각하네. 우린 그가 약삭빠른
	계략가란 사실을 알 것이오. 또 그의 수단은
	알다시피 잘만 쓰면 우릴 다 해칠 만큼
	커질 수도 있소이다. 그걸 막기 위하여
	안토니와 시저를 같이 가게 합시다.
브루투스	안토니는 시저의 팔다리일 뿐인데
	머리를 자른 다음 사지를 짓이기면 —
	죽일 때의 격노와 그 뒤의 악심처럼 —
	우리의 행보가 너무 잔인할 것 같네, 카시우스.
	도살자가 아니라 제사장이 되자고, 카이우스.
	우린 모두 시저의 혼에 맞서 일어나오.
	그런데 인간의 혼에는 피가 없소.
	오 그럼, 시저의 혼만 갖고 시저를 자르진
	않을 수 있었으면! 하지만 슬프게도
	시저는 피 흘려야 합니다. 친절한 여러분,
	용감하게 죽입시다, 격노해서 치지 말고.
	신께 올릴 음식으로 그를 요리합시다,
	사냥개 먹이로 그를 잘라 놓지 말고.
	또한 우리 마음은 꾀 많은 주인이
	하인들의 과격한 행동을 부추긴 뒤
	나중에 그자들을 꾸짖는 것처럼

155

160

165

170

175

보이도록 합시다. 그러면 우리의 목표는
질투 아닌 필요성의 결과처럼 보일 테고
대중의 시각에 그렇게 비쳤을 때 우리는
살인자가 아니라 정화자로 불릴 거요.　　　　　　180
안토니에 대해서는 생각하지 말게나.
시저의 머리가 없을 땐 시저의 팔만큼의
역할밖엔 못 할 테니.

카시우스　　　　　　　　　그래도 난 그가 두렵네.
시저에게 품고 있는 철석같은 그의 사랑 —

브루투스　　원 이런, 카시우스, 그를 생각 말게나.　　　185
그가 시저 사랑하면 할 수 있는 일이란
스스로 — 고뇌하고 시저 위해 죽는 걸세.
그럼 큰일 하는 거지, 그 친구는 오락과
광란과 사교에 깊이 빠져 있으니까.

트레보니우스　두려워할 필요 없소. 죽이지 맙시다.　　　190
차후에 이 일 두고 웃으면서 살 테니까.　(시계가 친다.)

브루투스　쉿! 숫자를 세어 보게.

카시우스　　　　　　　　시계가 세 번을 쳤다네.

트레보니우스　헤어질 시간이오.

카시우스　　　　　　　　하지만 시저가
오늘 아침 나올지는 아직도 모릅니다.
환상이나 꿈이나 전조 같은 것에 대한　　　　195
이전의 확고한 의견과는 완전히 멀어져
최근에는 미신을 많이 믿게 됐으니까.

191행 무대 지시문, 시계가 친다　기원전 44년에 시계가 종을 친다는 시대착오는
상상의 시간을 정지시킨 사람들에게만 고민거리일 것이다. (아든)

아마도 이렇게 분명한 전조들과
유례가 없었던 지난밤의 공포감과
자기 예언가들의 설득으로 오늘은   200
카피톨에 나오지 않을지도 모릅니다.
데시우스 절대 걱정 마십시오. 그렇게 결심해도
움직일 수 있답니다. 왜냐하면 시저는
일각수는 나무로, 곰은 거울, 사자는 덫,
코끼리는 구덩이, 사람은 아첨으로   205
속인다는 얘기를 듣기 좋아하니까요.
하지만 제가 그는 아첨꾼 싫어한다 말하면
그 아첨에 가장 기뻐 맞았다고 그러지요.
제게 맡겨 주시오.
그 기질의 방향을 올바르게 틀어서   210
오늘 아침 카피톨로 데려올 테니까요.
카시우스 아니, 우리 모두 거기 가서 그를 불러올 거요.
브루투스 8시에. 그게 가장 늦춰 잡은 시각인가?
카시우스 가장 늦은 시각이네, 어기지 말게나.
메텔루스 리가리우스가 시저에게 유감이 많답니다,   215
폼페이를 좋게 말한 자기를 욕했다고.
아무도 그를 생각 못 한 것 같소이다.
브루투스 그렇다면 메텔루스, 그의 집에 가 보게.
그는 날 아끼고 그럴 만한 이유가 있다네.
이리로 보내만 준다면 바꾸어 놓겠네.   220
카시우스 아침이 다가왔네. 가 보겠네, 브루투스.
친구들은 흩어지되 — 했던 말을 기억하고
모두들 진정한 로마인들임을 보여 주오.
브루투스 여러분, 신선하고 유쾌하게 보이시오.

목표를 얼굴에 드러내면 안 되니까   225
불굴의 정신과 외형의 일관성을 지니고
로마의 배우처럼 행동을 합시다.
그러면 모두들 좋은 아침 맞으시오.

                    (브루투스만 남고 모두 퇴장)

애! 루시우스! 깊은 잠에 빠졌나? 상관없다.
수면의 그 꿀처럼 진한 이슬 즐겨라.   230
너에겐 걱정 많은 머릿속에 떠오르는
그 어떤 형상도, 환상도 없으리라.
그래서 곤하게 자는구나.

                    포셔 등장.

포셔   여보, 브루투스.

브루투스   포셔, 웬일이오? 왜 지금 일어났소?
          허약한 상태에서 습하고 차가운   235
          아침 공기 쐬는 건 건강에 좋지 않소.

포셔   당신께도 안 좋아요. 당신은 무례하게
          침대를 빠져나가셨어요. 어제 저녁 식사 땐
          갑자기 일어나서 걸어다니셨고요,
          생각에 잠기어 한숨 쉬며 팔짱 낀 채.   240
          제가 무슨 일인지 물어봤을 때에는
          거친 얼굴 하고서 뚫어지게 바라봤고
          더 재촉하니까 머리를 긁고서는
          너무나 초조하게 발을 구르셨어요.
          계속 추궁했으나 그래도 대답 않고   245
          화가 난 당신 손을 이렇게 저으면서

나가란 표시를 하셨어요. 그래서 전
나갔지요, 너무 크게 불붙은 것 같은
당신의 초조감이 심해질까 겁나서
또 그것이 때로는 모두에게 찾아오는   250
변덕의 결과일 뿐이길 바라면서. 당신은
그 때문에 먹지도 말하지도 자지도 못했고
그것이 심리에 큰 영향을 주었듯이
모습까지 아주 크게 바꿀 수 있다면
전 당신 브루투스를 몰라볼 거예요.   255
여보, 비탄의 이유를 제게 알려 주세요.

브루투스   건강이 좀 안 좋소, 그것이 전부요.

포셔   브루투스는 현명하니 건강이 안 좋다면
되찾을 수단을 받아들이시겠지요.

브루투스   아니, 그러고 있잖소. 포셔여, 자러 가요.   260

포셔   브루투스가 아파요? 그런데 옷깃 열고 다니며
습한 아침 공기를 다 빨아들이는 게
건강에 좋아요? 하, 브루투스가 아파요?
그런데 더러운 밤의 오염 감수하고
유익한 침대에서 빠져나간답니까?   265
정화 안 된 불결한 공기를 들이마셔
병을 더한답니까? 아니에요, 브루투스,
당신에게 해로운 병 마음속에 있답니다.
전 그것을 제 지위의 권리와 힘으로
알아야만 되겠어요. 그래서 무릎 꿇고   270
마법을 쓸게요, 한때 칭찬받았던 제 미모와
당신의 사랑 맹세 모두와 우리 둘을
한 몸으로 만들어 준 그 커다란 서약 걸고

	저와 당신 자신에게, 반려에게 알려 줘요,	
	당신이 왜 침울한지 — 또 누가 오늘 밤에	275
	방문하고 있었는지. 어둠 속에서조차	

저와 당신 자신에게, 반려에게 알려 줘요,
당신이 왜 침울한지 — 또 누가 오늘 밤에   275
방문하고 있었는지. 어둠 속에서조차
얼굴을 꼭꼭 가린 예닐곱 사람이
여기 있었으니까요.

브루투스   꿇지 마오, 친절한 포셔.

포셔   당신이 친절하면 그럴 필요 없겠지요.
말해 줘요, 브루투스, 우리 혼인 계약서에   280
당신의 비밀을 제가 알면 안 된다는
예외 조항 있나요? 제가 당신 자신인데,
그런데 이를테면 식사 때 동무하고
잠자리를 위로하며 때때로 말 거는 등
종류와 제한이 있나요? 전 당신 쾌락의   285
변두리에 머무를 뿐인가요? 그게 다면
포셔는 브루투스의 아내 아닌 창녀지요.

브루투스 당신은 충실하고 명예로운 내 아내로
내 슬픈 심장에 찾아드는 붉은 피가
소중한 만큼이나 소중하오.   290

포셔   그것이 참이면 비밀을 알아야만 되겠어요.
저 자신이 여자임을 인정해요, 하지만
브루투스님께서 아내 삼은 여자예요.
저 자신이 여자임을 인정해요, 하지만
카토의 딸로서 명망 높은 여자예요.   295
그러한 아버지와 그러한 남편을 둔 이 몸이

295행 카토 마르쿠스 포르시우스 카토는 엄격한 도덕성으로 눈에 띄는 사람이
었다. 폼페이의 협력자로 시저 손에 떨어지는 것보다는 자결을 택했다. (아든)

여성보다 강하지 못하리라 생각해요?
비밀을 말해 줘요, 발설하지 않을 테니.
굳은 마음 보여 줄 확고한 증거가 있답니다.
자진해서 제 몸에 상처를 냈으니까,   300
여기 이 허벅지에. 이걸 참고 견디는데
남편의 비밀을 못 지켜요?

브루투스   오, 신들이여,
이 고귀한 아내 값을 제가 하게 해 주소서!   (노크)
저 봐요, 두드려요. 포셔, 안으로 들어가요
그럼 곧 그 가슴은 내 마음의 비밀을   305
나눠 갖게 될 것이오.
내가 맺은 모든 협약 설명해 줄 것이오,
슬픈 내 얼굴의 특징까지 모두 다.
어서 가요.   (포셔 퇴장)

루시우스와 카이우스 리가리우스 등장.

루시우스, 누가 저리 두드리지?

루시우스   아픈 사람 하나가 얘기하길 원합니다.   310
브루투스   메텔루스가 말했던 카이우스 리가리우스다.
애야, 비켜서라. 리가리우스가 웬일로?
리가리우스   쇠약한 입에서 좋은 아침 바랍니다.
브루투스   오, 늠름한 카이우스, 하필이면 이때에
봉대를 감다니요? 아프지만 않았으면!   315
리가리우스   아프지 않습니다. 브루투스의 손안에
명예의 이름을 걸 만한 위업이 있다면.
브루투스   그러한 위업을 손안에 가졌소, 리가리우스,

그걸 들을 건강한 귀를 갖고 있다면.

리가리우스 로마인이 절하는 모든 신에 맹세코 320
여기서 제 병을 버립니다. 로마의 영혼이여,
명예로운 부모의 용감한 아들이여,
그대는 마치 퇴마사처럼 주눅 든 내 정신을
주술로 불러냈소. 자, 뛰라고 명하시오,
그럼 난 불가능한 일들과 씨름하고 325
예, 이겨 낼 것이오. 할 일이 뭡니까?

브루투스 아픈 사람 온전하게 만드는 일입니다.

리가리우스 그런데 아프게 해야 할 몇 명은 온전하잖아요?

브루투스 그것 또한 해야지요. 그게 무슨 일인지,
누구에게 그걸 해야 하는지, 카이우스, 330
가면서 펼쳐 보일 것이오.

리가리우스 　　　　　　　　걸음을 떼시오,
새로이 불붙은 마음으로 따르겠소,
무슨 일을 할지는 모르지만 브루투스가
이끄는 것만으로 충분하오.

브루투스 　　　　　　　　그러면 따르시오.

(함께 퇴장)

2막 2장
천둥과 번개. 잠옷 입은 시저 등장.

시저 오늘 밤은 하늘에도 땅에도 평화가 없구나.

2막 2장 장소　로마. 시저의 저택.

칼퍼니아가 자다가 세 번이나 외쳤다,
'살려 줘요, 시저를 죽여요.' 게 있느냐?

하인 등장.

하인   주인님?

시저   사제들에게 명하여 희생물을 바치고   5
        결과를 판단하여 가져오라 일러라.

하인   예, 주인님.   (퇴장)

칼퍼니아 등장.

칼퍼니아   어찌하시려고요, 시저? 나가시려고요?
        오늘은 집 밖으로 못 움직이십니다.

시저   시저는 나가오. 나에게 위협을 주었던 건   10
        내 등만 보았을 뿐이오, 그것이 시저의
        얼굴을 보게 되면 사라질 것이오.

칼퍼니아   시저여, 조짐을 고집한 적 없었지만
        전 지금 무서워요. 저기 안에 한 사람이
        우리가 보고들은 사실들 외에도   15
        야경이 본 소름끼칠 일들을 늘어놔요.
        암사자 한 마리가 거리에서 새끼 낳고
        무덤이 입 벌리며 죽은 자를 내놨어요.
        불같이 사나운 전사들이 횡대와 방진과
        정규 전열 갖추어 저 구름 위에서 싸웠고   20
        그 때문에 카피톨에 피 비가 내렸어요.
        전투의 소음이 대기를 난타했고

말이 울고 죽어 가는 자들이 신음하며
유령들이 거리에서 꽥꽥 소리 질렀어요.
오 시저, 이런 일은 경험을 초월해요.   25
그래서 겁이 나요.

시저   막강한 신들이
의도하는 결과를 어떻게 피하겠소?
그래도 시저는 나가오. 이러한 예측은
시저와 이 세상 전체에 같이 적용되니까.

칼퍼니아   거지들이 죽을 때는 유성이 안 보이나   30
군주들의 죽음에는 하늘이 불 밝혀요.

시저   겁쟁이는 죽음을 여러 번 맞이하나
용감한 사람은 단 한 번 죽음을 맛본다오.
참으로 이상한 건 당연한 결말인 죽음이
때가 되면 올 것임을 아는데 사람들은   35
두려워한다는 사실이오.

하인 등장.

복점관들 얘기는?

하인   오늘은 움직이지 않으시길 바랍니다.
그들이 제물의 내장을 꺼냈는데
짐승 안에 심장을 찾을 수가 없었어요.

시저   신들은 겁보에게 창피 주려 이리한다.   40
시저가 두려움 때문에 오늘 집에 있다면
심장 없는 짐승이 되어야 할 것이다.
암, 시저는 갈 것이다. 위험은 자기보다
시저가 더 위험한 줄 너무 잘 알고 있다.

우리는 같은 날 태어난 두 마리 사자로서   45
내가 더 손위이며 더 가공스럽다.
그래서 시저는 나간다.

칼퍼니아   아아, 여보,
당신의 분별력이 과신으로 다 없어졌어요.
오늘은 나가지 마세요. 당신이 아니라
제 두려움 때문에 잡혀 있다 하세요.   50
우리가 안토니를 원로원에 보내면
당신이 오늘은 편찮다고 말해 줄 겁니다.
무릎을 꿇을 테니 제 뜻대로 해 주세요.

시저   안토니는 내가 편치 않다고 말할 거고
당신 기분 맞추려고 난 집에 있겠소.   55

데시우스 등장.

데시우스 브루투스로군. 그가 말을 전할 거요.

데시우스   시저 만세. 안녕하십니까, 시저 각하,
당신을 원로원에 모셔 가려 왔습니다.

시저   그리고 때를 아주 잘 맞춰 왔으니
여러 위원들에게 내 인사를 전달하고   60
나는 오늘 나가지 않을 거라 말해 주게.
못 간다면 거짓이고, 감히 못 간다면 더 거짓,
오늘은 안 갈 거야. 그리 말해, 데시우스.

칼퍼니아   아프다고 하게나.

시저   시저가 거짓을 내보내?
정복으로 내 팔을 멀리 멀리 뻗쳤는데   65
흰 수염들에게 진실을 말하기가 두려워?

	데시우스, 시저는 안 간다고 말하라.	
데시우스	최강의 시저시여, 그들에게 말했을 때	
	비웃음을 안 사도록 이유라도 알게 해 주시죠.	
시저	그 이유는 내 뜻이고 갈 뜻이 없다네.	70
	그걸로 원로원은 충분히 만족할 것이야.	
	하지만 자네의 개인적 만족을 위하여	
	자네를 사랑하니 얘기해 주겠네.	
	아내인 칼퍼니아가 나를 집에 잡아 뒀어.	
	간밤 꿈에 그녀가 내 동상을 봤는데	75
	그것이 백 개의 분수 가진 연못처럼	
	선혈을 내뿜었고 건장한 로마인 다수가	
	웃으며 다가와 그 피로 손을 씻었다는군.	
	그녀는 이것을 경고와 불길한 의미와	
	곧 닥칠 악행에 꿰맞추고 무릎을 꿇고서	80
	오늘 집에 있으라고 애걸복걸했다네.	
데시우스	그 꿈은 완전히 잘못 해석됐답니다.	
	그것은 곱고 복된 예견이었습니다.	
	동상이 수많은 분출구로 피를 뿜고	
	그 많은 로마인이 웃으며 손 씻는 건	85
	위대한 로마가 당신의 몸에서 나오는	
	회생의 피를 빨고, 위대한 사람들이	
	물감, 얼룩, 유물, 징표, 다툴 거란 뜻입니다.	
	이것이 칼퍼니아의 꿈의 의미입니다.	
시저	그리고 자네는 이렇게 잘 설명했네.	90
데시우스	그렇지요, 제 말을 다 들어 주신다면.	
	자 이제 말하지요. 원로원은 막강한 시저에게	
	왕관을 주기로 오늘 결정했답니다.	

오늘 가지 않겠다고 전갈을 보내시면
그들의 마음이 변할 수도 있지요. 게다가 95
조롱을 당하기가 십상이죠, 누군가가
'원로원을 파합시다, 시저의 아내가
좋은 꿈 꿀 때까지.'라고 말할 테니까요.
시저가 숨는다면 속삭이지 않을까요?
'보아라, 시저가 두려워한다.'고. 100
죄송하나 시저여, 전 당신의 출세를 지극히
지극히 사랑하여 이 말을 하게 됐고
제 이성은 사랑에 굴복했답니다.

시저 칼퍼니아, 이제 당신 두려움은 참 바보 같잖소!
당신에게 꺾이었던 내가 정말 부끄럽소. 105
예복을 가져와라, 갈 테니까.

브루투스, 카이우스 리가리우스,
메텔루스 심버, 카스카, 트레보니우스,
신나 및 푸블리우스 등장.

저 봐요, 날 데리러 푸블리우스가 왔군요.

푸블리우스 좋은 아침입니다, 시저.

시저 　　　　　　어서 와요, 푸블리우스.
아니, 브루투스 자네도 이리 일찍 일어났나?
좋은 아침, 카스카. 카이우스 리가리우스, 110
시저는 당신을 야위게 한 그 오한만큼도
당신의 원수가 절대로 아니었소.
몇 시지요.

브루투스 　　　　시저여, 8시를 쳤습니다.

시저	여러분의 수고와 예의에 감사하오.

안토니 등장.

	보시오, 밤에 오래 흥청대며 마시는	115
	안토니도 일어났소. 좋은 아침, 안토니.	
안토니	존귀하신 시저 님도.	
시저	안에다 준비하라 일러라.	
	이렇게 기다리게 하다니 내 탓이오.	
	자, 신나. 자, 메텔루스. 아, 트레보니우스,	
	자네에게 한 시간쯤 얘기할 게 있다네.	120
	오늘은 내게 부탁하는 걸 잊지 말게.	
	기억할 수 있도록 가까이 있게나.	
트레보니우스	예, 시저.	
	(방백) 당신 곁에 너무 바싹 붙어서	
	당신의 절친들은 내가 좀 떨어지길 원할 거요.	
시저	친구분들, 들어가요, 같이 한잔한 다음	125
	우리는 곧장 같이 갈 것이오, 친구처럼.	
브루투스	(방백) 그 '처럼'이 다 같지 않음을 시저여,	
	브루투스는 맘속으로 슬피 생각합니다.　(함께 퇴장)

2막 3장

아르테미도루스 글을 읽으며 등장.

아르테미도루스	'시저여, 브루투스를 조심하시오. 카시우스를 주의하
	고 카스카 곁으로 가지 마시오. 신나를 눈여겨보고 트

레보니우스를 믿지 마시오. 메텔루스 심버를 잘 살펴
보시오. 데시우스 브루투스는 그대를 사랑 않소. 당신
은 카이우스 리가리우스에게 잘못했어요. 이 사람들   5
모두는 한 마음만 가졌는데, 그건 당신에게 맞서는 것
이오. 당신이 불멸하지 않는다면 주변을 둘러보시오.
자만하면 음모를 불러오는 법이오. 막강한 신들이 그
대를 보호해 주시기를.

                    그대의 친구, 아르테미도루스.'   10
시저가 지나갈 때까지 여기 서 있겠다,
그리고 탄원자로 이것을 드리리라.
미덕이 시기심의 이빨을 벗어나
살아남지 못함은 통탄할 일이구나.
이것을 읽으면, 오, 시저, 살 수 있을 것이오.   15
못 읽으면 운명은 역적들과 공모하오.   (퇴장)

2막 4장
포셔와 루시우스 등장.

포셔   애, 부탁인데 원로원 건물로 달려가.
        대답할 생각 말고 어서 빨리 가기나 해.
        왜 그렇게 서 있어?
루시우스   심부름을 알려고요.
포셔   거기 가서 무얼 할지 말해 주기 이전에

2막 3장 장소 로마. 카피톨 근처의 길거리.
2막 4장 장소 로마. 브루투스의 저택 앞.

	난 네가 거기 갔다 다시 오면 좋겠구나.	5
	(방백) 오 굳은 마음이여, 든든한 내 편이 돼 다오.	
	내 마음과 혀 사이에 거대한 산 놓아 다오.	
	난 마음은 남자지만 힘으로는 여자구나.	
	여자가 비밀을 지키는 건 얼마나 어려운가.	
	(루시우스에게) 아직도 여기 있어?	
루시우스	어찌해야 되지요?	10
	카피톨로 달려가고 아무것도 안 해요?	
	그리고 돌아오고 아무것도 안 해요?	
포셔	그래, 소식을 전해 줘, 나리께서 괜찮은지,	
	불편한데 나가셨어, 그리고 잘 살펴봐,	
	시저가 뭘 하는지, 누가 탄원 내미는지.	15
	얘, 들어 봐, 이게 무슨 소리야?	
루시우스	아무 소리 안 들려요.	
포셔	제발 잘 들어 봐.	
	소동처럼 시끄러운 풍문을 들었는데	
	카피톨 쪽에서 바람에 실려 왔어.	
루시우스	마님, 참말로 아무 소리 안 들려요.	20

점쟁이 등장.

포셔	이보게, 이리 와 봐. 어느 길에 있었나?	
점쟁이	제 집에 있었어요, 귀부인.	
포셔	몇 신가?	
점쟁이	9시쯤 됐어요, 부인.	
포셔	시저는 아직도 카피톨에 안 갔나?	
점쟁이	마님, 아직은요. 저는 가서 단 위에서	25

카피톨로 가는 그를 보려고 합니다.

포셔　　시저에게 탄원이 있나 보지, 안 그런가?

점쟁이　있습니다, 부인, 제 말을 들을 만큼

　　　　시저가 시저에게 친절한 사람이면

　　　　자신의 친구 되라 청을 할 것입니다.　　　　　　　30

포셔　　왜, 그에게 해를 입힐 의도라도 알고 있나?

점쟁이　그럴 일은 아는 게 없고요,

　　　　일어날까 두려운 건 많습니다.

　　　　좋은 아침 맞으시죠. 여긴 길이 좁아요.

　　　　시저의 발꿈치를 따르는 위원들,　　　　　　　　　35

　　　　법무관들, 일반인 탄원자들 무리가

　　　　연약한 사람을 죽일 만큼 몰립니다.

　　　　저는 좀 더 넓은 데로 간 다음 거기에서

　　　　위대한 시저가 다가올 때 말 걸어 보렵니다.　　(퇴장)

포셔　　들어가야 되겠다. 원 이런, 여자의 마음은　　　　40

　　　　얼마나 연약한 물건인가. 오, 브루투스,

　　　　하늘은 그대의 기획을 성공시켜 주소서.

　　　　쟤가 분명 내 말을 들었어. 브루투스에게는

　　　　시저가 못 들어줄 청이 있어. 아, 어지러워.

　　　　달려라, 루시우스, 서방님께 안부 전해.　　　　　45

　　　　난 즐겁다 말해 줘. 나에게 다시 와서

　　　　너에게 뭐라고 하셨는지 전해 줘.

　　　　　　　　　　　　　　　　(각각 다른 문으로 퇴장)

3막 1장

팡파르. 시저, 브루투스, 카시우스, 카스카,

데시우스, 메텔루스, 트레보니우스, 신나, 안토니,

레피두스, 아르테미도루스, 푸블리우스,

포필리우스 레나 및 점쟁이 등장.

시저	삼월의 보름날이 왔구나.
점쟁이	예 시저, 하지만 안 지났소.
아르테미도루스	시저 만세, 이 쪽지를 읽으소서.
데시우스	트레보니우스가 시저께서 편하신 시간에
	이 미천한 탄원을 읽어 주길 바랍니다. 5
아르테미도루스	오, 시저여, 제 걸 먼저 읽으시오, 제 청은
	시저와 더 관련 있으니까. 읽으시오, 시저여.
시저	짐과 관련 있는 건 맨 나중에 전달하라.
아르테미도루스	늦추지 마시오, 시저여, 즉각 읽어 보시오!
시저	아니, 이자가 미쳤나?
푸블리우스	이봐라, 비켜라. 10
카시우스	뭐야, 거리에서 탄원서를 들이대?
	카피톨로 오도록 해.

(시저와 그 일행은 무대 안쪽으로 움직인다.)

포필리우스	당신의 기획이 오늘은 성공하기 바라오.
카시우스	무슨 기획 말이오, 포필리우스?
포필리우스	잘 가시오.
브루투스	포필리우스 레나가 뭐라 했나? 15
카시우스	우리의 기획이 오늘은 성공하기 바란다고.

3막 1장 장소 로마. 카피톨.

우리의 목표가 발각되었을까 봐 두렵네.

브루투스   그가 시저 쪽으로 움직이네. 잘 보게.

카시우스   카스카, 서두르게, 저지당할까 봐 두렵네.

브루투스, 어떡하지? 만약 알려진다면   20

카시우스나 시저나 등은 절대 안 돌리네.

난 자결할 테니까.

브루투스   카시우스, 흔들리지 말게나.

포필리우스가 우리의 목표 얘긴 안 하네,

봐, 미소를 짓고 있고 시저는 변치 않아.

카시우스   트레보니우스가 때를 알고, 저 보게, 브루투스,   25

안토니를 밖으로 데리고 나가네.

                (안토니와 트레보니우스 함께 퇴장)

데시우스   메텔루스 심버는 어디 있죠? 그를 보내

시저에게 청원을 곧 내놓게 하시오.

브루투스   그는 준비됐다네. 곁에 가서 도와주게.

신나   카스카, 당신이 첫 번째로 손을 쳐들 사람이오.   30

시저   다들 준비되었소? 시저가 그의 원로원에서

반드시 고쳐야 할 잘못이 무엇이오?

메텔루스   가장 높고 막강하며 가장 힘 센 시저여,

메텔루스 심버는 그대 앞에 몸을 던져

겸손한 마음으로 —

시저   저지해야 되겠네, 심버.   35

이렇게 엎드리고 몸 낮추는 예의라면

평범한 사람들의 피를 끓게 만들고

기존의 법령들을 애들의 길거리 장난으로

31행 그의 원로원   원로원을 마치 자기 것처럼 생각하는 오만한 발언.

돌릴 수 있을 걸세. 자네는 시저가
바보나 녹이는 것 — 예컨대 달콤한 말,   40
무릎 꿇는 예의와 저급한 개 아첨 따위에
자신의 진가를 저버리고 풀어질 정도로
역적 피를 가졌다고 어리석게 생각 말게.
동생은 판결에 의하여 추방됐네.
그를 위해 몸 굽혀 애원하고 아첨하면   45
난 자넬 개처럼 비키라고 내찰 거야.
알리노니, 시저는 잘못도 않거니와
이유 없는 납득도 않으리라.

메텔루스   추방된 제 동생을 되부르기 위하여
위대한 시저 귀에 더 곱게 들리도록   50
저보다 더 나은 소리 내실 분 없습니까?

브루투스   손에 키스하지만 시저여, 아첨은 아니오.
바라건대 푸블리우스 심버가 곧바로
소환 허락 받을 수 있도록 해 주시오.

시저   뭐라고, 브루투스?

카시우스   사면, 시저, 사면이오.   55
이 카시우스가 당신의 발밑까지 엎드려
푸블리우스 심버의 복권을 애걸하오.

시저   내가 자네들이라면 꽤나 흔들렸겠지.
내가 누굴 흔들려고 기도할 수 있다면
나 또한 기도로 흔들리게 되겠지.   60
하지만 나는 저 북극성만큼이나 일관되고
확실히 고정되어 변치 않는 그 특성은
천상의 세계에도 비견할 데 없다네.
하늘에는 수 없는 불꽃이 그려졌고

그 모두가 불타며 모두가 빛을 내지.   65
하지만 오로지 하나만 제자리를 지키네.
지상에도 마찬가지. 거기도 인간은 많으며
인간은 피와 살로 돼 있고 이해력도 있다네.
하지만 그 가운데 단 하나만 부동으로
범접하지 못하는 위치를 지킨다고   70
난 알고 있다네. 그 사람이 바로 난데
이번에도 그 사실을 좀 보여 주겠네.
난 심버가 추방됐을 때에도 일관됐고
그대로 두는 데도 일관될 것이네.

신나   오, 시저여 —
시저   저리 가! 올림포스를 들려고?   75
데시우스   대 시저여 —
시저   브루투스도 헛되이 꿇었잖아?
카스카   손이여 말해 다오!   (그들이 시저를 찌른다.)
시저   브루투스, 너 마저? — 그럼 시저, 죽으리라.   (죽는다.)
신나   자유다! 해방이다! 독재는 무너졌다!
          뛰어가서 공포하라, 길거리에 외쳐라.   80
카시우스   몇 사람은 공개된 연단에 올라가
          자유와 해방과 복권을 외쳐라!
브루투스   평민들과 의원들은 겁내지 마시오.
          도망 말고 서 있어요. 야심의 대가를 치렀소.
카스카   연단으로 가게나, 브루투스.
데시우스   카시우스도.   85
브루투스   푸블리우스 어디 있소?
신나   여기요, 소동으로 완전히 얼빠졌소.
메텔루스   같이 대항합시다, 시저 친구 몇 명이

232   **줄리어스 시저**

우연히 못 덤비 ―

| 브루투스 | 대항 얘기 마시오. 푸블리우스, 기운 내요. | 90 |

당신을 해칠 뜻은 없으며 다른 로마인들도

마찬가지랍니다. 그리 말해 주시오, 푸블리우스.

카시우스 그리고 떠나시오, 푸블리우스, 우리에게

몰려오는 사람들로 늙은 몸 안 다치게.

| 브루투스 | 그러시오, 또 행동한 우리 외엔 누구도 | 95 |

이 행위를 떠맡지 마시오. (공모자들을 제외한 모두 퇴장)

트레보니우스 등장.

카시우스 안토니는?

트레보니우스 놀라서 집으로 달아났소.

남편, 아내, 애들이 종말인 양 응시하고

외치며 뜁니다.

| 브루투스 | 운명이여, 당신 뜻을 알고 싶소. |

| | 우리가 죽는 건 압니다. 인간이 기대는 건 | 100 |

시간과 날짜를 좀 길게 늘리는 것뿐이오.

카스카 암, 수명을 이십 년 잘라내는 사람은

죽음을 겁내는 세월을 그만큼 잘라내지.

| 브루투스 | 그걸 받아들인다면 죽음은 혜택이네. |

| | 그럼 우린 죽음 겁낼 시간을 줄여 준 | 105 |

시저의 친구들이라네. 로마인들이여,

허리 굽혀, 허리 굽혀 우리 손을 시저 피에

팔꿈치까지 담근 다음 칼에다 바릅시다.

그러고는 장터까지 걸어 나아갑시다.

| 우리들 머리 위로 붉은 무기 흔들면서 | 110 |

'평화와 해방과 자유'를 외칩시다.

카시우스   자, 굽히고 씻읍시다. 얼마나 오랫동안
이 고상한 장면이 새로 열릴 나라에서
알지 못할 언어로 되풀이 연출될까?

브루투스   얼마나 여러 번 시저는 장난삼아 피 흘릴까,   115
지금은 폼페이 동상 밑에 먼지보다 못한 채
길게 누워 있는데?

카시우스   그런 일이 생기는
횟수만큼 여러 번 우리 작은 동아리는
나라를 해방시킨 사람들로 불릴 테지.

데시우스   허 참, 가 볼까요?

카시우스   예, 모두들 갑시다.   120
브루투스가 앞서고 우리가 그 뒤꿈치를
로마의 최고 용기, 애정으로 장식할 것이오.

하인 등장.

브루투스   잠깐만, 이 누구야? 안토니의 친구구나.

하인   브루투스여, 주인님이 제가 이리 무릎 꿇고
안토니가 제가 이리 엎드리라 했습니다.   125
이렇게 몸을 뻗고 말하라고 했습니다.
브루투스는 고귀, 현명, 용감하고 명예롭다.
시저는 막강, 대담, 관대하고 친절했다.
난 브루투스를 사랑하고 받든다고 말하라.
난 시저를 겁냈고 받들고 사랑했다 말하라.   130
만약에 브루투스가 안토니에게 왜 시저가
죽어 마땅했는지 그 의문을 풀도록

안전한 접근을 허락해 준다면

안토니는 살아 있는 브루투스만큼이나

죽은 시저 사랑 않고, 전례 없이 위험한   135

이 상황의 끝까지 고귀한 브루투스의

행운과 과업을 진심으로 따르리라.

제 주인님 안토니가 이렇게 말합니다.

브루투스　네 주인은 현명하고 용감한 로마인이므로

난 그를 나쁘게 본 적 없다.   140

그에게 말하라. 이곳으로 올 뜻이 있다면

충분한 답을 듣고, 내 명예에 걸고서

안 다치고 갈 거라고.

하인　　　　　　　　　곧 불러오겠습니다.   (퇴장)

브루투스　우리와 좋은 친구 될 거라고 알고 있네.

카시우스　그리되길 바라네. 근데 마음 한편으론   145

그가 많이 두렵고 내 불안은 언제나

정곡을 찔렀다네.

안토니 등장.

브루투스　근데 여기 안토니가. 잘 왔소, 마크 안토니.

안토니　　오 막강한 시저여! 이리 낮게 누우셨소?

그대의 모든 정복, 영광, 승리, 전리품이   150

이리 적게 줄었나요? 안녕히 가십시오.

여러분, 당신들의 의도를 난 모르오,

누구 피를 봐야 하고 누가 곪아 있는지.

그게 만약 나라면 시저 죽은 시각보다

더 적절한 시각 없고, 이 세상 최고로   155

고귀한 피 묻히고 귀중해진 그 칼날의
반만큼의 가치 지닌 도구 또한 없을 거요.
정말로 간청하오, 내게 유감 많으면
지금 그 자줏빛 손에서 악취와 김이 날 때
뜻을 성취하시오. 천년을 산다 해도   160
더 잘 죽을 준비는 돼 있지 않을 거요.
이 시대의 엄선된 지배 정신, 여러분들에게
여기 시저 곁에서 잘리는 것 말고는
어떤 장소, 수단도 내 맘에 안 들 거요.

브루투스   오 안토니, 우리에게 죽음을 애걸 마오.   165
지금은 우리 손과 눈앞의 행동을 보니까
우리가 살벌하고 잔인하게 비칠 것이
틀림없을 테지만, 당신은 우리 손과
그 손이 해치운 피 흘리는 일만 보고
그 마음은 보지 않소. 그것은 동정에 차 있고   170
온 로마가 당하는 불의에 대한 동정,
그 때문에 시저에게 이 행위를 하였소. ―
불로 화상 다스리듯 동정이 동정을 이겼지요 ―
우리의 칼날은 당신에겐 무디오, 안토니.
적의에 찬 우리 팔과 형제의 기질 가진   175
우리의 심장은 친절한 모든 사랑,
호의와 존경으로 당신을 영입하오.

카시우스   새로운 고위직을 배분함에 있어서
당신의 목소리는 누구 못지않을 거요.

브루투스   다만 참아 주시오, 두려움에 정신 나간   180
대중들을 우리가 진정시킬 때가지.
그런 다음 우리가 당신에게 밝히겠소,

내가, 찌를 때도 시저를 사랑했던 내가 왜
이렇게 했는지.

안토니   당신의 지혜를 의심 않소.

각자가 피비린 자기 손을 나에게 내주시오.   185

맨 먼저 브루투스, 당신과 악수하오.

다음은 카시우스, 당신 손을 잡겠소.

자, 데시우스 브루투스. 이제 당신 메텔루스.

신나 것도. 용감한 카스카여, 당신 것도.

끝으로 끝물 아닌 사랑으로 트레보니우스 것도.   190

신사분들. 아 이런, 무슨 말을 할까요?

이제 내 신망은 선 자리가 너무나 미끄러워

여러분은 이 몸을 겁쟁이나 아첨꾼,

나쁜 쪽 둘 가운데 하나로 볼 수밖에 없군요.

제가 그대 사랑한 건, 시저여, 사실이오.   195

그런데 그 영혼이 지금 우릴 바라보고

그대의 안토니가 그대의 원수들과

그 피비린 손을 잡고 화해하는 모습 보면

죽음보다 더 심하게 슬프지 않겠어요?

참 고귀한 영혼이여, 그대 시신 앞에 두고   200

그대의 상처만큼 많은 눈이 제게 있어

상처들이 피 흘리듯 많은 눈물 흘린다면

그것이 제게는 적들과 우정의 관계로

결합하는 것보다 더 어울릴 것입니다.

용서하오, 줄리어스! 용감한 수사슴 그대는   205

여기 몰려 여기에 쓰러졌소. 그 사냥꾼들은

도살 자국 지닌 채 진홍빛 핏물 속에 여기 섰고.

오, 세상아, 너는 이 수사슴의 숲이었고

이게 정말, 오, 세상아, 네 심장이었다.
그대는 뭇 군주의 칼에 찔려 어찌 여기   210
사슴처럼 누웠나요?

카시우스   마크 안토니 ―

안토니   용서하오, 카시우스.
시저의 적이라도 이렇게 말할 텐데
친구로서 이런 말은 차가운 절제지요.

카시우스   시저를 그리 칭찬했다고 책망은 않겠소.   215
하지만 우리와 어떤 협약 맺을 거요?
친구로 점 찍히길 원하오, 아니면
당신에게 안 기대고 우리끼리 나갈까요?

안토니   그 때문에 당신들과 손잡았소, 근데 실은
시저를 쳐다보고 옆길로 빠졌었소.   220
난 여기 모두와 친구이며 당신들을 사랑하오.
단 한 가지 희망은 시저가 왜, 어디에서
위험하게 됐는지 그 이유를 알고 싶소.

브루투스   안 그러면 이것은 잔혹한 광경일 것이오.
우리의 이유는 참작할 게 너무 많아   225
안토니 당신이 시저의 아들이라 할지라도
꼭 납득할 것이오.

안토니   그것이 구하는 전부요.
그리고 더 나아가 청하는 바인데
시저의 시신을 장터에 내놓고
친구에 걸맞게 연단 위에 올라가   230
장례식 순서에서 말하도록 해 주시오.

브루투스   그러시오, 안토니.

카시우스   브루투스, 한마디만.

(방백) 자네는 뭘 하는지 모르네. 안토니가
장례에서 말하는 데 동의하지 말게나.
그가 뱉는 말에 따라 군중들이 얼마나   235
동요할지 아는가?

브루투스   용서를 구하네만
내가 몸소 연단 위에 맨 먼저 올라가
우리의 시저가 죽게 된 이유를 밝히겠네.
안토니가 하는 말은 허가와 허락 받고
하게 된 것이라고 내가 천명하겠네.   240
또 시저가 정당하고 합법적인 장례 절차
모두를 거치는 데 우리가 만족하면
우리에게 해보다는 득이 많을 것이네.

카시우스   무슨 일이 일어날지 모르겠네. 좋지 않아.

브루투스   안토니, 자, 시저의 시신을 가지시오.   245
장례식 연설에서 우리를 비난하면 안 되오.
하지만 시저에게 좋은 말은 다 하시오.
우리 허락받고서 그런다고 하시오.
안 그러면 장례식에 아무런 관여도
하지 못할 것이오. 또 당신은 내가 서는   250
꼭 같은 연단에서 내 연설이 끝난 다음
말하게 될 것이오.

안토니   그렇게 하지요.
더 이상은 바라지 않습니다.

브루투스   그럼, 시신을 준비하고 우리를 따르시오.
                                        (안토니만 남고 모두 퇴장)

안토니   오, 용서해 주시오, 피 흘리는 육신이여,   255
이 백정들에게 유약하게 처신한 이 몸을.

이것은 시간의 흐름 속에 살았던
최고로 고귀한 인간의 유적이다.
이 비싼 피를 흘린 그 손에 재앙이 있으라.
그대의 뭇 상처 두고서 내 지금 예언컨대   260
(그것들은 내 목소리, 내 말을 애원하며
벙어리들 입처럼 홍옥 입술 열었는데)
인간의 몸뚱이에 저주가 내리리라.
국가적인 광란과 치열한 내란이
이탈리아 전역을 짓누를 것이다.   265
유혈과 파괴가 너무 많이 자행되고
공포의 대상들이 너무나 친숙하여
전쟁의 손에 의해 갓난아기 찢어질 때
어미들은 쳐다보고 미소 지을 뿐이리라.
습관적인 잔혹 행위 동정심을 다 죽이고   270
시저의 영혼은 복수 위해 떠돌면서
지옥에서 갓 도착한 복수 여신 옆에 두고
이 강토 안에서 군주의 목소리로
도륙을 명하고 전쟁 개를 풀 터이니
이 더러운 행위는 묻어 달라 신음하는   275
썩은 사람 고기로 그 악취를 뿜으리라.

옥타비우스의 하인 등장.

옥타비우스 시저를 섬기지, 안 그런가?
하인   맞습니다, 마크 안토니.
안토니 시저가 그에게 로마로 오라고 편지했지.
하인   편지를 잘 받았고 오시는 중입니다.   280

240   줄리어스 시저

　　　　　그리고 당신에게 입으로 직접 전달 —
　　　　　오 시저!
안토니　　네 가슴이 벅차구나, 저리 가서 울어라.
　　　　　격정은 옮는가 보구나, 내 눈 또한
　　　　　네 눈에서 슬픔의 구슬들을 보고는　　　　　　　　　285
　　　　　울기 시작했으니까. 네 주인이 오고 있어?
　하인　　오늘 밤 로마에서 이십 마일 안쪽에 계십니다.
안토니　　한시바삐 돌아가 이 사고를 알려라.
　　　　　로마는 상중이고 로마는 위험하여
　　　　　아직은 옥타비우스에게 안전치 못하다.　　　　　290
　　　　　어서 가서 그렇게 전하라. 근데 잠깐 —
　　　　　내가 이 시신 메고 장터로 갈 때까지
　　　　　돌아가선 안 되겠다. 난 거기서 연설로
　　　　　이 피비린 자들의 잔인한 결과를
　　　　　사람들이 어찌 받아들이는지 시험할 것이다.　　285
　　　　　그에 따라 너는 젊은 옥타비우스에게
　　　　　사태의 추이를 얘기하면 될 것이다.
　　　　　네 손 좀 빌리자.　　　　　　　　　　　(함께 퇴장)

　　　　　　　　　　　　　　3막 2장
　　　　　　　브루투스와 카시우스, 평민들 몇 명과 함께 등장.

평민들　　납득해야 하겠소. 납득시켜 주시오.
브루투스　그렇다면 여러분, 따라와서 들으시오.

3막 2장 장소　로마. 대광장.

카시우스, 자네는 저쪽 길로 들어서서
군중들을 갈라놓게.
내 말을 듣고 싶은 사람들은 여기 남고   5
카시우스 따를 사람, 그와 함께 가시오,
그러면 시저가 죽음을 부른 이유
공개할 것이오.   (연단으로 간다.)

평민 1   난 브루투스의 말 들어야지.

평민 2   난 카시우스의 말을 듣고 우리가 따로 들은
그들의 다른 이유 비교해 봐야지.   10

                    (카시우스와 몇 명의 평민 함께 퇴장)

평민 3   고귀한 브루투스가 올라섰어. 조용해.

브루투스   끝까지 참고 들어 주시오.
로마인, 동포들 그리고 친구들이여, 내 명분을 듣고 또
들을 수 있으려면 조용해 주시오. 내 명예를 믿고 또
믿을 수 있으려면 내 명예를 염두에 두시오. 여러분이   15
더 잘 판단하려면 지혜로 날 비판하고 감각을 일깨우
시오. 이 모임 가운데 누군가, 시저와 절친한 누군가
있다면 난 그에게 말하겠소, 브루투스의 시저 사랑도
그에 못지않았다고. 그런데 그 친구가 브루투스는 왜
시저에게 반기를 들었느냐고 물으면 그 대답은 이렇   20
소. 내가 시저를 덜 사랑해서가 아니라 로마를 더 사랑
했기 때문이오. 여러분은 시저가 죽고 모두들 자유인
으로 살기보다 차라리 시저가 살아 있고 모두들 노예
로 죽고 싶소? 시저가 나를 사랑하였기에 난 그를 위
해 울고, 그가 운이 좋았기에 기뻐하며 그가 용감하였   25
기에 존경합니다. 하지만 그가 야심을 품었기에 난 그
를 살해했습니다. 그의 사랑 때문에 눈물이 있고, 그의

행운 때문에 기쁨이, 그의 용기 때문에 존경이, 그리고 그의 야심 때문에 죽음이 있습니다. 여기 노예가 되고 싶을 만큼 비천한 자 누가 있소? 있다면 말하시오. 난 30 그에게 죄를 졌소. 여기 로마인이 되고 싶지 않을 만큼 야만스러운 자 누가 있소? 있다면 말하시오, 난 그에게 죄를 졌소. 여기 조국을 사랑하지 않을 만큼 치사한 자 누가 있소? 있다면 말하시오, 난 그에게 죄를 졌소. 잠시 답을 기다리겠소. 35

모두   없어요, 브루투스, 없어요.

브루투스   그럼 난 아무에게도 죄를 짓지 않았소. 내가 시저에게 한 일은 여러분이 내게 할 일과 다르지 않소. 그의 죽음에 대한 해명은 카피톨에 적혀 있는데, 그가 훌륭했던 부분에서 그의 영광은 줄어들지 않았고 죽음을 초 40 래했던 죄상 또한 강조되지 않았소.

마크 안토니가 시저의 시신과 함께 등장.

여기 마크 안토니가 애도하는 그의 시신이 왔소. 안토니는 그의 죽음에 가담하지 않았지만 그가 죽은 혜택을, 공화국의 한자리를 얻을 텐데, 여러분 누구인들 그리 못 할 것이오? 이 말과 더불어 난 자리를 뜨겠소. 즉, 45 로마의 이익을 위하여 내가 가장 사랑하는 사람을 살해했으므로 우리 나라가 기꺼이 내 죽음을 필요로 하는 때가 온다면 난 같은 칼을 내게 쓸 것이오.

                                           (내려온다.)

모두   사시오, 브루투스, 사시오, 사시오.

평민 1   개선식과 더불어 집으로 모십시다. 50

평민 2	조상들과 더불어 동상을 세웁시다.
평민 3	시저가 되라고 합시다.
평민 4	시저의 좋은 점은
	브루투스의 왕관이 될 것이오.
평민 1	함성 고함 다 지르며 집으로 모십시다.
브루투스	동포여.
평민 2	쉿, 조용, 브루투스가 말한다.	55
평민 1	조용하라.

브루투스   선량한 동포여, 나 혼자 가게 해 주시오
그리고 날 위해 안토니와 여기에 남으시오.
시저의 시신에 경배하고 시저 영광 기리는
안토니의 연설을 경청하기 바라오.   60
우리의 허락받고 그가 하게 되었소.
간청컨대 나 말고는 한 사람도 안토니가
말을 마칠 때까지 떠나지 마시오.   (퇴장)

평민 1	남아서 안토니의 연설을 들읍시다.
평민 3	공공 연설단 위에 올라가게 합시다.	65
	당신 말을 듣겠소. 고귀한 안토니, 올라가요.
안토니	브루투스를 대신하여 여러분께 고맙소.

(연단으로 간다.)

평민 4	브루투스가 어쨌다고?
평민 3	브루투스를 대신하여
	우리들 모두에게 고맙다고 하는군.
평민 4	브루투스에게 해가 될 말, 안 하는 게 좋겠지.	70
평민 1	이 시저는 독재자였어.
평민 3	암, 그건 확실해.
	로마에서 없어진 건 축복받을 일이야.

평민 2	조용해, 안토니가 할 말을 들어 보자.
안토니	로마인 여러분.
모두	쉿 조용, 들어 보자.
안토니	친구들, 로마인, 동포들은 들어 주오.

평민 2   조용해, 안토니가 할 말을 들어 보자.

안토니   로마인 여러분.

　모두　　　　　　　쉿 조용, 들어 보자.

안토니   친구들, 로마인, 동포들은 들어 주오.   75

난 시저를 칭찬이 아니라 묻으러 왔답니다.

사람의 악행은 그가 죽은 뒤에도 남으나

선행은 많은 경우 뼈와 함께 묻힙니다.

시저도 마찬가지겠지요. 고귀한 브루투스가

시저는 야심을 품었다고 말했지요.   80

만약에 그렇다면 심각한 결함이고

시저는 심각하게 값을 치렀습니다.

여기에 브루투스와 그 일행의 허락받고

(브루투스 그이는 명예로운 분이니까,

그이들도 모두 다 명예로운 분들이죠.)   85

난 시저의 장례식에 말하러 왔소이다.

그는 내 친구였고 나에게 충실하고 공정했죠.

근데 브루투스는 그가 야심 품었다는데

브루투스 그이는 명예로운 분이지요.

그는 많은 포로들을 로마로 잡아 왔고   90

그 몸값은 국가의 재정을 채웠지요.

이것이 시저의 야심인 것 같습니까?

평민들이 울부짖었을 때 시저는 울었는데

야심엔 보다 더 독한 성분 있어야죠.

하지만 브루투스는 그가 야심 품었다는데   95

브루투스 그이는 명예로운 분이지요.

모두들 보았듯이 루페르칼리아 축제 때

난 왕관을 세 번이나 그에게 주었으나

그는 세 번 거절했죠. 이게 야심입니까?
하지만 브루투스는 그가 야심 품었다는데   100
그이는 분명히 명예로운 분이오.
난 브루투스의 얘기를 반증하려는 게 아니라
내가 알고 있는 걸 말하려고 여기 왔소.
여러분 모두는 한때 그를 정말로 사랑했고
그럴할 이유가 없지도 않았지요.   105
그럼 무슨 이유로 슬퍼하지 못하지요?
오, 판단력아, 넌 천한 짐승에게 도망갔고
사람들은 이성을 잃었다. 참고 들어 주시오.
내 마음은 시저의 관 속에 있으니
내게로 돌아올 때까지 멈춰야 되겠소.   110

평민 1   그의 말에 일리가 많은 것 같은데.
평민 2   사태를 올바로 고려해 본다면
          시저는 부당하게 당했어.
평민 3   그랬어요?
          나쁜 자가 그분을 대신할까 두렵네.
평민 4   이 사람 말 잘 들었어? 그는 관을 안 받았어,   115
          그러니까 야심을 안 품은 게 분명해.
평민 1   그렇다면 누군가 엄한 대가 치를 거야.
평민 2   불쌍해라, 울어서 눈이 아주 빨개졌어.
평민 3   로마에 안토니보다 더 고귀한 사람 없어.
평민 4   이제 잘 들어 봐, 다시 말을 시작했어.   120
안토니   어제만 하더라도 시저의 말씀이면
          이 세상에 맞설 수 있었소. 이젠 여기 누웠으니

97행 루페르칼리아 축제 1막 1장 66행의 주 참조.

최하의 인간조차 경배하지 않는군요.

오 여러분! 여러분의 마음을 뒤흔들어

제가 만약 폭동과 격노를 일으키면   125

브루투스를 다치고 카시우스를 다치는데

그이들은 (다 알듯이) 명예로운 분들이죠.

그들을 다치진 않을 거요. 난 차라리

죽은 자를 다치고 나와 여러분들을 다치겠소,

그렇게 명예로운 분들을 다치느니.   130

하지만 이것은 시저의 도장 찍힌 양피지로

그분의 방에서 찾았는데, 유서지요.

평민들이 이 약정을 듣기만 하여도 —

용서하오, 난 이걸 읽고 싶지 않답니다. —

달려가서 죽은 시저 상처에 키스하고   135

성스러운 그의 피에 손수건을 적실 거요.

예, 기념으로 한 올의 머리칼을 애걸하고

죽을 때는 유서에 그 사실을 언급하며

자손에게 그것을 값비싼 유산으로

물려줄 것이오.   140

평민 4	유언을 듣겠소. 읽으시오, 마크 안토니.
모두	유언, 유언. 시저의 유언을 듣겠소.
안토니	친구들은 참으시오. 난 읽으면 안 되오.

시저의 사랑이 어땠는지 아는 건 옳지 않소.

당신들은 목석이 아니라 사람이오.   145

사람인데 시저의 유언을 듣는다면

당신들은 불붙어 미치게 될 것이오.

그분의 상속자들임을 모르는 게 좋아요.

여러분이 알게 되면, 오, 무슨 일이 생길까요?

평민 4	유언을 읽으시오, 안토니, 듣겠소.	150
	유언을, 시저의 유언을 읽어 줘야 하겠소.	
안토니	참고 있을 겁니까? 잠시 가만있을 거요?	
	내가 너무 앞질러 그 사실을 말해 줬소.	
	내가 그 명예로운, 단검으로 시저 찌른	
	그분들을 다칠까 봐 두렵소, 정말로 두렵소.	155
평민 4	그들은 역적이오. 명예로운 분들이오?	
모두	유언이오, 약정이오.	
평민 2	악당들, 살인자들. 유언을, 유언을 읽으시오.	
안토니	그러면 강제로 유언을 읽게 만들 참이오?	
	그러면 시저 시신 주변에 빙 둘러선 다음	160
	유언한 그분을 내가 보여 주도록 하시오.	
	내가 내려갈까요? 그리고 허락해 주겠소?	
모두	내려와요.	
평민 2	아래로. (안토니가 연단에서 내려온다.)	
평민 3	허락하오.	
평민 4	원을 그려	
	둥글게들 서시오.	
평민 1	관에서 물러서요, 시신에서 물러서요.	165
평민 2	안토니, 최고로 고귀한 안토니에게 공간을.	
안토니	자, 날 너무 밀지 말고. 멀찌감치 물러서요.	
모두	물러서라. 공간을 줘, 뒤로 가.	
안토니	눈물이 있다면 지금 흘릴 준비해요.	
	모두들 이 외투를 잘 알지요. 난 시저가	170
	이것을 처음 입던 그때를 기억하오.	
	여름날 저녁쯤 막사 안이었는데	
	그건 바로 네르비 족을 이긴 날이었지요.	

이봐요, 이곳을 카시우스의 칼이 뚫었답니다.
시기하는 카스카가 어떻게 찢었나 보시오.   175
여기는 총애받던 브루투스가 찔렀는데
저주받은 칼끝을 그가 뽑아냈을 때
그 비정한 타격이 브루투스 것인지 확인코자
시저의 핏물이 문밖으로 내달리듯
칼끝 따라 솟구치지 않았나 보시오.   180
브루투스는 알다시피 시저의 천사였으니까.
오, 신들이여, 시저가 그 사람을 얼마나
극진히 아꼈는지 판단해 주소서.
이것이 최고로 비정했던 일격이었답니다.
고귀한 시저는 그이가 찌르는 것을 보고   185
반역의 팔뚝보다 더 강한 배신감에
확 무너졌으니까. 그러곤 큰 심장이 터졌고
그런 다음 외투로 얼굴을 가리면서
줄곧 피를 흘리던 폼페이 동상의 밑바닥
바로 그 자리에 위대한 시저는 쓰러졌소.   190
동포여, 어찌 이리 쓰러졌단 말입니까!
그렇다면 피비린 반역은 득세하고
이 몸과 여러분 모두는 쓰러진 것입니다.
이제야 우는군요. 동점심의 충격을
느끼는 게 보입니다. 인정 어린 눈물이오.   195
친절한 사람들, 아니, 우리 시저 옷에 난
상처만 보고도 울어요? 여기를 보시오,

173행 네르비 족
네르비 족은 벨기에 족들 가운데 가장 용   들과의 승전을 성대하게 기렸다.(안토니
맹스러운 전사들이었다. 로마에서는 이   는 현장에 있지 않았다.) (아든)

	이분인데 보다시피 역적들이 망쳐 놨소.	
평민 1	오 불쌍한 광경이다!	
평민 2	오 고귀한 시저여!	
평민 3	오 슬픈 날이다!	
평민 4	오 이 역적, 악당들!	200
평민 1	오 피비린 모습이다!	
평민 2	우리는 복수한다!	
모두	복수다! 시작하라! 찾아내라! 태우고 죽여라!	
	역적은 다 죽여라!	
안토니	동포들은 멈추시오.	
평민 1	조용해, 고귀한 안토니가 말한다.	
모두	말을 듣고, 따르고, 그와 함께 죽으리라!	205
안토니	선량한 친구분들, 그렇게 갑작스러운	
	폭동의 물결을 일으키면 안 됩니다.	
	이 행위를 한 이들, 명예로운 분들이오.	
	이 일을 하게 된 사적인 원한이 뭐였는지	
	아, 난 모르오. 현명하고 명예로운 분들이니	210
	틀림없이 그 이유를 답해 줄 것이오.	
	난 친구분들의 맘 뺏으러 오진 않았답니다.	
	난 브루투스처럼 웅변가도 아니고	
	여러분이 다 알듯이 내 친구를 사랑하는	
	솔직한 사람이오. 그들은 그걸 잘 알고서	215
	그에 대한 공개 연설 허락해 주었지요.	
	난 사람을 흥분시킬 기지도 말재주도	
	권위, 몸짓, 달변이나 연설의 능력도	
	못 가졌으니까. 난 그냥 바로 말을 하는데	
	여러분이 이미 다 아는 걸 얘기하고	220

	딱한, 딱한 벙어리 입, 시저 상처 보여 주고	
	나 대신 말하라 그러죠. 근데 내가 브루투스,	
	브루투스가 안토니라면, 그리된 안토니는	
	당신들을 자극하고 시저의 상처에	
	하나하나 입을 달아 로마의 돌들에게	225
	일어나 폭동을 일으키라 말할 거요.	
모두	폭동이다.	
평민 1	브루투스 집에다 불 지르자.	
평민 3	그렇다면 어서 가서 역적들을 찾아내자.	
안토니	하지만 동포들은 내 말을 들으시오.	
모두	조용해, 안토니, 고귀한 안토니의 말을 들어.	230
안토니	아니, 여러분은 뭘 할지 모르고 나갑니다.	
	시저가 왜 이처럼 사랑받아 마땅하죠?	
	아, 여러분은 모릅니다. 그래서 말해야겠어요.	
	여러분은 내가 말한 유언을 잊었어요.	
모두	맞았소. 멈춰 서서 유언을 들읍시다.	235
안토니	이것이 시저의 도장 찍힌 유언이오.	
	모든 로마 시민에게, 모든 사람 각각에게	
	칠십오 드라크마의 은화를 준답니다.	
평민 2	참 고귀한 시저다, 그 죽음을 복수하리.	
평민 3	왕 같은 시저여!	
안토니	참고 들어 주시오.	
모두	조용해.	240
안토니	게다가 여러분께 자신의 산책로 모두와	
	테베레 강 이쪽의 개인 숲과 새로 심은	

223행 그리된 안토니 브루투스처럼 말재주가 좋게 된 안토니. (RSC)

과수원을 남겼소. 이것들을 여러분과
여러분 후손에게 영원히 남겼소, 모두가
걸으면서 휴식할 대중의 안식처로.   245
시저는 이랬소. 이런 분이 또 올까요?
평민 1   절대로 안 올 거요. 자, 갑시다, 갑시다.
성스러운 장소에서 그 시신을 태우고
장작불로 역적들의 집을 태울 것이오.
시신을 들어라.   250
평민 2   불 가져와.
평민 3   의자를 뜯어내라.
평민 4   틀이나 창이나 아무거나 뜯어내라.

                          (평민들, 시신을 가지고 퇴장)

안토니   자 한판 벌어져라. 발 달린 불화여,
네 맘대로 가거라.

                    하인 등장.

                    이 녀석, 웬일이냐?   255
하인   나리, 옥타비우스가 이미 로마에 왔어요.
안토니   어딨느냐?
하인   레피두스와 함께 시저의 집에요.
안토니   그럼 즉각 그곳에서 그를 만나 보겠다.
내가 원한 대로 왔군. 운명은 유쾌하여
이런 분위기라면 무엇이든 줄 것이다.   260
하인   그분 말씀으로는 브루투스와 카시우스가
미친 듯이 로마 성문 밖으로 말달렸답니다.
안토니   아마도 내가 어찌 사람들을 몰았는지

들은 것 같구나. 옥타비우스에게 안내하라.

(함께 퇴장)

3막 3장

시인 신나 등장, 그다음 평민들 등장.

신나   간밤 꿈에 난 시저와 향연을 같이했다,
그리고 불길한 것들이 내 환상을 채운다.
문밖으로 나설 뜻은 없다마는 그래도
무언가가 날 이끌어 나가게 하는구나.

평민 1   이름이 무엇이오? 5

평민 2   어디로 갑니까?

평민 3   어디에 삽니까?

평민 4   혼인했소 아니면 총각이오?

평민 2   모두에게 똑바로 답하시오.

평민 1   암, 짤막하게. 10

평민 4   암, 현명하게.

평민 3   암, 정직하게, 한물갔으니까.

신나   이름이 무엇이냐? 어디로 가느냐? 어디에 사느냐? 혼
인한 사람이냐 총각이냐? 그럼 각자에게 똑바로 짤막
하게, 현명하고 정직하게 답하겠소. 현명하게 말하건 15
대 난 총각이오.

평민 2   그건 혼인하는 사람들은 바보라고 말하는 거나 같구
면. 당신 그 때문에 한 방 얻어맞을 것 같아. 계속하쇼,

3막 3장 장소 로마. 길거리.

	똑바로.	
신나	똑바로, 난 시저의 장례식에 가고 있소.	20
평민 1	친구로서 아니면 적으로서?	
신나	친구로서.	
평민 2	그 건은 똑바로 대답했소.	
평민 4	당신의 거주지는, 짤막하게.	
신나	짤막하게, 난 카피톨 근처에 삽니다.	25
평민 3	이름은, 정직하게.	
신나	정직하게, 내 이름은 신나요.	
평민 1	찢어 죽여, 공모자 가운데 하나다.	
신나	나는 시인 신나요, 나는 시인 신나요.	
평민 4	나쁜 시를 썼으니까 찢어라, 나쁜 시를 썼으니까 찢어라.	30
신나	난 공모자 신나가 아니오.	
평민 4	상관없어, 이름이 신나야. 이자의 심장에서 그의 이름만 꺼내고 가게 해 줘라.	
평민 3	찢어 버려, 찢어 버려! (그들이 그를 덮친다.)	
모두	자, 불 막대를 들어라! 불타는 막대기를! 브루투스 집으로, 카시우스 집으로, 다 태워라! 몇 명은 데시우스 집으로, 몇 명은 카스카 집으로, 몇 명은 리가리우스 집으로! 자, 갑시다! (신나를 끌고 모든 평민들 함께 퇴장)	35

4막 1장

안토니, 옥타비우스, 레피두스 등장.

4막 1장 장소 안토니의 집.

안토니	이만큼 죽게 될 것이오. 이름에 점 찍었소.
옥타비우스	당신 형도 죽어야 하는데? 동의하오, 레피두스?
레피두스	동의하오.
옥타비우스	그 사람도 점 찍죠, 안토니.
레피두스	당신 누이 아들인 푸블리우스를
	살려 두지 않는단 조건이요, 안토니.
안토니	그는 살지 못하오. 보시오, 점 찍어 벌하오.
	하지만 레피두스, 시저 집에 좀 가서
	유언을 가져오면 유산의 일부를
	떼어 놓는 방안을 같이 결정할 것이오.
레피두스	뭐요, 여기 오면 당신들을 만납니까?
옥타비우스	여기 아님 카피톨에서요. (레피두스 퇴장)
안토니	저 친구 시시하고 가치 없는 사람이네.
	심부름 보내기 알맞지. 저 친구가
	삼등분된 세상을 나눠 갖는 셋 가운데
	하나로 알맞은가?
옥타비우스	그렇다고 생각해서
	당신은 누구를 죽일지 점찍는 살생부와
	인권 박탈 공고에 그의 말을 들었잖소.
안토니	자네보다 내가 더 오래 살지 않았나.
	여러 가지 욕먹을 부담을 줄이려고
	우리가 이자에게 영예를 주기는 하지만
	그는 오직 나귀가 금을 지듯 그걸 지고
	우리가 가리키는 길을 따라 끌려가며

5

10

15

20

17행 인권…공고 법외 추방과 재산 몰수 공고. 삼두는 이를 이용하여 자금을 확
보했을 뿐만 아니라 개인적이고 정치적인 적들을 제거했다. (아든)

일하느라 신음하고 땀 흘릴 뿐이라네.
우리가 원하는 곳으로 보물을 나르면
우리는 그 짐을 내리고 그를 돌려보낸다네.   25
홀가분한 나귀처럼 풀밭에서 귀 흔들며
풀이나 뜯으라고.

옥타비우스   마음대로 하시오.
근데 그는 용기가 입증된 군인이오.

안토니   내 말도 그렇다네, 옥타비우스, 그래서
그 대가로 건초 더미 하나를 던져 주지.   30
놈은 내가 가르쳐서 싸우고 돌고 또 멈추고
바로 뛰는 짐승인데 그 몸통의 움직임은
내 정신의 지배를 받는다네. 그리고
레피두스도 얼마간 그리될 뿐이라네.
교육받고 훈련받고 진격 명령 받아야 해.   35
정신이 메마른 친구야. 물건과 기술과
모방을 즐기는데, 남들에겐 철이 지나
진부해졌건만 이자는 그것으로
유행을 시작하지. 도구로 쓰는 게 아니라면
그 사람 얘긴 말게. 근데 이제, 옥타비우스,   40
큰일을 들어 보게. 브루투스와 카시우스가
모병을 하고 있어. 곧장 힘을 모아야 해.
그러므로 우리의 동맹국을 결합하고
우군을 확보하며 자원을 확장하고
곧바로 회의를 열어서 숨겨진 일들은   45
어떻게 가장 잘 밝히고 드러난 위험에는
어떻게 대처할지 논의토록 하세나.

옥타비우스   그럽시다. 우리는 말뚝에 매여 있고

수많은 적들이 으르렁거리며 덤비니까.

그리고 웃는 자들 가슴속에 수백만 해악이   50

들어 있지 않을까 걱정되오.   (함께 퇴장)

4막 2장

북소리. 브루투스와 루실리우스 및 군대 등장,

티티니우스와 핀다루스가 그들을 만난다.

브루투스   멈춰라.

루실리우스   이 명령을 전달하고 멈춰라.

브루투스   루실리우스, 카시우스가 가까이 왔는가?

루실리우스   근처에 계시는데 핀다루스가 여기 와서

　　　　　　　주인의 인사를 당신께 전합니다.   5

브루투스   좋은 사람 보냈구나. 핀다루스, 네 주인이

　　　　　　　스스로 마음을 바꾸었든 장교들이 나빴든

　　　　　　　안 했으면 좋겠다 싶은 일을 했다는

　　　　　　　상당한 근거가 있다만 가까이 와 있다면

　　　　　　　나를 납득시키겠지.

핀다루스   고귀한 주인님은   10

　　　　　　　존경과 예의를 다 갖춘 원래의 모습으로

　　　　　　　나타나실 것임을 의심치 않습니다.

브루투스   의심치 않는다. 루실리우스, 한마디만.

48~49행 우리는…덤비니까
당시에 극장과 비슷한 목조 건물 안에서
벌어지는 여흥이었던 곰 놀리기에 비유
한 상황. 곰은 말뚝에 매여 있고 사냥개들

은 그 곰을 자유롭게 공격하였다. (아든)
4막 2장 장소
사르디스 근처에 있는 진영. 브루투스의
막사 앞.

	자네를 어찌 대접했는지 분명히 알려 주게.	
루실리우스	충분한 예의와 존중으로 맞았지만	15
	예전에 보이셨던 친밀감의 표시나	
	자유롭고 우호적인 대화로 그리하진	
	않으셨습니다.	

루실리우스 충분한 예의와 존중으로 맞았지만   15
예전에 보이셨던 친밀감의 표시나
자유롭고 우호적인 대화로 그리하진
않으셨습니다.

브루투스   자네가 설명한 건 뜨겁다가
식어 가는 친구야. 잘 보게, 루실리우스,
사랑이 병들어 썩어 가기 시작할 땐   20
억지로 예의를 차리는 법이라네.
솔직한 믿음엔 아무런 계책이 없다네.
하지만 속 빈 자는 출발할 때 화끈한 말처럼
용감한 모습과 힘찬 기개 약속하나

                (안에서 낮은 행군 소리)

피투성이 박차를 견뎌야 할 때가 오면   25
갈기 떨어뜨리고 꾀쟁이 비루먹은 말처럼
실전에서 실패하지. 그의 군이 왔는가?

루실리우스 그들은 오늘 밤 사르디스에서 숙영하고
대다수인 기병대 주력은 카시우스와
함께 왔습니다.

카시우스와 그의 군대 등장.

브루투스   들어 봐, 그가 도착했구나.   30
조용히 진군하여 그를 만나도록 하라.
카시우스 멈춰라.
브루투스 멈춰라. 이 명령을 쭉 전하라.
군인 1 멈춰라.

| 군인 2 | 멈춰라. | 35 |

| 군인 3 | 멈춰라. |

| 카시우스 | 고귀한 매형은 이 몸을 욕보였어. |

브루투스   신들은 심판해 주소서. 적들조차 욕보이지
          않는 내가 어떻게 처남을 욕보이지?

카시우스   브루투스, 이 차분한 행동은 잘못을 감추고   40
          자네가 그럴 때면 —

브루투스   카시우스, 조용하게.
          불만을 조용히 말하게. 난 자넬 잘 알아.
          우리 둘의 우정만을 감지해야 할 뿐인
          양쪽의 군대가 보고 있는 여기에서
          말다툼은 말자고. 물러가라 명한 다음   45
          내 막사로 오게나. 불만을 상세히 말하면
          들어 줄 테니까, 카시우스.

카시우스   핀다루스,
          내 지휘관들에게 부대를 이곳에서
          조금만 물리라고 명하라.

브루투스   루실리우스, 꼭 같이 한 다음 우리의 막사엔   50
          회의 끝날 때까지 아무도 들이지 말도록.
          루시우스와 티티니우스가 그 문을 지키게 해.

                    (브루투스와 카시우스만 남고 모두 퇴장)

4막 3장

카시우스   자네가 날 욕보인 건 이 점에서 나타나네.
          자네는 사르디스인들의 뇌물을 받았다고

	루시우스 펠라를 비난하고 망신을 줬는데	
	그 사안에 대하여 그를 편든 내 편지는	
	내가 그를 안다는 이유로 묵살됐어.	5
브루투스	그 건으로 편지 쓴 건 자신을 해친 걸세.	
카시우스	지금 같은 시기에 자잘한 모든 죄를	
	따지려 드는 건 적절치 못하네.	
브루투스	이 말을 해 주지, 카시우스, 자네야말로	
	돈독이 올랐다고, 무자격자들에게	10
	금을 받고 관직을 팔고 거래했다고	
	많은 비난 받는다네.	
카시우스	돈독이 올랐다고?	
	알겠지만 그 말 한 게 브루투스 아니라면	
	결단코 그것이 마지막이 됐을 걸세.	
브루투스	카시우스의 이름이 이 부패를 빛내 주니	15
	그 때문에 징계가 흐지부지돼 버리지.	
카시우스	징계라고?	
브루투스	삼월을 잊지 말게, 삼월 보름 잊지 말게.	
	정의를 위하여 대 시저가 피 흘리지 않았나?	
	어떤 놈이 그의 몸에 손을 대고 찔렀어,	20
	정의 때문 아니라면? 허, 세상 최고 인간을	
	도둑놈들 지지했단 이유로 내리쳤던	
	우리들 중 하나가, 그랬던 우리가 이제는	

4막 3장 장소 브루투스의 막사.
2행 사르디스
소아시아에 있었던 옛 리디아 왕국의 도읍지.
22행 도둑놈들…이유
이는 우리가 처음 듣는 시저에 대한 고발이며, 브루투스가 앞서 2막 1장 18~21행에서 했던 말(시저를 죽여야 하는 이유를 곰곰이 생각할 때, 구체적으로는 그의 타락상을 아는 게 아무것도 없다고 말했을 때)과 정반대다. (아든)

치사한 뇌물로 우리 손을 더럽히고
우리의 드넓은 영예 중의 막강한 자리를 25
한 줌도 안 되는 쓰레기 때문에 넘겨 줘?
그따위 로마인이 되느니 난 차라리 개가 되어
달 보고 짖겠네.

카시우스   브루투스, 날 그만 약 올려,
참지 않을 테니까. 자네는 이성을 잃은 채
날 몰아가고 있네. 일 처리에 있어서 30
난 자네보다도 경력도 더 많고 더 유능한
군인이란 말일세.

브루투스   허, 그렇지 않다네, 카시우스.

카시우스   그렇다네.

브루투스   그렇지 않다니까.

카시우스   더 이상 자극 말게. 난 이성을 잃을 테니. 35
안전을 생각하고 더는 날 시험 말게.

브루투스   저리 가, 좀팽이 같으니!

카시우스   이럴 수가?

브루투스   말은 내가 할 테니 들어 봐.
급한 자네 성질에 내가 양보해야 돼?
미친 자가 날 노려본다고 놀라야 돼? 40

카시우스   오 이런, 오 이런, 이 모든 걸 참아야 해?

브루투스   모든 걸? 암, 더 있지. 그 오만한 심장이
터져 버릴 때까지 안달해 보라고.
얼마나 성마른지 노예들에게나 보여 주고
종들이나 떨게 해. 내가 움찔해야 돼? 45
내가 눈치 봐야 해? 까다로운 그 성격에
움츠러들어야 해? 신들에게 맹세코

자네 몸이 울분으로 다 쪼개진대도
스스로 삼키게 할 거야. 오늘부터 자네가
성깔을 부리면 자넨 나의 즐거움, 그렇지,　　　　　50
웃음거리 될 테니까.

카시우스　　　　　　　　　　이 지경에 이르렀어?

브루투스　나보다 더 나은 군인이라 했겠다.
어디 한번 보여 줘 봐. 허풍을 실천하면
난 아주 즐거워할 거야. 나로서는
고귀한 분들에겐 기꺼이 배우겠네.　　　　　55

카시우스　자넨 날 전적으로 욕보이네, 브루투스.
경험 많은 군인이지 더 낫다곤 안 그랬어.
'더 낫다.' 그랬어?

브루투스　　　　　　　　그랬어도 상관없네.

카시우스　시저도 생전에 날 이렇게 건드리진 못했네.

브루투스　조용, 조용, 자네가 감히 그를 못 긁었지.　　　　　60

카시우스　감히 못 그랬어?

브루투스　그렇지.

카시우스　뭐, 감히 긁지 못했다고?

브루투스　　　　　　　　　목숨 걸고 못 그랬지.

카시우스　내 우정을 주제넘게 너무 믿지 말라고.
스스로 후회할 일 하게 될지 모르네.　　　　　65

브루투스　스스로 후회할 일 이미 다 했다네.
카시우스, 자네의 협박엔 공포가 전혀 없어.
난 정직성으로 너무나 강하게 무장되어
협박은 내가 신경 안 쓰는 가벼운 바람처럼
나를 지나가니까. 난 더러운 방법으로　　　　　70
자금 조달 못 했기에 금을 좀 달라고

사람을 보냈는데 자넨 그걸 거절했어.
맹세코 난 차라리 심장으로 금화 찍고
내 피와 은화를 바꾸면 바꾸었지
농민들의 그 험한 손에서 더러운 쓰레기를   75
부정하게 짜낼 순 없었다네. 내 부대의
급료로 쓸 금 때문에 사람을 보냈는데
자네는 거절했어. 카시우스답게 한 일인가?
내가 카시우스를 그리 대접했겠는가?
브루투스가 그렇게 탐욕을 부린다면   80
친구에게 비열한 푼돈을 내놓지 않는다면
신들은 모두들 번갯불을 준비하여
그를 찢어 놓으소서!

카시우스	난 거절 안 했어.
브루투스	했다네.
카시우스	안 했어. 대답을 가져간 그자가
	바보였을 뿐이지. 브루투스가 내 심장을 찢었어. 85
	친구는 친구의 약점을 감싸 주는 법인데
	브루투스는 그것을 더 크게 불리는군.
브루투스	아닐세, 자네가 내 약점을 들출 때까지는.
카시우스	자넨 날 사랑 안 해.
브루투스	자네의 결점을 안 좋아해.
카시우스	친구 눈엔 그런 결점 절대로 안 보이지. 90
브루투스	아첨꾼은 안 보겠지, 올림포스 산보다
	더 크게 보인대도.
카시우스	어서 오라 안토니, 젊은 옥타비우스여 오라,
	카시우스 그에게만 원수를 갚아라,
	카시우스는 이 세상이 지겨워졌으니까. 95

아끼는 이에게, 매형에게 미움받고 도전받고
노예처럼 질책을 당했다. 나를 면박 주려고
모든 결점 주목하고 공책에 적은 다음
배우고 외운단다. 오, 난 눈으로 내 정기를
울어 쏟을 수도 있네! 이게 내 단검이고   100
맨 가슴은 여기 있네. 그 안의 심장은
플루톤의 광산보다 귀하고 금보다 더 값져.
자네가 로마인이라면 그것을 꺼내 가게.
금을 거절했던 내가 심장을 주겠네.
시저를 찔렀듯이 찌르게. 자네가 그를 가장   105
미워했을 때에도 카시우스 사랑한 것보다
더 큰 사랑 있었음을 아니까.

브루투스   그 칼을 거두게.
언제든지 화내게, 내버려 둘 테니까.
맘대로 해 보게, 모욕도 변덕으로 알 테니까.
오, 카시우스, 자네는 부싯돌의 불처럼   110
분노를 품고 있는 양과 짝을 이루는데,
그것은 강압을 받으면 급히 불꽃 보이다가
곧 다시 차가워져.

카시우스   카시우스라는 존재는
비탄과 사나운 심기로 괴로울 때에도
브루투스에게는 기쁨과 웃음만 주는가?   115

브루투스   그 말을 했을 때 내 심기도 사나웠네.

카시우스   그만큼 고백하나? 자네 손을 이리 주게.

102행 플루톤 지하 세계의 신, 그래서 금과 은 광산의 신. (아든)
111행 분노를…양 갑자기 나타난 불가능한 결합의 초현실적인 이미지. (아든)

브루투스	내 심장도.
카시우스	오, 브루투스!
브루투스	왜 그러나?
카시우스	어머니가 내게 주신 급한 성미 때문에
	정신이 없을 때 날 참고 보아줄 우정이
	충분하단 말인가?
브루투스	암, 카시우스. 이제부터
	자네가 이 브루투스에게 너무 진지할 때면
	그 모친이 꾸중한다 여기고 자네는 그냥 두지.

시인, 루실리우스와 티티니우스 등장.

시인	장군들을 보려는데 들어가게 해 주게.
	두 분 새에 감정이 있다네, 둘이서만
	계시는 건 좋지 않아.
루실리우스	못 들어갑니다.
시인	죽음 말곤 아무것도 날 못 막아.
카시우스	아니 이런? 웬일이냐?
시인	창피하오, 장군님들, 이게 무슨 뜻입니껴?
	사랑하고 화해해요, 두 분은 그래야져,
	전 분명 두 분보다 더 오래 살았져.
카시우스	하, 하, 이 무식쟁이의 각운이 형편없군.
브루투스	이봐, 저리 가. 건방진 녀석아, 썩 나가.
카시우스	봐주게, 브루투스, 이게 그의 방식일세.
브루투스	그가 때를 안다면 그 기분을 알아주지.
	전쟁터에 바보 같은 가짜 시인 왜 왔지?
	이 친구야, 썩 나가.

120

125

130

135

카시우스	어서, 어서, 가라고. (시인 퇴장)
브루투스	루실리우스와 티티니우스는 지휘관들에게
	오늘 밤 야영을 준비하라 일러라.
카시우스	그런 다음 돌아오되 메살라를 곧바로 140
	우리에게 데려오라. (루실리우스와 티티니우스 함께 퇴장)
브루투스	(부른다.) 루시우스! 술 가져와.
카시우스	자네가 그리 화를 낼 거라곤 생각도 못 했다네.
브루투스	오, 카시우스, 난 수많은 비탄으로 병들었네.
카시우스	우연한 불상사에 굴복하게 된다면
	자네의 철학은 쓸모가 없질 않나. 145
브루투스	누구도 슬픔을 더는 잘 못 참아. 포셔가 죽었네.
카시우스	하? 포셔가?
브루투스	죽었다네.
카시우스	자넬 그리 약 올리고 내가 어찌 안 죽었지?
	오, 견딜 수 없으며 애처로운 상실이여! 150
	근데 무슨 병으로?
브루투스	내 부재를 못 견디고
	젊은 옥타비우스가 안토니와 더불어
	너무나 강해진 게 비통하여 — 그녀의 죽음과
	그 소식이 함께 왔네. — 미치게 되었는데
	하녀가 없는 틈에 불을 삼켜 버렸다네. 155
카시우스	그렇게 죽었어?
브루투스	정말로.
카시우스	오, 불멸의 신들이여!

루시우스가 술과 촛불을 가지고 등장.

브루투스	그녀 얘긴 그만하게. 술 한 잔 이리 줘.
	불친절을 모두 다 여기 묻네, 카시우스. (마신다.)
카시우스	그 귀한 약속에 내 가슴도 갈증 나네.
	채워라, 루시우스, 잔이 넘칠 때까지. 160
	브루투스의 사랑은 아무리 마셔도 모자라.

(루시우스 퇴장)

티티니우스와 메살라 등장.

브루투스	들어오게, 티티니우스. 어서 오게, 메살라.
	이제 여기 이 촛불 주변에 둘러앉아
	우리에게 필요한 걸 점검해 보세나.
카시우스	포셔, 그대가 떠났소?
브루투스	제발 이제 그만하게. 165
	메살라, 내가 여기 편지들을 받았는데
	젊은 옥타비우스와 마크 안토니가
	막강한 군대를 빌립보 쪽으로
	신속히 움직여 우리를 덮치려 한다는군.
메살라	꼭 같은 내용의 편지가 제게도 있습니다. 170
브루투스	추가된 사항은?
메살라	인권 박탈 공고와 법외 추방령으로
	옥타비우스, 안토니, 레피두스 세 사람이
	원로원 위원들 백 명을 죽였다고 합니다.

168행 빌립보
빌립보는 다르다넬스 해협의 건너편 트라
키아 지방에 있고, 브루투스와 카시우스
가 지금 있는 소아시아의 사르디스로부터

는 북북서로 200마일 떨어진 곳이다. 앞으
로 여기에서 모든 것이 끝난다. (아든)
172행 인권…추방령
4막 1장 17행의 주 참조.

브루투스	그 점에선 우리 둘의 편지가 다르군. 175
	내 편지엔 칠십 명이 인권 박탈 때문에
	죽었다고 하는데, 키케로를 포함하여.
카시우스	키케로가 포함돼?
메살라	키케로는 죽었어요,
	바로 그 인권 박탈 명령에 의하여.
	부인 편지 받으셨습니까, 장군님? 180
브루투스	아니, 메살라.
메살라	부인에 관한 얘기 편지엔 없었고요?
브루투스	없었네, 메살라.
메살라	이상한 것 같습니다.
브루투스	왜 묻나? 자네 것에 그녀 소식이라도?
메살라	없습니다, 장군님. 185
브루투스	자넨 로마인이니 진실을 말해 주게.
메살라	그럼 로마인처럼 진실을 견디시죠,
	사망은 확실하고 방법은 이상하니까요.
브루투스	그럼 안녕, 포셔. 사람은 죽어야 해, 메살라.
	그녀도 한 번은 죽어야 한다는 걸 생각하고 190
	이제 그걸 견딜 만한 인내심을 얻었다네.
메살라	위인들은 그렇게 큰 상실을 견뎌야죠.
카시우스	내게도 그런 이론 자네만큼 있지만
	내 본성이 그렇게 견딜 수는 없었다네.
브루투스	자, 생생한 우리들의 문제로. 지금 당장 195
	빌립보로 진군을 하는 건 어떻게 생각하나?
카시우스	안 좋다고 생각하네.
브루투스	어째서?
카시우스	이래서지.

적이 우릴 찾도록 만드는 게 나은데

그래야 물자가 낭비되고 군인들은 지쳐서

손해를 입는 반면 우리는 정지한 채   200

충분한 휴식과 방어 및 기동성을 가지네.

브루투스   하책은 상책에 양보할 수밖에 없지.

빌립보와 이곳의 중간 지역 사람들은

마지못해 우리에게 공물을 바쳤기에

억지로 호의를 보이는 것뿐이네.   205

적군은 그들의 가운데를 행군하며

그들로 인하여 그 숫자가 점점 늘어

증원되고 고무된 채 활기차게 올 텐데

우리가 이 족속을 뒤에 두고 적군을

빌립보에서 만나면 그러한 이점을   210

차단할 수 있다네.

카시우스   매형은 들어 보게.

브루투스   미안하나 끝내겠네. 게다가 주목할 건

우리는 우군을 최대한 시험해 보았고

군단은 넘치고 명분도 성숙했단 사실이네.

적군은 매일매일 불어나고 있는데   215

우리는 절정에서 곧 기울 수 있다네.

인간의 일에는 흐름이 있어서

높을 때 올라타면 행운으로 인도되지.

그것을 놓치면 삶의 항해 전체가

여울로, 불행으로 흘러가는 법이라네.   220

지금 우린 최고조의 바다에 떠 있는데

도움 되는 조류를 타야지 안 그러면

모험은 실패하네.

카시우스	그러면 뜻대로 하게나.

우리도 따라가 빌립보에서 그들을 만나겠네.

브루투스	얘기하는 사이에 한밤중이 되었군.	225

인간은 필연적인 욕구에 따라야 하니까

그것을 약간의 휴식으로 박하게 채우세.

더 할 말은 없다네.

카시우스	그만하게. 잘 자고.

아침 일찍 일어나 우린 여길 떠날 걸세.

루시우스 등장.

브루투스	루시우스. 내 잠옷. (루시우스 퇴장)

잘 가게, 메살라.   230

잘 자게, 티티니우스. 귀한 귀한 카시우스,

잘 자고 잘 쉬게.

카시우스	오, 사랑하는 나의 매형,

오늘 밤은 그 시작부터가 잘못됐어.

우리 영혼 사이에 다시는 그런 분열 없기를.

없도록 해, 브루투스.

루시우스 잠옷 가지고 등장.

브루투스	모든 게 다 잘됐어.	235
카시우스	주무세요, 장군님.	
브루투스	주무세요, 처남님.	
티티니우스·메살라	주무세요, 브루투스 장군님.	
브루투스	잘들 가게.	

(카시우스, 티티니우스와 메살라, 함께 퇴장)

	잠옷을 이리 줘. 네 악기는 어딨어?	
루시우스	여기 막사 안에요.	
브루투스	허, 졸리는 말투네?	
	딱한 녀석, 네 탓이 아니다. 과로했어.	240
	클라우디오와 내 수하 몇 명을 더 불러라.	
	내 막사 안에서 자게해 줄 것이다.	
루시우스	바루스, 클라우디오!	

바루스와 클라우디오 등장.

바루스	부르셨습니까?	
브루투스	자네들은 내 막사 안에서 자게나.	245
	카시우스 처남에게 보낼 일로 자네들을	
	곧바로 깨우게 될지도 모르네.	
바루스	장군님, 저흰 서서 분부를 기다리겠습니다.	
브루투스	그렇게는 안 된다. 누워들 있게나.	
	내 생각이 달라질 수 있어서 그런다.	250
	루시우스, 내가 그리 찾던 책이 여기 있네.	
	내 잠옷 주머니에 넣어 둔 걸 가지고.	
루시우스	장군님이 제게는 안 주신 게 분명해요.	
브루투스	착한 애야, 참아 줘, 난 잘 잊어버린단다.	
	무거운 눈꺼풀을 잠시 동안 열어 두고	255
	네 악기로 한두 곡조 연주할 수 있겠어?	
루시우스	예, 장군님이 좋으시면.	
브루투스	그렇단다, 애야.	
	너무 고생시키는데 넌 자원하는구나.	

4막 3장　271

루시우스	제 임무입니다.
브루투스	힘겨운 임무를 강요해선 안 되지. 260
	젊은이는 휴식을 바라는 걸 알고 있어.
루시우스	장군님, 전 이미 잤습니다.
브루투스	잘했다, 그리고 다시 자게 해 주겠다.
	오래 잡진 않으마. 내가 살아남으면
	너에게 잘하마. (음악과 노래) 265
	조름 오는 가락이군. 오, 살인적인 수면이여!
	네게 음악 들려주는 이 애한테 네놈이
	납 곤봉을 갖다 대? 고운 애야, 잘 자라.
	널 깨우는 중죄는 범하지 않겠다.
	이렇게 졸다가는 악기를 다치겠어. 270
	내가 치워 줄 테니 너는 잘 자거라.
	어디 보자, 어디 봐. 읽던 데 접어 둔 책장이
	넘어간 거 아닌가? 여기인 것 같구나.

시저의 유령 등장.

	촛불이 왜 이렇게 못 타지. 하! 이 누구야?
	이 괴상한 형체의 망령이 보이는 건 275
	내 눈이 약해진 때문이라 생각된다.
	내게 다가오는군. 넌 대체 무엇이냐?
	피는 차게, 머리칼은 곤두서게 하는 넌
	어떤 신, 어떤 천사, 아님 어떤 악마냐?
	정체를 밝혀라. 280
유령	너의 악령이니라, 브루투스.
브루투스	왜 왔느냐?

유령	빌립보에서 나를 볼 거라고 말해 주러.
브루투스	그래, 그럼 내가 너를 다시 본다고?
유령	그렇다, 빌립보에서.
브루투스	허, 그럼 빌립보에서 너를 볼 것이다.　　(유령 퇴장)　285
	네가 사라지니까 용기가 생기는군.
	악령이여, 너와 더 얘기하고 싶구나.
	애, 루시우스, 바루스, 클라우디오, 일어나!
	클라우디오!
루시우스	장군님, 줄이 맞지 않는데요.　　　　　　　　290
브루투스	아직도 악기를 만지는 줄 알고 있군.
	일어나, 루시우스.
루시우스	장군님?
브루투스	루시우스, 꿈을 꿔서 그렇게 소리쳤나?
루시우스	장군님, 전 소리친 사실을 모릅니다.　　　　295
브루투스	음, 분명히 소리쳤어. 무언가를 보았어?
루시우스	아뇨, 장군님.
브루투스	다시 자라, 루시우스. 여봐라, 클라우디오!
	이 녀석, 일어나!
바루스	장군님?
클라우디오	장군님?
브루투스	너희들은 자면서 왜 그렇게 소리쳤나?　　　300
바루스·클라우디오	그랬어요, 장군님?
브루투스	음, 뭘 본 게 있었나?
바루스	아뇨, 장군님, 아무것도.
클라우디오	저도 못 봤습니다.
브루투스	카시우스 처남에게 가서 안부 전해라.
	본인의 군대를 때맞춰 내보내라 일러라,

우린 뒤를 따른다.

바루스·클라우디오   그리하겠습니다.   (함께 퇴장)   305

5막 1장

옥타비우스, 안토니 및 그들의 군대 등장.

옥타비우스   자, 안토니, 우리의 희망이 이뤄졌소.
             당신은 적군이 언덕과 고지대에 남아서
             아래로 내려오지 않을 거라 말했소.
             결과는 아니오. 그들의 부대가 다가왔소.
             적들은 우리가 요청도 하기 전에 여기 이곳   5
             빌립보에서 우리를 소환할 작정이오.
    안토니   쳇, 난 그들이 왜 이렇게 하는지 그 마음을
             꿰뚫어 알고 있네. 기꺼이 딴 곳을 찾아서
             현란한 허세로 겁주며 덮치고 싶었겠지,
             그런 얼굴 보여 줘서 용기 있단 사실을   10
             우리들 마음속에 각인시켜 보려고.
             하지만 안 되지.

전령 등장.

    전령   장군님들, 준비하십시오,
             적군이 씩씩한 모습으로 옵니다.
             피비린 전투의 표식을 내걸고 있으니

5막 1장 장소   빌립보 들판.

274   **줄리어스 시저**

	무언가를 곧바로 하셔야만 합니다.	15
안토니	옥타비우스, 군대를 조용히 이끌고	
	이 평지의 왼편을 택하여 나가게.	
옥타비우스	오른편을 택하겠소. 왼쪽으로 가시오.	
안토니	이 위기에 내 뜻을 왜 거역하는가?	
옥타비우스	거역이 아니라 난 그렇게 할 것이오.　(진군한다.)	20

북소리. 브루투스와 카시우스, 군대와 함께 등장.

루실리우스, 티티니우스, 메살라 및

다른 사람들 등장.

브루투스	그들이 멈춰 서서 협상을 원하는군.	
카시우스	곁에 있게, 티티니우스. 우린 가서 말해야 해.	
옥타비우스	마크 안토니, 전투 개시 알릴까요?	
안토니	아니, 시저, 그들이 진격하면 맞설 거네.	
	나가세, 장군들이 말 나누길 원하네.	25
옥타비우스	(지휘관에게) 신호 있기 전까진 꼼짝 마라.	
브루투스	붙기 전에 말로 한다, 그래요, 동포들?	
옥타비우스	우리가 당신처럼 말을 더 좋아해선 아니오.	
브루투스	좋은 말은 나쁜 칼질보다는 낫다네, 옥타비우스.	
안토니	나쁜 칼질 중에도 좋은 말을 했었지, 브루투스.	30
	시저의 심장에 당신이 낸 구멍이 그 증거지,	
	'시저 만세!' 그렇게 외치면서.	
카시우스	안토니,	
	당신의 공격 자세 아직은 모르겠네.	
	하지만 당신 말만 본다면 히블라 벌들의	
	꿀을 다 빼앗겠군.	

| 안토니 | 침은 같이 못 빼앗고? | 35 |

브루투스　아, 맞아, 소린 같이 빼앗았지.

안토니 당신이 붕붕 소리 훔쳐 가서

아주 현명하게도 쏘기 전에 으르니까.

안토니　악당들! 너희는 안 그랬어, 더러운 칼 들고

너도나도 시저의 옆구리를 난자했을 당시에.　　　40

원숭이처럼 이 보이고 사냥개처럼 꼬리 치고

시저 발에 키스하며 노예처럼 절했어.

그런 한편 저주받은 카스카는 개처럼

시저 목을 뒤에서 찔렀어. 이 아첨꾼들아!

카시우스　아첨꾼들? 자, 브루투스, 이건 자네 탓이네.　　　45

카시우스의 결정을 따랐으면 저 입이

오늘처럼 욕은 못 했을 텐데.

옥타비우스　자, 자, 용건을. 우리가 언쟁으로 흘릴 땀을

실천에 옮기면 더 붉은 방울로 변할 거요.

보시오, 공모자들 향하여 난 칼을 들었소.　　　50

내가 언제 이 칼을 내릴 거라 생각하오?

시저 상처 서른셋을 실컷 복수하거나

또 하나의 시저가 역도들의 칼끝에

살해될 때까지는 절대 아니 내릴 거요.

브루투스　시저, 네가 그 역도들을 데려가지 않는 한　　　55

그들 손에 넌 못 죽어.

옥타비우스　　　　　　　데려가고 싶구나.

34행 히블라
시칠리아에 있는 꿀로 유명한 산 이름. 다음 행에서 카시우스는 시저 암살 직후에 안토니가 우정을 공표하며 자기들에게 했던 말을 히블라의 꿀에 빗대어 조소한다. 곧이어 안토니는 그때의 자기 말이 벌침과 같은 효과가 있었음을 상기시키며 대꾸한다. (아든)

	난 브루투스의 칼에 죽을 운명은 아니다.	
브루투스	오, 네가 네 족보에서 가장 귀한 자라 해도	
	젊은이여, 더 명예롭게 죽지는 못할 거다.	
카시우스	그러한 명예 값을 못 하고 보채는 학생 애와	60
	흥청망청 풍각쟁이 술꾼의 결합이라.	
안토니	늙은이 카시우스, 여전하군.	
옥타비우스	안토니, 갑시다.	
	역도들아, 우린 너희 이빨에 도전장을 던진다.	
	감히 오늘 싸울 테면 전장으로 나와라,	
	아니면 의향이 생겼을 때 나와라.	65

(옥타비우스, 안토니아 군대 함께 퇴장)

카시우스	자 이제, 바람 불고 물결 치고 배는 떠라.	
	태풍이 일어나 모든 것이 위험하다.	
브루투스	여봐라, 루실리우스, 내 말 좀 들어 봐.	
루실리우스	장군님. (브루투스, 비켜서서 루실리우스에게 말한다.)	
카시우스	메살라.	
메살라	무슨 일이십니까, 장군님?	
카시우스	메살라	70
	오늘이 내 생일이네. 카시우스 이 사람,	
	바로 오늘 태어났어. 내 손 잡게, 메살라.	
	증인이 되어 주게, 내 의지에 반하여	
	(폼페이가 그랬듯이) 단 한 번의 전투에	
	우리의 자유를 모두 다 걸 수밖에 없다네.	75
	에피쿠로스의 견해를 내가 높이 샀다는 건	

76행 에피쿠로스의 견해 에피쿠로스주의자들은 전조를 믿지 않았는데, 신들이
인간사에 관심이 없다고 생각했기 때문이다. (아든)

자네도 알고 있지. 근데 이젠 마음 바꿔
조짐을 어느 정도 신뢰하게 되었다네.
사르디스에서 오는데 가장 앞선 군기 위에
막강한 독수리 두 마리가 내려앉아　　　　　　　　80
군인들이 건네준 음식을 배불리 먹으며
빌립보 이곳까지 우리들과 함께했네.
오늘 아침 그들은 날아가 버렸고
그 대신 까마귀, 갈까마귀, 솔개 들이
머리 위를 나르며 병들은 먹이 보듯　　　　　　　　85
우리를 내려다보았다네. 그들의 그림자는
참으로 치명적인 천막처럼 보였는데
우리 군은 거기 누워 곧 숨을 거둘 것 같았지.

메살라　　　그리 믿지 마십시오.

카시우스　　　　　　　　　　일부만 믿는다네,
왜냐하면 난 생기가 넘치고 뭇 위험을　　　　　　90
굳건하게 맞이할 결심을 했으니까.

브루투스　　(앞으로 나오며)
참말이야, 루실리우스.

카시우스　　　　　　　　　　자, 고귀한 브루투스,
신들이 오늘은 친절을 베풀어 절친인 우리를
평화 시와 꼭 같이 노년으로 이끌겠지.
하지만 인간사는 언제나 확실치 않으니　　　　　95
최악의 사태까지 한번 따져 보자고.
이 전투에 우리가 진다면 이것이
둘이 같이 얘기한 마지막이 될 것이네.
그렇다면 자네는 어떡할 작정인가?

브루투스　　카토가 자신에게 죽음을 내렸을 때　　　　100

난 그를 정말 나무랐지만 바로 그 철학의

규칙대로 하겠네. — 어떻게 할지는 모르나

무슨 일이 생길까 두려워 생명의 시간을

앞당겨 막는 건 정말로 비겁하고

더럽다고 생각하네. — 난 인내로 무장하고   105

아래쪽 우리를 지배하는 저 높은 신들의

섭리를 기다릴 것이네.

카시우스   그럼, 싸움에 진다면

개선 행렬 속에서 로마의 거리를

이끌려 다니는 데 만족한단 말인가?

브루투스   아니, 아니, 카시우스. 그대 귀한 로마인은   110

브루투스가 로마로 묶인 채 간다고 생각 말게.

그는 너무 큰 마음을 가졌다네. 하지만

삼월의 보름날에 시작한 일 오늘은 끝나야 해.

우리가 다시 만날 것인지는 모르겠네.

그러므로 우리의 영원한 작별을 고하세.   115

영원히, 영원히 잘 가게, 카시우스.

우리 다시 만난다면 확실히 웃겠지만

못 만나면, 그럼 이 이별은 잘한 거지.

카시우스   영원히, 영원히 잘 가게, 브루투스.

우리 다시 만난다면 확실히 웃겠지만   120

못 만나면, 이 이별은 잘한 게 사실이네.

100행 카토
2막 1장 295행의 주 참조.
101행 그 철학
수많은 각주의 설명처럼 스토아주의는
아니다. 물론 이후의 103~107행에서 스토

아주의의 핵심 교리가 드러나기는 하지
만. 플루타르크에 따르면 브루투스는 플
라톤 학파를 더 좋아했다고 한다. 브루투
스의 죽음은 군인이 철학자를 넘어선 경
우를 보여 준다. (아든)

브루투스	그렇다면 앞서게. 아, 오늘 일의 결과를
	오기 전에 미리 알 수 있었으면 좋으련만.
	하지만 하루는 끝날 테고 그 결과는
	그때 아는 것으로 충분하네. 자, 떠나자. (함께 퇴장) 125

5막 2장

경종. 브루투스와 메살라 등장.

브루투스	달려, 달려, 메살라, 달려가서 이 쪽지를
	맞은편에 주둔한 군단들에 전하라. (커다란 경종)
	곧장 공격하도록 해, 옥타비우스 날개 쪽에
	겁먹은 움직임을 감지했기 때문인데
	급습하면 그들을 패배시킬 것이야. 5
	달려, 달려, 메살라. 모두 적을 덮치라 해. (함께 퇴장)

5막 3장

경종. 카시우스와 티티니우스 등장.

카시우스	저것 봐, 티티니우스, 저놈들이 도망쳐.
	나 자신이 나의 군인들에게 적이 됐어.
	여기 내 기수가 자기 등을 돌리기에
	겁쟁이를 살해하고 이것을 빼앗았어.

5막 2장 장소 전장.
5막 3장 장소 전장의 다른 곳.

티티니우스	오, 카시우스, 옥타비우스에 대한 이점을	5
	너무 급히 받아들인 브루투스 장군께서	
	너무 일찍 영을 내려 그의 군은 약탈하고	
	반면에 우리는 안토니에 에워싸였습니다.	

핀다루스 등장.

핀다루스	더 멀리, 더 멀리 달아나요, 주인님,	
	안토니가 주인님 막사 안에 있습니다.	10
	카시우스 주인님, 더 멀리 달아나요.	
카시우스	이 산으로 충분하다. 저 봐라, 티티니우스	
	불길이 보이는 저곳이 내 막사냐?	
티티니우스	예, 장군님.	
카시우스	티티니우스, 나를 사랑한다면	
	내 말을 탄 다음 박차를 아주 세게 가하게,	15
	놈이 자넬 저 건너 부대까지 데려갔다	
	되돌아올 때까지. 그래서 저 건너 부대가	
	아군인지 적군인지 확신시켜 주게나.	
티티니우스	생각처럼 빠르게 돌아오겠습니다.	
카시우스	핀다루스, 저 언덕 높은 곳에 올라가게.	20
	내 눈은 언제나 침침했어. 그러니 잘 보고	
	들판에서 벌어지는 일들을 말해 줘. (핀다루스 퇴장)	
	오늘은 내 생일, 시간이 한 바퀴를 돌았다.	
	시작했던 곳에서 끝을 맺을 것이다.	
	내 삶은 원을 다 그렸다. 이 봐라, 소식은?	25
핀다루스	(위에서) 오 주인님!	
카시우스	그래 뭐냐?	

핀다루스　기마병 여럿이 티티니우스를 둘러싸고
박차를 가하여 그에게로 내닫지만
그도 내닫습니다. 이제 거의 따라잡았어요.　　　　　30
이제 티티니우스가. 이제 몇이 내려요. 오, 그도.
잡혔어요.　　　　　　　　　　　　(고함소리)
　　　　　　들어 봐요, 그들은 기뻐서 소리쳐요.
카시우스　그만 보고 내려와.
오, 겁쟁이는 나로구나. 이렇게 오래 살아
눈앞에서 가장 친한 친구가 잡히는 걸 보다니.　　　35

　　　　　　　　핀다루스 등장.

여봐라, 이리 와.
난 너를 파르티아에서 포로로 잡았다.
그때 난 네 생명을 구해 주며 맹세를 시켰다,
너에게 하라고 명령하면 무엇이든
시도해야 한다고. 자 이제, 맹세를 지켜라,　　　40
자 이제, 자유인이 되어라, 그리고 시저의
창자를 관통한 이 칼로 내 가슴을 뒤져라.
대답은 필요 없다. 여기 이 손잡이를 잡아라.
그리고 내가 얼굴 가리거든, 지금처럼,
그 칼을 인도해. ― 시저여, 당신은 복수했소,　　　45
당신 죽인 바로 그 칼 가지고. (핀다루스가 그를 죽인다.)
핀다루스　그래 난 자유다. 하지만 내 뜻대로 했다면
이리되진 않았을 것이다. 오, 카시우스!
핀다루스는 이 땅에서 아주 멀리 도망가요,
로마인은 절대 그를 보지 못할 곳으로.　　　(퇴장)　50

티티니우스와 메살라 등장.

메살라 맞바꿨네, 티티니우스. 카시우스 군단이
안토니에 패했다면 옥타비우스는
고귀한 브루투스 군대에게 패했잖아.

티티니우스 이 소식에 카시우스 크게 안심하시겠지.

메살라 떠날 때 어디에 계셨지?

티티니우스   전적으로 상심한 채   55
핀다루스 노예와 둘이서 이 언덕에.

메살라 저기 땅에 누운 사람 그분이 아닌가?

티티니우스 산 사람 같지 않게 누우셨네. 오, 맙소사!

메살라 그분인가?

티티니우스   아니, 그분이었다네, 메살라,
카시우스, 더 이상 없으셔. 오, 지는 해여,   60
붉은 노을 속에서 오늘 저녁 떨어지듯
붉은 피 속에서 카시우스의 하루도 저물었다.
로마의 해가 졌다. 우리 시절 지나갔어.
구름, 이슬, 위험은 오너라. 우리 과업 끝났다.
나를 보낸 결과를 못 믿고 이렇게 하셨어.   65

메살라 이 좋은 결과를 못 믿고 이렇게 하셨네.
오, 미운 너 실수여, 우울증의 소생이여,
너는 왜 없는 것을 예민한 이들에게
보여 준단 말이냐? 오 실수여, 넌 생기자마자
행복하게 태어나진 절대로 못 하고   70
널 잉태한 어미를 죽이고야 마는구나.

티티니우스 뭐야, 핀다루스? 어디 있어, 핀다루스?

메살라 그를 찾게, 티티니우스, 난 그동안 이 보고를

고귀한 브루투스를 만나서 그의 귀에

찔러 넣을 테니까. 찌른다고 해도 돼,　　　　　　　75

브루투스의 두 귀에 이 모습을 기별하면

꿰뚫는 칼날과 독화살 못지않은

환영을 받을 테니.

티티니우스　　　　　　　　　어서 가게, 메살라.

난 그동안 핀다루스를 찾아낼 테니까.　　(메살라 퇴장)

왜 저를 보내셨소, 용감한 카시우스?　　　　　80

제가 당신 우군을 만났고 그들이 제 머리에

승리의 화관을 씌우며 당신에게 주라고

말하지 않았나요? 그들의 외침을 못 들었소?

아, 당신은 모든 걸 잘못 해석했답니다.

하지만 받아요, 이 화환을 머리에 써 봐요.　　　85

당신의 브루투스가 주라고 하셨고

그분 명령 따릅니다. 브루투스, 빨리 와요,

제가 카시우스를 어찌 존중했는지 보십시오.

신들이여, 허락을. 이것이 로마인의 역할이다.

자, 카시우스의 칼이여, 티티니우스의 심장이다.　　90

　　　　　　　　　　　　　　　　(죽는다.)

　　　　경종. 브루투스, 메살라, 카토 2세, 스트라토,

　　　　　　볼룸니우스 및 루실리우스 등장.

브루투스　　어디, 어디, 메살라, 시신은 어딨느냐?

메살라　　저기 봐요, 티티니우스가 슬퍼하고 있네요.

브루투스　　얼굴은 위쪽을 향했는데.

카토　　　　　　　　죽었어요.

브루투스	오, 줄리어스 시저여, 그대는 아직도 막강하오.
	그대 혼이 떠돌면서 우리 창자 쪽으로　　　　　　　 95
	우리 칼을 돌리오.　　　　　　　　　　(낮은 경종)
카토	용감한 티티니우스.
	봐요, 죽은 카시우스에게 관을 씌웠잖아요.
브루투스	이 같은 로마인이 아직도 둘이나 있는가?
	모든 로마인들의 마지막, 그대여 잘 가시오.
	앞으로 로마가 그대와 견줄 사람 낳을 수는　　　　 100
	절대로 없을 거요. 나는 이 고인에게 눈물 빚을
	친구들이 내게서 보게 될 것보다 많이 졌소.
	때를 찾아보겠소, 카시우스, 때를 찾아보겠소.
	자, 그러므로 타소스로 시신을 보냅시다.
	우리의 진중에서 장례식은 없을 거요,　　　　　　 105
	낙심할 수 있으니까. 자 가자, 루실리우스,
	카토도 같이 가자. 전장으로 나갑시다.
	라베오와 플라비우스가 부대를 지휘한다.
	3시요, 로마인들이여, 하지만 저녁 전에
	두 번째 싸움에서 운을 시험할 것이오.　　(함께 퇴장)　 110

5막 4장

경종. 브루투스, 메살라, 카토 2세, 루실리우스,

플라비우스 등장.

104행 타소스　빌립보 근처에 있는 섬.
107행 카토　포셔의 동생.

브루투스	동포여, 아직은, 오, 아직은 머릴 들라!

　　　　　　　　　　(싸우며 퇴장, 뒤이어 메살라와 플라비우스 퇴장)

카토	어떤 놈이 머릴 숙여? 나와 함께 갈 사람은?
	내 이름을 온 전장에 공포할 것이다.
	여봐라, 난 마르쿠스 카토의 아들이다!
	독재자에게는 적이고 이 나라엔 친구다. 　　　　5
	여봐라, 난 마르쿠스 카토의 아들이다!

　　　　　　　　군인들 등장, 싸운다.

루실리우스	그리고 난 브루투스, 마르쿠스 브루투스다!
	이 나라의 친구인 브루투스, 브루투스이니라!

　　　　　　　　　　　　　　　(카토 2세 살해된다.)

	오, 젊고 귀한 카토여, 그대가 쓰러졌소?
	아, 그대는 티티니우스처럼 용감하게 죽었고 　　　10
	카토의 아들로서 존경받을 것이오.
군인 1	항복해, 아니면 죽는다.
루실리우스	죽으려고 항복할 뿐.
	대가가 너무 커서 넌 곧장 날 죽일 것이다.
	브루투스를 죽이고 영예를 차지하라.
군인 1	우린 그리 못 한다. 고귀한 포로다! 　　　15

　　　　　　　　　　안토니 등장.

군인 2	비켜라! 안토니께 말하라, 브루투스를 잡았다.

5막 4장 장소　전장의 다른 곳.

군인 1	소식을 전하겠네. 장군님이 오셨군.	
	장군님, 브루투스가 잡혔어요, 잡혔어요.	
안토니	어딨느냐?	
루실리우스	안전하오, 안토니. 브루투스는 안전하오.	20
	내 감히 밝히건대 고귀한 브루투스는	
	살아선 절대로 적의 손에 안 잡히오.	
	그런 큰 창피를 안 당하게 신들은 도우소서!	
	살아 있든 죽어 있든 그분을 찾았을 땐	
	브루투스 그분답게 발견될 것이오.	25
안토니	이 사람은 브루투스가 아니다. 하지만	
	못지않게 가치 있는 상품이다. 보호하라.	
	친절하게 대하라. 난 이런 사람들을	
	적보다는 친구로 갖고 싶다. 어서 가서	
	브루투스가 죽었는지 살았는지 알아보고	30
	벌어지는 모든 일에 관하여 짐에게	
	옥타비우스의 막사로 보고하라.	(함께 퇴장)

5막 5장
브루투스, 다르다니우스, 클리투스, 스트라토,
볼룸니우스 등장.

브루투스	자, 남은 딱한 친구들, 이 바위에 앉아 쉬게.
클리투스	장군님, 스타틸리우스가 횃불 신호 보냈으나
	돌아오진 않았어요. 잡혔거나 살해되었어요.

5막 5장 장소 전장의 다른 곳.

브루투스	여기 앉아, 클리투스. 살해가 정답이야.
	유행하는 행위이지. 잘 들어 봐, 클리투스. (속삭인다.) 5
클리투스	허, 제가요 장군님? 아뇨, 이 세상 다 준대도.
브루투스	그럼 됐어. 입 다물어.
클리투스	제가 죽고 말지요.
브루투스	이봐, 다르다니우스. (속삭인다.)
다르다니우스	제가 그런 행위를요?
클리투스	오, 다르다니우스!
다르다니우스	오, 클리투스! 10
클리투스	무슨 몹쓸 요청을 브루투스가 하셨어?
다르다니우스	죽여 달란 요청이네. 저것 봐, 명상하셔.
클리투스	이제 저 고귀한 그릇이 비탄에 가득 차
	눈에서조차도 그게 흘러넘치는군.
브루투스	이리 오게, 볼룸니우스, 한마디 들어 보게. 15
볼룸니우스	무슨 말씀이신지?
브루투스	이런 걸세, 볼룸니우스.
	시저의 유령이 밤중에 두 번이나
	나에게 나타났어. 한 번은 사르디스,
	또 한 번은 어젯밤 이 빌립보 전장에서.
	난 갈 때가 온 걸 알아.
볼룸니우스	아닙니다, 장군님. 20
브루투스	아냐, 난 그걸 확신해, 볼룸니우스.
	자네는 세상이 어찌 돌아가는지 알잖아.
	적들이 우리를 이 사지로 몰았어. (낮은 경종)
	그들이 우릴 떠밀 때까지 머물기보다는
	뛰어드는 편이 더 낫다네. 볼룸니우스, 25
	우리 둘이 학교 같이 다닌 거 자넨 알지.

	그 옛정을 생각해서라도 제발이지
	내가 달려들 테니 이 칼을 잡아 주게.
볼룸니우스	친구가 할 일이 아닙니다, 장군님. (계속 경종)
클리투스	도망쳐요, 장군님, 머무시면 안 됩니다. 30
브루투스	잘들 있게, 그리고 볼룸니우스 자네도.
	스트라토, 그동안 넌 줄곧 잠자고 있었어.
	너도 잘 있어라, 스트라토. 동포여,
	나는 내 일생 동안 나에게 진실된 사람만
	알아 왔단 사실에 가슴으로 기뻐하오. 35
	패전하는 이날에 난 영광을 얻을 거요,
	옥타비우스 그리고 마크 안토니가
	더러운 승리로 얻게 되는 것보다 더 많이.
	그러니 곧 작별합시다. 브루투스가 자기 삶을
	자신의 입으로 거의 마감했으니까. 40
	내 눈엔 밤이 오고 이 시각에 이르려고
	열심히 노력했던 내 뼈는 쉬려 하오.

(경종, 안에서 외침, '도망쳐라, 도망쳐.')

클리투스	장군님, 도망쳐요!
브루투스	먼저 가, 따르마.

(클리투스, 다르다니우스, 볼룸니우스 함께 퇴장)

	스트라토, 너는 네 주인 곁에 남아 줘.
	네 녀석은 훌륭한 평판을 가졌어. 45
	너의 삶엔 명예의 깊은 맛이 배어 있지.
	그러니 내 칼 잡고 고개를 돌리면
	내가 달려들 거야. 그럴 거지, 스트라토?
스트라토	먼저 손을 주십시오. 안녕히 가십시오.
브루투스	잘 있어라, 스트라토 —　　　　(자기 칼에 달려든다.)

시저, 이젠 편히 쉬시오.　　　50

그대 죽인 내 마음, 이번의 반만큼도 안 좋았소.

(죽는다.)

경종. 퇴각.

안토니, 옥타비우스, 메살라, 루실리우스 및

군대 등장.

옥타비우스	저 사람은 누군가?
메살라	주인님 하인이요. 스트라토, 주인님은?
스트라토	당신도 갇혀 있는 속박에서 풀리셨소, 메살라.
	정복자도 그분을 태울 수만 있을 거요.　　　55
	브루투스는 스스로를 극복했을 뿐이고
	그 죽음의 영예는 누구 것도 아니니까.
루실리우스	브루투스는 그래야죠. 고마워요, 브루투스,
	루실리우스의 말이 진실임을 입증해 주셔서.
옥타비우스	브루투스의 수하는 내가 다 접수한다.　　　60
	이보게, 나에게 충성을 바치겠나?
스트라토	예, 메살라가 당신에게 날 추천해 주시면.
옥타비우스	그래 주게, 메살라.
메살라	주인님의 최후는, 스트라토?
스트라토	내가 그분 칼을 잡고, 달려드셨답니다.　　　65
메살라	옥타비우스, 그러면 따르라고 하십시오.
	제 주인께 마지막 봉사를 했습니다.
안토니	이 사람이 그들 중 가장 귀한 로마인이었다.
	그를 뺀 나머지 공모자들 모두는
	위대한 시저에게 악심 품고 그 짓 했다.　　　70

오직 그만 공적이고 정직한 생각에서
모두의 공익을 위하여 한패가 되었다.
그의 삶은 고귀했고 인성은 완벽하여
자연의 여신조차 일어서서 온 세상에
'이게 사람이었다.'라고 했을 것이다.   75

옥타비우스 존경과 장례 의식 모두 다 갖추면서
그분의 덕에 따라 그분을 모십시다.
시신은 오늘 저녁 내 막사에 누이겠소,
최고로 군인답게 명예로운 의전으로.
그러니 전투 중지 나팔 불고 물러나서   80
행복한 이날의 영광을 나눕시다.   (전원 퇴장)

햄릿

Hamlet

역자 서문

월리엄 셰익스피어(1564~1616)는『티투스 안드로니쿠스』(1593~
1594)를 시작으로『아테네의 티몬』(1607~1608)까지 총 10편의 비극
을 썼다. 이들 비극은 그 내용이 다양하여 한마디로 정의하기는 어
렵다. 그러나 이들이 비극으로 분류되는 이유는 적어도 두 가지 공
통 요소를 갖추고 있기 때문이다. 우선 이들은 우리 관객이나 독
자들에게 전체적으로 기쁨보다는 슬픔을 준다. 그 슬픔의 성격이
단순하거나 복잡할 수도 있고 그 정도가 약하거나 강할 수도 있지
만 어쨌든 우리의 마음을 가라앉히지 들뜨게 하지는 않는다. 둘째,
극의 시작은 비록 가볍거나 희극적일 수 있어도 그것은 곧 타협할
수 없는 갈등으로 치닫고 결국에는 주인공의 죽음으로 마무리된
다. 이것이『셰익스피어 전집 4, 5』에 실린 일곱 극작품이 비극이
란 장르로 묶여 있는 까닭이다. 그러면 이제부터 이 일곱 극작품
을 비극의 두 핵심 요소 가운데 하나인 죽음이란 공통분모를 통하
여 간략하게 소개해 보기로 하자.
　셋째 작품인『햄릿』(1600~1601)에서는 여섯 명의 등장인물이
죽는다. 그들을 죽는 순서대로 말하면 폴로니우스, 오필리어, 거
트루드, 클라우디우스, 레어티스 그리고 햄릿이다. 이 가운데 3막
4장에 나오는 폴로니우스의 죽음은 햄릿을 복수하는 아들에서
복수의 표적이 되게 만드는 결정적인 사건이다. 햄릿은 폴로니우
스를 죽임으로써 그의 아들인 레어티스의 원한을 불러일으키고
결국에는 자신의 죽음을 피할 명분이 없어지게 된다. 자신은 자
기 아버지를 죽인 원수, 클라우디우스의 죽음을 추구하면서 그와
같은 처지에 놓인 레어티스에게는 그 일을 하지 마랄 수는 없기

때문이다. 그에 따라 레어티스와 햄릿은 극의 결말에 벌어지는 검술 시합에서 맞붙어 서로를 죽이고 죽는다.

그런 다음 4막 7장에 나오는 오필리어의 죽음은 우선 그녀의 오빠인 레어티스의 복수심을 강화한다. 그는 자기 아버지 폴로니우스의 죽음 때문에 오필리어가 미쳤다고 여긴다. 그런 오필리어가 이제 죽었다. 그런데 아버지를 죽인 자가 바로 햄릿이기 때문에 햄릿은 오필리어가 죽은 간접적인 원인 제공자이다. 하지만 관객들은 오필리어의 죽음에서 오빠인 레어티스의 슬픔에 공감하기보다는 그녀를 매정하게 버린 햄릿의 행동을 더 많이 떠올린다. 햄릿 말고는 누구에게서도 자신의 진실된 사랑을 인정받지 못했던 오필리어, 그래서 그녀를 죽게 한 책임의 대부분은 햄릿에게 있는 셈이다. 자기의 애인이 자기 아버지를 죽였다, 비록 그것이 우발적인 살인이라 할지라도. 그리고 그 애인은 "난 오필리어를 사랑했다. 사 만의 오빠가/그들의 사랑을 모조리 다 합쳐도/내 것만 못하리라"(5.1.257~259)라고 호언한다. 그런데 오필리어에게 이 두 사실은 양립하기 힘들고, 그 둘 사이에서 고민하던 그녀는 미쳤고 결국 사고인지 자살인지 불분명한 상황에서 물에 빠져 죽는다. 오필리어의 죽음은 이렇게 햄릿과 깊이 연관되어 있다. 그리고 남은 두 사람, 거트루드와 클라우디우스의 죽음은 오필리어의 것보다 햄릿과 훨씬 더 밀접하게 연관되어 있다. 거트루드는 빠른 재혼으로 그것도 시동생과의 결혼으로 햄릿이 이 세상만사에 절망하여 자살하고 싶게 만든 장본인이고, 클라우디우스는 햄릿의 아버지를 독살하고 그의 어머니와 결혼한 삼촌으로 자기 아버지의 원한을 갚아야 할 대상이다. 따라서 극중의 모든 죽음은(햄릿이 클라우디우스의 밀서를 조작하여 사지로 보낸 로젠크랜츠와 길든스턴을 포함하여) 모두 이 극의 주인공인 햄릿과 직접 연관되어 있으며, 이 극의 핵심 주제는 결국 햄릿이 왜 클라우디우스를 죽이고 본인도 죽는지 그 이유와 의미를 펼쳐 보이는 과정에서 드러난다.

『햄릿』의 핵심 주제는 복수이다. 그러나 이는 형식상의 주제이고 내용상으로 이 작품의 핵심 주제는 복수심과 양심의 대결이다. 그리고 양심은 복수를 지연시키는 힘으로서 무의식적인 행위로 나타나고 복수심은 살인을 실행시키는 힘으로서 의식적인 행위로 나타난다. 또한 복수심은 햄릿을 죽음으로 몰아가는 힘을 대표하고 양심은 그가 삶을 유지할 수밖에 없게 만드는 힘을 대표한다. 이런 맥락에서 이 극의 핵심 주제는 삶과 죽음의 문제, 즉 존재의 문제라고도 할 수 있다. 그러면 이제부터 이 삶과 죽음을 대표하는 양심과 복수심의 대결이 어떻게 시작되고 어떻게 전개되는지를 주요 장면을 통해 알아보기로 하자.

햄릿에게 아버지의 억울한 죽음을 알려 주는 존재는 살아 있는 사람이 아닌 죽은 아버지의 유령이다. 그는 자신의 죽음의 비밀이 너무나 철저히 파묻혀 자기 아들조차 모르고 있다는 사실이 원통하여 그 진실을 전할 방도를 찾게 된다. 그는 일단 유령의 형체로 두 보초, 마셀러스와 바나도의 이목을 끄는 데 성공한다. 그러나 이 두 사람은 자신의 목표가 아니었기에 그들 사이에는 아무런 대화도 없었다. 게다가 그들은 유령과 대화를 나누는 방법 또한 몰랐다. 따라서 그들은 자기들보다 학식이 더 많은 호레이쇼를 청하여 그에게 유령의 진위를 확인하고 대화를 시도해 볼 것을 권한다. 그러나 호레이쇼가 유령을 만났을 때에도, 또 그가 격식을 갖춰 유령에게 말을 걸었을 때에도 그것은 아무런 답이 없다. 호레이쇼 또한 유령이 나타난 목적이 아니었기 때문이다. 그래서 세 사람은 유령이 선왕 햄릿의 형체를 했을 뿐만 아니라 전쟁 준비 중인 현 시국을 감안했을 때 그것이 분명 햄릿 왕자와 연관성이 있을 것이라는 결론을 내리고 그를 찾아간다.

이것이 1막 1장에서 유령이 나타나서 1막 5장에서 햄릿과 대화에 성공하고 아버지의 죽음의 비밀을 들은 햄릿이 즉각적인 복수를 맹세하기까지 벌어지는 주요 사건이다. 그런데 이 과정에서 우리가 주목해야 할 일은 햄릿이 복수 명령을 받았을 때 그의 복수심을 강화하는 요인들이다. 그 가운데서도 특히 1막 2장의 서두에서 선왕 햄릿에 대해 클라우디우스가 표하는 위선적인 애도와 형수 거트루드와의 '근친상간적인' 결혼, 그리고 이제는 양아들이 된 햄릿에 대한 그의 거짓 애정 과시는 햄릿이 아버지의 비밀을 전달받았을 때 그의 복수심을 증폭시키는 요인이 된다. 이와 더불어 1막 2장의 햄릿의 독백("오, 너무나 더럽고 더러운 이 육신이……")에 나타나는 아버지에 대한 존경과 그리움, 특히 어머니에 대한 강렬한 애증 또한 햄릿의 복수심에 기름을 붓는 역할을 한다. 그리고 마지막으로 햄릿이 유령을 만나기 직전에 호레이쇼에게 말하는 클라우디우스의 인간성, 그 가운데서도 술버릇(1.4.8~12) 또한, 순전히 햄릿의 시각에서 과장되긴 했지만 그를 죽여야 한다는 마음을 일으키는 데 일조한다.

그런 다음 햄릿은 1막 5장에서 아버지가 맞이한 죽음의 진실을 알게 된다. 유령의 고발에 따르면 그가 어느 날 오후 정원에서 잠자는데 자기 동생 클라우디우스가 저주받을 독즙 병을 몰래 갖고 들어와 그것을 자기 귀에 부었고 그 결과 그는 자다가 동생 손에 의하여 생명, 왕관, 왕비를 한꺼번에 빼앗기고, 졸지에 죽는 바람에 성체도 종유성사도 없이, 그래서 아무런 죄 청산도 못하고 심판대로 보내졌다고 한다. 그러면서 "소중한 네 아버질 사랑한 적 있다면 (중략) 이 흉악무도한 살인의 원수를 갚아 다오."(1.5.23~25)라고 요청한다. 이 상황에서 어떤 아들이 즉각적인 복수를 맹세하지 않겠는가. 특히 우리가 앞서 언급했듯이 이미 복수할 이유가 충분한 햄릿의 경우에 말이다. 유령의 요구에 대한 햄릿의 반응은 예상대로 빠르고 분명하다. 그는 "명상처럼 아니면/사랑의 상념처럼 재빠른 날개로/복수에 돌입할 것이다."(1.5.29~31)라고 말한다.

그렇다면 햄릿의 복수는 왜 그의 생각처럼 재빨리 실행되지 않는가? 적어도 2막 2장 마지막 부분에서 자신의 복수 지연을 자책하는 햄릿을 만날 때까지 우리는 그가 미친 척하는 그래서 여러 사람을 혼란에 빠뜨리는 것 말고는 클라우디오스를 죽이기 위해 그 어떤 구체적인 행동도 하지 않거나 못하고 있음을 안다. 그 결과 햄릿은 "아, 난 얼마나 못돼 먹고 천박한 놈인가!"(2.2.534)로 시작하는 독백에서 엘시노어를 방문한 한 배우의 시범 연기에 커다란 충격을 받는다. 저 먼 옛날 트로이 전쟁 시절에 남편 프리아모스의 죽음에 슬퍼하는 헤카베를 연기하는 이 배우는 그녀의 역할에 깊이 몰입한 연기로 햄릿에게 강한 인상을 남긴다. 그래서 햄릿은 자신에게 묻는다. 이 남자 배우는 자신과 아무런 상관도 없는 허구 속의 여성 헤카베 때문에 우는데 그가 만약 자기처럼 진짜로 울어야 할 이유가(아버지의 생명을 부당하게 빼앗긴 명분이) 있다면 어떡할까? "그는 곧 무대를 눈물로 채우고/끔찍한 대사로 모든 귀를 다 찢어 놓으며/죄인은 미치게 무죄인은 오싹하게 만들"(2.2.546~548) 것이라고 한다. 그런데 자기는 아무런 행동도 못하고 있다. 그렇다면 그는 무엇을 어떻게 해야 하는가. 햄릿의 결론은 다음과 같다. 이 배우들에게 자기 아버지의 살해 비슷한 연극을 왕 앞에서 시키고 그의 반응을 살핀 뒤에 그가 만약 움찔하면 그때 아버지의 죽음을 복수할 것이다.

그런데 여기에서 우리는 햄릿에게 두 가지 사실을 지적할 수 있다. 첫째, 헤카베 역을 하는 배우의 감정과 햄릿의 복수는 아무런 상관이 없다. 왜냐하면 햄릿에게 요구되는 것은 배우가 바라는 관객들의 공감이나 심리적인 효과가 아니라 구체적인 복수 행위, 즉 클라우디오스를 죽이는 일이기 때문이다. 물론 햄릿이 계획하는 극중극 「쥐덫」을 보고 왕이 죄책감으로 돌발 행동을 한다면 이는 햄릿이 복수에 한 걸음 더 다가가는 계기가 될 것이 분명하다. 그렇다 해도 왜 햄릿은 직접적인 행동을 택하지 않고 연극이란 간접적인 방법을 택하는가? 우리가 보건대 그의 복수를 가로막는 어떤 장애물도 없는데 말이다. 이에 대한 대답은 결국 둘째 지적 사항과 연결되어 있다. 즉, 햄릿은 왜 하필이면 이 시점에서 유령의 말의 진정성을 다시 입증해야 할 필요가 있는가? 앞서 1막 5장에서 그는 유령을 "햄릿, 대왕, 아버지,/덴마크 왕"(1.5.44~45)으로 받아들이고 그가 발설한 진실에 어떠한 의문도 제기하지 않았다. 오히려 유령이 밝히는 클라우디우스의 인간성이 자신의 "예측"(1.5.41)과 맞았음을 신통해했고, 너무나 구체적이고 사실적인 아버지의 사망 경위를 들은 결과 "날 잊지 마라."는 유령의 말을 자신의 수첩에 적어 두기까지 했다. 그런데 왜 그는 지금 유령의 말을 의심하는 것일까? 물론 유령을 처음 만났을 당시 그의 마음속에 그것이 악령일 가능성이 아주 없었던 것은 아니다. 왜냐하면 그때 햄릿은 그것을 향해 "네가 좋은 귀신이든 저주받은 악귀든/하늘 바람 타고 왔든 지옥 독풍 몰아왔든/네 의도가 사악하든 자비롭든지 간에"(1.4.40~42)라고 하면서 그것의 도덕적 이중성을 염두에 두고 있었기 때문이다. 그래서 지금 그가 앞서 만났던 혼령이 악마인지도 모르고, 그 악마가 선한 모습으로 위장할 수도 있으며, 그놈이 자신의 허약함과 우울증을 빌미로 자기를 파멸시킬 수도 있다는 생각이 불현듯 떠올랐는지도 모른다. 그렇다면 햄릿 안에 잠재해 있던 이 유령의 악성은 왜 이 시점에서 다시 고개를 쳐들게 되었을까? 때마침 한 극단이 엘시노어를 방문했고, 햄릿이 그 가운데 한 배우의 시범 연기에 감동을 받았고, 그것이 햄릿으로 하여금 연극을 왕의 양심 사로잡는 수단으로 쓸 계책을 암시해 주었기 때문일까? 만약 이 대답이 맞는다고 해도 그것은 사후의 설명은 될지언정 사전 설명은 되지 못한다. 즉, 왜 하필 지금 그 유령이 악마일지도 모른다는 의문을 햄릿이 떠올리게 되었는지는 해명하지 못한다. 따라서 의문 자체는 가능하지만 그 원인은 설명이 필요하다.

이 의문에 대한 답은 잠시 뒤로 미루고 이제 햄릿이 복수를 지연시키는 두 번째 장면으로 가 보자. 그것은 극중극 「쥐덫」으로 왕의 죄를 확인한 햄릿이 기도하는 왕을 만나 그를 죽이려다가 놔주는 곳이다. 극중극의 성공 뒤에 어머니의 분부로 그녀의 내실로 가던 중 햄릿은 왕을 만난다. 이때 햄릿의 마음은 사악함으로 가득하다. 그의 마음은 "지금 더운 피 마시고/낮에 보면 벌벌 떨 독한 짓을 할 수 있다."(3.2.372~373) 왜냐하면 그는 극중극의 성공으로 극도로 흥분되어 있으며, 그가 앞서 걱정했던 유령의 말이 진실임이 입증되어 이제는 아버지의 복수를 미루던 장애물이 없어졌기 때문이다. 한마디로 복수를 실행하기 딱 좋은 상태이다. 그런데 햄릿의 복수심은 당장은 어머니를 향한다. 왜냐하면 그는 지금 어머니를 만나러 가는 길이고 햄릿에게 어머니는 삼촌 못지않게 미운 사람이니까, 아니 오히려 삼촌보다 더 미우니까. 따라서 햄릿은 그가 당장 무슨 악행을 범할지 몰라 스스로 자제심을 주문한다, 자기 어머니에게 "잔인하되 불효를 범하진 말아야지./칼같이 말하지만 칼을 쓰진 않을 테다."(3.2.377~378)라고 말할 정도로.

이렇게 복수하기 딱 좋은 상태로 햄릿은 기도하는 왕을 만난다. 그리고 당연히 그를 죽이려고 칼을 빼든다. 그런데 하필이면 지금 햄릿의 머릿속에는 기도 중인 사람을 죽이면 그가 천당에 간다는 생각이 떠오른다. 그래서 그 문제를 따져 본 햄릿은 지금 왕을 죽이는 것은 도급(청부 살인)이지 진정한 복수가 아니라는 결론을 내리고 칼을 거둔다, 그를 좀 더 확실하게 지옥으로 보낼 수 있는 때를 기대하면서. 그렇다면 지금 햄릿이 왕의 죽음을 지연시키면서 내놓은 이유(그의 천당행)는 그의 본심을 드러내는 진정한 이유일까? 그렇지 않다는 사실은 여러 가지 경로를 통해 드러난다. 우선 그것은 햄릿의 현재 심리 상태와 맞지 않다. 그는 복수를 실행할 최상의 상태에 있다. 유령의 말은 진실임이 입증되었고 왕은 무방비 상태에서 기도하고 있다. 게다가 햄릿은 모르지만 관객들은 왕의 기도가 아무런 효과가 없다는 사실도 알고 있다. 그는 기도하는 자세만 취하고 있지 그 내용은 공허하기 그지없다. 그의 기도가 진정한 뉘우침과 죗값 청산을 전제하고 있기 않기 때문이다. 그래서 그는 "내 말은 날아가고 생각만 남았구나./생각 없는 빈말은 절대 하늘 못 가는 법."(3.3.97~98)이라고 실토한다. 그가 위선적인 행동으로 괴로워하는 지금이야말로 그를 죽이기 딱 좋은 때다.

둘째, 기도 중인 사람을 죽이면 그가 천당 간다는 생각은 우리가 앞서 보았던 유령의 말의 진위 확인처럼 아무런 암시나 준비 없이 갑자기 튀어나왔다. 그리고 마지막으로, 햄릿이 내놓은 이유가 복수 지연의 변명이고 구실일 뿐이라는 사실은 무엇보다도 자기변명 조의 과도한 악감정에서 그 실체가 드러난다.

> 아서라 내 칼아, 더 끔찍한 상황을 만나자.
> 놈이 취해 잠자거나 광란하고 있을 때
> 침대에서 상피 붙어 쾌락을 즐길 때
> 경기 도중 욕하거나 구원받을 기미가
> 전혀 없는 행동을 하고 있을 바로 그때
> 이놈의 다릴 걸자, 발꿈치는 하늘을 박차고
> 그 영혼은 목적지인 지옥만큼 저주받아
> 시커멓게 되도록. (3.3.88~95)

그렇다면 햄릿으로 하여금 절호의 기회를 놓치고 있는 자신을 이토록 강하게, 지나친 수사와 감정을 동원하여 항변하게 만드는 것은 과연 무엇일까? 그것은 다름 아닌 그의 양심이다. 그리고 햄릿에게 이 양심은 무엇이고 어떻게 작동하는지를 알아보기 위해 우리는 그가 복수를 지연하는 두 곳이 아니라 저 유명한 "존재할 것이냐, 말 것이냐"(3.1.56)로 시작하는 독백으로 가야 한다.

　이 독백에서 햄릿은 우리가 이 세상 모든 고난에도 불구하고 자살하지 못하고 살아가는 이유는 죽음 후의 무언가에 대한 두려움 때문이라고 결론짓는다. 그래서 거창한 일을 결심했던 우리의 의지는 흐려지고

> 결국은 양심이 우리를 다 겁쟁이로 만들고
> 그에 따라 붉은빛 영롱하던 결심은
> 창백한 생각으로 병들어 버리며
> 천하의 거창하고 웅대한 계획들도
> 이 점을 고려할 때 그 흐름이 바뀌면서
> 실천될 가망성이 없어진다. (3.1.83~88)

라고 말한다. 여기에서 햄릿이 말하는 양심(conscience)은 두 가지 뜻을 가지고 있다. 하나는 인간 행위의 선악을 구분할 수 있는 본능적인 판단력이고 다른 하나는 내면의 깊은 생각이나 의식이다. 셰익스피어는 이 두 가지 뜻을 모두 염두에 두고 이 말을 사용하였지만, 좀 더 엄격히 따져 보면 의식이라는 것은 생각을 떠올려 담는 수단이고 그 의식 안에 담긴 내용이 도덕적 의미의 양심이기 때문에 내용상으로는 이 양심의 뜻이 우선한다고 볼 수 있다. 그래서 양심을 이런 뜻으로 받아들이면 우리는 그것이 햄릿의 행동에 어떤 영향을 미치는지 알 수 있다. 그것은 우선 그가 하고

싶은 자살을 결행할 수 없게 만든다. 왜냐하면 자신을 죽이는 일은 영원하신 주님께서 금지한 법칙(1.2.131~132)이기 때문이다. 그것은 종교적인, 도덕적인 양심에 어긋나는 일이고 우리가 죽은 뒤에 받을 심판에서 우리에게 결정적으로 불리하게 작용할 것이다. 이 사실이 두렵기 때문에 우리는 스스로 죽지 못한다. 그리고 햄릿은 자신이 내린 이 결론이 자살뿐만 아니라 타살에도 적용될 수 있음을 내비친다. 양심이 우리 모두를 겁쟁이로 만들기 때문에 우리는 자살하지 못할 뿐만 아니라 "천하의 거창하고 웅대한 계획들"도 같은 이유로 행동으로 옮겨지지 못한다고 한다. 왜냐하면 이런 거대한 계획은 결국 자신의 목숨과 다른 많은 사람들의 목숨을 걸어야만 성취할 수 있기 때문이다. 따라서 양심 때문에 우리는 결국 죽지도 죽이지도 못한다.

햄릿은 이런 결론을 차분한 상태에서, 그가 항상 염두에 두고 있는 아버지의 복수에서 한 발짝 떨어진 상태에서 내린다. 그는 아주 조용하게, 합리적으로, 마치 철학자가 자신이 골똘히 생각하는 명제를 반추하듯이 "존재할 것이냐, 말 것이냐"라는 질문에 대한 답을 구한다. 그리고 그 과정에서 우리가 존재할 수밖에 없는, 생을 이어 갈 수밖에 없는 이유는 바로 양심의 저어, 즉 우리가 자살 죄를 범한 뒤 저 세상에서 받을 벌에 대한 두려움 때문이라고 결론 내리고 같은 원칙이 자살뿐만 아니라 타살에도 통용될 수 있음을 암시한다.

그러면 이제 이 양심을 햄릿의 복수 지연 문제에 적용해 보기로 하자. 우리는 앞서 햄릿이 직접 복수에 돌입하지 않거나 못한 두 번의 경우를 따져 보았다. 그런데 이 두 경우의 공통점은 햄릿이 제시하는 이유가 뜬금없이 나타났다는 사실이다. 미친 척 말고는 달리 복수할 방법을 찾지 않던 햄릿이 엘시노어 왕성을 찾아온 극단 배우의 시범 연기에 자극받아 왕의 양심을 사로잡는 수단으로 연극을 이용하는 결정을 내렸다. 그런데 그 이유가 유령의 말이 진실인지 확인해야 한다는 것이었다. 이는 햄릿이 생각하지 않고 있던 이유이다. 따라서 무언가가 햄릿으로 하여금 그런 구실을 갑자기 떠올리게 만들었다고 볼 수밖에 없다. 그런 다음 햄릿이 기도하는 왕을 죽이지 않고 놓아준 장면에서도 그가 제시하는 이유는 아무런 사전 예고가 없었다. 기도하는 사람을 죽이면 그가 천당으로 간다는 말은 한편으로는 자연스럽지만 그 말이 나온 상황으로 볼 때 그것은 전혀 뜻밖이다. 그는 스스로 말하듯이 왕을 천당으로 보낼 이유가 전혀 없고 또 당시의 악독한 마음 상태로는 그럴 기분도 전혀 들지 않았기 때문이다.

그래서 우리는 이제 햄릿이 복수를 지연하면서 뜬금없는 이유를 두 번이나, 그것도 스스로 의식하지 못한 채 내놓은 이유를 짐작할 수 있다. 그것은 바로 그의 무의식에 작용하는 양심이다. 앞선 독백("존재할 것이냐"로 시작하는)에서 햄릿이 양심을 자살 금지 요인으로 지목했을 때 그는 그것이 타살의 경우에도 꼭 같이 자신의 행동을 가로막는 원인일 것이라고는 전혀 깨닫지 못한다. 왜냐하면 자살의 경우에는 모든 조건을 치밀하게 따져서 양심이 궁극적인 원인임을 밝혀낼 수 있었지만(참고로 햄릿은 모든 허구의 인물 가운데 가장 똑똑한 사람으로 평가받는다.) 타살, 특히 클라우디우스를 죽이는 일에 같은 양심이 그를 억제하리라는 생각은 결코 할 수 없다. 왜냐하면 우리가 앞서 보았듯이 햄릿에게는 그를 죽여야 할 모든 합당한 이유가 — 개인적인, 감정적인, 정치적인, 그리고 도덕적인 이유가 — 충분하기 때문이다. 게다가 그에게는 왕을 해치울 "명분과 의지와 힘과 또 수단"(4.4.45)까지 있다. 한마디로 그에게 왕을 죽이지 못할 또는 않아야 할 생각은 적어도 그의 의식 세계에서는 추호도 없다.

하지만 그의 무의식 세계는 다르다. 거기에서 양심은 햄릿으로 하여금 그가 곧바로 복수 행위에 돌입하지 못하게 막는다. 그 결과 햄릿의 무의식적인 양심은 그가 왕을 죽여야 할 때 그에게 엉뚱한 이유를 들어 그의 행동을 지연시킨다. 유령의 말이 진실인지 알아봐야 한다는 그리고 그 유령이 악령일지도 모른다는 구실을 떠올리게 만들고, 또 왕이 기도하는 장면에서는 그가 천당에 갈지도 모른다는 이유를 갑자기 들이대도록 만든다. 그 당시 상황에서는 그야말로 엉뚱한, 본인도 왜 그런 이유를 떠올리는지 모르는 채 말이다. 그를 이렇게 만드는 힘이 양심이라고 말할 수 있는 근거는 두 경우 모두 그의 판단이 무의식의 작용일 뿐만 아니라 도덕적이라는 데 있다. 유령의 말이 진실이 아니고 거짓이면 그는 유령의 간계에 속아 지옥에 떨어질 수도 있는 악행을 범하는 것이고, 기도하는 죄인을 천국으로 보내는 행위 또한 선악을 거꾸로 해석하여 실천하는 부도덕한 행위로 둘 다 양심의 영역에 속한 문제이기 때문이다.

따라서 이제 햄릿이 복수를 실천에 옮길 수 있는 길은 오직 하나이다. 그것은 생각할 겨를 없이 바로 행동하는, 즉각적인 실천이다. 그에 따라 그는 내실 장면에서 폴로니우스를 죽인다. 햄릿의 험악한 말과 행동에 놀란 왕비가 살려 달라고 외쳤을 때 그에 반응하여 휘장 뒤에서 "사람 살려!"(3.4.22)를 외친 폴로니우스를 찔러 죽인다. 곧바로, 아무런 생각 없이, "이건 뭐냐? 쥐새끼다! 죽어 싸다, 죽어라."라고 하면서. 그렇게 행동을 먼저 한 다음 그는 그가 죽인 자가 왕이기를 소망하고 추측하면서 왕비에게 물어본다. "왕입니까?"라고. 그런 다음 휘장을 들치고 죽은 사람이 폴로니우스인 것을 안다.

그런데 햄릿의 이번 복수의 문제는 우리 모두가 알다시피 엉뚱한 사람을, 클라우디우스가 아닌 폴로니우스를 죽였다는 데 있다. 그래서 햄릿은 이제 생각해서 복수할 수도(무의식적인 양심이

막으니까) 그렇다고 생각 없이 행동할 수도(잘못 죽일 수도 있으니까) 없다. 다시 말하면 보이는 대상을 죽일 수도, 안 보이는 대상을 죽일 수도 없다. 그래서 "존재할 것이냐, 말 것이냐" 또는 '복수할 것이냐, 말 것이냐'라는 딜레마는 그 둘을 다 하지 않거나 아니면 그 둘을 초월하는 길밖에 남지 않았다. 이런 상황에서 무슨 뾰족한 탈출구를 마련하지 못한 햄릿은 4막 4장의 독백에 이르기까지 자신을 복수로, 죽음으로 몰고 가는 힘과 자신을 복수에서 멀어지게 만드는 힘 사이에서 어떻게 대처해야 할지 몰라 고민한다. 그래서 명예를 위해서라면 지푸라기 하나에도 커다란 명분을 찾아내는 포틴브라스의 행동 방식에 커다란 자극을 받았음에도 복수를 당장 실행하지 못하고 재차 다짐하는 말만 한다. "지금부터 내 생각이/피비리지 아니하면 아무 소용 없으리라."(4.4.65~66)라고.

하지만 햄릿에게 이 난관을 극복할 첫 번째 방법은 의외의 곳으로부터 찾아온다. 햄릿의 복수가 죽음 너머에서 온 유령의 말에서 시작되었듯이 그 해결책 또한 이 세상을 넘어선 초자연적인 세계에게 찾아온다. 폴로니우스를 죽인 죗값으로 왕에 의해 영국으로 비밀 처형을 당하러 가던 햄릿은 항해 도중 왕의 밀서를 훔쳐보고 그의 계략을 알아내고, 밀서를 조작하여 그를 호위하던 로젠크랜츠와 길든스턴을 죽음으로 보내고, 해적선을 만나 본대와 헤어지는 일련의 과정을 통해 아주 중요한 깨달음을 얻는다. 그것은 인간인 우리는 "목표물을 대충 깎고 그 완성은/신이 한단 사실"(5.2.10~11)이다. 그는 인간의 임무는 어떤 일을 하려고 목표를 정하고 열심히 그 해결책을 모색하는 것이고 그 마무리는 어떤 초월적인 존재의 손에 달렸다는 사실을 불현듯 깨닫는다. 그에 따라 햄릿은 덴마크로 되돌아왔을 때 왕의 검술 시합 제안을, 무슨 계략이 있지 않을까 의심하지만, 순순히 받아들인다. 왜냐하면 "참새 한 마리가 떨어지는 데도 특별한 섭리가" 있고 자신의 죽음도 이와 마찬가지로 지금 아니면 언제라도 때가 되면 올 테니까. 따라서 그는 만사를 담담하게 받아들이는 "마음의 준비가 최고"(5.2.212~215)라고 말한다.

그러나 햄릿의 복수와 죽음은 그렇게 담담한 방법으로 찾아오지 않는다. 그는 신의 섭리를 믿으면서 복수와 죽음의 문제를 초월하려고 노력하지만 섭리는 저절로 이루어지는 것이 아니라 그 자신이 그것을 적극적으로 맞이하는 방식으로 이루어진다. 왜냐하면 극의 결말에서 햄릿은 레어티스의 독 묻은 칼에 찔려 이미 죽은 상태에서 클라우디우스를 죽이고, 자신의 복수 대상이 클라우디우스임을 모르는 상태가 아니라 알면서 그를 죽이기 때문이다. 그리고 다른 무엇보다도 양심이 그의 무의식에 작용하여 그의 복수를 지연시켰다는 사실을 인지한 채 왕을 죽인다. 햄릿은 영국 여행에서 돌아왔을 때 호레이쇼에게 로젠크랜츠와 길든스턴을 죽음으로 보낸 행동에 대해 아무런 양심의 가책을 느끼지 않으며 왕을 죽이는 일에 대해서도 같은 마음임을 밝힌다.

> 자넨 어찌 생각하나? 내가 해야 할 일로서 —
> 나의 왕을 시해하고 어머닐 더럽히고
> 내 희망과 국왕 선출 사이에 불쑥 끼고
> 내 목숨을 노리고 이따위 속임수로
> 낚시를 던진 자를 — 이 손으로 보내는 게
> 양심상 완벽하지 않겠어? 또 이런
> 암적인 존재가 계속 악을 범하도록 놔두면
> 저주받지 않겠어? (5.2.63~70)

다시 말하면 햄릿은 이제 그의 의식 세계에서 작동하는 복수심과 무의식 세계에서 작동하는 양심 가운데 어느 쪽의 영향도

받지 않으면서, 또는 양쪽의 요구를 다 만족시키면서(어머니의 죽음까지 추가하여) 그의 복수를 완성한다. 그리고 이 사실을 호레이쇼가 만천하에 알려 주기를 바라면서 죽는다. 이것이 그의 마지막 말 — "그 나머진 침묵이네"(5.2.362) — 특히 그의 "침묵"에 담긴 그의 죽음의 의미이다.

끝으로 이번 번역은 해럴드 젱킨스(Harold Jenkins) 편집의 아든(The Arden Shakespeare) 판 『햄릿(Hamlet)』을 기본으로 하고, 필립 에드워즈(Philip Edwards) 편집의 뉴케임브리지 셰익스피어 (The New Cambridge Shakespeare) 판, G. 블레이크모어 에번스 (G. Blakemore Evans) 편집의 리버사이드 셰익스피어(The Riverside Shakespeare) 판, 그리고 조너선 베이트와 에릭 라스무센(Jonathan Bate and Eric Rasmussen) 편집의 RSC(The Royal Shakespeare Company) 판을 참조하였다.

등장인물

햄릿	덴마크 왕자
클라우디우스	덴마크 왕. 햄릿의 삼촌
유령	햄릿의 아버지인 선왕의 혼령
거트루드	왕비. 햄릿의 어머니. 지금은 클라우디우스의 아내
폴로니우스	재상
레어티스	폴로니우스의 아들
오필리어	폴로니우스의 딸
호레이쇼	햄릿의 친구이자 의논 상대
로젠크랜츠 길든스턴	궁정인, 햄릿의 옛 학교 친구들
포틴브래스	노르웨이 왕자
볼티맨드 코넬리우스	덴마크의 중신. 노르웨이로 가는 사신들
마셀러스 바나도 프란시스코	왕의 근위대원
오스릭	멍청한 궁정인
레날도	폴로니우스의 하인
배우들	
신사	
사제	
두 광대	묘지기들

노르웨이군 부대장

영국 사신들

귀족, 귀부인, 군인, 선원, 사자 및 시종들

장소   엘시노어의 궁정 및 주변 지역

1막 1장

두 보초, 바나도와 프란시스코 등장.

바나도	누구 — 냐?	
프란시스코	아니, 내가 묻는다. 서라, 누군지 밝혀라.	
바나도	국왕 만세!	
프란시스코	바나도?	
바나도	나야.	5
프란시스코	정확하게 제시간에 맞춰 왔군.	
바나도	막 12시를 쳤어. 자러 가, 프란시스코.	
프란시스코	임무 교대, 대단히 고마워. 추위는 매섭고	
	내 마음은 울적해.	
바나도	경계 중 조용했나?	10
프란시스코	쥐죽은 듯했어.	
바나도	그럼, 잘 자.	
	호레이쇼와 마셀러스를 만나거든	
	내 보초 짝인데 서두르라고 해 줘.	
프란시스코	기척이 난 것 같아.	

호레이쇼와 마셀러스 등장.

거기 서라! 누구냐?   15

호레이쇼	이 땅의 친구이고.
마셀러스	나라님의 신하이다.

1막 1장 장소 엘시노어 왕성 위의 망대.
1행 누구 — 나   가 물어야 될 말을 교대하러 들어오는 바
현재 경계 임무를 맡고 있는 프란시스코   나도가 묻고 있다.

프란시스코	밤새 무사하게.
마셀러스	오, 잘 가게 성실한 병사여, 교대는 누가 했지?
프란시스코	바나도가 내 자릴 맡았어. 밤새 무사하게.　　(퇴장)
마셀러스	이보게, 바나도!　　　　　　　　　　　　　　　20
바나도	어, 아니 거기 호레이쇼인가?
호레이쇼	그 사람의 일부이지.
바나도	어서 와, 호레이쇼. 어서 오게, 마셀러스.
호레이쇼	아니 그게 오늘 밤에 또다시 나타났어?
바나도	아무것도 못 봤는데.　　　　　　　　　　　　25
마셀러스	호레이쇼는 우리 눈에 두 번이나 비쳤던
	이 무서운 광경을 믿으려 들지 않았어,
	그건 단지 우리의 환상일 뿐이라며.
	그래서 나와 함께 가 보자고 간청했지,
	오늘 밤 우리와 빈틈없이 지키다가　　　　　30
	만약에 이 귀신이 또다시 나오면
	우리가 본 것을 확인하고 말 걸어 보도록.
호레이쇼	쯧쯧, 나타나지 않을 거야.
바나도	잠시 앉아
	우리의 얘기에 드높게 담쌓은 자네 귀를
	이틀 밤에 걸쳐서 우리가 본 것으로　　　　　35
	다시 한 번 두드려 보자고.
호레이쇼	그럼 우리 앉아서

22행 일부
호레이쇼가 악수하기 위해 내민 손은 분명히 보이지만 주위의 어둠 때문에 그의 전체 모습은 드러나지 않는다. 자기를 익살스럽게 줄여서 말하는 데서 호레이쇼의 회의적인 태도를 처음부터 엿볼 수 있다. (아든)

24행 그게
유령은 앞으로 여러 가지 이름으로 불리지만 처음엔 정체불명의 사물을 지칭하는 어떤 것이다.

바나도의 얘기를 한번 들어 보지 뭐.

바나도   마지막으로는 지난밤

바로 저 북극성 서쪽으로 떠 있는 저 별이

길 따라 흘러가 지금 타고 있는 곳의   40

하늘을 밝혔을 때, 마셀러스와 내가

그때 종은 1시를 울렸고 —

유령 등장.

마셀러스   쉿, 그만해. 저것 봐, 그것이 다시 왔어.

바나도   이전처럼 가신 왕과 꼭 같은 모습으로.

마셀러스   자네는 학자야. 말 걸어 봐, 호레이쇼.   45

바나도   선왕과 같지 않아? 주목해 봐, 호레이쇼.

호레이쇼   꼭 같아. 난 두렵고 놀라워서 몸이 저려.

바나도   말 걸어 주길 원해.

마셀러스   질문해 봐, 호레이쇼.

호레이쇼   너는 대체 뭣이기에 밤늦은 이 시각을

돌아가신 덴마크 왕께서 행진할 때 보였던   50

훌륭하고 늠름한 모습으로 범했느냐?

하늘에 맹세코 명령이다, 말하라.

마셀러스   기분이 상했어.

바나도   봐, 당당하게 걸어간다.

45행 학자
호레이쇼는 유령에게 말을 걸 수 있을 만
큼 학식이 있는 사람이다. (뉴케임브리지)
48행 말…원해
당시 사람들의 믿음에 의하면 유령은 말
을 걸어 주지 않는 상태에서 먼저 말을 시

작할 능력이 없다. (아든)
53행 기분이 상했어
호레이쇼가 '하늘에 맹세코' 말하라는 명
령을 해서가 아니라 유령이 찾고 있는 사
람이 나타나지 않았기 때문에. (아든)

호레이쇼	멈춰라, 말하라, 말하라, 명령이다, 말하라. (유령 퇴장)	
마셀러스	가 버렸어, 대꾸하지 않을 거야.	55
바나도	괜찮아, 호레이쇼? 떨고 있고 창백하군.	
	이건 환상 그 이상의 무엇이 아닌가?	
	어떻게 생각해?	
호레이쇼	신에게 맹세코 내 눈으로 직접 보고	
	진실이란 보증이 없었다면 난 이걸	60
	믿지 않았을 거야.	
마셀러스	선왕 같지 않은가?	
호레이쇼	판박이나 다름없어.	
	바로 그런 갑옷을 선왕께서 입으셨지,	
	야심 많은 노르웨이 국왕과 싸웠을 때.	
	그런 인상 쓰셨어, 담판 중 노하여 썰매 탄	65
	폴란드 놈들을 얼음판에 때려눕혔을 때.	
	이상한 일이야.	
마셀러스	이렇게 이미 두 번, 정확히 이 깊은 시각에	
	보초 서는 우리를 보무당당 지나갔어.	
호레이쇼	뭐라고 딱 부러진 생각은 못 하지만	70
	내 어림짐작으로 이건 우리 나라에	
	무언가 이상한 사건이 터질 거란 징조야.	
마셀러스	자 그럼 앉아서 알고 있는 사람이 말해 봐,	
	왜 이토록 엄하고 철통같은 경계로	
	이 땅의 백성들이 밤마다 고생하며	75
	왜 이렇게 날마다 청동 대포 빚어내고	
	전쟁 물자 얻으려고 대외 무역 하는 건지	
	왜 이렇게 조선공을 징발하여 평일과	
	휴일도 안 가리고 고된 일을 시키는지	

뭔 일이 닥쳤기에 이렇게 땀 흘리며 서둘러   80
밤과 낮을 연이어 일하게 만드는지
알려 줄 수 있는 사람 누구야?

호레이쇼   그건 나야.
적어도 귓속말은 이렇다네. 즉, 선왕에게
그 영상이 바로 지금 우리에게 보였는데
극도로 경쟁적인 자만심에 자극받은   85
포틴브래스 노르웨이 국왕이 알다시피
싸움을 감히 걸어왔었고, 용감한 햄릿 왕은
(온 세상의 평가가 그렇다고 했으니까)
이 포틴브래스 국왕을 살해한바
그의 모든 소유지는 기사도의 법에 따라   90
제대로 비준된 계약서에 의하여
생명과 더불어 승자에게 몰수당했었지.
한편 우리 선왕도 못지않게 큰 땅을
담보로 잡혔었고 포틴브래스가 이겼으면
그건 그의 재산으로 돌아갔을 터이지,   95
원계약과 작성된 조문의 취지에 의하여
그의 몫이 선왕인 햄릿에게 넘어갔듯.
근데 이제 나이 어린 포틴브래스 왕자가
무절제한 성품에다 열기로 가득 차
노르웨이 국경 지역 여기저기에서   100
무법 악당 한 무리를 꿍꿍이 뱃속 있는
모종의 모험에 써먹어 보려고 상어처럼
깡그리 삼켰는데, 그것은 다름 아닌
우리 나라 사람들이 보기에 뻔히 드러나듯
완력과 강압적인 수단으로 앞서 말한   105

아버지가 잃은 땅을 되찾는 것이지.
그래서 내 생각엔 이것이 여러 가지 준비의
주요한 동기이고 우리가 이렇게
망을 보는 까닭이며 온 나라가 황급히
야단법석 부리는 가장 큰 원인이야.   110

바나도　　나 또한 그밖에 다른 건 없다고 생각해.
이 불길한 형체가 전쟁의 당사자인
선왕과 꼭 같은 무장으로 우리의 경계를
뚫고 나타나는 건 이 상황에 딱 어울려.

호레이쇼　　마음눈을 흐리는 티끌과 같은 거지.   115
최고로 번성하던 나라인 로마에서
막강한 시저가 쓰러지기 조금 전에
묘지는 텅텅 비고 수의 감은 시체들이
로마의 거리에서 끽끽대며 씨부렁거렸어,
불꼬리 달린 별, 피 같은 이슬과   120
태양 속의 흉조처럼. 그리고 넵튠의 왕국에
감화력을 행사하는 물 머금은 별 또한
종말이 온 것처럼 월식으로 병들었지.
그런데 바로 그런 무서운 사건의 전조를
언제나 운명에 앞서 오는 전령이며   125
앞으로 다가올 재난의 서막으로
하늘과 땅이 함께 이 나라 강토와
그 백성들에게 확실하게 보여 줬어.

121행 넵튠　바다와 대양의 신
122행 물…별
달을 가리킨다. 그것의 창백한 빛 때문만

아니라 바다에서 습기를 끌어올린다는
믿음 때문에 물을 머금고 있다고 여겨진
다. (아든)

유령 등장.

근데 쉿, 저것 봐, 그것이 다시 왔어.

급살을 맞더라도 맞서겠다.　　(유령이 두 팔을 벌린다.)

　　　　　　　　　멈춰라, 환영아.　　　　　　130

네가 무슨 소리나 음성을 낼 수가 있다면

나에게 말하라.

너에겐 평안을 나에겐 영예를 가져오는

무언가 좋은 일을 할 것이 있다면

나에게 말하라.　　　　　　　　　　　　135

네가 만약 이 나라의 운명과 내통하고

그걸 혹시 미리 알아 피할 수 있다면

오, 말하라.

혹은 네가 생전에 강탈한 보물을

자궁 같은 땅속에 감췄으면, 그 때문에　　　140

죽은 후에 영혼들이 자주 배회한다던데

그것을 말하라. 멈춰, 말해.　　　(수탉이 운다.)

　　　　　　　　막아, 마셀러스.

마셀러스　　이 도끼 창으로 후려칠까?

호레이쇼　　안 서거든 그렇게 해.

바나도　　여깄다.　　　　　　　　　　　　145

호레이쇼　　여깄다.　　　　　·　　(유령 퇴장)

마셀러스　　가 버렸어.

우리가 잘못이야, 대단한 위엄이 있는데

폭력을 쓰려고 했으니까. 공기처럼

아무런 상처도 입지 않는 그것에게　　　　150

헛된 우리 타격은 해치려는 시늉일 뿐이야.

바나도	수탉이 울었을 때 말을 할 참이었어.
호레이쇼	그때 그게 두려운 소환장 받아든
	죄지은 사람처럼 소스라쳐 놀라더군.
	아침의 나팔수인 수탉은 드높고도
	날카로운 목소리로 낮의 신을 깨우고
	그 경고에 물이나 불, 땅이나 대기나
	그 어느 곳이든 이탈하여 떠돌던 영혼은
	서둘러 제자리로 돌아간단 얘기를
	들은 바 있는데 그런 말이 사실임을
	여기 있던 물체가 입증해 주었어.
마셀러스	수탉이 울자마자 그것이 자취를 감췄어.
	구세주의 탄생을 축하하는 계절이
	임박하면 언제나 새벽을 여는 새가
	온밤을 운다고 말하지. 그러면 어떤 혼도
	옴짝달싹못하고 밤중에도 안전하며
	행성은 액운을 못 내리고 요정은 못 호리며
	마녀의 주문은 아무런 효력이 없을 만큼
	그 시간은 성스럽고 거룩하다 말들 하지.
호레이쇼	나도 그리 들었고 일부는 믿고 있네.
	근데 저 봐, 아침이 붉은 외투 걸치고
	저 높은 동쪽 언덕 이슬 밟고 넘어와.
	자 우리 경계를 풀고 나서 권하건대
	지난밤에 본 것을 햄릿 왕자님께 전하세.
	맹세코, 이 영혼이 우리에겐 벙어리나
	그분에겐 입을 열 테니까. 알리는 게
	우리들의 충성심에 요구되는 일이며
	의무에도 맞는다고 자네들도 동의하지?

155

160

165

170

175

마셀러스   그렇게 하자고. 난 이 아침 어디에서
           왕자님을 가장 쉽게 찾을지 알고 있어.   (모두 퇴장)   180

1막 2장

주악. 덴마크 왕 클라우디우스, 왕비 거트루드,

볼티맨드, 코넬리우스, 폴로니우스를 포함한 중신들,

폴로니우스의 아들 레어티스, 검은 상복의 햄릿,

그 밖의 사람들과 함께 등장.

왕   친애하는 짐의 형님 햄릿의 죽음이

아직도 기억에 새롭기에 가슴에 슬픔 안고

이 나라 전체가 비탄으로 하나 되어

모두들 찌푸리고 있음이 합당할 테지만

분별력이 우애심과 싸움을 벌인 결과   5

짐은 가장 현명한 슬픔으로 형님을 생각하며

그와 함께 우리들도 기억하게 되었노라.

그래서 짐의 전 형수요 짐의 현 왕비인

전운 덮인 이 나라의 왕권 공동 계승자를

이 짐은 이를테면 꺾어진 기쁨으로   10

한 눈은 행복에 또 한 눈은 수심에 차

장례에 축가를 혼례에 만가를 부르듯

환희와 비탄을 꼭 같은 무게로 달면서

아내로 삼았노라. 짐은 또한 이 일에서

경들의 뛰어난 지혜를 가로막지 않았고   15

1막 2장 장소 엘시노어 왕성.

혼사에 기꺼이 반영했소. 모든 것에 고맙소.
다음은 알다시피 포틴브래스 왕자가
짐의 값을 낮추어 보았거나 아니면
최근 짐의 친애하는 형님의 죽음으로
이 나라가 뒤틀려 혼란에 빠졌다 생각하고   20
자기가 유리하단 헛된 꿈과 결탁한 뒤
그 아비가 모든 법적 구속력에 따라서
짐의 용감무쌍한 형님에게 잃은 땅을
양도하란 내용의 전갈을 보내와
짐을 자꾸 괴롭혔소. 그 얘긴 이쯤 하고.   25
자 이제, 짐은 이번 모임에서 일처리를
이렇게 할 것이오. 포틴브래스 왕자의 삼촌인
노르웨이 왕에게 — 힘없이 드러누워
조카의 목적을 잘 모르는 그에게 —
앞으로는 왕자의 행보를 멈추게 하라고   30
여기에 써 놓았소. 왜냐하면 모병과
군사 군대 모두가 자기의 백성들로
이뤄지기 때문이오. 그에 따라 짐은 이제
자네 코넬리우스, 또 자네 볼티맨드를
이 친서를 휴대시켜 노르웨이 노왕에게   35
지금 곧 급파하되, 이 세부 사항에서
허락된 범위를 넘어서는 일들은
왕과의 개인적인 협상권을 안 주노라.   (서류를 준다.)
잘들 가고 서둘러 임무를 완수하라.

코넬리우스·볼티맨드   이 일과 모든 것에 임무를 다하겠나이다.   40

왕   의심하지 않는다. 진심으로 잘 가라.

                    (코넬리우스와 볼티맨드 퇴장)

자 이제, 레어티스, 그래 무슨 일이냐?

짐에게 무슨 청을 했다지? 무어냐, 레어티스?

덴마크 왕에게 이치에 닿는 말을 했는데

허탕을 칠 순 없지. 네가 요구 않아도   45

내가 못 들어줄 소원이 무어냐, 레어티스?

너의 그 아버지와 덴마크의 옥좌로 말하면

심장과 머리의 유기적 연결에 못지않고

손과 입이 서로를 도와줌에 못지않아.

무엇을 원하느냐, 레어티스?

레어티스   지엄하신 전하,   50

프랑스로 돌아가도 좋다는 허락이옵니다.

전하의 대관식에 제 의무를 다하려고

기꺼이 덴마크로 왔지만 고백건대

그 의무가 끝나니 제 생각과 소원은

또다시 프랑스로 기울어 관대한 전하의   55

허락과 승인을 고개 숙여 비옵니다.

왕   아버지의 허락은 받았느냐? 경의 뜻은?

폴로니우스 전하, 끈기 있게 졸라 대어 제 허락을

천천히 짜내었고 결국 그의 소망에

마지못해 동의를 표시해 줬나이다.   60

청컨대 가도록 허락해 주시기 바랍니다.

왕   좋은 때다, 네 시간을 즐겨라, 레어티스.

네 최고 자질을 마음대로 발휘해라.

47~48행 너의…못지않고
사람의 몸과 국가 조직 사이에 보이는 상 는 왕, 심장은 폴로니우스에 해당된다. 다
응 관계는 당시 영국 사회에서 전통적인 음 행의 손은 백성들을 보살피는 왕을 상
개념으로 받아들여졌다. 여기에서 머리 징한다. (아든)

	그런데 내 조카이자 내 아들인 햄릿은 ―	
햄릿	촌수는 좀 줄었지만 차이는 안 줄었죠.	65
왕	어째서 아직도 구름에 덮였는가?	
햄릿	아뇨 전하, 과분한 성은에 덮인걸요.	
왕비	착한 햄릿, 밤과 같은 그 색깔을 내던지고	
	친구의 눈으로 덴마크 왕을 보려무나.	
	눈꺼풀을 내리깔고 흙 속에서 끊임없이	70
	고귀한 네 아버질 찾으려 하지 마라.	
	넌 모든 생명은 죽으며 삶을 지나	
	영원으로 흘러감이 흔한 줄 알고 있다.	
햄릿	예 마마, 그건 흔한 일이지요.	
왕비	그럼 왜	
	너에겐 그것이 그리도 유별나 보이느냐?	75
햄릿	보이다뇨, 마마? 아뇨, 제겐 유별납니다,	
	전 '보이는' 건 모릅니다. 어머니, 진정으로	
	저를 나타낼 수 있는 건 제 검은 외투나	
	관습적인 엄숙한 상복이나 힘줘 뱉는	
	헛바람 한숨만도 아니고, 강물 같은 눈물이나	80
	낙담한 얼굴 표정, 거기에다 비애의 격식과	
	상태와 모습을 모조리 합친 것도 아닙니다.	
	그런 건 정말로 보인다고 할 수 있죠,	
	누구나 연기할 수 있는 행동이니까요.	
	근데 제겐 겉모습 이상의 무엇이 있답니다,	85
	이런 건 비통의 겉치레와 의복일 뿐이고요.	

65행 촌수는…줄었죠
햄릿의 첫 대사. 조카인데 억지로 아들로
만들어 촌수는 약간 줄여 놓았지만 둘 사
이의 본질적인 차이는 줄어들지 않았다
는 말. 몇 가지 말장난을 의역한 것이다.
지문은 없지만 보통 방백으로 처리된다.

왕　햄릿, 네 본성이 자상하고 훌륭하여
　　네 아버지에게 애도를 표시하고 있구나.
　　하지만 알아 둬야 할 일은 네 아버지도
　　아버지를 잃었고 그 아버지도 아버지를　　　　　　90
　　잃었다는 사실이야 ─ 그리고 유족들은
　　한동안 자식 된 도리로 상례에 어울리는
　　슬픔을 보이게 되어 있지. 하지만 끈질기게
　　집요한 비탄은 죄받을 옹고집의 길이고
　　사나이답지 못한 비애야. 그건 크게　　　　　　　95
　　하늘을 거스르는 태도로 나약한 심장이나
　　급한 마음, 단순하고 무식한 이해력을
　　보여 주는 셈이지. 피할 수 없음을 아는 데다
　　가장 흔한 것만큼 흔해 빠진 이 일을
　　왜 우리가 멍청하게 반발하며 가슴에　　　　　　100
　　새겨 둬야만 하지? 허 그건 하늘을 거역하고
　　망자를 거역하고 자연을 거역하는 일이며
　　이성과 몹시 어긋나는데, 이성으로 흔히들
　　조상의 죽음을 맞이하고 최초의 시체에서
　　오늘 죽은 사람까지 이성으로 언제나　　　　　　105
　　‘이건 할 수 없다.’라고들 외치지 않느냐.
　　원컨대 무익한 그 비통을 땅에 던져 버리고
　　짐을 네 아버지로 생각해라. 왜냐하면
　　세상에 알리노니, 너는 짐의 왕위 계승자이며
　　최고로 다정한 아버지가 아들에게 보이는　　　　110
　　고귀한 사랑에 못지않은 사랑을

104행 최초의 시체 창세기에 나오는 아벨의 시체를 가리킨다.

내가 네게 베풀기 때문이다. 비텐베르크의

학교로 다시 돌아가려는 네 의도는

짐이 바라는 바에 매우 크게 역행하니

네 뜻을 굽히고 짐의 눈이 베푸는 격려와   115

위안을 받으면서 짐의 최고 궁정인,

조카이며 아들로 이곳에 머물기 바란다.

왕비   어미의 기도가 헛되지 않게 해라, 햄릿.

함께 있자, 비텐베르크로 가지 말고.

햄릿   최선을 다하여 마마 뜻을 따르겠나이다.   120

왕   이거 참 애정 깊고 아름다운 답이로다.

덴마크에서 짐처럼 지내라. 갑시다, 왕비.

햄릿이 이리도 부드럽게 순순히 응하여

내 마음이 흡족하니 그에 대한 기념으로

덴마크 국왕이 오늘 드는 모든 잔은   125

큰 대포로 구름에게 알리고 하늘은

땅 위의 천둥을 재생하며 국왕의 건배를

큰 소리로 다시 외칠 것이오. 갑시다.

(주악. 햄릿만 남고 모두 퇴장)

햄릿   오, 너무나 더럽고 더러운 이 육신이

109행 왕위 계승자
덴마크의 왕위는 세습제가 아니라 선출
제였으며, 선출단에서 가장 중요한 사람
인 클라우디오스가 여기에서 자신이 지
지하는 계승자가 햄릿임을 공포하고 있
다. (뉴케임브리지)

112행 비텐베르크
마르틴 루터의 종교 개혁과 파우스트 박
사로 잘 알려진 독일의 도시. 이곳의 대학
교는 당시 해외 유학을 떠나는 덴마크 사

람들이 선호하던 학교였다고 한다. (아든,
뉴케임브리지)

129~159행 오…못하니까
햄릿의 이 대사를 독백이라 부른다. 독백
은 문자 그대로 한 인물이 무대 위에서 홀
로 하는 대사로서 관객들에게 자기 내면
의 갈등을 솔직하게 보여 주거나, 관객들
이 꼭 알아야 할 다른 인물에 관한 정보를
전달하는 극적 장치이다.

허물어져 녹아내려 이슬로 변하거나   130
영원하신 주님께서 자살 금지 법칙을
굳혀 놓지 않았으면. 오, 하느님! 하느님!
이 세상만사가 내게는 얼마나 지겹고
맥 빠지고 단조롭고 쓸데없어 보이는가!
역겹다, 아 역겨워. 세상은 잡초 엉켜   135
퇴락하는 정원인데 본성이 조잡한 것들로
꽉 차 있구나. 이 지경에 이르다니!
가신지 겨우 두 달 — 아니 아냐, 두 달도 안 되지. —
참 뛰어난 왕이셨어, 이자에 비하면
짐승에게 태양신 같으셨지. 어머니를   140
너무도 사랑하여 바람이 그 얼굴을 드세게
스치지도 못하게 하셨어. 천지신명이시여,
꼭 기억해야만 합니까? 아니, 그녀는
먹으면 먹을수록 식욕이 늘어난 것처럼
아버지에게 매달렸었는데 한 달도 못 되어 —   145
생각 말자. — 약한 자여, 네 이름은 여자니라 —
불과 한 달, 가엾은 아버지의 시신을
니오베처럼 울며불며 따라갈 때 신었던
그 신발이 닳기도 전에 — 아니 바로 그녀가 —
오 하느님, 이성 없는 짐승이라 할지라도   150
더 오래 슬퍼했으련만 — 삼촌과 결혼했어.
내가 헤라클레스와 다르듯이 아버지완
생판 다른 아버지의 동생과. 한 달도 못 되어,

148행 니오베   한 자식들의 죽음으로 끝없이 울다가 돌
슬퍼하는 여성의 전형. 그리스 신화에서   로 변신했으나 눈물은 그치지 않고 떨어
그녀는 아폴로와 디아나에 의해 살해당   졌다고 한다. (아든)

쓰라려 불그레한 그녀의 눈에서
순 거짓 눈물의 소금기가 가시기도 전에   155
결혼했어. — 오, 최악의 속도로다! 그처럼
민첩하게 근친상간 침실로 내닫다니!
좋지 않은 일이고 좋게 될 수도 없다.
하지만 가슴아 터져라, 입은 열지 못하니까.

호레이쇼, 마셀러스, 바나도 등장.

호레이쇼   왕자님께 문안이오.
  햄릿   무사하니 기쁘군.   160
          호레이쇼? 아니면 내 정신이 나갔나.
호레이쇼   맞습니다, 왕자님. 언제나 미천한 종입니다.
  햄릿   여보게, 친구라네. 내가 종이 되겠네.
          호레이쇼, 웬일로 비텐베르크를 떠났지? —
          마셀러스.   165
마셀러스   왕자님.
  햄릿   만나서 대단히 반갑네. —
                    (바나도에게) 자네도 별고 없지. —
          근데 대체 무슨 일로 비텐베르크를 떠났나?
호레이쇼   천성이 게으른 탓이지요, 왕자님.
  햄릿   자네 적이 그 말 하면 듣고 있지 않을 테야,   170
          자네 또한 자신을 난폭하게 비난하여
          내가 그걸 믿게끔 만들진 않을 테고.

152행 헤라클레스   157행 근친상간
전설적인 힘을 소유한 그리스 신화의 영   형수와의 결혼은 당시 교회가 명시적으로
웅. 열두 가지의 위업을 완수한 장사.   금지한 근친상간이었다. (뉴케임브리지)

	자네가 게으르지 않은 줄 알고 있어.	
	하지만 엘시노어에서 볼일이 무언가?	
	출발 전에 크게 한 번 취하게 해 주겠네.	175
호레이쇼	왕자님, 부왕의 장례식을 보려고요.	
햄릿	제발 날 놀리지 말게나, 학우여.	
	어머니의 결혼식을 보려고 온 거잖아.	
호레이쇼	정말이지 왕자님, 연달아 있었지요.	
햄릿	절약이지, 절약이야, 호레이쇼. 혼례상에	180
	장례식 때 구운 고기 차갑게 내놓았지.	
	호레이쇼, 그런 날을 보느니 차라리	
	내 철천지원수를 천국에서 마주쳤더라면.	
	아버지 — 아버지가 보이는 것 같아 —	
호레이쇼	어디서요, 왕자님?	
햄릿	내 마음의 눈에서.	185
호레이쇼	저도 뵌 적 있습니다. 훌륭한 왕이셨죠.	
햄릿	참사람이셨지, 만사가 완벽하단 뜻으로.	
	그와 같은 사람을 다시 보진 못할 거야.	
호레이쇼	왕자님, 지난밤에 그분을 뵌 것 같습니다.	
햄릿	보다니? 누구를?	
호레이쇼	왕자님, 왕자님의 부왕을요.	190

176행 왕자님…보려고요
어떻게 좁은 궁정 세계 안에서 햄릿과 호
레이쇼가 그동안 만나지 않을 수 있었겠
는가? 호레이쇼의 역할에는 여러 가지 불
일치하는 점들이 있다. 그의 역할은 상황
에 따라 바뀐다. 예를 들면, 그동안 비텐베
르크에 머무르고 엘시노어에는 없었음
에도 불구하고 덴마크에 무슨 일이 벌어
지고 있는지 마셀러스와 바나도에게 상

세히 알려 줄 수 있었다.(1.1.83 이하) 그런
가 하면 나중에는(5.1.212) 햄릿이 그에게
레어티스가 누구인지를 알려 줄 정도로
엘시노어 사정에 어두운 인물로 나타난
다. (뉴케임브리지)
182~183행 그런…마주쳤더라면
어머니가 삼촌과 결혼하는 날을 맞이하느
니 원수를 갚을 수 없는 천국에서 불구대
천의 원수를 만나는 편이 더 낫겠다는 뜻.

햄릿	부왕을?
호레이쇼	잠시만 놀라움을 진정시키시고
	제가 이 사람들의 증언을 토대로
	기이한 이 사건을 전해 드릴 때까지
	귀 기울여 주십시오.
햄릿	제발 좀 들려주게!
호레이쇼	마셀러스와 바나도, 여기 이 두 신사가
	죽은 듯이 황량한 한밤중에 경계를 서던 중
	이틀 밤을 연달아 다음과 같은 일을
	겪었다 합니다. 왕자님의 부친 같은 형체가
	머리끝에서 발끝까지 완벽하게 무장하고
	그들 앞에 나타나 엄숙하게 행진하며
	천천히 위엄 있게 지나갔고 세 번이나
	그들의 압도되고 겁에 질린 눈앞을
	지휘봉 간격으로 그가 걷는 동안에
	그들은 공포의 작용으로 촛농처럼 녹은 뒤
	가만히 선 채로 말도 걸지 못했지요.
	그들은 이를 제게 극비리에 알렸고
	전 셋째 날 그들과 경계를 섰는데
	그때, 시간이나 형체나 그들이 전한 바와
	한마디도 어김없이 그 귀신이 왔습니다.
	제가 알던 왕자님의 부친과 이 두 손보다
	더 닮았습니다.
햄릿	근데 그게 어디였지?
마셀러스	왕자님, 경계 서는 망대 위였습니다.
햄릿	자네가 말을 걸지 않았던가?
호레이쇼	왕자님,

195

200

205

210

걸었지만 그것이 대답을 하지 않았습니다.   215
그러나 제 생각에 한 번은 고갤 들고
말하고 싶은 듯한 동작을 취하긴 했습니다.
그런데 바로 그때 아침 닭이 크게 울고
그것이 그 소리를 듣고는 황급히 움츠린 뒤
시야에서 사라졌습니다.

햄릿   이거 아주 이상해.   220

호레이쇼   왕자님, 제가 살아 있듯이 사실이며
이걸 알려 드리는 게 저희에게 부과된
의무라고 생각했습니다.

햄릿   그렇지, 그렇지. 근데 이건 고민인데.
오늘 밤도 경계를 서는가?

모두   섭니다, 왕자님.   225

햄릿   무장을 했더란 말이지?

모두   예, 무장했습니다.

햄릿   위에서 아래까지?

모두   머리끝에서 발끝까지요.

햄릿   그렇다면 얼굴을 보지는 못했는가?

호레이쇼   봤습니다, 왕자님. 가리개가 열렸었죠.

햄릿   찌푸리며 보던가?   230

호레이쇼   분노하기보다는 슬픈 안색이었지요.

햄릿   희던가, 붉던가?

호레이쇼   매우 창백했습니다.

햄릿   자네를 응시했어?

호레이쇼   뚫어지게요.

햄릿   거기에 내가 있었더라면.

호레이쇼   아주 크게 놀라셨을 것입니다.

| 햄릿 | 그랬겠지. | 235 |

그게 오래 머물렀나?

| 호레이쇼 | 적당히 빠르게 백을 셀 동안이요. |

| 마셀러스·바나도 | 더 길었어, 더 길었어. |

| 호레이쇼 | 내가 그걸 봤을 땐 아니었어. |

| 햄릿 | 수염은 반백이, 아니던가? | 240 |

| 호레이쇼 | 생전에 제가 뵀을 때처럼 담비 색
은빛이었습니다. |

| 햄릿 | 오늘 밤 경계를 서겠다.
아마 다시 나오겠지. |

| 호레이쇼 | 제가 장담합니다. |

| 햄릿 | 그게 만약 고귀한 부친 몸을 취한다면
지옥 그 자체가 입 벌리며 나에게 | 245 |

조용하라 명령해도 난 말을 걸 테다.
바라건대 이번에 본 것을 지금까지 감췄으면
그 사실을 언제나 침묵 속에 가둬 두게.
그리고 오늘 밤 무슨 일이 일어나든
이해는 하더라도 발설하진 말아 주게. | | 250 |

자네들의 우정은 보답하지. 잘 가게.
망대 위로 11시와 12시 사이에
찾아가지.

| 모두 | 왕자님께 저희들의 경의를. |

| 햄릿 | 우정을 표하게나, 나처럼. 잘 가게. |

　　　　　　　　(호레이쇼, 마셀러스, 바나도 함께 퇴장)

아버지의 혼령이 — 무장하고! 무언가 안 좋아. | 255 |
추한 짓이 의심된다. 어서 밤이 왔으면.
그때까진 조용해라 내 영혼아. 악행은

천길만길 파묻어도 사람 눈에 발각되리.　　　(퇴장)

1막 3장
레어티스와 그의 누이동생 오필리어 등장.

레어티스　　필요한 물품들은 다 실었다. 잘 있어라.
　　　　　　그리고 누이야, 바람이 도와주고
　　　　　　배편을 얻거들랑 잠 온다고 자지 말고
　　　　　　소식을 들려 다오.

오필리어　　　　　　　　그걸 의심하셔요?

레어티스　　햄릿 왕자 말인데, 그가 보인 하찮은 호의는　　　　5
　　　　　　유행이며 객기 어린 장난이라 생각해라.
　　　　　　봄철에 한창인 제비꽃 같아서 일찍 피나
　　　　　　영원하지 못하고 고우나 오래가진 못하니
　　　　　　한순간의 향기이고 만족일 뿐 그 이상은
　　　　　　아니란다.

오필리어　　　　그뿐이요?

레어티스　　　　　　　　　그뿐이다 생각해라.　　　　　　10
　　　　　　인간이 자라면서 근육과 몸집만
　　　　　　커지는 게 아니라 이 신전이 넓어지면
　　　　　　마음과 영혼의 책무도 함께 자라난단다.

256행 추한 짓
당시 사람들은 유령이 나타나는 흔한 이　　성안의 폴로니우스의 처소.
유 중의 하나가 감춰진 범죄를 폭로하는　　12행 신전
것이라고 믿었다. (아든)　　　　　　　　사람의 몸을 정신의 집에 비유하는 말. 성
1막 3장 장소　　　　　　　　　　　　경에서 흔히 볼 수 있다. (아든)

지금은 그가 널 사랑할지 모르지.
또 지금은 순결한 그의 뜻이 오점이나   15
계략으로 물들진 않았어. 그러나 신분상
그는 자기 뜻대로 못 함을 겁내야 해,
그 자신이 출생에 매여 있기 때문이야.
가치 없는 자들처럼 그는 자기 멋대로
행동하지 못한단다, 이 나라 전체의   20
안녕과 번영이 본인의 선택에 달렸기에.
그러므로 그 선택은 자기가 머리인
몸체의 찬성과 동의에 묶일 수밖에 없지.
그래서 그가 널 사랑한다 말하면
넌 그걸 그가 자기 자신의 특별한 위치에서   25
행동으로 일치시킨 만큼만 믿는 것이
분별력에 맞는데, 그건 바로 덴마크 사람들
대부분이 찬성을 표시하는 만큼이지.
그렇다면 그의 노랠 너무 믿고 듣거나
마음을 뺏기거나 무절제한 간청에   30
순결한 네 보물을 열어 보여 준다면
네 정조가 무슨 해를 입을지 숙고해 봐.
조심해라 오필리어, 조심해라 누이야.
그리고 너를 네 애정의 후방에 두어라,
욕망의 포격과 위험에서 벗어나 있도록.   35
최고로 얌전한 처녀는 자기 아름다움을
달에게만 드러내도 아주 방탕하단다.
악담의 타격은 미덕의 화신도 못 피해.

23행 몸체 27행에서 말하는 덴마크 사람들.

봄의 어린 새싹들이 봉오리도 열기 전에
자벌레가 너무 자주 그것들을 갉아 먹고 40
청춘의 아침과 그 이슬 속에는
전염성 마름병이 가장 빨리 생긴단다.
그러니 주의해. 최상의 안전은 조심이야.
청춘은 곁에 뉘 없어도 자신에게 반항해.

오필리어 이 훌륭한 교훈의 골자를 제 마음의 45
파수꾼 삼을게요. 그러나 오라버니,
은총 잃은 어떤 목사들처럼 나에게는
천국 가는 가파른 가시밭길 보여 주고
자기는 허풍선이 무모한 탕아처럼
환락의 꽃길을 밟으며 자신의 설교를 50
저버리진 마셔요.

레어티스   오, 내 걱정은 하지 마라.
너무 오래 머물렀다.

폴로니우스 등장.

하지만 아버지가 오셨어.
축복이 두 배이면 은총도 두 배이지.
운이 좋아 두 번이나 작별하게 되었구나.

폴로니우스 레어티스, 여태 여기? 창피하다, 어서 타라. 55
바람은 너의 배 돛 어깨에 앉았고
사람들이 기다린다. 자, 너를 축복해 주마.
그리고 요 몇 가지 교훈을 네 기억에
각인시켜 두어라. 네 생각을 발설 마라.
절도 없는 생각을 행동에 옮기지도 말고. 60

친절하되 절대로 천박하면 안 된다.
친구들은 겪어 보고 받아들였으면
그들을 네 영혼에 쇠고리로 잡아매라.
하지만 신출내기 철없는 허세꾼들 모두를
환대하느라고 손바닥이 무뎌지면 안 된다.   65
싸움에 끼는 건 조심해라. 근데 끼면
상대방이 널 알아 모시도록 행동해라.
네 귀는 모두에게, 네 입은 소수에게만 열고
의견을 다 수용하되 판단은 보류해라.
지갑의 두께만큼 비싼 옷을 사 입되   70
요란하지 않게끔, 고급인데 야하진 않게끔 해,
복장으로 사람을 아는 수가 많으니까.
이점에선 최고위급 프랑스 사람들이
단연코 으뜸이고 최고로 귀티 나지.
돈일랑은 빌리지도 꿔 주지도 말거라.   75
왜냐하면 흔히들 빚과 함께 친구 잃고
또한 돈을 빌리면 절약심이 무디어지니까.
다른 무엇보다도 자신에게 정직해라,
그러면 낮에 이어 밤이 따라오듯이
남에게 거짓될 수 없는 법. 잘 가거라.   80
축복으로 끝낸 말이 네 안에서 여물기를.

레어티스   소자 이만 물러갈까 합니다, 아버지.
폴로니우스   시간이 널 재촉한다. 가, 하인들이 대기해.

58행 몇…교훈
앞 장과 이 장과 다음 장에서 부모들은 자   상황이 뒤바뀌어 햄릿이 어머니를 훈계
식들의 삶을 규제하기 위하여 충고와 조   하고 고분고분하던 레어티스가 왕에게
언을 아끼지 않는다. 극의 후반부로 가면   반기를 든다. (뉴케임브리지)

레어티스	잘 있어라, 오필리어. 그리고 너에게
	내가 한 말 명심해라.
오필리어	기억 속에 가뒀으니	85
	오빠가 열쇠를 간직하고 계셔요.
레어티스	잘 있어라. (퇴장)
폴로니우스	오필리어, 오라비가 말한 게 무엇이냐?
오필리어	죄송하나 햄릿 왕자님에 관한 것이어요.
폴로니우스	마침 잘 생각났다.	90
	듣자하니 그가 최근 사적으로 너무 자주
	널 만나고, 너 자신도 그의 말을 대단히
	너그럽고 후하게 들어 준다던데.
	그렇다면 — 그렇다고 귀띔을 받았지,
	그것도 주의하란 식으로 — 이 말을 해야겠다.	95
	너는 내 딸로서 또한 네 순결에 맞게끔
	너 자신을 분명히 이해하지 못했어.
	둘 사이가 어떠냐? 사실대로 말해라.
오필리어	아버지, 그분이 최근에 저에게 애정을
	여러 번 표시하셨습니다.	100
폴로니우스	애정? 흥, 철없는 계집처럼 말하는군,
	위태로운 상황을 겪어 보지도 않고서.
	네 말대로 그의 애정 표시를 믿느냐?
오필리어	어찌 생각해야 할지 모릅니다, 아버지.
폴로니우스	그래, 내가 가르쳐 주지. 그의 애정 표시를	105
	순정이 아닌데 진정으로 받아들였으니까
	널 아기로 생각해라. 널 좀 더 비싸게 모셔라.
	안 그러면 — 말을 돌려 이상한 어법으로 —
	넌 내게 바보로 모심을 당할 거야.

오필리어	아버지, 그분은 사랑을 애걸하셨어요,	110
	명예로운 방법으로.	
폴로니우스	그래 아예 병법이라 부르시지. 쯧쯧.	
오필리어	그리고 하늘의 거의 모든 신성한 맹세로	
	자기 말을 확인까지 하셨어요, 아버지.	
폴로니우스	암, 멧도요 사로잡는 덫이지. 난 알아,	115

혈기가 끓을 때면 영혼이 혀에게
얼마나 아낌없이 맹세를 빌려 주는지를.
애야, 열보다 빛을 더 발하는, 그 둘을
약속하며 동시에 꺼지는 이 섬광을
불꽃으로 여기면 안 된다. 지금부터 　　　　　120
네 처녀 모습을 좀 더 뜸하게 드러내고
화평 교섭 요구에 곧바로 협상에
들어가지는 마라. 햄릿 왕자로 말하자면
그는 젊고 네 행동반경보다 더 넓게
움직일 수 있다고만 믿어라. 오필리어, 　　　　　125
한마디로 그가 하는 맹세들을 믿지 마라.
그것들은 겉옷의 색깔과는 속이 다른
중매쟁이들일 뿐만 아니라 불결한 청탁을
애원하는 자들이며, 더 잘 속이려고
성스럽고 경건하게 말하는 닳고 닳은 　　　　　130
뚜쟁이들이니까. 결론을 내리겠다.
분명히 말하는데 지금부터 한순간의
여유라도 악용하여 햄릿 왕자에게

115행 멧도요
도요 과의 수렵조로 멍청함의 상징.
122~123행 화평 교섭…마라 성을 포위 공격하는 쪽이 성을 내놓으라는 명령을 한다고 해서 그에 응하여 곧장 담판에 들어가서는 안 된다.

글을 써 준다거나 말을 하면 안 된다.

이것을 명심해라, 명령이다. 자, 가자.   135

오필리어   복종하겠습니다, 아버지.   (함께 퇴장)

1막 4장

햄릿, 호레이쇼, 마셀러스 등장.

햄릿   살을 에는 바람이군. 이거 아주 추운데.

호레이쇼   뼈저리게 매서운 찬바람입니다.

햄릿   지금이 몇 시지?

호레이쇼   12시 전인 것 같습니다.

마셀러스   아냐, 이미 쳤어.

호레이쇼   정말? 난 듣지 못했어.

그렇다면 그 혼령이 자신의 습관대로   5

나다니곤 하던 때가 다가왔습니다.

             (요란한 나팔 소리. 대포 두 발이 발사된다.)

이게 무슨 뜻입니까, 왕자님?

햄릿   왕이 오늘 밤늦도록 주연을 베풀면서

질탕하게 마시고 요란한 벌떡 춤을 춘다네.

또 그가 라인산 포도주를 비울 때면   10

북소리와 나팔로 자신의 축배를 저렇게

시끄럽게 알린다네.

호레이쇼   그게 관행입니까?

햄릿   아 그야 그렇지.

1막 4장 장소 성 위의 망대.

하지만 내 생각에 내가 이곳 태생이고
그 풍습에 젖었지만 이 관행은 지키기보다는   15
깨는 편이 그걸 더 존중하는 셈이야.
이렇게 멍청하게 마셔 대니 사방에서
우리를 비방하고 딴 나라의 욕을 먹지.
우리를 술고래라 부르며 야비한 문구로
우리의 명망에 흙칠을 한다네.   20
우리가 정말로 업적을 최고로 쌓는대도
이 때문에 명성의 진수를 빼앗긴단 말일세.
이와 마찬가지로 개개인에 있어서도
예컨대 본인의 죄가 아닌 출생 때 있었던
(본성을 선택하여 타고날 순 없으니까)   25
본성의 조그마한 오점으로 인하여,
이성의 장벽을 자주 깨는 과다한 기질이나
보기 좋은 예법을 심하게 망쳐 놓는
악습으로 말미암아 — 이들은 보게나,
조물주가 부여했든 액운으로 갖게 됐든   30
단 한 가지 결함의 딱지를 지님으로
그 밖의 미덕이 은총처럼 순수하고
인간이 감당할 수 없을 만큼 많더라도
바로 그 한 가지 결점으로 말미암아
일반인은 그들이 썩었다고 평가할 것이야.   35
한 방울의 악성분이 종종 고귀한 본질을
모두 말살시키고 치욕을 불러온다,
그 말이야.

유령 등장.

호레이쇼	보십시오, 왕자님, 왔습니다.
햄릿	구원의 천사들은 저희를 지키소서!

네가 좋은 귀신이든 저주받은 악귀든   40

하늘 바람 타고 왔든 지옥 독풍 몰아왔든

네 의도가 사악하든 자비롭든지 간에

질문하기 알맞은 모습으로 왔으니까

난 말을 걸겠다. 난 너를 햄릿, 대왕, 아버지,

덴마크 왕이라 부르겠다. 오, 대답하라.   45

내가 몰라 터질 것만 같으니 말을 해라,

죽었을 때 예를 갖춰 입관한 시신이 왜

수의를 찢었으며 묘지는 왜 너를

우리가 봤을 땐 조용히 누워 있었는데도

육중한 대리석 턱을 열고 입 밖으로   50

다시 토해 내었는지. 이게 무슨 뜻이기에

너, 죽었던 시신이 완전 무장 다시 하고

이렇게 명멸하는 달빛 속에 되돌아와

이 밤을 무섭게 만들면서 자연의 노리개인

우리의 마음을 영혼이 못 미칠 생각들로   55

이토록 끔찍하게 흔드느냐? 웬일이냐?

뭣 때문에? 우리더러 어떡하란 말이냐?

                    (유령이 손짓한다.)

호레이쇼	저게 함께 가자고 손짓하고 있습니다.

40행 네가
이 시점에서 역자가 햄릿이 유령을 부르는 호칭으로 '너'라는 하대를 사용한 이유는 첫째, 햄릿은 유령을 아버지의 혼령이 아니라 아버지의 모습을 한 귀신으로 대하고 있으며 둘째, 유령이 출현한 이유가 도덕적으로 뚜렷하지 않고 셋째, 실체가 불확실한 환영의 일종이기 때문이다. 그러나 3막 4장에서 유령을 다시 만날 때 햄릿의 태도와 말투는 존대로 바뀐다.

왕자님에게만 무슨 말을 해 주고
싶단 듯이.

마셀러스 　　　　　좀 더 외딴 곳으로 가자고　　　　　　　60
얼마나 정중하게 손짓하나 보십시오.
그러나 함께 가진 마십시오.

호레이쇼 　　　　　　　　　　절대로 안 됩니다.

햄릿 말하지 않을 거야. 그러니 따르겠다.

호레이쇼 마십시오, 왕자님.

햄릿 　　　　　왜, 두려울 게 무언가?
내 목숨은 반 푼 값어치도 없는 데다　　　　　　64
영혼으로 말하자면 꼭 같이 불멸인데
그것이 무슨 짓을 할 수가 있겠어?
다시 손짓하는구나. 난 따라가겠다.

호레이쇼 그것이 왕자님을 바닷물 쪽으로
아니면 눈썹처럼 바다 위로 튀어나온　　　　　　70
무서운 벼랑의 끝으로 유인한 뒤
거기에서 끔찍하게 다른 형태 취하면서
이성의 통제력을 빼앗고 광기로 몰아가면
어찌하시렵니까? 생각해 보십시오.
바로 그 자리에서 수십 길 아래로　　　　　　75
바다를 쳐다보고 파도의 굉음을 들으면
다른 동기 없이도 절망적인 충동이
누구에게나 생깁니다.

햄릿 　　　　　여전히 손짓한다.
앞서라, 따르겠다.

마셀러스 가시면 안 됩니다, 왕자님.

햄릿 　　　　　손을 떼라.　　　　　　80

호레이쇼	제 말 들으십시오.
햄릿	내 운명이 울부짖어

이 몸의 시시한 근육들이 모조리

네메아 사자의 힘줄처럼 억세졌다.

아직도 날 부른다. 이보게들, 손을 놔.

맹세코 날 막는 사람은 유령을 만들겠다.   85

비키란 말이야. ─ 앞서라, 따르겠다.

(유령과 햄릿 퇴장)

호레이쇼	왕자님이 망상으로 정신을 잃으셨어.
마셀러스	따라가. 이렇게 복종하면 맞지 않아.
호레이쇼	뒤따르지. 이게 어떤 결과를 낳을까?
마셀러스	이 나라 덴마크엔 무언가가 썩었어. 90
호레이쇼	그것은 하늘에 달렸어.
마셀러스	아니야, 따라가. (함께 퇴장)

1막 5장

유령과 햄릿 등장.

햄릿	어딜 데려가느냐? 말하라, 더는 가지 않겠다.
유령	잘 들어라.
햄릿	그러겠다.

83행 네메아
고대 그리스의 지명. 헤라클레스의 최초
위업이 바로 무적의 네메아 사자를 목 졸
라 죽이는 일이었다.
91행 그것은

89행에 언급된 결과를 가리킨다.
아니야
바로 앞에서 호레이쇼가 한 말에 대한 반
대, 즉 하늘에만 맡기지는 말자는 뜻.
1막 5장 장소 성 위의 흉벽.

유령	고통스러운 유황불에
	나 자신을 스스로 맡겨야 할 시간이
	거의 다 되었다.
햄릿	안됐다, 불쌍한 유령아.
유령	동정은 하지 말고 내가 밝힐 사실을	5
	심각하게 들어라.
햄릿	말하라. 난 듣게 돼 있다.
유령	듣고 나면 복수 또한 하게 될 것이다.
햄릿	뭐라고?
유령	나는 네 아비의 혼령으로
	밤에는 일정 기간 나다니고 낮에는	10
	불 속에서 금식하는 운명에 처해 있다,
	생전에 저지른 더러운 죄 불로 씻어
	없어질 때까지. 내 감옥의 비밀 누설
	금지되지 않았다면 얘기 하나 꺼내어
	가볍디가벼운 한마디로 네 영혼을	15
	갈기갈기 찢어 놓고 젊은 피를 얼게 하며
	네 눈을 궤도를 이탈한 별처럼 만들고
	땋아서 묶어 놓은 머리채를 풀어 놓고
	머리카락 한 올 한 올을 성난 고슴도치의
	깃털처럼 세울 수 있으리라. 하지만	20
	저승에 관한 일을 피와 살을 가진 귀에
	공개하면 안 되지. 들어 봐라, 오, 들어 봐!
	소중한 네 아버질 사랑한 적 있다면 —

11행 불…운명 금식과 불에 의한 정죄는 이 유령에게 필요한 절차이다. 왜냐하면 그는 77행에서 밝히듯이 고해 성사 없이 죽었기 때문이다. (뉴케임브리지)

햄릿	오, 하느님!
유령	이 흉악무도한 살인의 원수를 갚아 다오.
햄릿	살인!
유령	최고로 흉악한 살인이지, 최선의 경우라도,
	한데 이건 최고로 흉악, 해괴, 무도하다.
햄릿	서둘러 알려 주면 명상처럼 아니면
	사랑의 상념처럼 재빠른 날개로
	복수에 돌입할 것이다.
유령	반응이 빠르구나.
	네가 만약 이번 일에 움직이지 않는다면
	넌 망각의 강변에 편안히 뿌리 내린
	무성한 잡초보다 더 둔할 것이니라.
	자 햄릿, 들어 봐라. 정원에서 자는데
	독사가 날 물었다고 발표됐다. — 그래서
	덴마크 전체가 조작된 내 사망 경위로
	새까맣게 속고 있다. — 하지만 귀한 애야,
	네 아버지 목숨 앗은 그 독사가 지금은
	왕관을 쓰고 있다.
햄릿	오, 내 영혼이 예측했어! 삼촌이다!
유령	그래 그 상피 붙고 간통한 짐승 놈이
	마력적인 기지로, 반역하는 재주로 —
	오, 사악한 기지와 재주로다, 그렇게
	유혹할 힘 있다니! — 제 놈의 창피한 욕정 위해
	겉만 최고 정숙한 왕비 맘을 얻어 냈다.

25

30

35

40

45

33행 망각의 강변
저승을 흐르는 레테의 강가. 이 강물을 마시면 과거를 잊어버린다고 한다.

41행 예측했어
삼촌의 살인이 아니라 그의 진정한 본성을 미루어 짐작했다는 말. (아든)

오 햄릿, 이 얼마나 형편없는 타락이냐!
결혼할 때 그녀에게 맹세했던 사랑을
그 값어치 그대로 조금도 변함없이
해 주었던 내게서, 나와 비교했을 때 50
타고난 재주가 부족한 비열한 놈에게로
곤두박질치다니!
하지만 순결은 색욕이 천국의 모습으로
구애한다 할지라도 결코 동요 않듯이
욕정은 빛나는 천사와 결연을 맺었어도 55
천상의 침대에서 물리도록 만족한 뒤
쓰레기를 포식할 것이다.
근데 잠깐, 아침 공기 냄새를 맡은 듯하구나.
간단하게 말하마. 정원에서 잠자는데
오후에는 그게 항상 습관이었으니까, 60
방심하고 있었던 그 시각에 네 삼촌이
저주받을 독즙 병을 몰래 갖고 들어와
나병을 일으키는 증류액을 내 귀에
다 쏟아부었고, 그것은 사람 피와
상극되는 효능이 있기에 수은처럼 빠르게 65
우리 몸의 정상적인 통로와 샛길로
쭉 퍼져 나가면서 우유 속에 떨어진
식초 방울들처럼 갑자기 활기차게
건강하고 묽은 피를 뻑뻑하고 엉기게
만들어 놓는단다. 내 피도 그리됐고 70
문둥이와 꼭 같은 혈장이 더럽고 메스꺼운
딱지들과 더불어 매끈한 내 온몸에
삽시간에 돋아났다.

그래서 난 자다가 동생 손에 의하여

생명, 왕관, 왕비를 한꺼번에 빼앗겼고   75

죄업을 한창 쌓고 있을 때 잘렸으니

성체 없이, 준비 없이, 종유의 성사 없이

죄 청산도 못 하고 내 모든 결함을

머리에 인 채로 심판대로 보내졌다.

아, 무섭다! 아, 무섭다! 참으로 무섭다!   80

너에게 효성이 있다면 참지 마라.

덴마크 왕 침실이 음욕과 저주를 부르는

근친상간 잠자리가 되지 않게 하여라.

하지만 이번 일을 어떻게 추진하든

네 마음을 더럽힌다거나 네 어미에 대하여   85

계책을 꾸미지는 마라. 그녀는 하늘과

가슴속에 박혀서 그녀를 쑤시고 찌르는

가시에 맡겨 둬라. 곧바로 헤어지자.

반딧불이 새벽이 가까움을 알려 주고

효력 없는 그 불빛이 약해지기 시작했다.   90

잘 있어라, 잘 있어라. 날 잊지 마라.   (퇴장)

햄릿　오, 모든 천사들이여! 오, 땅이여! 또 뭐지?

지옥을 더할까? 아, 퉤! 심장아, 버티어라.

근육아, 순식간에 늙어 버리지 말고

꼿꼿하게 날 지탱해 다오. 잊지 마라?   95

80행 아…무섭다
이번 아든 판은 받아들이지 않았지만 이
대사를 햄릿에게 맡기는 판본도 꽤 있다.
85행 네…더럽힌다거나
만약 이 부탁이 도덕적인 의미에서 악한
마음을 품거나 그에 물들지 말라는 뜻이
라면 그것은 햄릿이 복수를 실행하려 했
을 때 대단히 지키기 어려운 주문이 아닐
수 없다. 어떻게 상대방을 미워하지 않고
그를 죽이거나 해칠 수 있을 것인가? (뉴
케임브리지)

그래, 불쌍한 유령아, 이 혼란한 머릿속에
기억력이 있는 한 그러겠다. 잊지 마라?
암, 그래야지. 내 기억의 수첩에서
젊은 시절 귀담아들은 다음 베껴 놓은
온갖 시시껄렁한 기록들, 온갖 책의 격언들   100
온갖 형체, 온갖 옛 인상을 다 지워 버리고
오로지 네 명령만 비천한 잡물들과
뒤섞이지 않은 채 내 두뇌의 책 속에
서적 속에 남으리라. 맹세코 그럴 거다!
오, 최고로 악독한 여자여!   105
오, 악당, 악당, 웃음 짓는 괘씸한 악당 놈!
내 수첩. 이걸 적어 두는 게 좋겠다.
사람이 웃고 또 웃으면서 악당일 수 있음을 ―
적어도 덴마크에서는 그럴 거라 확신한다.   (쓴다.)
자 삼촌, 이것이 당신이오. 이제 내 좌우명,   110
그것은 '잘 있어라, 날 잊지 마라.'이다.
그러기로 맹세했다.

호레이쇼와 마셀러스 등장.

호레이쇼   왕자님, 왕자님.
마셀러스   햄릿 왕자님.
호레이쇼   하늘은 이분을 살피소서.   115
햄릿   (방백) 그리해 주소서.
마셀러스   야호, 호, 호, 왕자님.

110행 이것 방금 그가 수첩에 적어 놓은 삼촌에 관한 앞 문장의 내용.

햄릿	야호, 호, 호, 야. 와라, 매야, 이리 와.
마셀러스	괜찮으신지요, 왕자님?
호레이쇼	무슨 소식입니까, 왕자님? 120
햄릿	아, 놀라운 일이지!
호레이쇼	왕자님, 말씀해 주십시오.
햄릿	안 돼, 누설할 테니까.
호레이쇼	아뇨, 왕자님, 하늘에 맹세코.
마셀러스	저도요, 왕자님. 125
햄릿	그럼 이봐, 인간이 그런 걸 생각이나 했겠어? —
	하지만 비밀을 지킬 테지?
호레이쇼·마셀러스	예, 하늘에 맹세코.
햄릿	덴마크 전역에 살고 있는 악당치고
	무뢰한 아닌 놈은 한 놈도 없다네. 130
호레이쇼	그 말을 하려고 유령이 무덤에서 나올 리는
	없습니다, 왕자님.
햄릿	흠, 옳아, 자네가 옳다고.
	그러니 더 이상 격식 차릴 것 없이
	악수하고 헤어져야 맞는다고 생각해.
	자네들은 자네들의 할 일과 소망을 따르고 — 135
	누구나 할 일과 소망이 있으니까,
	나름대로 — 그런데 불쌍한 나 자신은
	기도하러 갈 테야.
호레이쇼	이건 횡설수설일 뿐입니다, 왕자님.
햄릿	내 말에 화났다면 미안하네, 진심으로 — 140

129~30행 덴마크…없다네 햄릿은 유령에 관한 사실을 털어놓으려던 의도를 갑자기 농담으로 바꾸어 버린다. (아든)

	정말이야, 진심으로.
호레이쇼	화난 건 없습니다, 왕자님.
햄릿	아냐, 성 패트릭에 맹세코 있다네, 호레이쇼,
	화난 게 많이 있어. 이 환영에 대해서는
	이 유령은 진짜야, 그것만은 말하지.
	우리 둘의 관계를 알고 싶은 욕망은
	자네들 능력껏 극복하게. 그리고 친구들,
	자네들이 친구, 학자, 군인이니 내 조그만
	청 하나만 들어주게.
호레이쇼	뭔데요, 왕자님? 그러지요.
햄릿	오늘 밤에 본 것을 절대 발설 않는다.
호레이쇼·마셀러스	왕자님, 저흰 않겠습니다.
햄릿	암, 하지만 맹세해.
호레이쇼	정말이지 왕자님, 전 않겠습니다.
마셀러스	저도 않겠습니다, 왕자님. 정말로.
햄릿	칼을 두고 맹세해.
마셀러스	저흰 이미 했습니다, 왕자님.
햄릿	진정으로, 칼을 두고, 진정으로.
유령	(무대 밑에서 외친다.) 맹세하라.
햄릿	아 하, 야, 그랬어? 진짜배기, 너 거기 있어?
	자네들 땅 밑의 이 녀석 말 들었지.
	맹세에 동의해.

145

150

155

142행 성 패트릭
연옥을 지키는 성자. 아일랜드에 '성 패트
릭의 연옥'이란 동굴이 있었는데 그곳에
서 하루를 보내는 사람은 모든 죄가 씻어
지고 저주받은 자들과 축복받은 자들의

환영을 본다는 이야기가 있었다고 한다.
(아든)
154행 칼을…맹세해
칼자루의 형태가 십자가와 닮았기 때문
에. (뉴케임브리지)

호레이쇼	왕자님, 서약을 말하시죠.		160
햄릿	자네들이 본 것을 절대로 말 않는다,		
	칼에 대고 맹세하라.		
유령	맹세하라.	(그들이 맹세한다.)	
햄릿	무소부재? 그렇다면 우리가 옮기겠다.		
	자네들 이리 오게.		165
	그리고 손을 다시 내 칼에 얹은 다음		
	칼에 대고 맹세하라.		
	자네들이 들은 것을 절대로 말 않는다.		
유령	칼에 대고 맹세하라.	(그들이 맹세한다.)	
햄릿	잘했다, 이 늙은 두더지. 땅을 그리 빨리 파?		170
	참 멋진 공병이네! 친구들, 또 한 번 옮겨 봐.		
호레이쇼	원 세상에, 이거 참 놀랍도록 낯설군요.		
햄릿	그러니 낯선 손님 맞듯이 이것을 환영하게.		
	인간의 철학으론 꿈도 꾸지 못할 일이		
	하늘과 땅 사이엔 많다네, 호레이쇼.		175
	하지만 어디 보자,		
	여기서, 이전처럼, 절대로, 은총의 도움받아		
	내 행동이 아무리 이상야릇하더라도 —		
	앞으로 내가 아마 괴상한 짓거리를		
	보이는 게 좋겠다고 생각할 때 —		180
	그럴 때 나를 보고 이렇게 팔짱 낀 채		
	아니면 머리를 흔들며 '그렇지, 우린 알지.'		

164행 무소부재(無所不在)
있지 않은 곳이 없다, 즉 모든 곳에 있다는
뜻. 원문은 영어가 아닌 라틴어로 쓰였다.
173행 낯선…환영하게

마태복음 15장 35절('내가 낯선 사람이었
으나 그대들은 날 받아 주었다.') 및 성경
여러 곳의 설교에 나타나는 기독교 윤리.
(아든)

'알려면 알 수 있지.', '우리가 입을 열면'
'말할 수만 있다면 사람 있지.' 따위의
의심스러운 문구를 내뱉는다거나   185
나에 대해 무언가 안다는 걸 보이려고
그 비슷한 암시를 주는 일은 절대로
해서는 안 된다. ─ 이걸 진정 맹세하라,
꼭 필요할 때는 은총과 자비가 도울 테니.

유령   맹세하라.   (그들이 맹세한다.)   190

햄릿   쉬어라, 쉬어라, 불안한 혼령아. 여보게들,
내 모든 사랑으로 자네들에게 날 맡기네.
그리고 햄릿처럼 가난한 사람이
우정을 표할 길은 하느님이 원하시면
부족하진 않을 걸세. 우리 같이 들어가지.   195
또한 항상 손가락을 입술에, 부탁이네.
뒤틀린 세월이야. ─ 아, 저주스러운 낭패로다,
그걸 바로 잡으려고 내가 태어나다니.
아니, 자, 같이 가세.   (함께 퇴장)

2막 1장
폴로니우스 노인, 하인 레날도와 함께 등장.

폴로니우스   걔에게 이 돈과 편지를 건네줘라, 레날도.

레날도   그럽죠, 나리.

199행 아니…가세   햄릿이 그들에게 하는 말.
호레이쇼와 마셀러스가 햄릿이 앞설 것   2막 1장 장소
을 기다리며 공손히 옆으로 비켜섰을 때   성안의 폴로니우스의 처소.

폴로니우스	레날도, 그 애를 찾기에 앞서서	
	품행을 염탐해 본다면 기차게 현명한	
	일이 될 터인데.	
레날도	나리, 그러려고 했습죠.	5
폴로니우스	말 잘했다, 정말로 잘했어. 이보라고,	
	우선 어떤 덴마크사람들이 파리에 있는지	
	또 어떻게 또 누가, 재력은, 숙소는	
	친구는 누구이며 씀씀인 어떤지 알아봐.	
	이렇게 질문을 빙빙 돌려 그들이 내 아들을	10
	정말로 안다는 걸 확인하게 되거든	
	이것저것 물었을 때보다 더 가까이 가.	
	걔를 좀 어렴풋이 아는 체해, 이를테면	
	'제가 그 부친과 친구들, 또 본인도	
	좀 알지요.'라고. 잘 듣고 있느냐, 레날도?	15
레날도	예 나리, 잘 듣고 있습죠.	
폴로니우스	'본인도 좀. 하지만, 잘 아는 건 아닙죠.	
	근데 그이 얘기라면 그는 아주 거칠고	
	이런저런 데 빠졌죠.'라고 하고 — 이쯤에서	
	아무거나 날조된 사실을 덮어씌워. — 참,	20
	명예를 해치는 저질 말고 — 그 점을 주의해. —	
	방탕한 젊은이가 벗 삼아 지내는	
	유명하고 많이들 알려진, 짓궂고 거칠고	
	흔한 실수 같은 거.	
레날도	도박 같은 거겠죠, 나리.	
폴로니우스	음. 혹은 음주, 칼질과 욕질에 싸움질	25
	계집질 — 까지도 갈 수 있어.	
레날도	나리, 그런 건 불명예가 될 텐데요.	

폴로니우스	아니지, 네가 그 욕설을 조절하기 나름이지.
	걔에게 색정에 빠지기 쉽다는 것과 같은
	또 다른 추문을 더해선 안 된다. —

폴로니우스 아니지, 네가 그 욕설을 조절하기 나름이지.
　　　　　걔에게 색정에 빠지기 쉽다는 것과 같은
　　　　　또 다른 추문을 더해선 안 된다. —　　　　　　30
　　　　　그건 내 뜻 아니다. 그러니 그 애의 결점을
　　　　　넌지시 내비쳐 그게 마치 방종의 얼룩이고
　　　　　불같은 마음이 터뜨리는 섬광이며
　　　　　길이 안 든 혈기에 흔히 있는 야성처럼
　　　　　보이게 만들란 말이다.　　　　　　　　　　35

레날도　　　근데 나리 —

폴로니우스　　　　　　　　왜 이렇게 해야만 하냐고?

레날도　　　예 나리, 그걸 알고 싶습니다.

폴로니우스 음, 내 취지는 이렇다.
　　　　　그리고 난 이게 묘수라고 믿고 있어.
　　　　　네가 이런 사소한 오점들을 내 자식이　　　　40
　　　　　자라면서 때가 묻은 것처럼 덧붙이면
　　　　　잘 들어 봐,
　　　　　대화의 상대방, 즉 네가 떠보려는 사람은
　　　　　네가 입에 올리는 젊은이가 앞서 언급되었던
　　　　　바로 그런 죄목을 범하는 걸 본 적이　　　　45
　　　　　언젠가 있었다면 그는 분명 다음처럼
　　　　　그 사람과 나라의 어구와 호칭에 따라서,
　　　　　'선생' 또는 '친구' 또는 '양반' 하며
　　　　　맞장구칠 거야.

레날도　　　　　　　　잘 알겠습니다, 나리.

폴로니우스 그런 다음, 이봐, 그는 이, 어 — 그는 어 — 내가 뭔 말　　50
　　　　　을 하려던 참이었지? 맙소사, 내가 뭔 말을 하려던 참
　　　　　이었어. 어디서 중단했지?

레날도	'다음처럼 맞장구칠 거야.'에서요.
폴로니우스	'다음처럼 맞장구칠 거야.', 암, 그렇지.
	그 사람은 맞장구치기를 '그 신사를 압니다, 55
	어제 봤죠.', 아니면 '그저께 봤었죠.'
	또는 이때 또는 저때 이런저런 이와 함께
	'말씀대로 노름했죠.', '술독에 빠졌죠.',
	'정구 경기 하던 중 싸웠죠.', 또는 아마
	'그분이 홍등가로 들어가는 걸 봤죠.' — 60
	즉, 사창가나 그 밖의 장소로 말이다.
	자 이젠 알겠지,
	거짓이란 네 미끼가 진실이란 잉어를
	낚는단 말씀이야. 이렇게 지혜와
	능력 갖춘 사람들은 옆을 치고 변죽 울려 65
	간접적인 수단으로 직접 목적 달성하지.
	내 아들에게도 그렇게 하는 거야,
	앞서 준 교훈과 충고로. 알았지, 알았냐?
레날도	알겠습니다, 나리.
폴로니우스	무사히 잘 가거라.
레날도	예, 나리. 70
폴로니우스	그 애의 취향을 몸소 살펴 보거라.
레날도	그럽죠, 나리.
폴로니우스	음악에도 힘쓰라 해.
레날도	그럼요, 나리. (퇴장)

오필리어 등장.

폴로니우스	잘 가라. 근데 이런, 오필리어, 웬일이냐?

| 오필리어 | 오, 아버지, 아버지, 너무너무 겁났어요. | 75 |

폴로니우스   도대체 무슨 일로?

오필리어   아버지, 제 방에서 바느질을 하는데
　　　　　햄릿 왕자님이 조끼 단추 다 끄른 채
　　　　　모자도 쓰지 않고 더러운 긴 양말은
　　　　　대님 풀려 족쇄처럼 발목에 걸렸으며　　　　　80
　　　　　속옷처럼 창백하고 무릎을 부딪치며
　　　　　그 얼굴 표정이 너무나 가련하여
　　　　　지옥에서 풀려나 끔찍한 일들을
　　　　　말하려는 사람처럼 제게 나타나셨어요.

폴로니우스   너에게 미쳐서?

오필리어　　　　　　　　　　모릅니다, 아버지.　　　　　85
　　　　　근데 사실 그것이 겁나요.

폴로니우스　　　　　　　　　　　뭔 말을 했는데?

오필리어   제 손목을 잡고서 저를 꼭 껴안았죠.
　　　　　그런 다음 팔을 다 뻗을 만큼 떨어져서
　　　　　한 손을 이렇게 이마 위에 얹고는
　　　　　제 얼굴을 그릴 듯이 뜯어보기 시작했죠.　　　　　90
　　　　　오랫동안 그러고 계셨어요.
　　　　　이윽고 제 팔을 좀 흔들고 자기 머릴
　　　　　이렇게 위아래로 세 번을 끄덕인 다음에
　　　　　너무나 가련하고 깊은 한숨 토해 내어
　　　　　온몸을 다 부숴 버리고 자신의 존재를　　　　　95
　　　　　끝장낼 듯했어요. 그러더니 절 놔주고
　　　　　어깨 너머 머릴 돌려 눈 없이 자기 길을
　　　　　찾는 듯했어요. 왜냐하면 보지 않고
　　　　　문 밖으로 나가셨고, 그 눈빛은 끝까지

제게로 향하고 있었으니까요.   100

폴로니우스   자, 같이 가자. 전하를 찾아뵐 것이다.

이게 바로 사랑으로 넋이 빠진 상태인데

그 과격한 속성은 자멸을 불러오고

인간을 괴롭히는 천하 여느 격정처럼

우리의 의지를 이끌어 절망적인 시도를   105

자주 하게 만든단다. 안됐구나. —

뭐, 최근에 그에게 심한 말을 했더냐?

오필리어   아뇨, 아버지. 그러나 명령하신 그대로

편지를 물리치고 저에게 접근하지

못하시게 했어요.

폴로니우스   그래서 미쳤어.   110

안됐구나, 그를 좀 더 주의 깊게 살펴보고

판단하지 못해서. 난 그가 너를 단지

희롱하고 망치려 한다고만 걱정했다.

하지만 의심도 한심했지! 우리들 나이엔

너무 넘겨짚는 게 젊은 축이 흔히들   115

분별력이 모자라듯 특별나지. 자, 왕께 가자.

이건 알려 드려야 해. 덮어 둘 경우에는

감춰야 할 슬픔이 사랑을 발설하여

받게 될 미움보다 더 많을 수 있겠다.

가자.   (함께 퇴장)   120

117~119행 덮어 둘…있겠다
둘의 사랑을 왕에게 고하지 않으면 그로
말미암아 더 불행한 그리고 말 못 할 사태

가 벌어질 수도 있을 것이다, 상사병으로
미친 햄릿이 무슨 짓을 할지 모르기 때문
에. (아든)

팡파르. 왕과 왕비, 로젠크랜츠와 길든스턴,

시종들과 함께 등장.

왕   어서 오게, 소중한 로젠크랜츠와 길든스턴.

내가 많이 보고 싶어 했단 사실 외에도

자네들을 꼭 써야 할 필요가 생겨서

이리 급히 불렀네. 햄릿의 변신에 대해선

자네들도 무언가 들었겠지. 난 그걸   5

그렇게 부른다네, 안팎으로 사람이

과거의 그와는 닮은 데가 없으니까.

그가 자기 인식을 이토록 못 하는 이유가

아버지의 죽음 말고 또 어떤 게 있는지

나는 꿈도 못 꾸겠네. 둘에게 간청컨대   10

아주 어린 시절부터 그와 함께 자라났고

또 그의 젊음과 버릇을 깊이 알 터이니

한동안 짐의 궁에 머물러 그와 동무하면서

그를 여러 오락으로 이끌고 기회가 닿아서

캐낼 수 있는 한 알아봐 주기를 바라네.   15

짐이 알지 못하는 무슨 병이 이토록

그를 괴롭히는지, 그것이 밝혀지면

짐이 그걸 치유할 능력이 있는지를.

왕비   이보게, 자네들 얘기를 그가 많이 했다네.

살아 있는 사람들 가운데 자네들 둘보다   20

그와 더 마음 맞는 사람은 없다고 확신해.

2막 2장 장소 엘시노어 왕성.

자네들이 우리의 소원 성취 위하여
기꺼운 마음으로 잠시 짬을 내줄 만큼
예절과 호의를 보인다면 왕께서는
자네들의 방문을 기억하고 알맞은 보답을   25
내리실 것이야.

로젠크랜츠   두 분 마마께서는
저희에 대해서 가지신 왕권으로
지엄하신 두 분 뜻을 간청하기보다는
명령해 주옵소서.

길든스턴   하오나 저희는 복종하고
신명을 다하고자 여기에서 봉사를   30
두 분의 발아래 최대한 바치오니
명령만 내려 주시옵소서.

왕   고맙네, 로젠크랜츠와 친절한 길든스턴.

왕비   고맙네, 친절한 길든스턴과 로젠크랜츠.
바라건대 너무 많이 변해 버린 내 아들을   35
곧 만나 보게나. 너희 중 몇 사람은
두 신사를 햄릿 있는 곳으로 안내하라.

길든스턴   하느님은 저희가 꾸밀 일이 그에게
즐겁고 도움 되게 하소서.

왕비   암, 동감이네.

(로젠크랜츠와 길든스턴, 시종과 함께 퇴장)

폴로니우스 등장.

38행 꾸밀 일
길든스턴의 의도와는 달리 그가 쓰는 말에 이미 부정적인 뜻이 내포되어 있다.

폴로니우스 　전하, 노르웨이로 떠났던 사신들이　　　　　　40
　　　　　　기쁨에 차 되돌아왔습니다.
왕　　　　그대는 언제나 희소식의 근원이오.
폴로니우스 　그렇습니까, 전하? 제 주군께 분명히
　　　　　　말씀드리자면 저는 제 영혼을 보호하듯
　　　　　　하느님과 전하께 의무를 다합니다.　　　　45
　　　　　　그래서 제 생각에 — 틀렸다면 이 머리가
　　　　　　국정의 흐름을 예전처럼 확실히
　　　　　　좇지 못한 탓이겠지만 — 햄릿이 실성한
　　　　　　바로 그 까닭을 정말 찾아냈습니다.
왕　　　　오 말해 보시오. 그걸 정말 듣고 싶소.　　　50
폴로니우스 　사신들을 먼저 들라 하십시오. 제 소식은
　　　　　　그 성대한 정찬의 후식이 될 것입니다.
왕　　　　그대가 그들을 영접하고 데려오오.　　(폴로니우스 퇴장)
　　　　　　사랑하는 거트루드, 그가 당신 아들의
　　　　　　모든 정신 이상의 근원을 찾았다 합니다.　　55
왕비　　　전 그게 주된 원인, 즉 개 아비의 죽음과
　　　　　　우리의 성급한 결혼이 아닐까 생각해요.
왕　　　　글쎄요, 캐물어 봅시다.

　　　　　　　폴로니우스, 볼티맨드, 코넬리우스 등장.

　　　　　　　어서 오게, 친구들.
　　　　　자, 볼티맨드, 노르웨이 형님의 말씀은?
볼티맨드 　　인사말과 요청에 최고로 화답하셨습니다.　　　60

52행 정찬　음식의 비유로, 노르웨이로 갔던 사신들이 가져온 희소식.

저희의 첫 주장에 왕께선 조카의 모병을
중지시켰습니다. 그분에겐 그것이
폴란드를 상대로 한 준비로 보였으나
깊이 들여다보니 사실은 전하가 상대임을
알아냈답니다. 그래서 자신의 병과 나이,   65
무력함 때문에 그렇게 속았음을 통탄하고
포틴브래스에게 금지령을 내렸는데
짧게 말씀드리자면 그는 복종하였고
노르웨이 왕에게서 질책을 받았으며
끝으로 자기 삼촌 앞에서 다시는 전하께   70
무력 시도 않겠노라 맹세했답니다.
그러자 노르웨이 노왕이 기쁨에 넘쳐서
연금 삼천 크라운을 그에게 내렸고
전처럼 징집한 병사들은 폴란드를 상대로
사용할 권한을 주었는데, 한 가지 탄원은   75
여기에 자세히 나타나 있지만   (서류를 바친다.)
이 작전을 위하여 전하의 영토를
조용히 지나가게 해 주시길 바라는 것이고
그에 관한 안보와 허락의 조건들은
거기 적혀 있습니다.

왕   짐의 맘에 꼭 들고   80
이 문제는 숙고할 여유가 있을 때
읽어 보고 답하면서 생각해 볼 것이다.
그동안에 만족스러운 노고를 치하하네.
가서 쉬고 밤에는 향연을 같이 하세.

73행 크라운 5실링짜리 금화.

정말 잘 돌아왔어.　　　　　(볼티맨드와 코넬리우스 퇴장)

폴로니우스　　　　　　　　이 일은 잘 끝났습니다.　　　　　　　　85
전하, 마마, 국왕의 지위는 무엇이고
임무는 무엇이며, 왜 낮은 낮 밤은 밤
시간은 시간인지 규명해 보는 것은
밤과 낮과 시간의 낭비일 뿐입니다.
그러므로 기지의 핵심은 간결함이고　　　　　　　90
장황함은 그것의 팔다리와 겉치레인지라
짧게 말씀드리죠. 아드님은 미쳤어요.
미쳤다고 봅니다. 진정한 광기를 정의할 때
미쳤다고 할 수밖에 없지 않겠습니까?
하지만 그만하죠.

왕비　　　　　　　　　　말재주보다는 요점을.　　　　　　95
폴로니우스　　마마, 말재주 부리는 게 전혀 아니올시다.
미친 건 사실이고 사실인 게 애석하고
애석하죠, 사실인 게. 바보 같은 수사법이 ─
하지만 관두죠. 말재주는 안 부릴 테니까요.
그럼 그가 미쳤다고 칩시다. 그럼 이제　　　　　100
이러한 결과의 원인을, 아니죠, 오히려
이러한 결함의 원인을 찾는 일이 남지요.
이렇게 결함 있는 결과는 원인으로 생기니까.
이리하여 남은 건, 또 나머진 이러하니
숙고해 보소서.　　　　　　　　　　　　105
저에게 딸 하나가 있는데 ─ 제 것일 동안만 ─
고것이 순종의 의무를 지켜서, 보십시오,
이걸 제게 줬답니다. 자, 추측해 보소서.
(읽는다.) '거룩한 내 영혼의 우상, 최고로 미화된 오

필리어' — 이건 못된 표현, 상스러운 표현입니다.　110
'미화된' 건 상스러운 표현입니다. 그래도 들려 드리
지요. — '그녀의 빼어난 흰 가슴에 이 글을 어쩌고저
쩌고.'

왕비　햄릿이 그녀에게 보낸 거요?

폴로니우스　잠시만, 마마. 정확하게 말씀드리겠나이다.　115

　　　　'별들이 불탈까 의심하고
　　　　태양이 움직일까 의심하고
　　　　진실이 거짓일까 의심하나
　　　　내 사랑은 절대로 의심 마오.

오, 그대 오필리어, 난 이런 글은 못 짓겠소. 내 신음 소　120
리에 운 맞출 재주는 없다오. 하지만 당신을 최고, 최
상으로 사랑함은 믿어 주오. 안녕.

　　　　최고로 사모하는 숙녀여, 이 기계가
　　　　내 것인 한 영원히 그대 것인　　　햄릿.'

이것을 제 딸이 순종하며 보여 줬고　125
거기에 더하여 그가 애원하였던 시간과
수단과 장소를 순서대로 낱낱이
제 귀에 들려주었나이다.

왕　근데, 딸애는 이 사랑을 어찌 받아들였소?

폴로니우스　전하께선 절 어떻게 생각하십니까?　130

왕　충직하고 명예로운 사람으로 생각하오.

폴로니우스　그걸 증명하렵니다. 하지만 전하께선

123행 기계
엘리자베스 시대 사람들은 넓게는 자연
을, 좁게는 인간의 육신을 하나의 기계 장
치로 생각하였다. 당시 기계라는 낱말은
지금처럼 무미건조한 뜻으로 이해된 것
이 아니라 여러 부품으로 구성된 복잡한
구조물에 대한 그때 사람들의 감탄을 담
고 있었다. (아든)

어찌 생각하셨겠습니까?

제가 이 불붙은 사랑을 봤을 때 —

딸애가 말해 주기 이전에 제가 감지했는데,　　　　　　135

그 점을 아뢰어야 되겠습니다만 — 전하나

여기 왕비 마마께선 어찌 생각하셨겠습니까?

제가 만일 거간꾼, 중매쟁이 노릇을 했거나

마음의 눈을 감고 벙어리가 되었거나

이 사랑을 한가로이 바라만 보았다면　　　　　　140

어찌 생각하셨겠습니까? 아뇨, 전 곧장

작업에 들어가 딸년에게 말했지요.

'햄릿 왕자님은 네 팔자에 전혀 없는 분이다.

이건 아니 된다.'고. 그런 다음 지시를 내렸지요.

그의 잦은 방문에 문을 걸어 잠그고　　　　　　145

심부름꾼 안 만나고 정표 받지 말라고요.

그런 뒤에 딸애는 제 충고를 실천에 옮겼고

퇴짜를 맞은 그는 짧게 말씀드리자면

슬픔에 빠졌고 그다음엔 금식에

그다음엔 불면증에, 그로부터 허약증에　　　　　　150

그로부터 착란증이라는 악화의 일로 끝에

지금 그가 광분하고 우리 모두 통탄하는

광증에 빠졌지요.

왕　　　　　　　　　　당신도 그렇게 생각하오?

왕비　　어쩌면, 흡사해요.

폴로니우스　　제가 한번 단호히 '이렇다.'고 했는데 —　　　　　　155

기꺼이 알고 싶습니다만 — 그렇지 않다고

밝혀진 적 있습니까?

왕　　　　　　　　　　그런 적은 없었소.

폴로니우스	만약에 틀리면 여기에서 이걸 떼어 내소서.
	(자기 머리와 어깨를 가리킨다.)
	상황이 허락하면 진실이 숨은 곳을
	그게 정말 지구의 중심에 숨었대도 160
	찾아내겠습니다.
왕	어떻게 더 알아보지요?
폴로니우스	다 아시다시피 그는 때로 이곳의 낭하를
	네 시간 동안이나 거닙니다.
왕비	정말이오.
폴로니우스	그때 제가 딸애를 풀어놓겠습니다.
	그런 다음 전하와 전 휘장 뒤에 있으면서 165
	그 만남을 지켜보죠. 그가 딸을 사랑 않고
	그 때문에 이성이 마비되지 않았다면
	저더러 국사를 도울 게 아니라
	농사나 지으라 하십시오.
왕	해 봅시다.

햄릿, 책을 읽으며 등장.

왕비	근데 저기 가엾은 게 엄숙히 책 읽으며 오네요. 170
폴로니우스	자리를 뜨십시오, 두 분 마마, 어서요.
	곧 말을 걸지요. 제게 맡겨 주십시오.
	(왕과 왕비 및 시종들 함께 퇴장)
	햄릿 왕자님께선 어떻게 지내시는지요?

160행 지구의 중심
천동설에서 가장 접근하기 힘들고 빛으로 부터 가장 먼 지점.

햄릿	글쎄, 별 탈 없이 지내지.	
폴로니우스	저를 아십니까, 왕자님?	175
햄릿	알다마다. 자넨 생선 장수야.	
폴로니우스	아닙니다, 왕자님.	
햄릿	그럼 자네가 그자만큼 정직한 인간이길 바라네.	
폴로니우스	정직하라고요, 왕자님?	
햄릿	그렇지. 지금 세상 돌아가는 걸 보면 정직한 사람이란 만에 하나가 있을까 말까지.	180
폴로니우스	그건 정말 사실입니다, 왕자님.	
햄릿	왜냐하면 태양이 죽은 개에 구더기를 슬게 한다면, 키스하기 딱 좋은 고기니까 — 자네, 딸 있던가?	
폴로니우스	있습니다, 왕자님.	185
햄릿	그럼 개가 태양 아래에선 걷지 않도록 하게. 착상은 축복이네만 자네 딸에게 착상이 일어나면 — 친구여, 조심하게.	
폴로니우스	(방백) 저 보라고. 여전히 내 딸 얘기를 하고 있어. 그렇지만 처음엔 날 몰라 봤어. 나를 생선 장수라 했겠다. 한참 갔어. 사실, 나도 젊은 시절 사랑 때문에 아주 혹독한 시련을 겪었지. 이와 대단히 비슷했어. 다시 말을 걸어 봐야지. — 무엇을 읽고 계십니까, 왕자님?	190
햄릿	말, 말, 말이야.	
폴로니우스	내용이 무엇입니까, 왕자님?	195

183행 태양이…한다면
태양이 죽은 물체로부터 새로운 생명을 만들어 낸다는 생각은 오래된 것이다. (아든)
186~188행 그럼…조심하게
이때 태양은 새로운 생명을 잉태시킨다

는 앞서의 생각과 더불어 비유적으로 빛이 비치는 공공장소라는 의미가 있으며 왕을 상징하기도 한다. 여기서는 햄릿 왕자를 의미한다. (아든)

햄릿	네 용이 나타났어?
폴로니우스	읽고 계시는 내용 말입니다, 왕자님.
햄릿	험담일세. 여기 비꼬기 좋아하는 어떤 놈이 말하기를

늙은이들이란 흰 수염에 얼굴은 쭈그러들고 눈에는
뻑뻑한 송진과 아교가 흘러나오며 팔푼이처럼 정신이   200
하나도 없는 데다 허벅지는 약해 빠졌다고 하는구먼.
— 이봐, 이 모든 걸 나도 강력하게 또 힘주어 믿네만
이런 식으로 그걸 적어 놓는다는 건 올바르지 못하다
고 생각해. 왜냐하면 자네도 나처럼 늙을 테니까 —
만일 자네가 게처럼 뒷걸음칠 수 있다면 말일세.   205

폴로니우스	(방백) 이게 미친 증상이긴 하지만 그래도 원칙은 있어.

— 왕자님, 바람 없는 곳으로 가실까요?

햄릿	내 무덤 속으로?
폴로니우스	정말, 거긴 바람이 없지요. — (방백) 때론 얼마나 의미

심장한 응답을 하는지. — 이런 건 광기 때문에 가끔   210
씩 찾아오는 행운인데, 이성이나 맑은 정신 가지고는
이렇게 꼭 들어맞게 말할 순 없지. 여길 떠나 곧장 그
와 내 딸을 만나게 할 방도를 궁리해 봐야지. — 왕자
님, 소신이 물러가도록 허락해 주시옵소서.

햄릿	이봐, 자네가 물러가는 것보다 내가 더 기꺼이 허락해 215

줄 일은 하나도 없어 — 내 목숨만, 내 목숨만, 내 목숨
만 빼놓고는.

폴로니우스	안녕히 계십시오, 왕자님.
햄릿	이 지겹고 늙어 빠진 바보들.

로젠크랜츠와 길든스턴 등장.

폴로니우스	햄릿 왕자님을 찾으러 가는군. 저기 계셔.
로젠크랜츠	안녕히 가십시오. (폴로니우스 퇴장)
길든스턴	존경하옵는 왕자님.
로젠크랜츠	최고로 소중하신 왕자님.
햄릿	둘도 없는 내 친구들. 길든스턴, 자넨 어떻게 지내나? 아, 로젠크랜츠. 여보게들, 둘 다 어떻게 지내나?
로젠크랜츠	보통 사람들처럼 그럭저럭 지냅니다.
길든스턴	지나치게 행복하지 않다는 점에서 저희는 행복합니다. 저희는 운명 여신 모자 위의 단추는 아니랍니다.
햄릿	그렇다고 그녀의 신발 밑창은 아니겠지?
로젠크랜츠	양쪽 다 아닙니다, 왕자님.
햄릿	그럼 자네들은 그녀의 허리께 쯤, 아니면 중간 정도의 호의를 받으면서 산단 말인가?
길든스턴	실은 허리 조금 아래에 살지요.
햄릿	그녀의 은밀한 부분에 산다고? 아, 그거 참 맞는 말이야, 그녀는 창녀니까. 무슨 소식이라도?
로젠크랜츠	없습니다, 왕자님, 세상이 정직해진 것밖엔.
햄릿	그럼 종말이 가까웠군. 근데 자네들 소식은 진실이 아냐. 좀 더 구체적으로 물어보지. 여보게, 친구들, 운명의 여신으로부터 어떤 벌을 받았기에 그녀가 자네들을 이곳 감옥으로 보냈는가?
길든스턴	감옥이요, 왕자님?
햄릿	덴마크가 감옥이지.
로젠크랜츠	그럼 이 세상도 같은 곳입니다.

220

225

230

235

240

234~235행 그녀의…창녀니까
햄릿은 로젠크랜츠와 길든스턴을 창녀로 소문난 운명 여신의 음부로 끌고 간다.

햄릿	꽤 큰 곳이지. 거기엔 수많은 구치소와 감방과 동굴이	
	있는데 덴마크가 그 가운데 최악이야.	245
로젠크랜츠	저희는 그리 생각 않습니다, 왕자님.	
햄릿	그래, 그럼 자네들에겐 아니지, 왜냐하면 좋거나 나쁜	
	건 없는데 생각 따라 그리될 뿐이니까. 내겐 여기가 감	
	옥이야.	
로젠크랜츠	그렇다면 왕자님의 야망이 그렇게 만든 것입니다. 왕	250
	자님의 마음엔 이게 너무 좁지요.	
햄릿	오 하느님, 난 호두알 속에 갇혀 있다 해도 나 자신을	
	무한 공간의 왕이라 생각할 수 있다네. ── 악몽을 꾸	
	지만 않는다면 말일세.	
길든스턴	그 꿈이란 게 사실은 야망입니다. 야망에 찬 사람들의	255
	진정한 본질은 단지 꿈의 그림자일 뿐이니까요.	
햄릿	꿈 자체도 그림자일 뿐이지.	
로젠크랜츠	맞습니다. 야망의 속성은 공기처럼 너무나 가벼워서	
	그림자의 그림자일 뿐이라 생각됩니다.	
햄릿	그렇다면 거지들이 실체이고, 왕과 허세 부리는 영웅	260
	들은 거지들의 그림자란 말이군. 궁정으로 들어갈까?	
	실토하네만 난 논증을 못 하겠어.	
로젠크랜츠·길든스턴	저희가 모시겠습니다.	
햄릿	무슨 말씀을. 난 자네들을 내 시종처럼 취급하진 않을	
	테야. 자네들에게 정직하게 말하네만 난 아주 무시무	265
	시한 시중을 받고 있으니까. 하지만 친구끼리 터놓고	
	묻겠는데, 엘시노어엔 웬일인가?	

260~261행 그렇다면…말이군
지금까지 야망이란 주제를 놓고 로젠크
랜츠와 길든스턴의 주장을 두 번 반박한

햄릿은 이제 그들의 논리를 얼토당토않
는 극한까지 과장하여 우스꽝스럽게 만
들고 있다. (아든)

로젠크랜츠	왕자님을 뵈러 왔지 다른 일은 없습니다.
햄릿	내 비록 거지지만 고마움을 표하려니 더더욱 가난하
	군, 하지만 고맙네. 근데 여보게들, 내 고마움은 분명 270
	반 푼 값어치도 없네. 자네들 불려 오지 않았어? 본인
	들의 의향이야? 제 발로 찾아왔어? 자, 자, 날 올바로
	대해 줘. 자, 자. ─ 아니, 말해.
길든스턴	무슨 말을 해야 할까요, 왕자님?
햄릿	의도만 빼놓고 아무거나. 자네들은 불려 온 거야. 얼굴 275
	에 '고백합니다.'라고 쓰여 있는데 사람들이 고상하여
	그걸 감출 만큼 교활하진 못하구먼. 왕과 왕비 마마께
	서 자네들을 부르신 줄 알아.
로젠크랜츠	무슨 목적으로요, 왕자님?
햄릿	그야 자네들이 내게 가르쳐 줘야지. 하지만 우리 우정 280
	의 당연한 권리로, 우리 젊음의 일치된 마음으로, 언제
	나 보존된 우리 사랑의 의무로, 또는 이보다 더 나은
	제안으로 재촉할 수 있는 게 있다면 그것으로 내 자네
	들에게 엄숙하게 물을 테니 불려 왔는지 아닌지 사실
	대로 말해 주게. 285
로젠크랜츠	(길든스턴에게 방백) 뭐라고 말하지?
햄릿	(방백) 음, 그렇다면 나도 눈치챘어. ─ 자네들이 날 아
	낀다면 발뺌하지 말게.
길든스턴	왕자님, 저희들은 불려 왔습니다.
햄릿	내가 그 이유를 말해 주지. 그러면 내가 넘겨짚었으니 290
	자네들은 발각되지 않을 테고 왕과 왕비에 대한 자네
	들의 비밀은 털끝만큼도 다치지 않을 테니까. 난 최근
	에 왠지는 모르겠지만 내 모든 즐거움을 잃어버리고
	모든 수련 활동도 관뒀다네. 그리고 사실은 내 심정이

너무나 울적하여 이 아름다운 구조물인 지구가 내게 　295
는 불모의 땅덩이로 보이고, 가장 빼어난 덮개인 저 대
기, 보라고, 찬란하게 걸려 있는 저 창공, 황금 불꽃으
로 수놓은 저 장엄한 지붕, 글쎄, 이런 것들이 내게는
더럽고 유해한 증기의 집합체로밖에 보이지 않는다
네. 인간이란 참으로 걸작이 아닌가. 이성은 얼마나 고 　300
귀하고 능력은 얼마나 무한하며, 생김새와 움직임은
얼마나 깔끔하고 놀라우며, 행동은 얼마나 천사 같고
이해력은 얼마나 신 같은가. 이 세상의 꽃이고 동물들
의 귀감이지 — 그렇지만 내겐 이 무슨 흙 중의 흙이
란 말인가? 난 인간이 즐겁지 않아 — 여자도 마찬가 　305
지야, 자넨 웃으면서 반대하는 것 같지만.

로젠크랜츠 　왕자님, 제 마음속에 그런 생각은 없었습니다.

햄릿 　그럼 내가 인간이 즐겁잖다 했을 때 왜 웃었지?

로젠크랜츠 　만약 왕자님께서 인간이 즐겁지 않으시다면 배우들이
얼마나 푸대접을 받을까 생각나서요. 오는 길에 저희 　310
가 그들을 앞질렀는데 왕자님께 봉사하려고 이리로
오고 있는 중입니다.

햄릿 　왕 역할을 맡은 배우를 환영할 거야 — 전하께선 내 공
물을 받을 것이며 모험을 좋아하는 기사는 창과 방패
를 쓰게 해 주고, 연인은 공짜로 한숨짓지 않을 것이며 　315
성질 별난 사람은 조용히 자기 역을 끝내게 해 주고, 광
대는 허파에 바람 든 사람들을 웃길 것이며 숙녀는 자
기 의견을 마음대로 말하게 해 줄 것이야. — 안 그러면
대사가 절름발이가 될 테니까. 어떤 배우들인가?

로젠크랜츠 　왕자님께서 그렇게도 즐거워하셨던 바로 그 수도의 　320
배우들입니다.

햄릿	어째서 그들이 떠돌아다니지? 머물러 있었을 때가 수 입과 명성, 둘 다 나았는데.
로젠크랜츠	제 생각에 그들의 공연 금지는 최근의 정치적 소요 때 문인 것 같습니다.

325

햄릿	그들의 평판은 내가 수도에 있었을 때와 마찬가진가? 여전히 구경꾼들이 몰리나?
로젠크랜츠	아뇨, 실은 그렇지가 않습니다.
햄릿	어째서 그런가? 연기가 녹슬었나?
로젠크랜츠	아뇨, 전과 같은 보조로 노력하고 있습니다. 하지만 한 떼의 어린애들, 조그만 매 새끼들이 찢어지는 목소리로 경쟁을 벌이고 있으며 열렬한 박수갈채를 받고 있답니 다. 이런 애들이 지금 유행이고 '대중' 극장을 ― 걔들이 그렇게 부릅니다만 ― 얼마나 씹어 대는지 많은 칼 찬 신사들은 독필이 무서워 감히 그쪽으로 가지도 못한답 니다.

330

335

햄릿	뭐라고, 애들이라고? 누가 걔들을 부양하지? 생활은 어떻게 꾸려 가고? 고운 목소리를 낼 수 있을 때까지 만 배우 노릇을 할 건가? 걔들이 자라 일반 배우가 된 다면 ― 더 나은 대책이 없는 한 그렇게 될 게 뻔한데 ― 자기네 작가들이 자기들의 미래를 자기들 스스로 욕하게 만든 건 잘못이라고 나중에 말하지 않겠어?
로젠크랜츠	사실이지, 양편 모두 요란했습니다. 게다가 그들을 자 극하여 시비 걸게 만들어도 온 나라가 그건 죄가 아니 라고 생각합니다. 한동안 작가와 배우가 이 문제로 주

340

345

324행 정치적 소요
덴마크에서 있었던 정변이 아니라 영국
일을 말하는 것 같지만 정확한 사건은 알
려지지 않고 있다. 1601년 2월에 있었던
엘리자베스 여왕의 총신 에섹스의 반란
이 아닐까 추정된다. (아든)

먹다짐을 벌이지 않는 주제에는 아무도 돈을 내놓지
않았답니다.

햄릿　　　　그럴 수가?

길든스턴　　아, 저간에 머리싸움이 많이 벌어졌지요.

햄릿　　　　애들이 승리를 차지했던가?　　　　　　　　　　　　350

로젠크랜츠　예, 그랬답니다, 왕자님. 헤라클레스와 그가 짊어진 이
　　　　　　세상도 함께요.

햄릿　　　　그야 별로 이상할 것 없지, 삼촌이 덴마크 왕이니까.
　　　　　　아버지가 살아 계셨을 땐 그에게 입을 삐죽거리던 친
　　　　　　구들이 이 왕의 작은 초상 한 점에 스물, 마흔, 쉰, 백　355
　　　　　　냥의 금화를 내고 있으니까. 허 참, 이건 뭔가 자연스
　　　　　　럽지 못한 데가 있어, 학문으로 밝혀내면 알겠지만 말
　　　　　　일세.　　　　　　　　　　　　　　　(요란한 트럼펫 소리)

길든스턴　　배우들입니다.

햄릿　　　　여보게들, 엘시노어에 온 걸 환영하네. 악수하지, 자,　360
　　　　　　어서. 환영에는 격식과 예절이 있는 법. 이런 식으로 예
　　　　　　의를 갖추겠네. 왜냐하면 배우들에 대한 내 행동에 있
　　　　　　어서 — 겉으로는 공평해야 된다고 말해 두겠네만 —
　　　　　　자네들보다 그들을 더 환대하는 것처럼 보여선 안 되
　　　　　　니까. 자네들을 환영하네. 하지만 삼촌 아버지와 숙모　365
　　　　　　어머니께선 속으셨어.

길든스턴　　어째서요, 존경하는 왕자님?

햄릿　　　　난 그저 북북서로 미쳤을 뿐이거든. 남풍이 불면 난 뭐

351~352행 헤라클레스…함께요
헤라클레스가 아틀라스를 대신하여 지구
를 잠시 지고 있었다는 그리스 신화를 빗
대어 한 말. 또한 셰익스피어가 주주이자
전속 극작가로 있었던 글로브 극장의 상
징물은 지구를 어깨 위에 지고 있는 헤라
클레스였다고 한다. (아든)

가 발인지 톱인지 분간할 수 있다고.

폴로니우스 등장.

폴로니우스	여러분, 안녕하십니까.	370
햄릿	여보게, 길든스턴, 그리고 자네도 — 귀 좀 빌려 주게. 저기 보이는 저 커다란 아기는 아직도 기저귀를 못 벗고 있다네.	
로젠크랜츠	아마 그걸 두 번째로 차게 된 모양입니다, 노인은 다시 어린애란 말이 있으니까요.	375
햄릿	예언하겠네만 배우들 일을 내게 말해 주러 왔어. 주목하게. — 맞습니다, 나리, 월요일 아침에, 그건 바로 그때였습니다.	
폴로니우스	왕자님, 소식이 있습니다.	
햄릿	나리, 소식이 있습니다. 로스키우스가 로마의 명배우였을 때 —	380
폴로니우스	배우들이 이곳에 왔습니다, 왕자님.	
햄릿	멍멍.	
폴로니우스	제 명예를 걸고 —	
햄릿	그때 배우들은 각자 나귀를 타고 왔도다. —	385
폴로니우스	이 세상에서 으뜸가는 배우들로 비극, 희극, 사극, 목가극, 희극적 목가극, 목가극적 사극, 사극적 비극, 목가극적 사극적 희극적 비극, 장소 불변의 극이나 무제한 극도 좋고, 세네카의 비극이 아무리 무거워도 플라우	

368행 난…뿐이거든
햄릿이 뜻하는 바는 첫째, 자기는 올바른 정신을 의미하는 정북에서 약간 빗나가 있을 뿐이며 둘째, 나침반의 모든 방향에서 혹은 시간상으로 언제나 미쳐 있는 것은 아니란 말이다. (뉴케임브리지)

	투스의 희극이 아무리 가벼워도 좋으며, 극작법을 따	390
	른 극이든 무시한 극이든 이들이 유일한 배우들이랍	
	니다.	
햄릿	오, 입다, 이스라엘의 대사사이시어, 그대는 얼마나 값	
	진 보물을 가졌는가!	
폴로니우스	그가 무슨 보물을 가졌습니까, 왕자님?	395
햄릿	있잖아,	

'고운 딸 하나가 고작이라

그 아이를 끔찍이 사랑했네.'

폴로니우스	(방백) 여전히 내 딸이야.	
햄릿	내 말이 맞잖소, 입다 영감?	400
폴로니우스	저를 입다라 하신다면 왕자님, 제가 끔찍이 사랑하는	
	딸이 하나 있습니다.	
햄릿	아니, 그건 앞뒤가 맞지 않아.	
폴로니우스	그럼 뭐가 맞습니까, 왕자님?	
햄릿	있잖아,	

'팔자 따라, 운에 따라.'   405

그다음은 아시지,

'일이 났지, 그럴 것 같았는데.'

389행 세네카

고대 로마 철학자, 극작가 정치가. 그리스 비극과 신화에서 주제를 따온 극을 주로 썼으며, 잔인한 묘사와 유령이나 마녀의 등장이 특징이었다. 이후 셰익스피어를 비롯한 영국과 프랑스 극작가들에게 큰 영향을 주었다.

389~390행 플라우투스

고대 로마의 희극 작가. 그리스 희극에서 영향을 받아, 속담과 욕설, 음기응변 등을 활용해 라틴 문학에 새로운 장르를 개척했으며, 셰익스피어 역시 그의 영향을 받은 것으로 평가된다.

393행 입다

고대 이스라엘의 사사였던 그는 자기가 만약 전쟁에서 승리하고 돌아오면 첫 번째로 눈에 띄는 생명을 제물로 바치겠다고 맹세했다. 그가 처음 본 것은 자기 딸이었지만 약속을 지켰다. (RSC)

더 알려거든 성가의 첫 번째 연을 보라고, 내 말을 잘
라먹는 사람들이 여기로 오니까.

배우들 등장.

자네들, 어서 오게. 모두들 잘 왔어 — 자네가 건강하니   410
기쁘구먼. — 잘 왔네, 친구들. — 아, 옛 친구. 아니 자
네, 지난번 본 뒤로 턱에 울타리가 생겼군. 덴마크에서
수염으로 내게 도전하러 왔는가? — 여, 우리 작은 아
기씨! 이런, 제가 지난번 뵀을 때보다 숙녀화 굽 높이만
큼 하늘에 더 가까워지셨군요. 제발 아기씨 목소리가   415
못 쓰게 된 금화처럼 금 가지는 않았기 바랍니다. — 자
네들 모두 잘 왔어. 우리 프랑스 매사냥꾼들처럼 해 보
자고, 눈에 띄는 대로 날려 봐. 곧장 한 대목 읊어 보게.
자, 자네의 재능 한번 맛보게 해 주게. 어디, 열정적인
대목 하나 해 보게.   420

배우 1 어떤 대목 말입니까, 왕자님?

햄릿 자네가 언젠가 내게 한 대목 읊어 주는 걸 들었지. 하
지만 그건 공연되진 않았고 됐더라도 한 번 이상은 아
니었어. — 내 기억에 그 극은 만인을 기쁘게 하진 못
했으니까. 대중들에겐 캐비어 같은 것이었지. 하지만   425
그건 내가 또 그런 문제에 있어서 나보다 판단력이 더
뛰어나다고 인정된 사람들이 이해하기엔 장면의 짜임
새가 좋고 재주만큼이나 절도를 보여 주는 탁월한 연
극이었어. 내 기억에 누군가 말하기를 그 연극 대사엔

425행 캐비어 철갑상어의 알. 대단히 값비싼 진미.

짤짤한 내용의 음담패설을 넣은 곳이나 문체에 작가 430
의 허세를 탓할 부분이 하나도 없이 매사가 정직하게
처리되어 달콤한 만큼 건전하고 기교보단 자연미가
훨씬 돋보인댔어. 그 극에서 내가 제일 좋아했던 대목
이 있는데 그건 아이네이아스가 디도에게 해 준 얘기
로, 특히 그가 프리아모스의 도륙을 말하는 부근이야. 435
기억할 수 있거든 이 줄에서 시작해 보게 — 어디 보
자, 어디 보자 —
'험상궂은 퓌로스가 히르카니아의 야수처럼' —
이게 아냐. 퓌로스로 시작하는데 —
'험상궂은 퓌로스가 불길한 목마 속에 440
쭈그리고 앉았을 땐 칠흑 같은 갑옷이
자신의 의도처럼 검은 밤을 닮았더니
지금은 그 무섭고 검은 모습 더욱더
불길한 색깔로 물들었소. 그는 지금
머리끝에서 발끝까지 완전히 시뻘겋게 445
아비, 어미, 딸들과 아들들의 핏물로
끔찍이 채색되어 그들 왕의 살해에
포악과 저주를 더하면서 불타는 거리에서
바짝 말라 구워졌소. 분노와 불길에

434행 아이네이아스가 디도에게
로마 시인 베르길리우스의 서사시 『아이
네이스』에 나오는 두 인물로 아이네이아
스는 트로이의 영웅이며 디도는 그를 사
랑하는 카르타고의 여왕이다.
435행 프리아모스
트로이의 왕이며 아이네이아스의 아버지.
438행 퓌로스
퓌로스는 아킬레스의 아들이다. 이 극작

품에서 햄릿, 포틴브래스, 레어티스와 더
불어 복수하는 아들 가운데 하나.
히르카니아
카스피 해 남쪽 연안에 있는 지역으로 사
나운 호랑이로 유명했다.
440행 목마
그리스 군대가 트로이 성 안으로 들어갔
을 때 이용했던 나무로 만든 말.

	딱딱해진 피껍질을 온몸에 덮어쓰고	450
	석류석 붉은 눈빛, 지옥 같은 퓌로스가	
	프리아모스 노친을 찾는다오.'	
	이어서 자네가 계속하게.	
폴로니우스	맹세코, 왕자님, 잘 읊으셨습니다. 억양도 좋으시고 분별력도 좋습니다.	
배우 1	'그는 곧	455
	그리스인들을 헛치는 그를 찾아내었소.	
	낡아 빠진 그의 칼은 자기 팔에 반역하듯	
	불복하며 누워 있고, 적수가 못 되는	
	프리아모스에게 퓌로스가 돌진하여 내려치나	
	격노하여 빗나갔소. 하지만 휙 하는	460
	사나운 칼바람에 약골 노인 쓰러졌고	
	그때는 무감각한 일리움도 충격을 느끼는 듯	
	불타는 성루가 바닥으로 무너지며	
	오싹할 굉음으로 퓌로스의 두 귀를 잡았다오.	
	왜냐하면 보시오, 프리아모스 노왕의	465
	우윳빛 머리 위로 내려오던 그의 칼이	
	허공에 붙은 듯했으니까. 퓌로스는 그렇게	
	그림 속의 폭군처럼 뜻과 실행 중간에서	
	아무 짓도 못 하였소.	
	그렇지만 폭풍 직전 하늘은 고요하고	470
	먹구름은 꼼짝 않고 드센 바람 입 다물어	
	대지는 죽은 듯이 조용하나 곧이어	

462행 일리움
고대 트로이의 라틴 이름. 그러나 여기에선 도시보다 성채를 가리킨다. (아든)

무서운 천둥이 대기를 찢는 것을 자주 보듯
멈춘 뒤 되살아난 복수심에 퓌로스는
다시 일을 시작했고, 영원히 그 강도를   475
보장토록 벼려 만든 마르스의 갑옷에
키클롭스 철퇴가 떨어질 때보다 더 모질게
퓌로스의 피 듣는 칼날이 프리아모스에게
지금 막 떨어지오.
꺼져라, 꺼져라, 창녀 여신 운명아!   480
함께 모인 제신들은 그녀의 힘을 뺏고
물레의 바퀴살과 겉 테를 다 부수고
둥근 그 바퀴통은 하늘 언덕 저 아래
지옥까지 굴리소서.'

폴로니우스   이건 너무 깁니다.   485

햄릿   당신의 수염과 함께 이발사에게 보내 주지. — 제발
계속하게. 그는 흥겨운 춤이나 야한 얘기가 안 나오면
잠든다네. 이어서 헤카베로 건너가게.

배우 1   '근데 누가 — 아, 슬프다! — 얼굴 감싼 왕비가' —

햄릿   '얼굴 감싼 왕비'라.   490

폴로니우스   좋습니다, '얼굴 감싼 왕비'는 좋습니다.

배우 1   '맨발로 이리저리 뛰는 걸 봤더라면
폭우 같은 눈물로 불길을 위협하며
최근까지 보관 썼던 그 머리엔 천 조각을

476행 마르스
로마 신화에서 전쟁의 신.
477행 키클롭스
외눈박이 거인으로 불과 대장간의 신이
며 불카누스의 하인. 이 거인들이 철퇴와
같은 신들의 무기를 만들었다.

482행 물레
운명의 여신이 인간의 운명을 잣는 기구.
488행 헤카베
트로이의 왕 프리아모스의 왕비. 모든 고
뇌와 비탄의 상징.

	지나친 출산으로 지쳐 여윈 그 허리엔	495
	공포의 경종 속에 집어든 담요를 둘렀는데 —	
	누가 이걸 봤더라면, 독에 담근 혀끝으로	
	운명 여신 통치에 반역을 선포했을 것이오.	
	근데 만약 신들이 퓌로스가 자기 칼로	
	남편 사지 짓궂게 저미며 장난하고 있는 걸	500
	그녀가 본 바로 그때 그녀를 봤더라면	
	즉시 터진 그녀의 통곡은 그들이 인간사에	
	철저히 무심하지 않는 한 불타는 천체들은	
	젖 눈물을 흘리게끔 만들고 신들은	
	격정에 잠기게끔 했을 거요.'	505

폴로니우스 보십시오, 그의 얼굴색이 변하고 눈물이 흐르지 않습니까. 제발 그만두게.

햄릿 잘했어. 곧 자네가 그 나머지를 읊게 하지. — 경께선 배우들이 숙소에 잘 들도록 살펴 주시겠소? 알아들었어요? 그들이 잘 대접받게 하란 말이오, 그들은 이 시 510 대 연대기의 축소판이니까. 죽은 뒤에 당신의 묘비명이 나쁜 게 살아생전 배우들의 험담보다 나을 거요.

폴로니우스 왕자님, 그들의 값어치에 따라 그들을 대접하겠나이다.

햄릿 원 참, 이봐요, 훨씬 더 낮게 해야지. 모든 사람을 각자의 값어치대로만 대접하면 태형을 피할 사람 있겠어 515 요? 그들을 당신의 명예와 가치에 버금가게 대접하시오. 그들의 자격이 모자랄수록 당신의 선심은 더욱 값

495행 지나친 출산
헤카베의 자식 수는 열일곱, 열아홉, 혹은 그 이상으로 일정치 않다. (뉴케임브리지)

515행 태형
당시 인가받지 못한 배우들은 떠돌이 취급을 당했고 이런 벌을 받았다고 한다. (아든)

	질 테니까. 안으로 데려가요.	
폴로니우스	이보게들, 가시지.	
햄릿	친구들, 그를 따라가게. 내일은 공연이 있을 거야. (배우	520
	1에게) 옛 친구, 나 좀 보겠나? 자네들 「곤자고의 살인」	
	을 공연할 수 있겠어?	
배우 1	예, 왕자님.	
햄릿	내일 밤에 해 주게. 필요한 경우 한 열두어 줄에서 열	
	여섯 줄쯤 외울 수 있겠나? 내가 써서 거기에 끼우려	525
	하는데, 되겠어?	
배우 1	예, 왕자님.	
햄릿	아주 좋아. (배우들 모두에게) 저 영감을 따라가게, 근데	
	그를 조롱하진 말고.　　(폴로니우스와 배우들 함께 퇴장)	
	(로젠크랜츠와 길든스턴에게) 이보게 친구들, 난 저녁때까	530
	지 자네들과 헤어지겠네. 엘시노어에 잘 왔어.	
로젠크랜츠	왕자님.　　　　　　　　(로젠크랜츠와 길든스턴 퇴장)	
햄릿	음, 자네들도 잘 가게. 이젠 나 혼자구나.	
	아, 난 얼마나 못돼 먹고 천박한 놈인가!	
	여기 이 배우는 오로지 이야기 속에서	535
	비탄이란 꿈속에서, 상상을 마음속에	
	강제로 일으켜 얼굴은 온통 핼쑥해지고	
	눈물이 글썽하며 시선은 산란하고	
	목소리가 끊기며 온몸의 기능을 맘대로	
	행동에 맞추다니 이 아니 섬뜩한가?	540
	게다가 이 모든 게 헛것 때문이라니!	

524~525행 열두어…줄쯤 극중극에서 이 부분을 찾아내는 일은 유명하나 풀 수
없는 문제다. (뉴케임브리지)

헤카베 때문에!

그에게 헤카베, 헤카베가 그에게 뭣인데

그 여자 때문에 울어야지? 그가 만일

내가 가진 격정의 동기와 계기를 가졌다면   545

어떻게 했을까? 그는 곧 무대를 눈물로 채우고

끔찍한 대사로 모든 귀를 다 찢어 놓으며

죄인은 미치게 무죄인은 오싹하게 만들고

무식꾼을 교란하며 눈과 귀의 기능을 실제로

대혼란에 빠뜨렸을 것이다. 근데 난   550

무디고 멍청한 놈으로 맥 빠진 녀석처럼

기운 잃고 풀 죽어 내 명분엔 무심한 채

아무 말도 못 한다. ― 그렇지, 재산과

가장 귀한 생명이 괘씸하게 파멸당한

그런 왕을 위해서도. 난 비겁한 놈인가?   555

누가 날 악한이라 부르며 머리를 깨 놓고

수염 뽑아 내 얼굴에 훅 불어 날리며

내 코를 비틀고 피보다 더 새빨간

거짓말을 한다고 욕하는가? ― 누가 그래?

하!   560

제기랄, 난 그걸 참아야 해. 간도 없고

탄압을 쓰게 느낄 쓸개까지 빠진 놈이

틀림없기 때문이다. 아니라면 오래전에

이 쌍놈의 창자로 온 하늘의 솔개들을

살찌워야 했었다. 잔인하고 음탕한 놈!   565

잔혹하고 배신하며 호색하고 비정한 악당 놈!

아니, 이 무슨 못난인가! 참으로 장하구나,

내가, 소중한 아버지가 살해당한 그 아들이

천국과 지옥의 복수 재촉 받고서도
창녀처럼 내 가슴을 말로만 비우고   570
매춘부나 다름없이, 남창처럼 악담을
퍼부어야 하다니! 아, 역겹다, 퉤!
머리를 좀 써 봐. 흠 — 내가 들은 바로는
죄지은 인간들이 연극을 관람할 때
그 장면이 너무나 교묘하게 연출되어   575
영혼 깊은 곳까지 감동을 받은 결과
그들의 죄상을 곧바로 공표한다 했었다.
왜냐하면 살인은 비록 혀는 없지만
기적 같은 수단으로 말을 할 테니까.
이 배우들에게 부친 살해 비슷한 연극을   580
삼촌 놓고 시켜야지. 그자의 표정을 살피고
아픈 데를 찔러 봐서 그가 만약 움찔하면
내 할 일은 알고 있다. 내가 본 혼령은
악마지도 모른다. 또 악마는 제 모습을
보기 좋게 위장할 힘이 있어. 맞아, 또   585
허약한 내 상태와 우울증을 빌미 삼아 —
심기가 그럴 땐 그놈이 큰 힘을 쓰니까 —
나를 속여 파멸시킬 수도 있다. 보다 더
결정적인 증거를 잡으리라. 이 연극이
왕의 양심 사로잡을 바로 그런 수단이다.   (퇴장)   590

569행 천국과 지옥 여기에서 햄릿은 자신의 복수에 선과 악이 모두 관련되어 있음을 인식하고 있다. 이런 인식은 1막 4장 40~42행에서도 보인다.

왕, 왕비, 폴로니우스, 오필리어, 로젠크랜츠,

길든스턴 등장.

왕　　　　또 대화를 하는 중에 그가 왜 이 같은

　　　　　착란증을 보이면서 조용한 나날을

　　　　　난폭하고 위험한 광증으로 격심하게

　　　　　삐걱대며 보내는지 알아낼 순 없었나?

로젠크랜츠　실성한 걸 본인도 느낀다고 실토하나　　　　　5

　　　　　그 까닭은 절대로 말하지 않습니다.

길든스턴　　그리고 저희가 본인의 진정한 상태를

　　　　　고백도록 유도했을 때에는 속마음을

　　　　　선뜻 열지 않으려 하면서 교묘한 광기로

　　　　　거리를 지킵니다.

왕비　　　　　　　　　　자네들을 잘 맞아 주던가?　　　10

로젠크랜츠　최고로 신사답게.

길든스턴　　그러나 억지로 기분을 맞추면서.

로젠크랜츠　질문은 뜸했으나 저희들의 요구엔

　　　　　최대한 선선히 대답했습니다.

왕비　　　　　　　　　　　　　　그가 무슨

　　　　　오락에 끌리는지 떠봤는가?　　　　　　　　15

로젠크랜츠　마마, 저희들이 오던 길에 우연히

　　　　　배우들을 앞질렀습니다. 이 사실을

　　　　　그에게 말했는데 듣고 나서 기쁨을 좀

　　　　　느끼는 듯했습니다. 그들은 궁정에 와 있고

3막 1장 장소　엘시노어 왕성.

	제 생각에 오늘 저녁 그를 위한 공연을	20
	이미 지시받았습니다.	
폴로니우스	그건 정말 사실이며	
	두 마마의 관람을 간청해 달라고	
	제게 부탁했습니다.	
왕	기꺼이 하겠소. 또 그의 의향이 그렇다니	
	나로서는 크게 만족스럽소.	25
	자네들 두 신사는 그를 더욱 자극하여	
	그가 이런 오락을 목표 삼게 만들게.	
로젠크랜츠	예, 전하. (로젠크랜츠와 길든스턴 퇴장)	
왕	여보 거트루드, 당신도 나가 주오.	
	우리가 햄릿을 은밀히 이리 불러	
	오필리어를 여기서 우연히 마주치게	30
	해 놓았기 때문이오.	
	합법적인 염탐꾼인 걔 아비와 나 자신은	
	우리 몸을 감추고 보이지 않은 채 보면서	
	두 사람의 대면을 자유로이 판단하고	
	그가 하는 행동으로 그가 앓고 있는 게	35
	사랑으로 말미암은 고통인지 아닌지	
	알아내려 한다오.	
왕비	당신 뜻을 따르지요.	
	그리고 오필리어, 나는 네 미모가	
	햄릿이 정신 나간 다행스러운 이유이길	
	바라 마지않는다. 그래서 네 미덕이 그 애를	40
	익숙했던 자기 길로 돌려놓기 바란다,	
	둘 다 명예롭게.	
오필리어	마마, 그리되길 바랍니다. (왕비 퇴장)	

폴로니우스	오필리어, 여기를 거닐어라. — 전하, 죄송하나
	같이 몸을 숨기시죠. — 이 책을 읽으렴.
	그렇게 예배하는 모습이면 홀로 있는 45
	구실이 될 게야. — 대개는 우리들 책임이고
	너무 잘 입증된 바이지만 경건한 외모와
	종교적인 행동으로 우리는 악마조차
	달콤하게 만든단다.
왕	(방백) 아, 너무나 정확하다.
	저 말은 내 양심에 얼마나 뼈아픈 채찍인가! 50
	처바르는 기술로 고와진 창녀 뺨을
	화장품에 비해 봐도 화려하기 짝이 없는
	내 말에 비한 내 행위보단 덜 추하다.
	오, 마음이 무겁구나!
폴로니우스	그가 오는 소립니다. 물러나시지요, 전하. 55

(왕과 폴로니우스 퇴장)

햄릿 등장.

햄릿	존재할 것이냐, 말 것이냐, 그것이 문제다.
	어느 게 더 고귀한가? 난폭한 운명의
	돌팔매와 화살을 맘속으로 맞는 건가
	아니면 무기 들고 고난의 바다와 맞서다가
	끝장을 보는 건가? 죽는 건 자는 것 60
	그뿐인데, 잠 한 번에 육신이 물려받은

50행 저…채찍인가
이전도 아니고 이후도 아닌 바로 이 시점   우스의 죄와 유령이 한 말의 신빙성을 확
에서 셰익스피어는 관객들에게 클라우디   인시킨다. (뉴케임브리지)

마음의 고통과 수천 가지 타고난 갈등이
끝난다 말하면 그건 바로 경건히 바라야 할
결말이다. 죽는 건 자는 것, 자는 건
꿈꾸는 것일지도 — 아, 그게 걸림돌이다.   65
왜냐하면 이 죽음의 잠 속에서 무슨 꿈이
뒤엉킨 인생사를 다 떨쳐 버렸을 때
우리를 찾아올지 생각하면 망설일 수밖에 —
그래서 불행의 생명은 끝없이 이어진다.
왜냐하면 그 누가 이 세상의 채찍질과 비웃음   70
압제자의 잘못과 잘난 자의 오만불손
짝사랑의 쓰라림과 법률의 늑장과
관리들의 무례함과 대접받을 양반들이
하찮은 자들에게 당하는 발길질을 견딜까?
짧은 칼 한 자루면 자신의 모든 빚을   75
청산할 수 있는데? 그 누가 짐을 지고
지겨운 한세상을 투덜대며 땀 흘릴까?
그 어떤 나그네도 국경에서 못 돌아온
미지의 나라인 죽음 후의 무언가가

56행 존재할…것이냐
지금까지의 거의 모든 역자가 '사느냐 죽
느냐'로 옮겼다.(최재서의 '살아 부지할 것
인가, 죽어 없어질 것인가'와 이덕수의 '과
연 인생이란 살 가치가 있느냐 없느냐', 강
우영의 '삶이냐, 죽음이냐'는 예외이다.)
그런데 원문의 To be, or not to be는 '사
느냐 죽느냐'를 포함하는 존재와 비존재
를 대립시키고 있기 때문에, 또 이 독백이
살고 죽는 문제를 처음부터 단도직입적
으로 명시하고 시작하는 것이 아니라 아
주 쉽고 모호하며 지극히 함축적인 일반

론으로 시작하기 때문에 그것을 생사의
직설적인 선택으로 옮김은 미흡하다고
생각된다. 따라서 원문의 뜻에 가장 적합
한 순수 우리말은 '있다'와 '없다'의 적당한
변형이 될 것이고, 필자는 앞선 번역에서
이 부분을 '있음이냐, 없음이냐'로 옮겼다.
그러나 있음과 없음에 아직 역사적, 철학
적, 언어학적 무게가 충분히 실리지 않아
역자의 의도가 잘 전달되지 못했다고 판
단하여 이번에는 원문의 뜻에 가장 가까
운 '존재'라는 한자어를 쓰는 번역으로 바
꾸었다.

두렵지 않다면? 그래서 의지가 흐려지고   80
모르는 재난으로 달려가기보다는
이미 아는 재난을 견디는 게 아니라면?
결국은 양심이 우리를 다 겁쟁이로 만들고
그에 따라 붉은빛 영롱하던 결심은
창백한 생각으로 병들어 버리며   85
천하의 거창하고 웅대한 계획들도
이 점을 고려할 때 그 흐름이 바뀌면서
실천될 가망성이 없어진다. ― 가만 있자,
아름다운 오필리어. 요정이여, 기도할 때
내 죄를 다 기억해 주오.

오필리어   왕자님,   90
지난 여러 날 동안 어떻게 지내셨는지요?

햄릿   겸허히 고맙소. 잘 지냈소.

오필리어   왕자님, 오랫동안 되돌려 드리고 싶었던
정표들이 있습니다. 자 이제 그것들을
되받아 주십시오.

햄릿   아니 난 안 받겠소.   95
아무것도 준 적이 없소이다.

오필리어   왕자님, 주신 줄 너무 잘 아십니다.
그것들을 더 값져 보이게 만들었던
달콤한 말씀과 함께요. 그 향기 잃었으니
되가져가세요. 고결한 마음엔 값비싼 선물도   100
준 사람이 불친절해지면 초라해지니까요.

83행 양심   '분별력, 생각, 의식'의 뜻도 가지고 있으
선과 악, 옳고 그름을 판단할 수 있는 능   며 그렇게 해석하는 비평가나 편집자, 역
력. 원문(conscience)은 양심뿐만 아니라   자 들도 많다.

여기요, 왕자님.

햄릿 하, 하! 당신은 순결하오?

오필리어 왕자님?

햄릿 당신은 아름답소? 105

오필리어 무슨 뜻인지요, 왕자님?

햄릿 당신이 순결하고 아름답다면 당신의 순결은 당신의
아름다움에게 어떤 대화도 허락하지 말아야 하오.

오필리어 왕자님, 아름다움에게 순결과의 교제보다 더 나은 게
있다는 말입니까? 110

햄릿 예, 진짜로. 왜냐하면 아름다움의 힘으로 순결을 뚜쟁
이로 변신시키는 게 순결의 능력으로 아름다움을 자
기와 비슷한 것으로 바꿔 놓는 것보다 더 빠르니까. 이
게 전에는 궤변이었으나 지금은 시대가 입증하는 사
실이오. 난 한때 당신을 사랑했소. 115

오필리어 정말로 왕자님, 제가 그리 믿게 하셨어요.

햄릿 날 믿지 말았어야 했소. 우리의 본바탕에 미덕을 아무
리 접목시켜 보았자 우리는 본색을 드러낼 테니까. 난
당신을 사랑하지 않았소.

오필리어 전 더더욱 속았군요. 120

햄릿 수녀원으로 가. 아니, 당신은 죄인들을 낳고 싶어? 나
자신은 그런대로 깨끗해. 그럼에도 내겐 어머니가 날
낳지 않았으면 좋았겠다 싶은 것들이 있다고 자신을
고발할 수 있어. 난 아주 오만하고 복수심에 불타며 야
심만만하고, 내 손짓을 기다리는 범죄들은 그것들을 125

107~108행 순결…아름다움 둘 다 의인화된 개념이다.
118행 본색 덕을 접목시킨 아래 부분에 남아 있는 악한 본성.

표현할 생각이나 구체화할 상상이나 행동에 옮길 시
간보다 더 많아. 나 같은 녀석들이 뭣 하러 하늘과 땅
사이에 기어 다니지? 우린 모두 더할 나위 없는 악당
들이니 아무도 믿지 마. 수녀원 길로 가. 당신 아버진
어딨어?   130

오필리어   집에요, 왕자님.

햄릿   문을 모조리 닫아걸어. 그가 자기 집을 빼놓고는 아무
데서도 바보짓을 못 하도록. 잘 가.

오필리어   오, 자비로운 하늘이시어, 이분을 도우소서.

햄릿   당신이 결혼을 하겠다면 다음과 같은 저주를 지참금   135
으로 주지. 당신이 얼음처럼 순결하고 눈처럼 순수해
도 비방을 면치는 못할 거야. 수녀원으로 가, 잘 가. 그
래도 결혼을 해야겠으면 바보와 하라고. 현명한 사람
들은 여자들이 뒷구멍으로 뭔 짓을 하는지 너무 잘 아
니까. 수녀원으로, 가 — 그것도 빨리. 잘 가.   140

오필리어   천사들은 이분을 회복시켜 주소서.

햄릿   당신네들의 화장에 대해서도 충분히 들었어. 신은 당
신들에게 하나의 얼굴을 주셨는데 당신들은 그걸로
딴 얼굴을 만들지. 종종걸음과 팔자걸음을 걷고 혀짤
배기소리 내며 신의 피조물에게 별명을 붙이고, 음탕   145
함을 무식으로 변명하지. 제기랄, 그 얘긴 관둬야지. 내
가 그 때문에 미쳤어. 앞으로 결혼은 절대 없을 것이다.
이미 결혼한 사람들은 — 하나만 빼놓고는 모두 — 살
려 줄 것이며 그 나머진 지금 상태로 둘 것이다. 수녀
원으로, 가.   (퇴장)   150

148행 하나   한 사람, 즉 클라우디우스.

오필리어　아, 이 얼마나 고귀한 정신이 파괴됐나!
　　　　　궁정인, 군인과 학자의 눈과 혀와 칼이고
　　　　　아름다운 이 나라의 희망이고 꽃이며
　　　　　예절의 거울이고 행동의 표본이며
　　　　　세상 모든 존경의 귀감이 철저히 무너졌다!　　　　155
　　　　　그리고 나, 최고로 낙심하고 비참한 숙녀는
　　　　　이분의 음악 같은 맹세의 꿀 빨았는데
　　　　　이제는 그의 최고 군주인 고귀한 이성의
　　　　　곱디고운 종소리가 깨지고 거칠어진 것을,
　　　　　활짝 핀 청춘의 비할 데 없었던 모습이　　　　　160
　　　　　광기로 시든 것을 보는구나. 아, 내 신세,
　　　　　볼만한 걸 보고 나서 못 볼 것을 보다니.

　　　　　　　　　　왕과 폴로니우스 등장.

왕　　　　사랑? 그의 맘은 그런 데 있지 않소.
　　　　　했던 말도 격식이 좀 모자라긴 하지만
　　　　　광기 같진 않았고. 그의 영혼 속에는　　　　　　165
　　　　　우울증이 무언가를 품고 앉아 있으며
　　　　　그것이 알을 깨고 나오면 상당히
　　　　　위험할 것 같으니 그런 일을 막기 위해
　　　　　급하게 결정했소. 속히 그를 영국으로
　　　　　게을리 한 조공을 요구하러 보내겠소.　　　　　170
　　　　　아마도 바다와 여러 곳의 다양한 풍경들이

152행 눈, 혀, 칼　궁정인의 눈, 군인의 칼, 학자의 혀가 제 짝이지만 원문에서 혀
와 칼의 순서가 바뀌어 있고 번역도 이를 따랐다.

가슴속에 맺힌 것을 쫓아내지 않겠소,
그 때문에 끊임없이 신경 쓰며 저렇게
정상적인 행동을 못 하게 만드는
그 무엇을 말이오. 어떻게 생각하오?   175

폴로니우스 성공할 것입니다. 하지만 전 아직도
이 비탄의 근원과 출발점은 무시당한
사랑이라 믿습니다. 괜찮으냐, 오필리어?
왕자님이 한 말을 우리에게 할 필요는 없단다.
우린 다 들었다. 전하, 뜻대로 하십시오.   180
하지만 맞는다고 여기시면 연극이 끝난 뒤
그의 모친 왕비 홀로 그가 자기 고뇌를
터놓도록 간청하고 직설케 하십시오.
전 황송하게도 대화가 다 들리는 장소에
몸을 두겠습니다. 왕비께서 못 알아내시면   185
영국으로 보내거나 지혜롭게 생각하신
최적의 장소에 가두시죠.

왕   그리할 것이오.
고위층의 광기는 방관하면 아니 되오.   (함께 퇴장)

3막 2장
햄릿과 배우 셋 등장.

햄릿   그 대사를 부탁인데 내가 암송해 준 것처럼 혓바닥이
춤추듯 읊어 주게. 그렇게 하지 않고 많은 배우들처럼

3막 2장 장소 엘시노어 왕성.

소리만 내지른다면 난 차라리 읍내 포고꾼에게 내 대
사를 맡기겠네. 또 손으로 이렇게, 허공을 너무 자주 가
르지도 말고 모든 걸 적당히 사용하라고. 왜냐하면 격   5
정의 급류, 폭풍 그리고 이를테면 소용돌이 속에서도
자네는 그것을 매끄럽게 처리할 수 있는 절제를 습득
하고 표출해야만 하니까. 오, 가발 쓴 난폭한 녀석이 입
석 관객 — 그 대부분은 불가사의한 무언극과 소음밖
에는 이해할 능력이 없는데 — 그자들의 고막이 터지   10
도록 격정을 넝마처럼 갈기갈기 찢는 걸 들으면 내 영
혼까지 불쾌해. 그런 녀석은 거친 터머건트 뺨친다는
이유로 채찍을 맞았으면 좋겠어. 폭군 헤롯을 앞지르
는 일이지. 그건 제발 피하게.

배우 1   왕자님께 장담합니다.   15

햄릿   너무 맥 빠져서도 안 되니까 자신의 분별력을 교사로
삼게나. 행위를 대사에, 대사를 행위에 맞추게. 자연스
러운 절도를 넘어서지 않겠다는 특별 사항을 지키면
서. 왜냐하면 무슨 일이든 과도하면 연극의 목적에서
멀어지는 법인데, 그 목표는 처음이나 지금이나 과거   20
에나 현재에나, 말하자면 본성에 거울을 비춰 주는 격

3행 포고꾼
통신 수단이 발달되기 전에 목소리로 공
지 사항을 알리던 사람을 말한다. 이들은
자연히 의미 전달보다는 소리를 멀리 보
내는 데 신경을 더 쓰게 된다.

8~9행 입석 관객
셰익스피어 당시의 극장은 가운데가 뚫
린 원형으로 무대는 관객 쪽으로 뻗어 나
온 직사각형이었다. 거기에서 가장 값싼
자리는 무대 주변 삼면의 맨땅 위였다. 이

곳은 지붕이 덮인 건물 안의 좌석과 달리
서서 구경하며 비바람에 노출되었기 때
문에 주로 하층민들이 이용하였고 그들
을 이렇게 불렀다.

12행 터머건트
중세 영국에서 유행했던 종교극에 나오
는 요란하고 격정적인 인물. (아든)

13행 헤롯
성경에 나오는 폭군으로 역시 종교극에
서 격정적인 역할을 맡은 인물.

이야. 미덕은 그 특징을, 경멸은 그 꼴을, 그리고 바로
이 시절은 그 형체와 생김새를 정확하게 보여 주는 것
이지. 그런데 이 일을 넘치거나 모자라게 한다면 식별
력이 없는 자들을 웃길지는 모르지만 안목 있는 사람   25
들을 비탄에 빠뜨릴 수밖에 없을 텐데, 자네들은 후자
의 평가를 극장 가득한 전자의 평가보다 더 무겁게 받
아들여야만 해. 오, 내가 어떤 배우들의 연극을 본 적
이 있는데 — 다른 사람들이 칭찬을 그것도 크게 하는
걸 들었지만 — 불경스럽지 않게 말하자면 그들은 기   30
독교인들의 말씨나 기독교인, 이방인, 아니, 인간의 걸
음걸이조차 보여 주지 못하면서 어찌나 활개 치고 고
함을 지르는지 난 조물주의 조수 몇 명이 사람을 빚다
가 잘못 빚었다고 생각했어. 그들은 인간을 너무나 혐
오스럽게 모방했어.   35

배우 1   저희들이 그 점을 웬만큼 바로잡았기를 바랍니다.

햄릿   오, 전적으로 바로잡게. 그리고 광대 역 하는 배우들이
주어진 대사보다 더 많이 말하지 않도록 하게 — 왜냐
하면 개중엔 얼마간의 우둔한 관객들을 웃겨 볼 요량
으로 자기네 스스로 웃는 자들이 있기 때문이야. 그러   40
는 사이에 극에 필수적인 문제를 고려해야 하는데도
말이지. 그건 한심한 일이고, 그런 걸 써먹는 광대의
가장 딱한 야심을 보여 주는 셈이지. 가서 준비를 갖
추게.   (배우들 함께 퇴장)

폴로니우스, 로젠크랜츠, 길든스턴 등장.

어찌 됐습니까, 영감님? 왕께서 이 작품을 들어 보신   45

답디까?

폴로니우스 왕비께서도요, 그리고 당장에요.

햄릿 배우들이 서두르게 해 주시오.   (폴로니우스 퇴장)

자네들도 서둘도록 돕겠나?

로젠크랜츠 예, 왕자님.   (두 사람 함께 퇴장) 50

햄릿 이보게, 호레이쇼!

호레이쇼 등장.

호레이쇼 소중하신 왕자님, 여기 대령했습니다.

햄릿 호레이쇼, 그대는 나의 대인 관계에서

내가 만난 최고로 원만한 사람이네.

호레이쇼 오, 왕자님.

햄릿   아니, 아첨이라 생각 말게.   55

먹고 입을 재산으로 훌륭한 기백밖에

가진 것 하나 없는 그대에게 내가 무슨

출세를 바라겠나? 거지에게 왜 아첨해?

아니지, 알랑거려 이득 있는 곳에서

사탕 바른 혓바닥은 맛없는 권력 핥고   60

재빨리 무릎을 굽히라지. 내 말 듣고 있는가?

소중한 내 영혼이 선택의 주체되고

인간들을 선별할 수 있게 된 이후로

난 그대를 내 영혼의 사람으로 확정했네.

왜냐하면 그대는 모든 해를 입으면서   65

아무 해도 입지 않고 운명의 시련과 보답을

꼭 같이 고마워했으니까. 혈기와 분별력이

완벽하게 조화되어 운명의 여신이

마음대로 연주하는 피리 아닌 사람들은
복받은 이들일세. 격정의 노예가   70
아닌 사람 알려 주게. 그럼 난 그 사람을
그대처럼 내 심중에, 암, 내 마음 한가운데
지니고 있겠네. — 이거 너무 길어졌군. —
오늘 밤 왕 앞에서 연극이 있을 텐데
그 가운데 한 장면이 그대에게 내가 말한   75
부친 사망 경위와 비슷해. 부탁인데
그 행위가 펼쳐질 때 다름 아닌 그대의
영혼과 더불어 심사숙고하면서
삼촌을 지켜보게. 한 번의 대사로
숨어 있던 그의 죄가 드러나지 않는다면   80
우리가 본 유령은 저주받은 놈이었고
내 상상은 불카누스의 대장간만큼이나
더럽고 때 묻었어. 유심히 그를 살펴 주게나.
나도 그의 얼굴에 두 눈을 못 박고
나중에 그의 기색 평가할 때 우리의 판단을   85
합쳐 볼 테니까.

호레이쇼   좋습니다, 왕자님.
공연 중에 그가 뭘 훔쳤는데 안 들키면
그에 대한 대가는 이 몸이 치르지요.

나팔수와 고수 등장,
요란한 음악을 연주한다.

79행 한…대사   525)를 말한다.
햄릿이 「곤자고의 살인」에 끼워 넣은 '열   82행 불카누스
두어 줄에서 열여섯 줄'짜리 대사(2.2.524~   로마 신화에서 불과 대장간의 신.

햄릿   극을 보러 오는구먼. 난 바보가 돼야 해.

        자네는 자릴 잡아.   90

        왕, 왕비, 폴로니우스, 오필리어, 로젠크랜츠, 길든스턴,

           그리고 다른 신하들과 시종들이

              햇불 든 왕의 근위병과 함께 등장.

왕   짐의 조카 햄릿은 어떻게 지내는가?

햄릿   아주 잘 지내죠, 카멜레온 요리가 있어서. 전 약속 꽉 찬

        공기를 먹는답니다. 식용 수탉도 그렇게는 못 먹이죠.

왕   무슨 뜻인지 모를 대답이구나, 햄릿. 그 말은 나와 상

        관없구나.   95

햄릿   예, 이젠 저와도 상관없답니다. — (폴로니우스에게) 아,

        경께선 한때 대학에서 공연을 하셨다지요?

폴로니우스 했지요, 왕자님. 훌륭한 배우로 손꼽혔답니다.

햄릿   무슨 역을 하셨소?

폴로니우스 줄리어스 시저 역을 했지요. 카피톨에서 죽임을 당했   100

        답니다. 브루투스가 절 죽였어요.

햄릿   이렇게 싱싱한 송아지를 거기서 죽이다니 브루투스에

        겐 불어 터진 역이었군. 배우들은 준비됐나?

로젠크랜츠 예. 왕자님의 허락을 기다리고 있습니다.

92행 카멜레온

카멜레온이 공기를 먹고 산다는 생각은
옛적부터 있었다. (아든)

96행 이젠…상관없답니다

이미 내뱉은 말은 자기 것이 아니므로.

100~101행 줄리어스…죽였어요

이 부분을 두고 많은 비평가들은 『줄리어 스 시저』에서 시저와 브루투스 역을 맡았던 배우들이 이제 폴로니우스와 햄릿 역을 맡게 되었음을 알 수 있다고 말한다. 따라서 햄릿은 앞서 죽인 시저를 이제는 폴로니우스로 다시 죽이는 역할을 하게 될 판이다.

| 왕비 | 이리 오너라, 햄릿. 내 곁에 앉아라. | 105 |

| 햄릿 | 아뇨, 어머니. 여기에 더 끌리는 금속이 있어서. |

(오필리어 쪽으로 몸을 돌린다.)

| 폴로니우스 | (왕에게 방백) 아하, 저 말 들으셨습니까? |

| 햄릿 | (오필리어 발 앞에 누우며) 아가씨, 무릎 사이로 들어가도 될까요? |

| 오필리어 | 아뇨, 왕자님. | 110 |

| 햄릿 | 무릎 위에 머리를 얹겠다는 말인데. |

| 오필리어 | 예, 왕자님. |

| 햄릿 | 내가 무슨 흑심을 품었다고 생각했소? |

| 오필리어 | 별생각 않았어요, 왕자님. |

| 햄릿 | 처녀 다리 가운데로 들어간다는 건 즐거운 생각이오. | 115 |

| 오필리어 | 어째서요, 왕자님? |

| 햄릿 | 빈집이니까. |

| 오필리어 | 왕자님은 명랑하세요. |

| 햄릿 | 누가, 내가? |

| 오필리어 | 예, 왕자님. | 120 |

| 햄릿 | 오 하느님, 당신의 최고급 농담가랍니다. 사람이 명랑 밖에 할 일이 뭐가 있단 말이오? 왜냐하면 내 어머니 를 봐요, 얼마나 명랑해 보이는지, 아버지 돌아가신 지 두 시간 만에. |

| 오필리어 | 아뇨, 두 달의 두 배나 됐는데요, 왕자님. | 125 |

| 햄릿 | 그렇게 오래됐나? 그렇다면 검은 상복은 악마나 입으 라지, 난 값비싼 담비 털 옷 입을 테니. 맙소사, 두 달 전 에 가셨는데 아직도 잊히지 않다니! 그럼 위인의 기억 이 죽은 뒤 반 년 이상 살아남을 희망이 있겠군. 하지 만 그는 맹세코 교회를 여러 채 지어야 할 거요. 안 그 | 130 |

러면 춤추는 목마와 함께 망각될 테니까, 왜냐하면 그
것의 묘비명은 '오, 오, 목마는 잊혔다.'이니까.

나팔 소리. 무언극이 뒤따른다.

왕과 왕비 , 왕비가 왕을, 왕이 왕비를 포옹한다.
그녀가 무릎 꿇고 그에게 맹세하는 모습을 보인다.
왕은 그녀를 일으키고 머리를 숙여 그녀 목에 갖다 댄다.
왕은 꽃 언덕 위에 몸을 뉘고 왕비는 그가 잠든 것을 보고
떠난다. 곧 다른 남자가 들어와 그의 왕관을 벗기고 거기에
키스하고 자는 사람의 귀에 독을 부은 다음 자리를 뜬다.
왕비가 돌아와 왕이 죽은 것을 알고 격렬한 몸짓을 보인다.
독살자가 서너 명을 데리고 다시 들어오고 그녀를 위로하는
것처럼 보인다. 시체가 옮겨지고 독살자는 왕비에게 선물로
구애한다. 그녀는 한동안 차갑게 구는 것 같으나
결국에는 그의 사랑을 받아들인다. (함께 퇴장)

오필리어 이게 무슨 뜻이죠, 왕자님?
햄릿 글쎄, 이건 '미칭 말리코'라고 하는데 은밀한 악행이란
뜻이오.

135

131행 춤추는 목마
모리스 춤이나 오월제에 전통적으로 등장
하는 동물(인물)로 이유는 정확히 알 수 없
지만 망각된 사물의 전형이 되었다. (아든)
132행 무대 지시문, 무언극
클라우디우스는 이 무언극에 왜 아무런
반응을 보이지 않을까? 비평가들은 그가
무언극을 보고 있지 않다거나 유령이 말

해 준 독살 방법이 꾸며 낸 거짓이란 이
유를 들어 그의 침묵을 해명하고 있다. 그
러나 클라우디우스가 무덤덤하게 보이면
그런 태도가 햄릿, 호레이쇼, 그리고 관객
들에게는 하나의 수수께끼를 제공해 준
다는 점에서 대단히 효과적일 것이다. (뉴
케임브리지)

오필리어   이 무언극이 연극의 줄거리를 전달하나 봅니다.

서두 역 등장.

햄릿   이 친구를 통하여 알게 될 거요. 배우들은 비밀을 못
         지키죠. 다 말할 겁니다.

오필리어   이 무언극이 무슨 뜻인지도 말할까요?

햄릿   그럼요. 당신이 거시기든 머시기든 보여 주는 대로죠.   140
         당신이 부끄럼 없이 거시기를 보여 주면 그도 부끄럼
         없이 거시기가 머시긴지 말해 줄 거요.

오필리어   나쁜 분이셔요, 나쁜 분. 전 연극을 지켜보겠어요.

서두 역   '저희들과 저희들의 비극 위해
         여러분의 자비심에 이 몸 굽혀   145
         너그러이 봐 주시길 청합니다.'   (퇴장)

햄릿   이게 서두 대사인가, 아니면 반지 문구인가?

오필리어   짧은데요, 왕자님.

햄릿   여인의 사랑처럼.

배우 왕과 왕비 등장.

배우 왕   '태양 신의 불마차가 삼십 년을 채우면서   150
         바다 신의 소금물과 대지 신을 돌았으며
         열두 달씩 삼십 년을 빛을 빌린 달님 또한
         열두 번씩 서른 번을 이 세상을 비췄다오.
         사랑 신이 두 마음을, 결혼 신이 우리 손을

147행 반지 문구 반지의 안쪽에 새겨 넣는 짧은 글.

400   햄릿

	신성하신 인연으로 서로 맺어 주신 이래.'	155
배우 왕비	'사랑이 다 지기 전에 우리들이 같은 수로	
	해와 달의 운행을 다시 세게 해 주소서.	
	그렇지만 슬픈 것은 요즈음에 당신께서	
	너무나도 편찮아서 평소와는 딴판이니	
	걱정이오. 그렇지만 제가 걱정하더라도	160
	전하께서 그 때문에 불편해선 안 됩니다.	
	여자들의 두려움은 사랑과는 비례하니	
	양쪽 모두 비었거나 극단으로 치닫지요.	
	제 사랑이 어떤지는 증명으로 아실 테니	
	제 사랑이 큰 만큼 두려움도 크옵니다.	165
	티끌만 한 의심에도 큰 사랑은 근심하고	
	작은 근심 자란 곳에 큰 사랑이 자랍니다.'	
배우 왕	'여보 진정 내 그대를 곧 떠나야 하게 됐소.	
	내 온몸의 기능들이 그 역할을 멈추었소.	
	근데 그댄 아름다운 이 세상에 살아남아	170
	존경받고 사랑받고 또 혹시나 부드러운	
	어떤 이를 남편으로 —'	
배우 왕비	'오, 그 나머진 말 마소서.	
	그런 사랑 제 가슴엔 반역임에 틀림없소.	
	둘째 남편 얻는다면 저주받게 해 주소서.	
	첫째 남편 안 죽이곤 둘째 결혼 못 한다오.'	175
햄릿	(방백) 저건 쓴 쑥이야.	
배우 왕비	'두 번째로 결혼하는 사람들의 동기라면	
	이기적인 타산이지 절대 사랑 아닙니다.	
	침대 속의 둘째 남편 이 몸에게 키스하면	
	제 남편을 두 번째로 또 죽이는 셈입니다.'	180

'당신 말과 당신 생각 꼭 같다고 믿지마는
우리들이 작심한 걸 우린 자주 깨뜨리오.
결심이란 기껏해야 기억력의 노예일 뿐
태어날 땐 맹렬하나 그 힘이란 미약하오.
그 열매가 시퍼럴 땐 나무 위에 달렸지만   185
익게 되면 그냥 뒤도 떨어지는 법이라오.
우리들이 자신에게 빚진 것을 잊어버려
못 갚는 건 정말이지 피할 수가 없답니다.
격정 속에 우리들이 자신에게 제안한 건
그 격정이 사라지면 결심조차 없어지오.   190
슬픔이나 기쁨이나 격렬하면 행동으로
옮겨지는 과정에서 그 자체가 소멸되오.
기쁜 마음 광분하면 슬픈 마음 통탄하고
별것 아닌 사건으로 슬픔 기쁨 엇갈리오.
이 세상은 영원하지 아니하며 사랑조차   195
운에 따라 바뀌는 건 이상할 것 하나 없소.
왜냐하면 운과 사랑, 어느 것이 먼저인지
아직까지 안 밝혀진 의문이기 때문이오.
높은 사람 떨어지면 측근 도망 눈에 띄고
가난한 자 벼슬하면 적들조차 친구 되오.   200
그렇다면 지금까진 사랑이 운 따라 줬소.
왜냐하면 필요한 게 없는 자는 친구 부족
절대 없고, 모자람이 있는 자가 속빈 친구
시험하면 그와 바로 원수지기 때문이오.
그렇지만 순서대로 시작에서 끝을 내면   205

187행 자신에게…것 우리의 결심.

	의도한 건 운명과는 정반대로 가는지라	
	우리들이 계획한 건 끊임없이 뒤집히오.	
	우리 생각 우리 거나 그 결과는 아니라오.	
	그리하여 둘째 남편 안 맞는다 생각하나	
	첫째 주인 죽었을 때 그 생각도 죽을 거요.'	210
배우 왕비	'땅은 내게 먹을 것을, 저 하늘은 빛 안 주고	
	밤낮으로 오락 휴식 나에게서 끊어지며	
	나의 신뢰 나의 희망, 절망으로 뒤바뀌고	
	갇혀 있는 은자 생활, 내 목적이 되게 하며	
	내가 그게 잘됐으면 하는 일은 그 반대로	215
	기쁜 얼굴 구겨 놓는 상극 만나 엉망 되고	
	끊임없는 갈등이여, 이승 저승 날 쫓으소,	
	과부되어 내가 만약 남의 아내 된다면.'	
햄릿	이제 그 약속을 깨기만 해 봐라.	
배우 왕	'이건 깊은 맹세였소. 난 잠시만 예 있겠소.	220
	내 기력이 쇠진하여 한잠으로 지루한 낮	
	쫓아 보고 싶소이다.'	
배우 왕비	'당신 머리 잠이 들고	
	우리 사이 불행일랑 찾아오지 절대 마소.'	

(퇴장. 그는 잔다.)

햄릿	마마, 극이 맘에 드시는지요?	
왕비	내 생각엔 왕비의 맹세가 너무 과하구나.	225
햄릿	아, 하지만 약속을 지킬 겁니다.	
왕	줄거리를 들어 봤느냐? 무슨 악의는 없더냐?	
햄릿	예, 예. 농담일 뿐입니다 — 농담 속의 독이랄까. 악행은 절대 없습니다.	
왕	극의 제목은 무엇이냐?	230

햄릿	'쥐덫'이요. ─ 거참, 기막힌 비유지요! 이 극은 비엔나
	에서 있었던 살인을 본뜬 건데 ─ 공작의 이름은 곤자
	고, 부인은 밥티스타로 ─ 곧 아시게 될 겁니다. 악랄
	한 작품이지만 그게 어쨌단 말입니까? 그것이 전하와
	죄 없는 영혼을 가진 저희를 건드리진 못합니다. 찔리	235
	는 게 있는 놈이 움츠리지 우린 떳떳합니다.

루시아누스 등장.

	이건 루시아누스란 자로 왕의 조카입니다.
오필리어	해설가와 다름없으시군요, 왕자님.
햄릿	난 당신과 당신 애인 사이를 설명할 수 있다오, 두 인
	형의 농탕질을 볼 수만 있다면.	240
오필리어	날카롭습니다, 왕자님, 날카로워요.
햄릿	날 선 내 욕망을 채워 주려면 신음 한번 해야 할 거요.
오필리어	더 좋은데 더 나빠요.
햄릿	그래서 당신들은 좋은 남편 맞이해 놓고 나쁜 짓 하지.
	시작해라 살인자야, 그 저주받은 낯짝은 집어치우고	245
	시작해. 자, 깍깍대는 까마귀가 복수하라 울고 있다.
루시아누스	'검은 마음, 능숙한 손, 맞는 독약, 적절한 때,
	시간까지 공모하고 보는 사람 달리 없다.

237행 이건…조카입니다
우리는 곤자고의 살인자가 그의 동생일
것이라고 기대하였다. 그러나 햄릿은 루
시아누스를 곤자고의 조카라고 소개한
다. 이렇게 한 인물에게 두 역할을 중첩시
킴으로써 햄릿은 클라우디우스의 형제
살인과 자신의 복수를 결합시키고 있다.

(아든, 뉴케임브리지)
242행 신음
여자가 처녀성을 잃을 때 내는 소리.
243행 더…나빠요
햄릿이 자신과의 대화를 음담패설 쪽으
로 더 발전시키는 것은 '좋다.'고 할 수 있
지만 그 뜻은 점점 더 듣기 '나쁘다.'는 말.

한밤중에 거둬들인 독초 삶은 극약이여,

헤카테의 마법 저주 삼세번 받았으니   250

원래의 마력과 유독한 성분으로

건강한 생명을 당장에 빼앗아라.'

(자는 사람의 귀에 독을 붓는다.)

햄릿　　　놈은 그의 지위를 노리고 정원에서 그를 독살하죠. 놈
의 이름은 곤자고인데, 이건 실화이며 아주 고상한 이
탈리아말로 쓰였죠. 저 살인자가 어떻게 곤자고 부인　 255
의 사랑을 얻는지 곧 보실 겁니다.

오필리어　국왕께서 일어나셔요.

햄릿　　　뭐야, 공포탄에 겁먹었나?

왕비　　　전하, 괜찮으세요?

폴로니우스　연극을 중단하라.   260

왕　　　　횃불을 가져오라. 가자.

폴로니우스　불, 불, 횃불.　　(햄릿과 호레이쇼만 남고 함께 퇴장)

햄릿　　　'그래 그럼, 총 맞은 사슴은 울어라,

안 다친 수사슴은 놀 테니까.

누구는 깨 있고 누구는 자면서   265

세상은 그리 돌아가니까.'

이보게, 나머지 내 운세가 더럽게 풀린다면 이번 일과
깃털 한 뭉치와 줄무늬 구두 위에 프로방스 장미꽃만
달면 배우들의 극단에서 주주 자리 하나를 차지할 수
있잖을까?   270

호레이쇼　절반이요.

250행 헤카테　　　　　　　　　　　　었다. (아든)
마법을 관장하는 여신. 따라서 마술의 힘　268행 프로방스
과 모든 위해를 가져오는 존재로 간주되　지중해에 면한 프랑스 남동부 지방.

햄릿	통째로 한 자리야, 암.
	'왜냐하면 그대는 알리라, 오 다몬,
	허물어진 이 세상도 한때는
	조브 것이었는데 지금은 여기를 275
	한 마리 — 참새가 다스림을.'
호레이쇼	좀 더 큰 새로 바꾸시지요.
햄릿	이보게 호레이쇼, 난 유령의 말을 만금을 주고라도 사
	들이겠네. 알아차렸지?
호레이쇼	아주 확실히요, 왕자님. 280
햄릿	독살을 얘기했을 때였지?
호레이쇼	제가 아주 유심히 봤습니다.
햄릿	아하! 자, 음악을 연주하라. 자, 피리꾼들 불러라.
	'왜냐하면 왕께서 희극이 싫으시면
	그렇지, 정말로 싫으신 모양이지.' 285
	자, 음악을 연주하라.

로젠크랜츠와 길든스턴 등장.

길든스턴	왕자님, 한 말씀만 드리게 해 주십시오.
햄릿	이봐, 역사를 통째 말씀하시지.
길든스턴	저, 왕께서 —

269행 주주…하나
셰익스피어 당시에는 극장의 재산을 공동으로 소유하고 이익을 나누어 가지는 '한 자리' 급의 주주 배우들과 그들에게 고용된 배우들이 구분되어 있었으며, 때로는 '반 자리'만큼의 주식을 팔기도 하였다. (아든)

273행 다몬
전원시에 등장하는 목동의 이름. (아든)
275행 조브
주피터라고도 불리는 로마 신계의 주신. 그리스 신화의 제우스에 해당한다. 다음 행의 참새는 클라우디우스를 의미하고 그와 대비되는 선왕 햄릿이 조브이다.

| 햄릿 | 그래, 그가 어쨌는데? | 290 |

길든스턴 물러나신 후 기분이 굉장히 언짢으십니다.

햄릿 술 때문에?

길든스턴 아뇨, 왕자님, 울화 때문입니다.

햄릿 이 사실을 의사에게 통지하는 게 자네의 지혜가 더 깊어 보이지 않겠나. 왜냐하면 내가 그걸 씻어 낼 경우엔 295 아마도 그를 더 깊은 울화 속으로 처박아 넣을 것 같으니까.

길든스턴 왕자님, 말씀에 좀 체계를 잡으시고 제 용건을 이처럼 난폭하게 피하진 마십시오.

햄릿 이봐, 난 온순해졌어. 고하게. 300

길든스턴 왕자님의 모친 왕비께서 심기가 정말 크게 상하시어 저를 보내셨습니다.

햄릿 잘 왔네.

길든스턴 아니, 왕자님, 이건 올바른 예법이 아니옵니다. 제게 이치에 맞는 답을 해 주실 마음이 있으시면 제가 모친 305 의 명령을 수행할 것이고, 아니라면 왕자님의 허락을 받고 돌아가는 것이 제 마지막 임무가 될 것입니다

햄릿 이봐, 난 못 해.

로젠크랜츠 무엇을요, 왕자님?

햄릿 이치에 맞는 대답 말이야. 난 정신이 병들었어. 하지만 310 이보게, 내가 할 수 있는 대답이라면 자네가 — 혹은 자네 말마따나 내 어머니가 요구할 수 있지. 그러니 관두고 현안으로 돌아가면 자네 말이 어머니가 —

로젠크랜츠 그렇다면 왕비께서 말씀하시기를 왕자님의 행동 때문에 대경실색하셨답니다. 315

햄릿 오, 어머니를 그렇게 놀라게 만들다니 장한 아들이로

다! 그럼, 이 어머니의 놀라움 뒤꿈치를 바싹 따라오는 건 없는가? 전하게.

로젠크랜츠   왕비께서는 왕자님의 취침 전에 내실에서 말씀 나누 기를 원하십니다.   320

햄릿   짐은 복종할 것이다. 그녀가 열 배나 짐의 어머니라 할 지라도. 짐과 거래할 일이 더 있는가?

로젠크랜츠   왕자님께선 한때 저를 사랑하셨습니다.

햄릿   여전히 그래, 이 소매치기 도둑놈의 손에 걸고.

로젠크랜츠   왕자님, 실성하신 이유가 무엇이옵니까? 친구에게 비   325
탄을 털어놓기 거절하시면 그건 분명 왕자님 본인의 자유에 빗장을 지르는 일이옵니다.

햄릿   이봐, 난 출세를 못 하고 있어.

로젠크랜츠   어찌 그럴 수가, 왕자님이 덴마크 왕위를 계승한다는 국왕 본인의 발언이 있었는데?   330

햄릿   그래, 하지만 이봐, '풀 자라기 기다리다가' — 속담이 좀 곰팡내가 나는군.

배우들이 피리를 가지고 등장.

아, 피리꾼들 왔구면. 어디 하나 볼까. — 자네하고만 얘긴데 자넨 왜 나를 마치 덫으로 몰아넣으려는 듯이 바람 불어오는 쪽으로 가려 하나?   335

길든스턴   오, 왕자님, 제 임무가 너무 당돌하다면 그건 제 충정

331행 속담
이 속담의 뒷부분은 '말은 굶어 죽는다.'
이다.
334~335행 자넨…하나

사냥꾼이 바람 부는 쪽으로, 짐승 앞으로
가서 자기 냄새를 맡게 하면, 짐승은 반대
편, 즉 덫이 있는 쪽으로 달아나다가 잡힌
다. (아든)

이 너무 버릇없어 그렇습니다.

햄릿 그건 잘 이해 못 하겠네. 이 피리 좀 불어 보겠나?

길든스턴 왕자님, 전 못 붑니다.

햄릿 부탁이야. 340

길든스턴 정말이지, 못 붑니다.

햄릿 간청하네.

길든스턴 만질 줄 모릅니다, 왕자님.

햄릿 거짓말처럼 쉬워. 손가락과 엄지로 이 지점을 막고 입
으로 숨을 불어 넣으면 가장 감명 깊은 음악을 들려줄 345
거야. 보라고, 이것들이 음혈이야.

길든스턴 하지만 그것들을 구사하여 어떤 화음도 만들어 낼 수
없답니다. 그런 기술이 없답니다.

햄릿 그럼 이제 보라고, 자네가 날 얼마나 형편없는 물건으
로 생각하는지. 자넨 날 연주하고 싶어, 내 음혈을 알 350
고 싶어 하는 것 같아, 내 비밀의 핵심을 파헤치고 싶
어, 내 최저음에서 최고 음역까지 울려 보고 싶어. 그
리고 여기 이 조그만 악기 속엔 많은 음악이, 빼어난 소
리가 들어 있어, 그렇지만 자넨 이걸 노래 부르게 못
해. 빌어먹을, 자넨 나를 피리보다 더 쉽게 연주할 수 355
있다고 생각해? 나를 무슨 악기로 불러도 좋아, 하지
만 나를 만지작거릴 순 있어도 연주할 순 없어.

폴로니우스 등장.

복 많이 받으시오.

폴로니우스 왕자님, 왕비께서 말씀을 나누고 싶어 하십니다, 곧장요.

햄릿 저기 거의 낙타 형상을 한 구름이 보입니까? 360

폴로니우스	아이고 저럴 수가 — 진짜 낙타 같군요.
햄릿	내 생각엔 족제비 같은데.
폴로니우스	등이 족제비처럼 생겼군요.
햄릿	혹은 고래처럼.
폴로니우스	정말 고래 같군요.

365

햄릿　　　그럼 난 어머니에게 곧 가겠소. — (방백) 놈들이 바보
　　　　　짓을 내 마음껏 하는구나. — 곧 가겠소이다.

폴로니우스　그렇게 아뢰겠습니다. 　　　　　　　　　　　(퇴장)

햄릿　　　'곧'이라, 말은 쉽지. — 친구들도 물러가게.

　　　　　　　　　　　　　　　(햄릿만 남고 함께 퇴장)

　　　지금은 바야흐로 마법의 밤 시간, 　　　　　　　　370
　　　묘지가 입 벌리고 지옥 그 자체가 세상으로
　　　역병을 뿜는 때다. 난 지금 더운 피 마시고
　　　낮에 보면 벌벌 떨 독한 짓을 할 수 있다.
　　　자 그만, 어머니에게로. 오, 마음이여,
　　　효성을 잃지 마라. 확고한 이 가슴에 　　　　　　375
　　　네로의 영혼은 절대 들지 말게 하라.
　　　잔인하되 불효를 범하진 말아야지.
　　　칼같이 말하지만 칼을 쓰진 않을 테다.
　　　내 혀와 영혼이 이 점에선 위선자길.
　　　즉, 말로는 그녀를 어떻게 꾸짖든 　　　　　　　380
　　　행동에는 내 영혼이 절대 동의 않기를! 　　　　(퇴장)

372행 더운⋯마시고
마녀들은 자기들의 저주로 죽은 어린이
들을 갓 매장한 무덤을 열어 시체를 꺼내
삶은 다음 그 물을 마신다고 한다. 피 마
시는 일은 마녀들에 대한 가장 흔한 비난

이었다. (뉴케임브리지)
376행 네로
로마를 불태우고 자기 어머니를 죽인 로
마 황제.

3막 3장

왕, 로젠크랜츠, 길든스턴 등장.

왕   난 그가 마음에 안 들고 그 광기를
        배회하게 두는 것도 나에겐 불안하다.
        그러니 준비하라. 위임장을 급조하여
        자네들과 그를 함께 영국으로 보내겠다.
        짐의 지위 때문에 그의 표정 속에서   5
        시시각각 생기는 위험을 이렇게
        가까이 둘 순 없다.

길든스턴   채비하겠습니다.
        전하께 의존하여 살아가고 밥을 먹는
        많고 많은 사람들의 안전을 지키는 건
        최고로 거룩하고 신성한 걱정이옵니다.   10

로젠크랜츠 개개인도 삶에서 마음의 모든 힘과
        무장을 통하여 해를 입지 않도록
        자신을 지켜야 하거늘 그 안녕에
        수많은 목숨이 의지하고 머무는 옥체는
        더더욱 그래야만 합니다. 국왕의 서거는   15
        혼자만의 죽음이 아니라 마치 소용돌이처럼
        가까운 것들을 끌어들입니다. 또는 그건
        언덕 위에 고정된 육중한 바퀴인데
        거대한 그 살에 오만 가지 조그만 것들이
        아귀 물고 연결되어 그것이 떨어질 땐   20
        모든 작은 부속품, 하찮은 물건들이

3막 3장 장소 엘시노어 왕성.

그 요란한 파멸을 따릅니다. 왕은 절대
백성들의 신음 없이 홀로 한숨 못 쉽니다.

왕 이 급한 여행의 준비를 부탁하네.
난 지금 멋대로 활보하는 이 근심에   25
족쇄를 채우려 하니까.

로젠크랜츠   서두르겠나이다.

(로젠크랜츠와 길든스턴 함께 퇴장)

폴로니우스 등장.

폴로니우스 전하, 그가 자기 어머니의 내실로 갑니다.
저는 몸을 휘장 뒤에 감추고 전 과정을
들어 보겠습니다. 왕비께서 틀림없이
그를 크게 꾸중하실 것이고, 또 전하 말씀처럼 —   30
현명한 말씀인데 — 어머니 아닌 제삼자가
두 사람의 대화를 추가로 엿듣는 건
둘이 절로 한편이니 당연한 일입니다.
전하, 물러가겠습니다. 자기 전에 들러서
아는 바를 아뢰겠습니다.

왕   고맙소, 경. (폴로니우스 퇴장)   35
아, 내 죄의 악취가 하늘에 이르렀다.
거기엔 형제 살인이라는 최초이자 최고의
저주가 묻어 있다. 난 기도할 수 없다.
물론 내 의향은 의지만큼 뚜렷하나

33행 절로 모자간의 인지상정으로.
37~38행 최초이자…저주 카인이 아우 아벨을 살해한 행위로 받은 저주.

강한 내 의도를 더 강한 죄의식이 꺾으니   40
난 두 가지 임무에 매여 있는 사람처럼
어느 쪽을 먼저 할까 멈춰 서 있다가
둘 다 못 한다. 저주받은 이 내 손에
형의 피가 겹겹으로 묻었다 하더라도
저 고운 하늘에 그것을 희게 씻을 만큼의   45
빗물은 없는가? 자비가 죄의 얼굴 마주 보게
도와주지 못한다면 무슨 소용 있는가?
또 기도엔 이중의 힘, 타락 전에 우릴 막고
그 후에는 용서하는 힘 말고 뭐가 있지?
그럼 난 고개를 들리라. 내 과오는 지나갔다.   50
하지만, 아, 어떤 식의 기도가 도와줄까?
'더러운 제 살인을 용서해 주소서?'
그건 안 돼. 왜냐하면 난 내가 저지른
살인의 결과를 — 왕관과 자신의 야망과
왕비를 아직도 소유하고 있으니까.   55
사면받고 범죄의 혜택을 누릴 수 있을까?
이 세상의 부패한 흐름 속에서는
금칠한 죄의 손이 정의를 밀쳐 내고
사악한 이득 그 자체가 법을 매수하는 게
자주 눈에 뜨인다. 근데 저 위에선 안 그렇다.   60
거기엔 속임수란 없으며 그곳에선 행위의
진정한 성격이 드러나 우리는 과오의
이빨과 이마를 마주 보고 증거를 내놓도록

62~63행 과오의…이마
우리는 우리를 처벌하는 법정에서 증인   마(뻔뻔스러움)에 이르기까지 죄상을 밝
이 되어 우리의 과오의 이빨(잔혹성)과 이   히도록 요구받을 것이다. (뉴케임브리지)

강요받을 것이다. 그렇다면? 뭐가 남지?

참회로 되는 걸 해 봐라. 그걸로 뭘 못 해?   65

하지만 그걸로 뭘 하지? 참회할 수 없는데?

오, 비참한 처지다! 오, 죽음처럼 검은 가슴!

오, 끈끈이 밟은 영혼, 벗어나려 애쓸수록

더 잡히네! 천사들은 도우소서! 그리해 보소서.

꿇어라, 뻣뻣한 무릎아. 철근 같은 심장아,   70

갓난아기 근육처럼 부드러워져라.

다 잘될 수도 있다.   (무릎을 꿇는다.)

햄릿 등장.

햄릿   지금 하면 딱 맞겠다, 지금 기도 중인데.

그래 지금 할 거야.   (칼을 뽑는다.)

                그럼 놈이 천당 간다.

그래서 난 복수했다. 그건 따져 봐야지.   75

악당이 아버질 죽였는데 그 대가로

내가, 하나 뿐인 아들이 바로 그 악당을

천당으로 보낸다.

아니 이건 도급이지 복수가 아니다.

놈은 내 아버지가 육욕에 푹 빠지고   80

그의 모든 죄악이 활짝 핀 오월처럼

싱싱할 때 앗아 갔다. 그러니 하늘 말고

그 결산이 어떨지 누가 알아? 하지만

우리의 처지와 예상으로 봤을 땐 무겁다.

그럼 내가 복수했어? 놈이 영혼 씻을 때   85

하직하기 딱 좋을 때 목숨을 뺏는다면?

아냐.

아서라 내 칼아, 더 끔찍한 상황을 만나자.

놈이 취해 잠자거나 광란하고 있을 때

침대에서 상피 붙어 쾌락을 즐길 때   90

경기 도중 욕하거나 구원받을 기미가

전혀 없는 행동을 하고 있을 바로 그때

이놈의 다릴 걸자, 발꿈치는 하늘을 박차고

그 영혼은 목적지인 지옥만큼 저주받아

시커멓게 되도록. 어머니가 기다린다.   95

그 약은 병든 네 나날을 연장할 뿐이니라.   (퇴장)

왕   내 말은 날아가고 생각만 남았구나.

생각 없는 빈말은 절대 하늘 못 가는 법.   (퇴장)

3막 4장
왕비와 폴로니우스 등장.

폴로니우스   그가 곧 옵니다. 엄하게 꾸짖으십시오.

분탕질이 너무 심해 견딜 수 없으며

마마께서 큰 역정을 막았다고 하십시오.

전 바로 여기에서 입 다물고 있지요.

서슴지 마십시오.

왕비   장담할 터이니 걱정 마오.   5

물러나요, 그가 오는 소리가 들리니까.

96행 그 약 클라우디우스의 기도.
3막 4장 장소 왕비의 내실.

(폴로니우스는 휘장 뒤에 숨는다.)

햄릿 등장.

햄릿	자, 어머니, 무슨 일입니까?	
왕비	햄릿, 너는 네 아버질 몹시 화나게 했다.	
햄릿	어머닌 제 아버질 몹시 화나게 했죠.	
왕비	저런, 저런, 가벼운 혀로 대답하는구나.	10
햄릿	이런, 이런, 사악한 혀로 질문하는군요.	
왕비	아니, 웬일이냐, 햄릿?	
햄릿	이젠 무슨 일입니까?	
왕비	네가 날 잊었느냐?	
햄릿	아뇨, 천만에요, 그럴 리가.	
	어머닌 왕비이고 자기 남편 동생의 부인이며	
	아니라면 좋겠지만 제 어머니 되십니다.	15
왕비	아니 그럼, 말발 있는 사람들을 맞세우마.	
햄릿	자, 자, 앉으세요. 꼼짝 못 할 것입니다.	
	제가 거울 갖다 놓고 어머니가 자신의	
	가장 깊은 내면을 볼 때까진 못 갑니다.	
왕비	무슨 짓을 하려느냐? 죽이진 않겠지?	20
	사람 살려!	
폴로니우스	(휘장 뒤에서) 여봐라! 사람 살려!	
햄릿	이건 뭐냐? 쥐새끼다! 죽어 싸다, 죽어라.	
	(휘장을 뚫고 검을 찌른다.)	
폴로니우스	(뒤에서) 오, 난 살해됐다.	
왕비	맙소사, 무슨 일을 저질렀어?	
햄릿	모릅니다.	25

	왕입니까?　(휘장을 들치고 폴로니우스가 죽은 걸 안다.)
왕비	오, 이 얼마나 성급하고 잔학한 행위냐!
햄릿	잔학한 행위죠. 왕을 죽인 다음에 그 동생과
	결혼하는 만큼이나 나쁘겠죠, 어머니.
왕비	왕을 죽여?

햄릿	예 마마, 제가 한 말입니다. —	30
	한심하고 성급한 주제넘은 바보야, 잘 가라.	
	네 상전인 줄 알았다. 운명을 받아들여.	
	지나치게 바쁜 것도 위험한 줄 알았겠지. —	
	손을 짜진 마세요. 가만 좀 앉으세요.	
	어머니 심장을 짜 볼게요. 그렇게 할 겁니다.	35
	만약 그게 부드러운 물질로 돼 있다면	
	망할 놈의 습관이 단단하게 쌓아 놓은	
	철저한 무감각의 철옹성이 아니라면.	

왕비	내가 뭘 했다고 네가 감히 혓바닥을	
	이리도 무엄하게 놀리느냐?	

햄릿	이런 거죠.	40
	정숙함의 품위와 수줍음을 흐려 놓고	
	미덕을 위선이라 부르며 순수한 사랑의	
	아름다운 이마에서 장미꽃을 앗아 가고	
	거기에 창녀 낙인 찍으며 혼인의 서약을	
	노름꾼의 거짓 맹세 만드는 그런 행동 —	45
	오, 계약이란 몸체에서 혼을 뽑아 버리고	
	감미로운 종교를 말의 잡탕 만드는	

28행 왕을…다음에　햄릿과 거트루드가 대단히 중요한 이 문제를 다시 거론하지
않는다는 사실은 놀랍다. (뉴케임브리지)

그런 행위 말입니다. 하늘이 얼굴을 붉히고
이 단단한 지구도 최후 심판 맞은 듯
열에 들뜬 모습을 보이며 그 행동에   50
가슴 아파합니다.

왕비   맙소사, 웬 행동이
서두부터 요란하게 천둥소릴 내느냐?

햄릿   여기 이 그림과 이 그림, 두 형제의
초상화를 보십시오. 이분의 이마 위에
어떠한 미덕이 서려 있나 보라고요.   55
태양신의 머리칼, 주피터의 이마에
군신처럼 위협하고 호령하는 두 눈과
전령 신 머큐리가 하늘 닿은 언덕 위에
새롭게 내린 듯해 보이는 이 자태를.
신들이 각자의 인장을 다 찍어   60
세상 사람들에게 한 인간의 모습을
보증하기 위해 만든 이 진정한 융합체를.
이게 남편이셨죠. 이제 그다음을 보세요.
곰팡이 핀 옥수수자루처럼 건강한 형님을
썩게 하는 여기 이 남편을. 눈 있어요?   65
이 고운 산을 두고 이 늪에서 먹고 또
살찔 수가 있어요? 하, 눈이 있느냐고요?
그것을 사랑이라 할 순 없죠. 왜냐하면

53행 이…그림
이 장면을 연출하는 데에는 첫째, 벽화를
걸어 놓을 수 있고 둘째, 소형 초상화를
쓸 수 있는데 이 경우 햄릿이 자기 주머니
에서 두 사람의 그림을 같이 꺼내거나 자

기 목에 걸고 있는 아버지의 그림과 어머
니 목에 걸린 삼촌의 그림을 비교하는 방
법이 있다. (뉴케임브리지)
57행 군신
군대와 전쟁의 신 마르스.

그 나이엔 한창때의 혈기가 길들고 순해져
분별력을 따르는데 무슨 놈의 분별로   70
여기서 여기로 갑니까? 감각은 분명 있죠,
없으면 움직이지 못하니까. 근데 그건
졸중 걸린 감각이 분명해요. 왜냐하면
그만한 차이엔 미쳤어도 실수 않을 것이며
감각이 아무리 환각의 노예가 됐더라도   75
약간의 선택은 남았을 테니까. 어머니를
그렇게 술래처럼 눈 가린 건 어떤 악마였나요?
촉각 없는 눈이나 눈 없는 촉각이나
손도 눈도 없는 귀, 홀로 남은 후각이나
참된 감각 한 가지의 병든 일부라도   80
그렇겐 안 헤매죠. 오, 수치심아, 안 빨개져?
지옥 같은 욕정아,
네놈이 중년 여인 몸에서 반역할 수 있다면
불타는 청춘에겐 순결함이 양초처럼
자기 불에 녹게 하라. 충동적인 열정이   85
돌격을 감행해도 부끄러워하지 마라,
찬 서리가 활활 타고 이성이 욕망의
뚜쟁이가 됐으니까.

왕비   오 햄릿, 그만해라.
너는 내 두 눈을 바로 내 영혼으로 돌려놨고
거기에는 시커멓게 착색되어 안 지워질   90
오점들이 보인다.

햄릿   예, 하지만 그럼에도
타락에 푹 절어 메스꺼운 돼지우리 속에서
아양 떨고 어우르며 추한 땀 기름 묻은

침대에서 살다니!

왕비 　　　　　　　　오 그만 말해라.

그 말이 비수처럼 내 귀를 찌른다. 　　　　　　　　　　95

그만해라, 착한 햄릿.

햄릿 　　　　　　　　살인자에 악당 놈,

당신 전 남편의 백분의 일만도 못한 놈,

악한 왕의 본보기며 선반 위에 올려놓은

소중한 왕관을 훔친 다음 주머니에 처넣은

국가와 통치권의 소매치기 — 　　　　　　　　　　100

왕비 그만해라.

햄릿 쓰레기 넝마 같은 놈의 왕 —

유령 등장.

천군 천사들이여, 이 몸 위에 나래 펴고

구원해 주소서! 어인 일이시옵니까?

왕비 아, 이 애가 미쳤다. 　　　　　　　　　　105

햄릿 게으른 당신 아들 꾸짖으러 오셨지요?

시간을 놓치고 열정이 식어 버려

당신의 엄명을 급히 실행 못 한 저를.

오, 말하소서!

유령 　　　　　　　　잊지 마라. 이번의 방문으로

거의 다 무뎌진 네 결심을 벼리려 할 뿐이다. 　　　　110

오, 자신의 영혼과 싸우는 그녀를 말려라.

106~108행 게으른…저를 유령이 처음 나타난 후 명령을 받은 사람이 자기 임무
를 소홀히 하거나 실행치 못할 경우 계속해서 다시 나타난다고 한다. (아든)

	망상은 최약자들에게 최대로 작용한다.	
	어미에게 말 걸어라, 햄릿.	
햄릿	괜찮아요, 마마?	
왕비	애야 넌 괜찮으냐?	
	어찌하여 네 눈을 허공으로 돌리고	115
	형체 없는 공기와 대화를 나누느냐?	
	네 눈은 거칠게 정기를 내뿜고	
	잠자던 군인에게 비상 걸린 것처럼	
	누웠던 머리칼은 무생물이 산 것같이	
	깜짝 놀라 쭈뼛 섰다. 오, 착한 내 아들아,	120
	네 광기의 열화를 차가운 인내로	
	좀 식혀 보려무나. 어딜 쳐다보느냐?	
햄릿	저분을, 저분을. 보세요, 저 창백한 응시를.	
	저 모습과 사연을 합쳐서 설교하면	
	목석조차 반응할 겁니다. — 절 보지 마십시오.	125
	애처로운 그 행동에 단호한 제 결심이	
	바뀌지 않도록. 안 그러면 제 할 일은	
	본색을 잃습니다. — 피 대신 눈물이겠지요.	
왕비	그 말을 누구에게 하느냐?	
햄릿	저기, 아무것도 보이지 않습니까?	130
왕비	전혀, 아무것도. 하지만 있는 건 다 보인다.	
햄릿	아무것도 듣지도 못하고요?	
왕비	그래, 우리 둘밖에는 아무것도.	
햄릿	아니, 저길 봐요, 그게 빠져나가는 걸.	

127행 안 그러면 결심이 바뀌면.
131행 전혀…보인다
유령이 선별적으로 보인다는 사실은 당
시 일반인들의 믿음과, 엘리자베스 시대
그리고 고대의 예들과 일치한다. (아든)

아버지가 살았을 때 복장으로!   135
바로 지금 현관으로 나가는 걸 봐요.   (유령 퇴장)

왕비　이건 바로 네 두뇌가 조작한 것이다.
이러한 무형물 만들기는 광증의 특기야.

햄릿　광증이요?
제 맥박은 어머니의 것처럼 박자 맞춰   140
건강하게 노래해요. 제가 발설한 것은
미친 말이 아닙니다. 시험해 보세요,
그 내용을 다시 말해 볼 테니. 미쳤다면
헷갈릴 것입니다. 어머니, 은총에 맹세코
자기 죄는 조용한데 제 광기가 떠든다는   145
아첨 같은 고약을 영혼에 바르진 마세요.
그건 단지 곪은 데를 막 씌울 뿐이며
썩은 그 고름은 밑으로 파고들어
안 보이게 퍼집니다. 하늘에게 고백해요.
지난 일은 뉘우치고 앞일은 피하세요.   150
그리고 잡초에 퇴비 뿌려 더욱더 무성하게
만들진 마시고. 제 덕행을 용서해 주세요.
왜냐하면 바람 들어 띵띵해진 이 시절엔
미덕이 악덕에게 용서를 몸소 빌고
예, 친절해도 좋단 허락 애원해야 하니까요.   155

왕비　오 햄릿, 너는 내 가슴을 두 동강 내 놨다.

햄릿　오, 나쁜 쪽은 내버리고 나머지 반쪽으로
더 맑게 사십시오. 안녕히 주무세요.
그러나 삼촌의 침대로 가시면 안 됩니다.
비록 덕이 없더라도 그걸 걸쳐 보세요.   160
모든 감각 잡아먹는 습관이란 괴물도

버릇을 굳힐 땐 악마지만 천사일 때도 있죠.
즉, 곱고 착한 행동이 관행이 됐을 경우
그놈은 적절하게 입을 만한 외투나
예복을 준답니다. 오늘 저녁 자제하면   165
그 때문에 다음번 금욕은 좀 더 쉽고
그다음은 더 쉬울 겁니다. 왜냐하면 관행은
천성의 각인조차 바꿔 놓을 수 있으며
악마를 누르거나 놀라운 힘으로 그놈을
내던지니까요. 다시 한 번 안녕히 주무세요.   170
그리고 어머니가 축복받고 싶으실 때
축복을 청하지요. 바로 이 영감 일은
정말 뉘우칩니다. 하지만 하늘이 원하시어
저로써 이 일을, 이 일로써 저를 벌하시니
제 스스로 천벌이자 그것의 집행관이   175
되어야만 합니다. 이 시체는 처리하고
죽인 건 잘 해명하죠. 그럼 다시 안녕히.
저는 친절해지려고 잔인할 뿐입니다.
이건 악의 시작이고 더 악한 게 남았어요.
마마, 한 말씀만 더.

왕비   내 할 일이 무엇이냐?   180

햄릿   제가 시킬 다음 일은 절대 하면 안 됩니다.
뚱뚱이 왕이 다시 침대로 당신 꼬여
음탕하게 뺨 꼬집고 생쥐라고˙부르며
역겨운 키스 한 두어 번에, 아니면 그놈의

160행 걸쳐 보세요 셰익스피어의 극작품에 자주 나오는 옷의 비유. 164~165행의
외투, 예복과 연결된다.

염병할 손가락으로 목을 쓸어 줬다고   185
이 일을 다 불어 버려요, 즉 제가
근본은 안 미치고 속임수로 미쳤다고.
알리는 건 잘하는 일이죠. 왜냐하면
아름답고 정숙하고 지혜로운 왕비 말고
그 누가 이만한 중대사를 두꺼비나 박쥐나   190
괭이에게 감추겠습니까? 누가 그러겠어요?
안 그러죠. 지각과 분별에도 불구하고
지붕 위로 올라가 새장 열고 새들을
다 날려 보낸 다음 그 유명한 원숭이처럼
어찌 되나 보려고 새장 속에 기어든 뒤   195
떨어져서 모가지나 분지르고 말지요.

왕비   너에게 보증하마. 숨이 있어 말이 있고
생명 있어 숨 있다면 네가 내게 한 말을
숨 쉬게 할 생명은 나에게 없을 거다.

햄릿   전 영국으로 가야만 합니다. 아시지요?   200

왕비   아뿔싸, 잊었구나. 그렇게 결론 났어.

햄릿   국서가 봉해졌고 학교 동창 두 놈이
전 그들을 독니 달린 독사 믿듯 하겠지만 —
왕명을 받들어 제 앞길을 쓸면서
악행으로 절 인도할 겁니다. 하라지요.   205
폭약수가 제 폭탄에 날아가게 만드는 건

194행 원숭이
이상하게도 이 속담은 기록에 남아 있지
않다. 그러나 그 줄거리는 다음과 같을 것
이다. 즉, 원숭이 한 마리가 새장을 지붕
위로 가져가 새를 날려 보내고, 자기도 그
흉내를 내려고 새장 속에 기어 들어간 후
뛰어내린다. 날아가는 대신 원숭이는 땅
바닥에 떨어진다. (뉴케임브리지)
206행 폭약수
폭탄을 제조하고 장치하는 사람.

홍밋거리니까요. 쉽지는 않겠지만

전 놈들의 땅굴보다 한 치 밑을 파 들어가

놈들을 달님에게 날리지요. 오, 두 간계가

한곳에서 정면으로 만나면 정말 신난답니다.   210

이 사람이 저를 빨리 떠나게 할 겁니다.

이 곱창을 옆방으로 옮기겠습니다.

어머니, 정말 잘 주무세요. 이 고문관께선

지금 가장 조용하고 은밀하고 엄숙하군,

생전엔 멍청한 떠버리 불한당이었는데.   215

자 이봐, 우리 같이 이 일을 끝내야지.

안녕히 주무세요, 어머니.

(폴로니우스를 끌고 햄릿 퇴장. 왕비만 남는다.)

4막 1장

왕비가 있는 곳에 왕이 로젠크랜츠,

길든스턴과 함께 등장.

왕   이렇게 한숨 쉬고 깊은 탄식 하는 까닭

         설명해 줘야겠소. 짐은 알고 있어야 하니까.

         아들은 어디 있소?

왕비   잠시만 이 자리를 우리에게 내주게.

4막 1장 장소
엘시노어 왕성.
0행 무대 지시문, 왕비가…등장
1676년 사절판과 셰익스피어 편집자 로
(Rowe)가 여기에서 제4막을 시작하였다.

그러나 모든 편집자들은 이 지점에서 막
을 가른 것이 존슨 박사가 말했듯이 '썩
잘된 일이 아니라는' 데 동의한다. 어떤 식
이든 막을 가르는 일이 있어서는 안 되며
극은 계속된다. (뉴케임브리지)

아 전하, 오늘 밤 못 볼 것을 봤나이다!   5

왕   아 이런, 거트루드, 햄릿은 어떻소?

왕비   어느 쪽이 더 힘센지 싸우는 바다와
       바람처럼 미쳤어요. 난폭한 발작 중에
       휘장 뒤의 기척 듣고 휙 하고 칼을 뽑아
       '쥐새끼다, 쥐새끼'라고 소리치면서   10
       정신이 현혹되어 거기에 숨어 있던
       노인을 죽였어요.

왕   오, 사악한 행위로다!
       짐이 거기 있었어도 당했을 것이오.
       그를 놓아두는 것은 모두에게 위험하오.
       바로 당신 자신에게, 짐에게, 만인에게.   15
       아아, 피비린 이 행위를 어떻게 해명하지?
       그 책임은 이 미친 젊은이를 선견으로
       잡아 두고 못 다니게 했어야 할 짐에게
       지워질 것이오. 근데 짐은 사랑이 너무 많아
       지당한 처방을 들으려 하지 않고   20
       몹쓸 병을 갖고 있는 환자가 그렇듯이
       소문내지 않으려다 생명의 진수마저
       파먹히게 하였구려. 그는 어딜 갔어요?

왕비   자기가 죽인 사람 치우려 나갔는데
       주검을 놓고서 — 잡석 광맥 가운데 순금처럼   25
       바로 그의 광기가 순수성을 보였어요.
       벌어진 일 때문에 그가 울었답니다.

왕   오, 거트루드, 나갑시다.
       아침 해가 저 산에 닿자마자 짐은 그를

배에 실어 보내고 흉악한 이 행위는   30
짐의 모든 왕권과 재주로 묵인하고
변명해야 할 것이오. — 여봐라, 길든스턴!

로젠크랜츠와 길든스턴 등장.

자네 둘은 나가서 도움을 더 구하라.
햄릿이 미쳐서 폴로니우스를 살해하고
왕비의 내실에서 그를 끌고 나갔다.   35
햄릿을 찾아내어 — 잘 말하고 — 시신을
예배당으로 옮겨라. 부탁이다, 서둘러라.
                              (로젠크랜츠와 길든스턴 퇴장)
여보, 짐은 가장 현명한 친구들을 불러 모아
무엇을 하려는지, 무슨 일이 때 아니게
생겼는지 알리겠소. 사람들이 뭇 악담을   40
과녁을 정조준한 대포가 온 세상에
독물 탄을 쏴 대듯 소곤댄다 할지라도
짐의 이름 비껴가고 상처를 입지 않는
공기만 때리도록 말이오. 오 어서 갑시다,
내 마음은 불화와 불안으로 가득하오.   (함께 퇴장)   45

4막 2장
햄릿 등장.

햄릿   안전하게 챙겨 뒀다.   (안에서 부른다.)
       근데 잠깐, 무슨 소리지? 누가 햄릿을 부를까? 아, 여기

오는구먼.

로젠크랜츠와 길든스턴 외 몇 사람 등장.

로젠크랜츠 왕자님, 시신을 어찌하셨습니까?

햄릿 흙에다 합쳐 놨지, 친척뻘 되니까.   5

로젠크랜츠 어딘지 말씀하십시오, 저희들이 시신을 거기에서 예
배당으로 모실 수 있도록.

햄릿 이건 믿지 마.

로젠크랜츠 무엇을 말입니까?

햄릿 내가 너희 비밀은 지키고 내 비밀은 못 지킨다는 걸. 더   10
군다나 해면 같은 인간의 요구에 왕의 아들은 어떻게
대응해야지?

로젠크랜츠 저를 해면으로 보십니까, 왕자님?

햄릿 그럼, 왕의 총애와 그의 보답과 그의 권세를 빨아들이
는 물건이지. 하지만 그런 하수인들이 마지막엔 왕을   15
가장 크게 도와주는데, 그는 원숭이처럼 그들을 입 안
한구석에 처음엔 넣고 있다가 끝에 가선 삼켜 버리지.
너희가 긁어모은 게 필요할 때 그가 너희를 짜기만 하
면 해면인 너희는 다시 말라 버릴 거야.

로젠크랜츠 말씀을 못 알아듣겠습니다, 왕자님.   20

햄릿 기쁜 일이군. 험악한 말은 멍청한 귀에는 들리지 않거든.

로젠크랜츠 왕자님, 시체가 어디 있는지 말씀하시고 저희와 같이
왕께 가셔야만 합니다.

햄릿 시체는 왕과 함께 있으나 왕은 시체와 함께 있지 않도

4막 2장 장소 엘시노어 왕성.

428   햄릿

	다. 왕이란 것은 ─	25
길든스턴	것이라니요, 왕자님?
햄릿	아무것도 아냐. 나를 그에게 데려가라. (함께 퇴장)

4막 3장

왕과 함께 귀족 두셋 등장.

왕   그를 찾고 시신을 수색하라 일렀어요.
이 인간이 활보하니 얼마나 위험한지!
하지만 엄한 법을 적용해선 안 됩니다.
그는 저 얼빠진 대중들의 사랑을 받는데
그들은 판단력보다는 눈으로 좋아해서   5
눈에만 든다면 죄인의 처벌만 고려하지
지은 죄는 절대 생각 않습니다. 모든 것을
매끄럽게 처리하기 위해서는 이렇게
그를 급히 보내는 것 또한 숙고의 결과로
보여야만 합니다. 중병은 극약 처방 아니면   10
절대 못 고칩니다.

로젠크랜츠, 길든스턴 외 몇 명 등장.

그래 어찌 됐느냐?

로젠크랜츠   전하, 시신을 어디에다 뒀는지 그로부턴
못 알아냈습니다.

4막 3장 장소   엘시노어 왕성.

왕	근데 그는 어딨느냐?
로젠크랜츠	밖에요, 감시받고, 전하 뜻을 알려고요.
왕	짐 앞에 데려와라.
로젠크랜츠	여봐라, 왕자님을 모셔라.	15

호위병과 함께 햄릿 등장.

왕	자 햄릿, 폴로니우스는 어딨느냐?
햄릿	야식 중이오.
왕	야식 중? 어디서?
햄릿	그가 먹는 곳이 아니라 먹히는 곳에서요. 정치꾼 같은 버러지 한 무리가 회동, 이 순간에도 그를 차지하고 있 20 답니다. 먹는 데는 구더기가 유일한 황제랍니다. 우린 우리가 살찌려고 다른 모든 짐승들을 살찌우며 우리 자신은 구더기를 위해 살찌우죠. 뚱보 왕과 마른 거지 란 다양한 식사에 불과한데 — 음식은 둘이나 한 상에 오르지요. 그렇게 끝난답니다. 25
왕	이런, 이런.
햄릿	어떤 사람이 왕을 먹은 구더기로 낚시하고 그 구더기 를 삼킨 물고기를 먹을 수 있답니다.
왕	그게 무슨 뜻이냐?
햄릿	왕이 어떻게 거지 배 속으로 행차하실 수 있는지 보여 30 주려는 뜻밖엔 없습니다.
왕	폴로니우스는 어딨느냐?
햄릿	천국에요. 거기로 사람을 보내 봐요. 당신 사자가 거기 에서 못 찾으면 그 반대편으로 직접 찾아나서시죠. 하 지만 그를 이번 달 안으로 정녕 못 찾으면 복도로 통하 35

	는 계단을 올라갈 때 냄새를 맡을 겁니다.	
왕	(시종들에게) 거기서 찾아봐라.	
햄릿	갈 때까지 기다릴 거야. (시종들 퇴장)	
왕	햄릿, 이번 행위, 특별히 너의 안전 때문에 ―	
	짐은 그걸 네가 범한 그 일을 지극히	40
	슬퍼하는 만큼이나 챙기는데 ― 널 화급히	
	내보내야 하겠다. 그러니 준비하라.	
	범선은 떠 있고 바람이 도와주며	
	동료들이 대기하고 만사가 향한 곳은	
	영국이다.	45
햄릿	영국이요?	
왕	그렇다, 햄릿.	
햄릿	좋습니다.	
왕	그럴 거다, 짐의 뜻을 헤아린다면.	
햄릿	그걸 아는 천사 한 분이 보이는군요. 하지만 자, 영국	50
	으로. 안녕히 계십시오, 사랑하는 어머니.	
왕	사랑하는 네 아버지다, 햄릿.	
햄릿	어머니죠. 아버지와 어머니는 남편과 아내이고 남편	
	과 아내는 한 몸이니 어머니죠. 자, 영국으로. (퇴장)	
왕	뒤를 바싹 따르라. 승선을 재촉하고	55
	지체하지 말도록 ― 오늘 밤에 보내겠다.	
	떠나라, 임무와 관련된 그 밖의 모든 건	
	완벽하게 준비됐다. 서둘러, 부탁이야.	

(왕만 남고 함께 퇴장)

50행 그걸…분
햄릿의 깃궂은 익살. 그는 자신이 클라우 며, 동시에 하늘이 클라우디우스를 지켜
디우스의 음모를 알고 있다는 암시를 주 보고 있음을 경고한다. (뉴케임브리지)

그리고 영국 왕은 내 호의가 소중커든 —
내 위력 때문에 그 의미를 알 테지만,   60
덴마크 왕의 칼자국이 아직도 그대 몸에
생생하게 남아 있고 스스로 두려워
내게 충성하니까 — 짐이 내린 왕명을
소홀히 취급해선 안 되리라. 그 취지는
편지로 상세히 지령하듯 햄릿의   65
즉각적인 죽음이다. 시행하라, 영국 왕.
그가 내 핏속에서 열병처럼 광분하니
그대가 날 고쳐야 해. 일 끝난 걸 알 때까진
어떤 행운 다가와도 내 기쁨은 없으리라.   (퇴장)

4막 4장
포틴브래스가 군대를 이끌고 등장,
무대 위로 행군한다.

포틴브래스   부대장, 덴마크 국왕께 인사를 전하라.
          포틴브래스가 그분의 허락에 의하여
          이 왕국을 통과할 때, 약속된 행군의 호위를
          갈망한다 말씀드려. 집결지는 알 테고.
          전하께서 만약에 짐을 볼 일 있으시면   5
          어전에서 경의를 표시할 것이다.
          그러니 그렇게 아뢰도록.
부대장   예, 왕자님.

4막 4장 장소 엘시노어에서 가까운 덴마크 해안.

포틴브래스　　조용히 진군하라.　　　　　　(부대장만 남고 함께 퇴장)

　　　　　　햄릿, 로젠크랜츠, 길든스턴 외 몇 명 등장.

햄릿　　　이보시게, 이것은 어느 나라 군대인가?
부대장　　노르웨이군입니다.　　　　　　　　　　　　　10
햄릿　　　실례지만 목적이 무엇이오?
부대장　　폴란드의 일부를 치려고 합니다.
햄릿　　　지휘관은 누구시고?
부대장　　노르웨이 노왕의 조카인 포틴브래스요.
햄릿　　　폴란드 본토를 공격하는 것이오,　　　　　　15
　　　　　아니면 변방의 일부요?
부대장　　아무런 보탬 없이 사실을 말하자면
　　　　　우리는 땅 조각 하나를, 오직 그 이름뿐
　　　　　아무런 이득도 없는 걸 얻으러 갑니다.
　　　　　닷 냥, 닷 냥을 내고도 농사짓지 않겠어요.　　20
　　　　　또 그걸 봉토로 판다 해도 노르웨이나 폴란드나
　　　　　그보다 비싼 값은 못 받을 것입니다.
햄릿　　　그럼, 폴란드는 아무런 방비를 않겠군요.
부대장　　아뇨, 주둔군이 이미 와 있답니다.
햄릿　　　이천의 인명과 이만의 금화로도　　　　　　25
　　　　　이 하찮은 문제를 해결치 못하다니!
　　　　　이것은 큰 부와 평화가 안으로 곪아 터져
　　　　　겉으로는 사람이 왜 죽는지 그 이유를
　　　　　모르는 경우로다. 대단히 고맙소.
부대장　　안녕히 계십시오.　　　　　　　　(퇴장)
로젠크랜츠　　　　　가시겠습니까, 왕자님?　　　　　30

햄릿   곧 합류하겠다. 조금만 앞서 가라.

(햄릿만 남고 함께 퇴장)

모든 일이 사사건건 얼마나 날 꾸짖고
둔한 내 복수심을 찌르는가. 인간은 무엇인가,
일생을 팔아 얻는 주 소득이 먹고 또
자는 것뿐이라면? 짐승 그 이상은 아니다.   35
우리에게 이렇게 넓고도 앞뒤를 내다보는
사고력을 넣어 주신 그분께서 그 능력과
신과 같은 이성을 쓰지 않고 썩히라고
주신 건 분명코 아니다. 그런데 이 무슨
짐승 같은 망각인지, 아니면 결과를 너무나   40
꼼꼼히 따져 보는 소심한 주저인지 —
그런 생각 쪼개 봤자 반에 반만 지혜이고
나머진 비겁함이겠지만 — 난 내가 왜
이 일은 하리라고 말하는지 모르겠다,
해치울 명분과 의지와 힘과 또 수단이 있는데.   45
흙처럼 흔한 예가 나에게 훈계한다,
그 증거로 곱고 여린 왕자가 이끄는
이 대규모 호화판 군대를 보아라.
그의 맘은 하늘 같은 야심으로 부풀어
예측 못 할 결과 따윈 코웃음 치면서   50
덧없고 불확실한 인간의 목숨을
계란만 한 땅 때문에 온갖 운과 사망과
위험에 내맡긴다. 진정으로 위대함은

42행 그런 생각 앞줄에서 언급된 소심한 주저.
44행 이 일 복수.

큰 명분 없이는 행동을 않는 게 아니라
명예가 걸렸을 땐 지푸라기 하나에도   55
큰 싸움을 찾아내는 것이다. 그럼 난 어떤가?
아버지는 살해되고 어머닌 더럽혀졌으며
내 이성과 혈기가 강력히 미는데도
모든 걸 잠재우고 있는 한편 창피하게
이만의 병사에게 임박한 죽음을 보는데,   60
그들은 명성이란 환상과 속임수 때문에
침실 가듯 무덤으로 걸어가며 그만한 군대가
시비 가릴 틈도 없고 전사자를 파묻을
묘지로도 충분치 못한 땅을 위하여
싸우지 않는가? 오, 지금부터 내 생각이   65
피비리지 아니하면 아무 소용 없으리라.   (퇴장)

4막 5장
왕비, 호레이쇼, 신사 한 사람 등장.

왕비   난 걔와 말하지 않겠네.
신사   성가시게 조릅니다.
        진짜로 얼빠졌고 동정받을 상태이옵니다.
왕비   걔가 뭘 원하는가?
신사   아버지 얘기를 많이 하고 이 세상엔
        흉계가 있다고 들었다며 으흠 하고 가슴 치고   5

60행 이만 햄릿은 25행에서 포틴브래스 군대의 숫자를 이천이라고 말했다.
4막 5장 장소 엘시노어 왕성.

악을 쓰며 짚을 차고 의미가 반쪽뿐인
불분명한 것들을 말합니다. 비록 헛말이지만
모호한 쓰임새가 그걸 듣는 사람들을
추측하게 만들지요. 그들은 입 벌리고
자기들 생각에 맞추어 그녀 말을 엮는데,   10
그것은 그녀의 눈짓, 몸짓, 고갯짓과 더불어
확실한 건 없지만 커다란 불상사를
정말이지 생각해 보도록 만들곤 합니다.

호레이쇼   악심 품은 자들에게 위험한 억측을
　　　　　퍼뜨릴지 모르니 말 나눔이 좋을 것이옵니다.   15

왕비　　　들라 하라.　　　　　　　　　　　　(신사 퇴장)

　　　　　(방백) 죄의 참모습처럼 병든 내 영혼에겐
　　　　　사소한 일들이 큰 불행의 전주곡 같구나.
　　　　　죄의식은 서투른 걱정으로 가득 차
　　　　　무너질까 겁내다가 스스로 무너진다.   20

오필리어 등장.

오필리어   아리따운 덴마크 왕비는 어디에 계시죠?

왕비　　　웬일이냐, 오필리어?

오필리어   (노래) 당신의 참사랑이 남다른 줄
　　　　　　　　어떻게 아냐고요?
　　　　　　　조가비 모자와 지팡이에   25
　　　　　　　가죽신 때문이죠.

23행 무대 지시문, 노래
오필리어의 노래는 유명한 월싱엄 발라
드를 연상시키는데 거기에 외로운 순례

자와 버림받은 연인이 등장한다. (뉴케임
브리지) 조가비 모자, 지팡이, 가죽신은
물론 순례자의 차림이다.

왕비	아, 귀여운 아가씨, 이게 무슨 노래냐?
오필리어	뭐라고요? 아니, 잘 들어 보셔요.

오필리어 (노래) 그분은 가셨어요, 아씨,

　　　　　　돌아가셨다고요.　　　　　　　　　　　　30

　　　　　머리맡엔 새파란 잔디에

　　　　　발치엔 비석이죠.

오, 오!

왕비	아니, 그런데 오필리어 —
오필리어	잘 들어 보셔요.　　　　　　　　　　　　　　　　　　35

오필리어 (노래) 수의는 산중의 눈처럼 희었고 —

왕 등장.

왕비	아, 전하, 이것 좀 보세요.
오필리어	(노래) 향긋한 꽃잎으로 장식되고

　　　　　참사랑의 눈물로 적시어져

　　　　　무덤으로 가지는 못했어요.　　　　　　　　40

왕	어찌된 일이냐, 어여쁜 숙녀가?
오필리어	글쎄, 복 마이 받으세요. 부엉이는 빵 장수의 딸이었데

오필리어 요. 주님, 우린 지금의 우린 알지만 어떻게 될지는 몰

라요. 당신의 식탁에 하느님의 가호가 있기를.

왕	아비에 대한 환상이군.　　　　　　　　　　　　　　　45
오필리어	이 일을 입에 올리진 맙시다. 그래도 사람들이 무슨 뜻

42행 마이 많이.

42~43행 부엉이는…딸이었데요
민간 설화 중의 하나. 한 거지가 빵 장수
딸에게 빵을 구걸하였으나 그녀는 거절

하였다. 그런데 그 거지는 예수님이었고
그는 그녀를 부엉이로 변신시켰다고 한
다. (뉴케임브리지)

이냐고 묻거든 이렇게 대답하세요.

(노래)   내일은 밸런타인 명절날

　　　　　이른 아침 때 맞춰

　　　　　난 그대의 창 밑에 처녀로　　　　　　　　　50

　　　　　애인 되려 서 있네.

　　　　　그대는 일어나 옷 걸치고

　　　　　방문을 열었는데

　　　　　들어갈 때 처녀가 나올 땐

　　　　　절대 처녀 아니라네.　　　　　　　　　　55

왕　　　　어여쁜 오필리어 —

오필리어　정말이지 욕 한마디 없이 끝을 맺을게요.

　　　　　예수와 자선심의 성자여,

　　　　　　슬프고도 창피하오.

　　　　　청년들은 하게 되면 할 텐데 —　　　　　　60

　　　　　　쌍, 그건 그들 잘못이오.

　　　　　그녀 왈 '옷고름 풀기 전에

　　　　　　결혼 약속 했잖아요.'

　　　　　그가 대답하기를

　　　　　　'저 해님에 맹세코 그랬겠지,　　　　　　65

　　　　　　네가 내 침대로 오지만 않았어도.'

왕　　　　이 애가 언제부터 이렇게 됐나?

48행 밸런타인 명절날
이날 처음 보는 이성을 애인으로 삼는다는 오래된 관습이 있다. (아든) 오필리어의 실성한 마음에는 아버지 폴로니우스의 죽음과 햄릿에 대한 환상이 뒤엉켜 있다.
62~63행 옷고름…했잖아요
몇몇 비평가들은 이 구절을 근거로 햄릿과 오필리어가 성관계를 가졌다고 생각하고 오필리어가 실제로 임신 중이라고 생각하는 사람도 있다. 그러나 대다수 사람들에게 오필리어의 말은 그녀가 실은 있지도 않았던 관계를 마치 있었던 것처럼 미친 마음속에 떠올리기 때문에 감동을 준다. (뉴케임브리지)

| 오필리어 | 다 잘되길 빌어요. 우린 참아야만 합니다. 하지만 사람 |
들이 그분을 싸늘한 땅속에 묻었다 생각하면 울지 않
을 수 없어요. 오빠가 이 일을 알게 될 거예요. 그래서   70
당신의 훌륭한 조언에 감사드립니다. 자, 내 마차. 안녕
히 주무세요, 숙녀분들, 안녕히. 사랑하는 숙녀분들, 안
녕히, 안녕히 주무세요.   (퇴장)

| 왕 | 뒤를 바싹 따르고, 제발 잘 감시하라.   (호레이쇼 퇴장)

오, 이건 깊은 고뇌의 독인데 전적으로   75
그 아비의 죽음에서 생겨났소. 이제 봐요 —
오, 거트루드, 거트루드,
슬픔이란 첨병은 하나씩 오지 않고
떼 지어 몰려오오. 먼저 쟤 아비가 살해됐고
다음으로 당연한 추방의 난폭한 장본인   80
당신 아들 떠났으며, 폴로니우스의 죽음 놓고
백성들은 진흙탕에 빠진 듯 생각과 소문이
혼탁하고 불온한데 짐은 그를 허겁지겁
졸속 비밀 매장했고, 불쌍한 오필리어는
그 자신과 올바른 판단력을 잃었는데,   85
그게 없는 인간이란 그림이나 짐승일 뿐이며
끝으로 이 모두와 맞먹을 사건으로
걔 오빠가 은밀히 프랑스에서 돌아와
놀라움을 못 금한 채 뜬구름에 싸였는데
그 아비의 죽음 놓고 독설로 그의 귀를   90
오염시킬 험담꾼들이야 모자라지 않을 테니
물증이 변변찮은 필연적인 결과로
짐에 대한 고발이 이런저런 귓속으로
주저 없이 퍼질 거요. 오, 여보, 거트루드,

이것은 살상용 산탄처럼 수많은 곳에서   95
나를 거듭 쓸데없이 죽이오.   (안에서 소란)
                        여봐라!
스위스 근위병들 어딨느냐? 저 문을 지켜라.

                  사자 한 사람 등장.

그래 무슨 일이냐?
사자   전하, 어서 피신하소서.
경계를 넘보며 치솟는 바다가 해안을
폭동의 선두에 선 레어티스 청년이   100
전하의 관원들을 위압하는 것보다
더 거세게 삼키진 못합니다. 폭도들은 그이를
왕이라 부르면서 천지가 막 개벽한 듯
모든 말씀 인준하고 받쳐 주는 옛것과 관습을
잊고 또 모르는 듯 이렇게 외칩니다.   105
'우리가 선택했다, 레어티스를 왕으로!'
이 말을 모자와 손과 혀로 구름 닿게 떠듭니다.
'레어티스를 왕으로, 레어티스 왕이시다!'
왕비   헛물켜며 저렇게 반갑게 짖는구나.
오, 이쪽이 아니다, 헛짖은 덴마크 개들아.   110
                        (안에서 소란)

97행 스위스 근위병   이라고 불렸던 사람들이 강조되고 있다. 햄
스위스 사람들은 돈에 팔려 가는 용병, 특   릿을 사랑한다고 생각되었던 대중들이 이
히 왕의 호위병으로 유명했다고 한다.   제 충성심을 레어티스에게로 옮기고 클라
106행 우리가   우디우스를 왕으로 뽑은 선출단의 특권을
앞서 클라우디우스가 '얼빠진 대중들'(4.3.4)   넘겨 달라고 요구한다. (뉴케임브리지)

440   햄릿

왕	문들이 부서졌다.

레어티스가 추종자들과 함께 등장.

레어티스	왕은 어디 있느냐? — 자, 모두 밖에 있으시오.
모두	아뇨, 우리도 안으로.
레어티스	제발 내 말 들으시오.
모두	그러겠소, 그러겠소.
레어티스	고맙소. 이 문을 지키시오. (추종자들 함께 퇴장)

오, 이 못된 왕,   115

내 아버질 내놔라.

왕비	(그를 잡으며) 차분해라, 레어티스.
레어티스	차분한 피 한 방울에 난 사생아로 선포되고

아버지는 오쟁이 진 남편으로 알려지며

정숙한 어머니의 바로 여기 순결한 이마엔

창녀 낙인 찍힐 거요.

왕	어찌하여 레어티스, 120

네 반역이 이토록 거인 같아 보이느냐? —

놓아주오, 거트루드. 짐의 몸은 걱정 마오.

두터운 신성이 왕 주위를 감싸 주어

역적도 눈치만 살필 뿐 자신의 뜻대로

행동하진 못하니까 — 얘기해라, 레어티스,   125

왜 그리 격분했나. — 놓아주오, 거트루드. —

말해 봐라.

레어티스	아버지는?
왕	죽었다.
왕비	하지만 왕 탓은 아니다.

왕	마음껏 요구하게 두시오.
레어티스	어떡하다 가셨느냐? 허튼수작 말라고. 130
	충성 따윈 지옥으로! 맹세는 흑마왕에게로!
	양심과 은총은 끝없이 깊은 저 구덩이로!
	저주도 불사하리. 내 입장은 이렇다.
	이승 저승 상관 않고 무슨 일이 닥치든지
	난 오로지 아버지의 원수를 최대한 135
	철저히 갚겠다.
왕	누가 널 막는단 말이냐?
레어티스	내 뜻 말곤 온 세상도 못 막는다.
	그리고 수단은 확실히 잘 관리하여
	미비하나 오래갈 것이다.
왕	레어티스,
	사랑하는 아버지에 대하여 분명한 걸 140
	알고자 원하면서 우군 적군, 승자 패자
	모두에게 싹쓸이하듯이 그 칼을 뽑으라고
	복수심에 쓰였더냐?
레어티스	적에게만 뽑는다.
왕	그럼 적을 알고 싶냐?
레어티스	친구분들에게는 제가 이리 팔 벌리고 145
	새끼 생명 되살리는 온정의 펠리컨처럼
	제 피를 먹이겠소.
왕	아하, 이제야 자네가

131행 맹세
군주와 신하간의 충성과 보호의 맹세.
132행 끝없이…구덩이
지옥.

148행 펠리컨
이 새는 자기 가슴을 부리로 쪼아 피를 내
고 그 피를 새끼에게 먹인다고 한다. (뉴
케임브리지)

착한 아들, 진정한 신사답게 말하는군.
내가 자네 아버지의 사망에 무죄이며
그것을 대단히 통탄하고 있다는 사실은   150
판단만 해 본다면 대낮처럼 분명하게
눈앞에 드러날 것이다.

                    (안에서 소란. 오필리어의 노랫소리가 들린다.)

                    그녀를 들게 하라.

레어티스   아니, 저게 무슨 소립니까?

                    오필리어 등장.

오, 열기여, 뇌수를 말려 다오. 일곱 배나
짜디짠 눈물아, 내 눈의 시력을 태워 다오.   155
맹세코 네 광증은 저울대가 기울만큼
무겁게 갚아 주마. 아, 오월의 장미여!
귀한 처녀, 착한 누이, 아름다운 오필리어!
오 하늘이시어, 나이 어린 처녀의 정신이
노인의 목숨처럼 가 버릴 수 있답니까?   160
인간의 본성은 사랑으로 맑아지고
그것이 맑은 이는 그 귀한 일부를
사랑하는 사람 따라 보내는 법이다.

오필리어   (노래) 맨 얼굴로 관 위에 얹고 갔어,
                    무덤 속엔 눈물이 빗발쳤고. ―   165

161~163행 인간의…법이다
레어티스는 오필리어가 실성한 이유를   고 설명한다. 이런 발상이 레어티스의 성
그녀가 맑은 본성의 일부를 아버지 폴로   격에 맞지 않음은 여러 비평가들에 의해
니우스의 죽음에 딸려 보냈기 때문이라   지적된 바 있다.

내 사랑 그대여, 안녕.

레어티스 제정신 가지고 복수를 재촉했더라도
이런 감동 없을 거다.

오필리어 당신은 '애달프다, 애달프다.' 하고, 또 당신은 '그이가
애달프다.' 하고 노래해야 돼요. 아, 후렴이 기차게 어 170
울리네! 주인집 딸을 훔쳐 간 건 못된 집사였대요.

레어티스 이 헛말에 담긴 뜻이 많구나.

오필리어 만수향 여깄어요. 그건 기억하란 말이지요. — 자기,
제발 날 기억해 줘요. 그리고 상사꽃 여깄어요. 그건 생
각해 달란 말이에요. 175

레어티스 미친 가운데 교훈이로구나. 생각과 기억이 맞아떨어
지니까.

오필리어 회향꽃 여깄어요, 그리고 매발톱꽃도. 당신에겐 운향
꽃을, 그리고 나도 좀 가질게요. 일요일엔 그것을 은혜
초라 불러도 괜찮아요. 당신은 운향꽃을 좀 다르게 꽂 180
아야 되겠는데. 들국화 여깄어요. 당신에겐 오랑캐꽃
을 드리고 싶지만 아버지가 돌아가시고 나서 죄다 시
들어 버렸어요. 그분은 끝이 좋았다고들 해요.
(노래) 귀염둥이 그 사람 내 기쁨 모두니까.

레어티스 비애와 번민과 고통과 지옥까지 185
누이는 매력으로, 멋으로 바꾸어 놓는구나.

오필리어 (노래) 그분 다시 안 오실까?

173~183행 만수향…버렸어요
오필리어는 만수향과 상사꽃을 분명 레
어티스에게 주는 것처럼 보인다. 물론 그
녀의 마음속에 레어티스는 햄릿과 겹쳐
서 나타날 것이지만 말이다. 회향꽃, 매발
톱꽃, 운향꽃을 클라우디오스와 거트루드
중 누구에게 어느 것을 주느냐에 대해서
는 논란이 많다. (뉴케임브리지) 회향꽃은
아첨, 매발톱꽃은 배은과 배신, 운향꽃은
슬픔과 참회, 들국화는 사랑, 오랑캐꽃은
정절을 의미한다. (아든, 뉴케임브리지)

그분 다시 안 오실까?
　　아냐, 아냐, 가신 사람
　　무덤으로 가신 사람.　　　　　　　　　　190
절대 다시 아니 오리.

그분 수염 흰 눈 같고
그분 머리 호호 백발
　　가셨으니, 가셨으니
　　우리 한탄 속절없네.　　　　　　　　　　195
　그분의 영혼에게 자비를.
또 모든 기독교인의 영혼에게도. 여러분, 안녕히 계세요.

　　　　　　　　　　　　　　　　　(퇴장)

레어티스　오, 하느님, 이게 보이십니까?
　　왕　레어티스, 자네의 비탄에 동참해야 되겠네.
안 그러면 자넨 내 권리를 거절하는 셈이야.　　　200
곧 나가서 최고로 현명한 친구들을 선택해라,
자네와 나 중간에서 듣고 판정하게끔.
직접 또는 간접으로 짐의 손이 닿았음이
만약에 밝혀지면 이 나라를 줄 것이다.
짐의 왕관, 짐의 생명, 짐의 모든 소유물도　　　205
보상으로 주겠다. 하지만 아닐 경우
자네의 인내심을 기꺼이 짐에게 맡긴다면
짐은 자네 영혼이 충분히 만족도록
함께 노력할 것이다.
레어티스　　　　　　　　그렇게 하지요.
부친의 사망 경위, 초라한 장례식 —　　　　　　210
유해 위에 유품도, 칼이나 문장도 없었고

고상한 의식이나 공식적 의례도 없었던 —
그 사실을 온천지에 외쳐서 들릴 만큼
문제 삼겠습니다.

왕   그리하게 해 주지.
그리고 죄 있는 곳에는 철퇴가 내려야지.   215
자, 같이 가세.   (함께 퇴장)

4막 6장

호레이쇼와 하인 한 사람 등장.

호레이쇼 얘기하고 싶다는 사람들이 누구냐?
하인 뱃사람들입니다. 나리께 편지가 있답니다.
호레이쇼 오라 해라.   (하인 퇴장)
햄릿 왕자님이 아니라면 이 세상 어디에서
나에게 인사를 전해 올지 모르겠다.   5

선원들 등장.

선원 1 복받으십쇼, 나리.
호레이쇼 자네도 복받게.
선원 1 하느님의 뜻이라면 그럴 겁니다. 여기 나리께 편지 한
통이 있습니다. 영국으로 가던 사신께서 주셨죠. — 나
리 이름이 호레이쇼라면 말입니다. 그렇다고 알고 있   10
긴 합죠만.

4막 6장 장소 엘시노어 왕성.

호레이쇼 (편지를 읽는다.) '호레이쇼, 이 편지를 훑어보거든 이 친
구들이 왕에게 닿도록 주선해 주게. 그에게 전할 편지
를 가졌어. 바다로 나간 지 이틀도 못 되어 중무장한
해적선이 우릴 추격했네. 우리 배가 너무 느린지라 난   15
할 수 없이 용맹을 발휘했고 접전 때 그들 배에 올랐
지. 그 순간 그들은 우리 배와 떨어졌고 나 혼자 포로
가 되었어. 그들은 관대한 도적이나 된 것처럼 날 대접
했네. 하지만 왜 그랬는지 그들은 알지. 내가 선심을
베풀 차례야. 보낸 편지를 왕이 받도록 해 주고 자네는   20
죽음에서 도망치듯 빨리 내게로 오게. 내 말을 자네 귀
에 들려주면 어안이 벙벙해질 걸세. 그래도 그건 사안
의 중대성에 비하면 너무나 가벼워. 이 친구들이 자네
를 내가 있는 곳으로 데려올 거야. 로젠크랜츠와 길든
스턴은 영국행을 계속하고 있고 그들에 대해선 할 말   25
이 많아. 잘 있게.

친구임을 자네가 아는
햄릿.'

자, 이 편지를 전달할 길을 마련하겠네.
그 일을 빨리 해서 자네들이 편지 받은   30
그분에게 나를 인도하게끔 해 주겠네.   (함께 퇴장)

4막 7장

왕과 레어티스 등장.

왕   이젠 너의 양심으로 내 무죄를 확정하고
나를 네 마음의 친구로 맞아야 할 것이다.

네 아버질 살해한 그가 노렸던 것이

내 목숨이었음을 들었을 테니까,

그것도 밝은 귀로.

레어티스   분명한 것 같습니다.   5

근데 왜 이 만행을 고발 않으셨는지요?

그 본질이 극악하고 극형감이어서

전하의 안전, 상식, 그 외 모든 면에서

매우 필요했을 텐데.

왕   아, 두 가지 특별한

이유가 있는데 너에겐 맥없어 보일지 몰라도   10

나에겐 강력하다. 걔 어미 왕비가 거의

아들만 보고 살아. 그리고 나로서는 —

그게 내 미덕이든 재앙이든지 간에 —

그녀는 내 영혼과 생명에 직결되어 있어서

천구층이 움직여야 별이 같이 움직이듯   15

나 또한 그녀를 못 벗어나. 공개 재판 쪽으로

내가 가지 못하는 두 번째 이유는

그에 대한 대중들의 크나큰 사랑인데

그들은 그의 모든 허물을 애정에 담고

나무가 돌이 되는 샘물처럼 마음 써서   20

그가 찬 족쇄조차 매력으로 바꾸니까.

따라서 내 화살은 그러한 강풍에는

4막 7장 장소
엘시노어 왕성.
15행 천구층…움직이듯
고대인들은 행성, 별, 천체가 천구층에 붙
어 있는 것으로 믿었다. 따라서 천체는 그
자체가 아니라 그것의 천구층과 함께 움
직인다고 생각했다.
20행 나무가…샘물
영국에 이런 샘물이 실제로 있었다고 한
다. (아든, 뉴케임브리지)

	살대가 너무 약해 표적을 못 맞추고	
	활 있는 곳으로 되돌아왔을 거야.	
레어티스	그래서 전 고귀한 아버지를 잃었고	25
	누이는 절망적인 상황에 몰렸군요.	
	그녀의 가치는 찬사를 되돌릴 수 있다면	
	그녀의 완벽함을 주장하며 시대를 뛰어넘어	
	우뚝 서 있었죠. 하지만 복수는 할 겁니다.	
왕	그 때문에 밤잠을 설치진 말거라.	30
	이 짐이 수염을 잡히는 위험을 놔두고	
	그것을 오락이라 여길 만큼 맥 빠지고	
	둔하다 생각해선 안 된다. 곧 더 알게 될 거야.	
	나는 네 아버지를 아꼈고 자신도 아끼니까	
	바라건대 이 사실로 네가 짐작 해 본다면 —	35

편지를 가진 사자 등장.

사자	이 편지는 전하께, 이건 왕비 마마께.	
왕	햄릿이 보냈다고? 누가 가져왔느냐?	
사자	선원들이라는데, 전하, 저는 못 봤습니다.	
	클라우디오가 줬는데 가져온 자로부터	
	받았다고 합니다.	
왕	레어티스, 들어 봐라. —	40
	물러가라. (하인 퇴장)	

(읽는다.) '지엄하신 전하, 제가 빈 몸으로 전하 땅에 올
랐음을 아뢰옵나이다. 내일 용안을 뵈올 허락을 구하
옵고, 그때 우선 용서를 구한 다음 제가 급히 더군다나
괴이하게 돌아온 경위를 상술하겠나이다. 45

이게 무슨 뜻이지? 나머지도 모두 왔어?

혹은 무슨 속임순가, 아무 일도 없었는데?

레어티스 필적을 아십니까?

왕 햄릿의 필체야.

'빈 몸으로' —   50

또 여기 추신에 '홀로'라고 적혀 있어.

해명할 수 있겠나?

레어티스 갈피를 못 잡겠습니다. 하지만 오라지요.

그의 이빨 마주하며 '넌 이렇게 죽는다.'고

살아생전 말한다면 바로 제 울화병이   55

사라질 것입니다.

왕 그렇다면, 레어티스 —

어찌하여 그리됐고, 그렇지 않고서야? —

너는 내 명령대로 하겠느냐?

레어티스 예, 전하,

억지로 평화를 명령하지 않으시면.

왕 네 마음의 평화이지. 그가 지금 항해를   60

중단하고 돌아와 더 이상 나갈 뜻이

없다고 한다면 내 머릿속에서 지금 익은

한 가지 계략으로 그를 끌어들인 다음

쓰러지지 않을 수 없도록 만들겠다.

그러면 누구도 그 죽음을 비난치 못하고   65

그의 어미조차도 계책 탓이 아니라

54행 넌…죽는다 여기에서 레어티스는 햄릿에게 단검을 찔러 넣는 시늉을 하거
나 그렇게 상상하고 있다. (뉴케임브리지)

사고라고 말할 거다.

레어티스   전하, 명령대로 하지요,
특히 제가 수단이 되도록 그 일을
꾸며만 주신다면.

왕   잘 맞아떨어졌다.
네가 여행 떠난 뒤로 빛난다고 소문난   70
네 특기 하나로 말들이 많았지. 그것도
햄릿이 듣는 데서. 네 장기를 다 합쳐도
그것만큼 그 애의 시기심을 크게 일으키지는
못했을 것이야. 근데 내가 보기엔 그것이
가장 가치 없었어.

레어티스   전하, 그게 뭐죠?   75

왕   청년의 모자에 달려 있는 장식일 뿐이지 ―
하지만 꼭 필요해, 왜냐하면 청년에겐
가볍고 느긋한 복장이 중년의 안정감과
위엄을 뜻하는 모피 예복만큼이나
어울려 보이니까. 지금부터 두 달 전   80
노르망디 지방에서 한 신사가 왔는데 ―
나도 그 프랑스인을 직접 보고 맞섰지.
그들은 말을 썩 잘 탔지만 이 한량은
마술로 마술을 부렸어. 안장에 착 달라붙어
그 멋진 짐승과 한 몸이 되었거나   85
반동물이 된 것처럼 말에게 묘기를
부리게 했었지. 내 상상을 너무나 초월하여
내가 그의 자세나 재주를 꾸며 내도
그가 실행한 것엔 못 미쳐.

레어티스   노르만 사람이죠?

| 왕 | 노르만 사람이야. | 90 |

레어티스　목숨 걸고, 라모르지요.

바로 그 친구야.

레어티스　제가 그를 잘 압니다. 그 친구야말로
　　　　　그 나라 전체의 보배이고 보물이죠.

왕　　　　그가 너에 대해서 고백했고
　　　　　검술의 이론과 실제에서, 특별히 세검에선　　95
　　　　　대단한 고수라고 너를 칭찬했으며
　　　　　누가 너를 대적할 수 있다면 그건 정말
　　　　　구경감일 거라고 공언을 했었지.
　　　　　자기 나라 검객들은 만약 네가 맞선다면
　　　　　운신과 방어는 물론이고 주목도 못 하리라　　100
　　　　　단언을 했었지. 이봐, 이런 칭찬 때문에
　　　　　햄릿이 시샘으로 너무나 독이 올라
　　　　　아무 일도 못 하고 네가 급히 돌아와
　　　　　한판을 겨루기만 바라고 또 빌었어.
　　　　　자 이걸 빌미로 —

레어티스　　　　　　　　　빌미로 뭘을요, 전하?　　105

왕　　　　레어티스, 아버지가 네게 소중했느냐?
　　　　　아니면 넌 그림 속의 슬픔처럼 하나의
　　　　　마음 없는 얼굴이냐?

레어티스　　　　　　　왜 그걸 물으시죠?

왕　　　　아버질 사랑하지 않았다 여겨서가 아니라
　　　　　사랑의 발단은 시간임을 알고 또　　110
　　　　　그 불꽃과 열기도 시간 가면 줄어듦을
　　　　　증거를 통하여 실제로 보았기 때문이다.
　　　　　사랑의 불길 속엔 그걸 약화시키는

일종의 심지나 검댕이 자라며

언제나 꼭 같이 좋은 건 없단다.   115

왜냐하면 좋은 것도 넘치면 화병처럼

제 풀에 죽으니까. 우리가 하려는 일

하려 할 때 해야 돼. 왜냐하면 '하려는' 건

말이 많고 손이 많고 사건이 많은 만큼

변하고 줄어들고 지연되며 '해야 되는' 것 또한   120

한숨에 피 마르는 것처럼 누그러지면서

우리를 해치니까. 하지만 궤양의 뿌리로.

햄릿이 돌아온다. 말이 아닌 행동으로

아버지의 아들임을 보여 주기 위하여

뭘 시도하겠느냐?

레어티스   교회에서 그 목을 따야죠.   125

왕   살인에 정말이지 성역이 있어선 안 되고

복수에 한계는 없어야지. 하지만 레어티스,

이러면 어떠냐. 꼼짝 말고 네 방에 있어라.

돌아온 햄릿에겐 네 귀국을 알릴 테고

네 재주를 칭찬해 줄 이들을 지목하여   130

그 프랑스인이 너에게 준 명성을

두 배로 광내며 결국엔 너희 둘을 맞붙여

내기를 걸겠다. 그는 쉽게 믿는 데다

그지없이 관대하고 술수가 전혀 없어

114행 심지
지금처럼 타서 없어지지 않고 엉겨 붙어
서 촛불을 약화시키거나 꺼지게 만드는
당시의 심지.
121행 한숨에…것처럼
당시 사람들은 한숨이 심장에서 피를 뽑

아낸다고 생각하였다. (아든)
122행 궤양의 뿌리로
문제의 핵심으로. 이 극에 나오는 많은 질
병의 비유 가운데 하나로 클라우디우스
의 악한 의도를 무의식적으로 그러나 극
명하게 드러내는 말이다.

	수련검을 안 뜯어볼 테니 넌 쉽사리 ─	135
	아니면 약간의 속임수로 ─ 끝 곧은 칼을 골라	
	연습한 그대로 찌른다면 아버지의 원한을	
	갚을 수 있을 거야.	
레어티스	그리하겠습니다.	
	또 그럴 목적으로 제 칼에 독약을 바르죠.	
	돌팔이에게서 약을 하나 샀는데	140

레어티스   그리하겠습니다.
또 그럴 목적으로 제 칼에 독약을 바르죠.
돌팔이에게서 약을 하나 샀는데   140
너무 치명적이라 칼을 잠깐 담그고
그걸로 피를 내면 달빛 아래 효험 있는
모든 약초 합쳐 만든 진귀한 고약조차
살짝만 긁힌 것의 생명을 죽음에서
구해 낼 수 없답니다. 그 극약을 제 칼끝에   145
묻히겠습니다. 제가 그를 조금만 다쳐도
죽음에 이르도록.

왕   이걸 좀 더 생각하고
어떤 때와 수단이 편리하며 우리의 역할에
맞을 건지 검토하자. 이 일이 실패하고
엉성한 연기로 음모가 탄로 날 바에야   150
꾀하지 않는 게 좋을 거야. 그러므로
이 계획이 실행 중 무산되도 대비 또는
차선책이 있어야 해. 잠깐만, 어디 보자.
내가 둘의 기량에 공식적인 내길 걸고 ─
알았다!   155
너희 둘이 운동으로 덥고 또 갈증 날 때 ─
그러려면 더 맹렬히 찔러야 하겠지만 ─
그때 그가 마실 걸 찾으면 난 안성맞춤으로
술잔을 준비하고 그가 입만 댄다면 그걸로

	그가 네 독검의 일격을 우연히 피한대도	160
	우리는 목적을 이룰 거다. 근데 잠깐, 웬 소리냐?	

왕비 등장.

왕비	비탄이 비탄의 꼬릴 물고 너무 빨리	
	다가오는구나. 누이가 익사했다, 레어티스.	
레어티스	익사해요? 오, 어디서요?	
왕비	거울 같은 물 위에 하얀 잎을 비추며	165
	냇가에 비스듬히 수양버들 자라는데	
	그것으로 네 누이가 기막힌 화환을	
	미나리아재비, 쐐기풀, 들국화 그리고	
	입 걸은 목동들은 더 야하게 부르지만	
	정숙한 처녀들은 '죽은 이 손가락'이라 하는	170
	난초와 엮어서 만들었지. 휜 가지에 풀꽃 관을	
	걸려고 올라가다 짓궂은 실가지가 부러져	
	풀 화환과 네 누이는 눈물처럼 흐르는	
	개울 속에 떨어졌어. 입은 옷이 쫙 퍼져	
	그녀는 인어처럼 떠 있게 되었는데	175
	그동안에 옛 찬가 몇 구절을 불렀단다,	
	자신의 위기에는 무감하게 되었거나	
	물에서 태어나고 거기에 적응한	
	생명체가 된 것처럼. 그러나 머지않아	
	그녀의 의복이 마신 물로 무거워져	180

164행 익사해요…어디서요
레어티스의 대답은 많은 사람들의 조롱
거리가 되었다. 그러나 아마 레어티스의
반응은 충격과 슬픔보다는 반신반의의
놀라움이 아닐까? 좀 전까지 살아 있던 오
필리어를 봤으니까. (뉴케임브리지)

	고운 노래 부르는 불쌍한 앨 끌고 갔어,
	진흙 속 죽음으로.
레어티스	아, 그럼 누인 익사했네.
왕비	익사했다, 익사했어.
레어티스	가련한 오필리어, 네겐 물이 너무 많아

레어티스 가련한 오필리어, 네겐 물이 너무 많아
눈물은 삼가겠다. 하지만 이것은   185
인간의 버릇이고 그 무슨 수치를 당하든
습관은 못 버린다. (운다.) 이것이 그치면
여자 티는 끝이다. 안녕히 계십시오, 전하.
할 말은 불같이 타려 하나 이 같은 바보짓이
그걸 꺼 버립니다.   (퇴장)

왕   거트루드, 따릅시다.   190
격분한 그를 달래느라고 얼마나 애썼는지.
이번 일 때문에 또다시 광분할까 두렵소.
그러니 따릅시다.   (함께 퇴장)

5막 1장

두 광대(묘지기와 다른 묘지기) 등장.

광대 1   이 여자를 기독교식으로 묻어 준다고? 제멋대로 천당
        으로 내려가려 했는데도?

179~182행 그러나…죽음으로
셰익스피어는 사실주의 소설이 생겨나기
이전의 관객들을 위하여 작품을 썼다. 따
라서 오필리어의 죽음을 읊는 거트루드
의 대사는 개인과 상관없는 일반적인 설
명이다. (뉴케임브리지)
5막 1장 장소 교회 마당의 묘지.
1행 천당
그 반대편인 지옥을 뜻한다. 말의 익살스
런 오용으로 웃음을 자아내는 방법.

광대 2   그렇다니까. 그러니 곧바로 그 여자 무덤을 파라고. 검
         시관이 그녀를 살펴보고 기독교식이라고 말혔어.

광대 1   어찌 그럴 수가? 자기를 방어하려다 빠져 죽지 않았다   5
         면 말씀이야.

광대 2   글쎄, 그렇다고 허네.

광대 1   정당 공격임에 틀림없어. 다른 건 아냐. 왜냐하면 요점
         은 다음과 같으니까. 만약에 내가 알면서 빠져 죽으면 그
         건 행동임을 입증하고 행동에는 세 갈래가 있는데 — 그   10
         건 행하고 동하고 실행하는 것이야. 고로 이 여자는 알면
         서 빠져 죽었어.

광대 2   아니, 근데 이보게, 땅 파는 아저씨 —

광대 1   내 말 좀 들어 봐. 여기 물이 있어 — 좋았어. 여기 사
         람이 서 있어. — 좋았어. 만약 사람이 물로 걸어가서   15
         빠져 죽으면 그건 싫든 좋든 자기가 가는 거야. 그 점
         을 주목해. 근데 만약 물이 사람에게 다가와 그를 빠뜨
         리면 그는 빠져 죽는 게 아냐. 고로 자기 죽음에 무죄
         인 사람은 자기 목숨을 끊은 게 아니라고.

광대 2   하지만 그게 법인가?   20

광대 1   그럼, 그렇고말고. 검시관의 검시법이지.

광대 2   이 일을 진짜로 알고 싶은가? 이게 만약 귀족 집 아가
         씨가 아니었으면 기독교식으로 묻히진 못헐 거란 말
         일세.

8행 정당 공격
정당 방어라고 해야 맞다.
10~11행 행동임을…것이야
1554년 제임스 헤일스 경이 실제로 강물   해 대단히 상세한 법률적인 논쟁이 벌어
에 빠져 자살했을 때 그 행위의 본질에 관   졌으며, 그중 일부가 행동의 세 부분, 즉
                                           행동의 상상, 결심, 결행이었다고 한다.
                                           (아든, 뉴케임브리지)

광대 1   허, 말 같은 말 했구면. 그리고 더욱더 불쌍한 건 높으   25
         신 양반들은 이 세상에서 빠져 죽거나 목매 죽거나 하
         실 권세가 같은 기독교도들보다 더 많으시다는 거야.
         자, 내 삽 주게. 오래된 양반치고 정원사, 도랑치기, 묘
         지기 아닌 사람은 없지 ─ 그들은 아담의 직업을 물려
         받았어.   (판다.)   30

광대 2   그 사람 귀족이었나?

광대 1   처음으로 수족을 거느린 귀족이었지.

광대 2   웬걸, 그에겐 아무도 없었어.

광대 1   뭐야, 자네 이교도란 말인가? 자넨 성경을 어떻게 이
         해하나? 성경 말씀에 아담이 땅을 팠다 했어. 수족 없   35
         이 땅을 팔 수 있었겠나? 내 자네에게 질문 하나 더
         해 보지. 만일 뜻에 맞춰 대답을 못 하겠거든 실토하
         시고 ─

광대 2   혀 봐.

광대 1   석수나 목수나 조선수보다 더 튼튼한 걸 짓는 사람이   40
         누군가?

광대 2   교수대 만드는 사람이지. 왜냐하면 그놈의 틀은 수만
         명이 지나가도 끄떡없으니까.

광대 1   자네 기지 정말 마음에 든단 말씀이야. 교수대는 좋은
         대답이야. 근데 그게 어째서 좋은가? 나쁜 놈들에게   45
         잘해 줘서 좋은 거지. 그렇다면 교수대가 교회보다 더
         튼튼하게 지어졌다고 말하는 자네가 나빠. 고로 자넨
         교수형감일지도 몰라. 다시 해 봐.

광대 2   누가 석수, 목수, 조선수보다 더 튼튼한 걸 짓느냐고?

광대 1   그래, 말하고 짐을 벗으셔.   50

광대 2   알았다. 이제 말헐 수 있어.

광대 1	해 봐.
광대 2	제기랄, 못 하것어.
광대 1	이 일로 그놈의 머리통 더 이상 쥐어짜지 말라고, 둔해

빠진 당나귀 놈 때린다고 걸음이 빨라지진 않을 테니 55
까. 다음에 이 질문을 받거든, '묘지기'라고 대답해. 그
가 짓는 집들은 최후 심판 날까지 견딜 테니까. 요한네
주막에 건너가서 술이나 한 통 받아 오게.

                              (광대 2 퇴장. 광대 1 계속 판다.)

(노래) 젊었을 땐 사랑하고 사랑했지.

            참으로 달콤하다 생각했지.   60

      시간을 — 어 — 내 뜻대로 — 오 — 보냈지.

      그게 — 에 — 최고라고 — 오 — 생각했지.

             그가 노래하는 동안 햄릿과 호레이쇼 등장.

햄릿	이 친구 자기가 하는 일에 대한 감각이 없나, 묘를 파

면서 노래를 부르다니?

호레이쇼	습관 때문에 자기 일에 무심하게 되었나 봅니다. 65
햄릿	과연 그래. 할 일 없는 손의 감각이 더 예민한 법이니까.
광대 1	(노래) 그런데 나이가 도둑발로 다가와

              억센 손에 이 몸을 움켜쥐고

        옛 시절은 없었던 것처럼

              땅속으로 처넣어 버렸지.(해골을 던진다.) 70

햄릿	저 해골에도 한때는 혀가 있었고 노래도 할 수 있었겠

지. 저 녀석이 그걸 땅에다 팽개치네, 마치 최초의 살
인을 한 카인의 턱뼈나 되는 것처럼. 지금 이 바보가
호령하는 저건 어느 모사꾼의 머리통이었을지도 모

	르지. 하느님까지 따돌리려 했던 녀석 말이야. 안 그 75
	런가?
호레이쇼	그럴지도 모르지요, 왕자님.
햄릿	혹은 '아침 문안이오, 영감님. 안녕하시옵니까, 영감
	님' 하고 말하던 궁정인의 것일지도. 또는 달라고 조르
	는 뜻으로 아무개 대신의 말을 칭찬하던 아무개 대신 80
	일지도 모르고. 안 그런가?
호레이쇼	예, 왕자님.
햄릿	허, 과연 그래. 근데 지금은 턱 떨어져 구더기 마나님
	밥이 되고 묘지기 삽질에 대갈통을 얻어맞네. 알아볼
	재주만 있다면 세상이 기막히게 도는 이치 여깄구먼. 85
	저 뼈다귀들을 키운 값이 막대 던지기 놀이 하는 것밖
	에 안 되나? 그렇게 생각하니 내 뼈가 다 쑤시는군.
광대 1	(노래) 곡괭이와 삽 하나, 삽 하나로
	수의 한 장 덧붙여서
	오, 흙구덩이 하나를 파야지, 90
	맞는 손님 있으니까. (해골을 또 하나 던진다.)
햄릿	또 하나 나왔군. 아니, 저건 어떤 변호사의 해골일지도
	모르지 않은가? 그의 고상한 궤변과 사건, 소유권 변
	론과 속임수는 어디에 있단 말인가? 왜 저 친구가 이
	미친 녀석에게 더러운 삽으로 통박을 얻어맞고도 녀 95
	석의 폭행죄에 대해서는 말이 없을까? 흠, 이 사람은
	살아생전에 담보 증명, 차용 증서, 이전 증서, 이중 증
	인, 양도 확인으로 굉장한 땅 장수였는지도 모르지. 담
	보물만 가득하던 그 머릿속이 진흙 담보물로 가득 찼
	으니 이게 그의 담보 중 최고 담보이며 양도 확인 중 100
	최종 양도 확인이란 말인가? 증인 소환으로 보증될 수

	있는 그의 토지 구매는 이중 증인임에도 불구하고 가로 세로 톱니 증서 한 장 크기밖에 안 된단 말인가? 이 상자 속에는 자기의 땅문서조차 다 들어가지 못할 판이니 매입자 자신은 더 이상 소유하지 말아야 한다, 그 말이지? 105
호레이쇼	한 치도 더 안 됩니다, 왕자님.
햄릿	양피지란 양가죽으로 만든 게 아닌가?
호레이쇼	예, 왕자님. 송아지 가죽도 쓰이지요.
햄릿	거기에서 확실한 소유권을 찾으려는 자들은 양이나 110 송아지야. 이 친구에게 말이나 걸어 볼까. — 여봐라, 이게 누구 무덤이냐?
광대 1	제 것입니다, 나리. (노래) 아, 흙구덩이 하나를 파야지. —
햄릿	진정 네 것이로구나, 네가 그 안에 있으니. 115
광대 1	나리께선 밖에 있으니 이건 나리 것은 아닙죠. 저로 말하자면 안에 누워 있진 않지만 이건 제 것입니다.
햄릿	넌 그 안에 누운 거야, 그 안에 있고 네 것이라 말하니까. 그건 산 자가 아니라 죽은 자를 위한 거지. 고로 네 말은 거짓이야. 120
광대 1	그건 살아 있는 거짓말입니다, 나리. 그걸 다시 받으셔야 되겠습니다.
햄릿	어떤 남자의 묘를 파나?
광대 1	남자가 아닙니다, 나리.
햄릿	그럼 어떤 여잔가? 125
광대 1	그것도 아닙니다.

104행 상자 관 또는 해골.

햄릿	그 안에 누구를 묻을 것이냐?
광대 1	그 사람은 여자였습니다, 나리. 하지만 그 영혼은 쉬시라, 그 여잔 죽었어요.
햄릿	이 얼마나 깐깐한 녀석인가. 말을 정확하게 해야지 재주를 부리다간 큰코다치게 된다고. 정말이지 호레이쇼, 지난 삼 년 동안 지켜본 바이지만 세상이 어찌나 세련됐는지 농사꾼의 발가락이 궁정인의 뒤꿈치에 너무나 바싹 붙어 앞사람과 뒷사람 사이의 간격이 없어졌어. ― 네가 묘지기 노릇을 한 지 얼마나 됐느냐?
광대 1	일 년 삼백육십오 일 가운데 돌아가신 햄릿 왕께서 포틴브래스를 이긴 바로 그날 이 일을 시작했습죠.
햄릿	그게 얼마나 오래됐지?
광대 1	그걸 모르십니까? 바보들도 다 아는걸요. 그게 바로 햄릿 왕자님이 태어나신 날입죠 ― 미쳐서 영국으로 쫓겨난 그이 말입니다.
햄릿	응, 그렇구나. 그가 왜 영국으로 쫓겨났지?
광대 1	그야, 미쳤으니까요. 거기서 정신을 차리실 겁니다. 못차려도 거기선 그게 별 문제가 아닙죠.
햄릿	왜?
광대 1	거기선 그게 안 보일 겁니다, 그곳 사람들은 모두 그이만큼 미쳤으니까요.
햄릿	그가 어떡하다 미치게 됐지?
광대 1	참 요상하게 미쳤다고 합디다.
햄릿	어떻게 요상하게?
광대 1	흠, 정신을 잃어버렸기 때문입죠.
햄릿	왜, 그걸 어디다 뒀는데?
광대 1	글쎄, 이곳 덴마크에요. 전 이곳에서 교회지기로 어 ―

130

135

140

145

150

언 — 간 삼십 년이 됐답니다.

| 햄릿 | 사람이 땅속에 누워 얼마나 있으면 썩는가? | 155 |

광대 1 흠, 죽기 전에 썩지 않았다면 — 요즘 파묻을 때까지
도 못 견디는 매독 걸린 시체가 많으니까요 — 한 팔
구 년쯤 갈 겁니다. 무두장이는 구 년 갑죠.

햄릿 왜 그가 다른 사람들보다 오래가지?

광대 1 글쎄요, 나리. 그 사람의 가죽은 직업상 너무나 무두질 160
이 잘돼 오랫동안 물을 막아 주니까요. 그런데 이 물이
란 건 이 상놈의 시체를 썩히는 지독한 놈입죠. 여기
이 해골이 지금 이십하고도 삼 년을 땅속에 있었던 겁
니다.

햄릿 그게 누구였는데? 165

광대 1 상놈의 미친 녀석이었습죠. 누구였다고 생각하십니까?

햄릿 글쎄, 난 모르겠는데.

광대 1 이 미친 새끼, 염병에나 걸려라! 자식이 한번은 제 머
리에 라인 포도주를 병째 부었습죠. 바로 이 해골이 나
리, 왕의 어릿광대 요릭의 해골이랍니다. 170

햄릿 이게? (해골을 받는다.)

광대 바로 그겁니다.

햄릿 안됐다, 불쌍한 요릭. 그를 안다네, 호레이쇼. 재담은
끝이 없고 상상력이 아주 탁월한 친구였지. 자기 등에
나를 수도 없이 업었는데, 지금은 — 그걸 생각하니 175
얼마나 몸서리쳐지는지. 구역질이 나는구먼. 여기에
내가 얼마나 자주 입을 맞췄는지 모르는 입술이 달렸
었지. 좌중을 웃음바다로 만들던 당신의 그 야유, 그 익
살, 그 노래, 그 신명 나는 여흥은 지금 어디 있지? 이
제 자신의 이 해골 웃음을 조롱하는 데 쓸 건 하나도 180

	없어? 턱이 아예 떨어졌어? 이제 마님 방으로 가서 이
	렇게 전해, 화장을 한 치나 두껍게 한들 이런 얼굴이
	될 수밖에 없을 거라고. — 부탁인데 호레이쇼, 하나
	만 말해 주게.
호레이쇼	뭔데요, 왕자님?
햄릿	알렉산더 대왕도 땅속에선 이런 모습일 거라고 생각
	하나?
호레이쇼	물론이지요.
햄릿	냄새도 이렇고? 퉤!　　　　　　(해골을 내려놓는다.)
호레이쇼	물론입니다, 왕자님.
햄릿	호레이쇼, 우린 얼마나 천한 쓰임새로 돌아가나! 흠, 알
	렉산더 대왕의 고귀한 유골이 술통 아가리를 막을 때
	까지 상상으로 추적해 보면 안 될까?
호레이쇼	그런 식으로 고찰하는 건 너무 세밀한 고찰일 것입니다.
햄릿	아닐세, 정말, 전혀 아냐, 이건 그를 아주 절도 있게 거
	기까지 따라가는 것이며 거기에 도달할 가능성도 있
	다네. 알렉산더는 죽었다. 알렉산더는 묻혔다. 알렉산
	더는 가루로 변한다. 가루는 흙이고 그 흙으로 회반죽
	을 만든다면 왜 그의 변신인 회반죽으로 맥주 통을 못
	막지?
	황제 같은 시저 또한 죽은 다음 진흙 되면
	병아리 바람 마개 되는 수도 있으리라.
	아, 세상을 떨게 하던 그 흙덩이 몸뚱이가
	겨울바람 막으려고 벽 구멍을 때우다니.
	근데 잠깐, 근데 잠깐. 국왕과 왕비와

185

190

195

200

205

180행 해골 웃음 안면 근육이 다 사라져 이를 드러내는 웃음.

궁정인들이 오는군.

관을 멘 사람들, 사제, 왕, 왕비, 레어티스 및
수행 귀족들 등장.

누구 뒤를 따라오지?
저렇게 약식으로? 이것은 그들이 따르는
저 시체가 제 목숨을 과격한 손으로
끊었음을 의미하지. 지위깨나 있었군.
잠시 숨어 지켜보세.   210

레어티스 또 다른 의식은?
햄릿 저것은 레어티스, 대단한 귀공자야. 잘 보게.
레어티스 또 다른 의식은?
사제 그녀의 장례는 인가받은 한도에서
최고로 치렀어요. 수상쩍은 죽음이고   215
그래서 왕명으로 관례를 어기지 않았다면
성스럽지 못한 땅에 최후 나팔 그날까지
묵어야 했을 거며, 자비로운 기도 대신
사금파리, 부싯돌, 조약돌을 맞았을 것이오.
그런데 처녀 화환, 처녀의 조화에다   220
조종과 절차 따라 안식처에 묻히는 게
허락됐단 말이오.
레어티스 더 이상은 안 되오?
사제   더 이상은 안 됩니다.
그녀에게 평화롭게 떠나간 영혼처럼
엄숙한 진혼가로 안식을 노래하면   225
장례 예배 모독이오.

레어티스	누이를 묻어라.
	그러면 아름답고 깨끗한 그 몸에서
	오랑캐꽃 피리라. 이 무정한 사제야,
	당신이 지옥에서 신음할 때 내 누이는
	구원의 천사 되리.

| 햄릿 | 뭐, 그 고운 오필리어! | 230 |

왕비	(꽃을 뿌리며) 꽃 위에 꽃이다. 잘 가라.
	난 네가 햄릿의 아내 되길 바랐다.
	아가야, 네 신방을 꾸며 줄 생각 했지
	무덤에 뿌릴 줄은 몰랐다.

레어티스	오, 흉악한 행위로
	빼어난 네 총기를 빼앗아 간 그놈의	235
	저주받은 머리 위에 삼중의 비탄이
	삼십 배로 떨어져라. ― 잠시 흙을 거두어라,
	다시 한 번 누이를 품에 안을 때까지.

(무덤 속에 뛰어든다.)

자 이제, 죽은 자와 산 자 위에 흙을 쌓아
평지 산을 만들어라. 옛 펠리온 아니면 240
하늘 닿은 저 푸른 올림퍼스 산정보다
더 높아질 때까지.

햄릿	(앞으로 나오며) 자신의 애통함을
	이렇게 강조하며 슬픔의 언어로
	행성들을 매혹하고 정지시켜 그들이
	크게 놀라 듣도록 하는 자가 누구냐?	245

240행 펠리온 그리스 신화에 나오는 산 이름. 거인들은 신들이 사는 올림포스 산
을 공략하기 위하여 오사 산 옆에 이 산을 쌓았다고 한다. (아든)

	난 덴마크 나라님 햄릿이다.	
레어티스	악마가 잡아가라!	(그를 붙잡는다.)
햄릿	좋지 않은 기도야.	

제발 내 목에서 이 손가락 좀 치워라.

내가 비록 성급하고 무모하진 않다만

내 몸엔 무언가 위험한 게 있으니까   250

현명하게 두려워해야지. 손을 떼라.

왕	저들을 떼 놓아라.
왕비	햄릿! 햄릿!
모두	신사분들!
호레이쇼	왕자님, 진정하십시오.
햄릿	아니, 나는 이 문제라면 그와 싸울 것이다,

눈썹조차 까딱하지 않게 될 때까지.   255

왕비	오 아들아, 그게 무슨 문제냐?
햄릿	난 오필리어를 사랑했다. 사만의 오빠가

그들의 사랑을 모조리 다 합쳐도

내 것만 못하리라. 그녀에게 뭘 할 거냐?

왕	오 그는 미쳤다, 레어티스.	260
왕비	제발 그를 그냥 두게.	
햄릿	빌어먹을, 어쩔 건지 보여 달란 말이다.	

울 테냐, 싸울 테냐, 굶을 테냐, 네 몸을 찢을 테냐,

식초를 마실 테냐, 악어를 먹을 테냐?

246행 덴마크…햄릿이다
햄릿은 여기에서 자기가 왕위를 이어받
을 권리가 있음을 천명한다.
247행 무대 지시문, 그를 붙잡는다
이 장면은 두 가지 방법으로 연출할 수 있
다. 전통적으로는 햄릿이 앞의 대사를 마
친 후 무덤 속으로 뛰어들어 레어티스와
맞붙는다. 그러나 뉴케임브리지 편집자는
'햄릿이 무덤으로 다가오는 것을 보고 레
어티스가 밖으로 뛰어나와 아버지를 죽
인 그에게 달려드는' 방법을 제안한다.

	나도 그리하겠다. 하소연하려고	265
	무덤에 뛰어들어 도전하려 여기 왔어?	
	산 채로 그녀와 묻힌다면 나도 하마.	
	산 이름을 떠벌릴 것이라면 우리 위에	
	억만 톤의 흙을 덮자. 이 땅이 머리를	
	태양에 그을리고 오사 산이 작아져	270
	사마귀가 될 때까지. 그래, 네가 떠벌린다면	
	나도 열변 토하마.	

왕비   이것은 순전히 광기일 뿐

이 같은 발작이 잠시 지속되다가

곧 그의 침묵은 금빛 새끼 한 쌍을 까 놓은

비둘기 암컷처럼 차분하게 자리 잡 275

잠잠해질 것이네.

햄릿   내 말 좀 들어 봐.

자넨 무슨 이유로 날 이렇게 대접하지?

난 항상 자네가 좋았어. 하지만 상관없어.

헤라클레스 자신이 뭔 일을 하더라도

고양이는 울 것이고 개는 때를 만날 거다.   (퇴장) 280

왕 호레이쇼, 부탁인데 제발 그를 돌봐 주게.

                                        (호레이쇼 퇴장)

(레어티스에게) 지난밤 얘기대로 더욱더 침착해라.

내가 곧 그 일을 행동으로 옮기겠다. ―

거트루드, 아들에게 감시 좀 붙이시오.

이 묘지에 길이 남을 기념비를 세우리다.   285

279~280행 헤라클레스…거다 흥분했던 햄릿은 이제 마음의 평정을 되찾았으며
여러 가지 해석을 할 수 있는 특징적인 수수께끼를 남기고 퇴장한다.

머지않아 우리는 안정을 찾을 거고
그때까진 일 처리를 차분하게 할 것이오.　(함께 퇴장)

5막 2장
햄릿과 호레이쇼 등장.

햄릿　그건 그쯤 해 두고. 이제 딴 걸 들어 보게.
　　　자넨 모든 상황을 분명히 기억하지?

호레이쇼　기억하죠, 왕자님!

햄릿　이보게, 난 모종의 가슴속 싸움으로
　　　잠을 못 이뤘어. 나는 내 상태가 족쇄 찬　　　　　5
　　　폭도보다 못하다고 생각했지. 성급하게 ─
　　　성급함도 칭찬할 일이지, 장고가 빗나갈 땐
　　　무모함이 때로는 큰 도움이 된다는 걸
　　　알아야 하니까. 그리고 거기서 배워야지,
　　　우리는 목표물을 대충 깎고 그 완성은　　　　　　10
　　　신이 한단 사실을 ─

호레이쇼　　　　　　　　그건 아주 분명하죠.

햄릿　선실에서 일어나
　　　바다 옷을 휘감아 걸치고 그들을 찾으려
　　　어둠 속을 헤매다가 소원을 이루고
　　　그들의 꾸러미를 슬쩍한 뒤 결국엔　　　　　　　15
　　　나만의 방으로 되돌아와 대담하게

285행 이…세우리다
거투르드에게는 영원한 기념물을 만들겠
다는 뜻으로, 레어티스에게는 햄릿의 죽

음을 기념하는 비를 세우겠다는 뜻으로
들릴 수 있다.
5막 2장 장소　엘시노어 왕성.

두려움 때문에 예절도 잊은 채
그들의 중대 지령 뜯어 봤지. 거기에서
내가 알게 된 것은 호레이쇼 — 아, 왕의 악행! —
정확한 명령이야. 덴마크 그리고 영국 왕의   20
건강과 연결된 갖가지 잡다한 이유와
호오! 내 목숨이 불러올 악귀와 도깨비를
여러 마리 열거하고, 읽자마자 지체 없이
아니지, 도끼날도 세우려 하지 말고
내 머릴 자르라는 말이었네.

호레이쇼   그럴 수가?   25

  햄릿   지령이 여깄으니 짬 날 때 읽어 보게.
        하지만 이제는 내가 어떡했는지 듣겠나?

호레이쇼   간청합니다.

  햄릿   이렇게 사방으로 흉계에 걸렸을 때 —
        머리말을 떠올리기도 전에 내 두뇌가   30
        연극을 시작했어. — 난 자리에 앉아서
        새 지령을 구상하고 매끈하게 그걸 썼지 —
        나도 한땐 이 나라 정객들이 그리하듯
        매끈한 필체를 속되다 여기고
        어떻게 그 공부를 잊을까 힘깨나 썼었지.   35
        하지만 이젠 그게 충복의 역할을 해 줬어.
        뭐라고 썼는지 알고 싶나?

호레이쇼   예, 왕자님.

  햄릿   국왕이 보내는 진지한 탄원인데
        영국이 자신의 충실한 속국이고
        그들의 우정이 종려처럼 번성하며   40
        평화가 언제나 풍요의 화환 쓰고

둘 사이의 친목에 다리가 되어야 한다는 둥
비슷하게 막중한 이유를 많이 들고
이 내용을 읽어 보고 알게 되는 그 즉시
더 이상의 논란 없이 휴대한 자들을   45
참회할 시간조차 주지 말고 갑자기
죽이라고 말했지.

호레이쇼　　　　　　　　　어찌 봉인하셨지요?

햄릿　글쎄, 바로 그것조차도 하늘이 보살폈어.
덴마크 옥새의 원본인 부친의 인장이
내 지갑에 있었다네. 나는 그 서찰을   50
꼭 같은 형태로 접어서 서명하고 도장 찍어
바꿔친 건 절대 몰래 감쪽같이 갖다 뒀지.
그러다가 그다음 날 해전이 벌어졌고
연이어 일어난 일들은 자네가 이미 다
알고 있는 것들이야.   55

호레이쇼　그럼, 길든스턴과 로젠크랜츠는 갔군요.

햄릿　아니 이봐, 이 임무는 그들이 자원했어.
그들은 내 양심에 거리끼지 않는다네,
자기들이 교묘히 빌붙다가 파멸했어.
저급한 인간들이 두 막강한 적대자가   60
독이 올라 주고받는 칼 틈에 껴드는 건
위험한 일이지.

호레이쇼　　　　　　　허, 뭐 이런 왕이 있나!

햄릿　자넨 어찌 생각하나? 내가 해야 할 일로서 ─
나의 왕을 시해하고 어머닐 더럽히고
내 희망과 국왕 선출 사이에 불쑥 끼고   65
내 목숨을 노리고 이따위 속임수로

	낚시를 던진 자를 — 이 손으로 보내는 게	
	양심상 완벽하지 않겠어? 또 이런	
	암적인 존재가 계속 악을 범하도록 놔두면	
	저주받지 않겠어?	70
호레이쇼	영국에서 그쪽 일의 결과가 어땠는지	
	머지않아 그에게 알려 올 것입니다.	
햄릿	멀지는 않을 테지. 그 짬은 내 것이야.	
	인간의 삶이란 '하나' 하면 끝나니까.	
	하지만 호레이쇼, 내가 레어티스에게	75
	이성을 잃은 건 대단히 유감이네.	
	왜냐하면 내 처지로 미루어 보았을 때	
	그 심정을 아니까. 용서를 구하겠네.	
	근데 분명 그의 휘황찬란한 비탄에	
	내 격정이 치솟았지.	
호레이쇼	어, 이리 온 게 누구죠?	80

궁정인 오스릭 등장.

오스릭	왕자님의 귀국을 충심으로 환영하옵니다.	
햄릿	대단히 고맙네. — 자네 이 똥파리를 아는가?	
호레이쇼	모릅니다, 왕자님.	
햄릿	그게 한결 축복받은 처지야, 그를 안다는 건 죄악이니	
	까. 저자는 비옥한 땅을 많이 가졌어. 수많은 짐승의	85
	주인이면 짐승 같은 놈이라도 자기 여물통을 왕의 식	
	탁에 올려놓을 수 있지. 촌놈이지만 말했듯이 흙은 넓	
	게 소유했어.	
오스릭	왕자님, 한가로우시다면 전하께서 알려 주라고 하신	

게 있사옵니다.   90

햄릿   그걸 받겠네, 정신을 바짝 차리고 말일세. 모자를 올바
      른 용도로 써야지, 머리를 위한 건데.

오스릭 감사합니다, 왕자님. 아주 더워서요.

햄릿   아니, 정말 대단히 추운데. 북풍이 불고 있어.

오스릭 사실이지, 꽤 춥습니다, 왕자님.   95

햄릿   그렇지만 내 체질엔 아주 텁텁하고 덥다고 생각되는데.

오스릭 굉장히요, 왕자님, 아주 텁텁한데요, — 이를테면 — 그
      정도는 알 수 없죠. 왕자님, 전하께서 제게 말씀하시기
      를 왕자님을 두고 큰 내기를 걸었으니 알려 주라 하셨
      습니다. 저, 그 내용은 —   100

햄릿   (모자를 머리에 쓰라고 신호를 보내며) 잊어버리진 말고 —

오스릭 예 왕자님, 제 편의상, 정말입니다. 저, 최근에 레어티
      스 공께서 궁정에 왔는데 — 정말이지 완벽한 신사로
      서 아주 빼어난 자질과 아주 부드러운 예법과 멋진 외
      모로 가득하답니다. 정말이지, 엄격히 말하자면 그는   105
      신사도의 좌표 또는 장부랍니다. 왕자님께선 신사가
      보고 싶어 하는 모든 것의 집합체를 그에게서 찾아내
      실 테니까요.

햄릿   이보게, 자네가 그를 설명하는 데 빠진 건 없네. 물론
      그를 조목조목 나누어 따져 보려면 산술 기억력에 혼   110
      란이 올 것임을 알지만, 그럼에도 불구하고 그의 배가
      빠르다고 우왕좌왕하지는 말아야지. 하지만 진실로
      칭송컨대 난 그를 대단한 물건으로, 또 그의 품질은 참
      으로 희귀하다고 간주하므로 참된 언어로 그를 표현
      하자면 그와 유사한 자는 그의 거울이고 그의 뒤를 밟   115
      을 자는 그의 그림자밖엔 없지 않겠는가.

오스릭	그에 대해 아주 빈틈없이 말씀하십니다.
햄릿	관련성은? 우리가 왜 이 신사를 우리같이 덜 세련된 입에 올리지?
오스릭	예?
호레이쇼	다른 말을 쓰시면 이해할 수 있지 않을까요? 분명 그렇게 해 주실 겁니다.
햄릿	이 신사를 거명하는 까닭이 무엇인가?
오스릭	레어티스요?
호레이쇼	그의 지갑이 벌써 비어 버렸습니다. 황금 언어를 다 써 버렸군요.
햄릿	그를 말함이네.
오스릭	무지하지 않으신 줄 아옵니다만 —
햄릿	그렇게 알아주면 좋겠네. 하긴 정말 그렇게 해 줘도 내 마음에 썩 들진 않겠지만. 자, 그래서?
오스릭	레어티스 공이 얼마나 뛰어난지에 대해 무지하지 않으시 —
햄릿	그건 감히 고백하지 않겠네, 그와 나를 우수성에 있어서 비교하지 않으려면 말일세. 하지만 다른 사람을 잘 안다는 건 자기를 안다는 말이지.
오스릭	제 뜻은 그의 무기 사용이었는데. 하지만 그가 상대하는 이들의 평가에 의하면 그는 견줄 사람이 없다고 합니다.
햄릿	그의 무기는 뭔가?
오스릭	세검과 단검입니다.
햄릿	그의 무기 가운데 두 가지군. 그런데.
오스릭	왕자님, 국왕께선 그에게 바바리 말 여섯 필을 거셨고, 이에 대해 그는 제가 알기로 프랑스제 세검 및 단검 여

120

125

130

135

140

섯 자루를 그에 딸린 혁대, 검고리 등과 같은 부속품들
과 함께 잡혔습니다. 그중 운반틀 셋은 사실 취향이 아 145
주 만족스럽고 칼자루와 썩 잘 어울리며 아주 정교한
운반틀인 데다 아낌없이 재간을 부린 것이옵니다.

햄릿   무엇을 운반틀이라 하는지?

호레이쇼 머지않아 왕자님께서 여백의 주를 읽고 가르침을 받
아야 되실 줄 알았습니다. 150

오스릭   운반틀이란 왕자님, 검 고리이옵니다.

햄릿   그 단어는 우리가 대포를 옆구리에 차고 운반할 수 있
다면 더 사실에 부합하겠구먼. — 그때까진 검 고리이
면 좋겠네. 하지만 계속하게. 바바리 말 여섯 필을 상
대로 프랑스제 검 여섯 자루 및 부속품과 아낌없이 재 155
간을 부린 운반틀 셋이라 — 이건 덴마크 대 프랑스
식 내기로군. 이런 걸 왜 자네 말마따나 — 잡혔지?

오스릭   왕자님, 국왕께선 두 분이 열두 번을 싸울 경우 왕자
님에 대한 그의 가격이 세 번을 넘지 못할 거라고 내기
를 거셨습니다. 구 대 십이로 내기를 거셨지요. 그리고 160
왕자님께서 답을 주시면 당장 시합에 들어갈 것이옵
니다.

햄릿   내가 못 하겠다고 답하면?

오스릭   왕자님, 제 말은 시합에서 몸소 대적하신다는 뜻이옵
니다. 165

햄릿   이보게, 난 여기 큰 방 안을 걷고 있겠네. 전하만 괜찮
으시면 하루 중 이때는 내 연습 시간이네. 수련검을
가져오도록 하게, 그 신사분이 원하고 왕께서 결심을

142행 바바리 말 당시 높이 평가되었던 아라비아 말. (뉴케임브리지)

지키신다면 난 왕을 위하여 이길 것이며 이길 수 있다
네. 못 이긴다면 수치심과 몇 대 더 얻어맞는 게 고작   170
일 테지.

오스릭   그렇게 전해 드릴까요?

햄릿   그런 취지로. 자네의 성향에 맞는 어떤 미사여구를 쓰
든지 간에.

오스릭   왕자님께 경의를 표하옵나이다.   175

햄릿   자네에게.   (오스릭 퇴장)
자기에게 표하는 건 잘하는 일이지, 자기를 위해 그래
줄 사람은 아무도 없으니까.

호레이쇼   이 조숙한 댕기물떼새는 알껍데기를 쓴 채로 달아났
습니다.   180

햄릿   저 친구 분명 젖 빨기 전에 젖꼭지에게 인사부터 했겠
어. 그래서 그는 — 또 이 찌꺼기 같은 시대가 편애하
는 많은 비슷한 패거리들은 — 요즈음 유행어와 습관
적인 만남으로부터 일종의 거품 같은 허풍을 배운 다
음 엄선되고 정선된 의견을 가진 사람들 사이를 그야   185
말로 완벽하게 뚫고 다닌다네. 하지만 그들을 시험 삼
아 불어 보기만 하면 거품은 날아가 버리지.

귀족 한 사람 등장.

귀족   왕자님, 전하께서 젊은 오스릭을 통해 전갈을 보내셨

179행 댕기물떼새
이 새는 알에서 깨어난 지 채 몇 시간도   처럼 알껍질을 쓴 채로 도망갔다.'라는 말
지나지 않아 둥지 밖으로 나간다는 점에   은 설익은 젊은이의 전형을 나타내는 속
서 특이하다고 한다. 그래서 '댕기물떼새   담이다. (아든)

고 그가 되돌아와 왕자님께서 복도에서 기다리신다
했습니다. 전하께서는 저를 보내시어 왕자님께서 레 190
어티스와 시합을 하실 의향인지 아니면 시간이 더 필
요한지 알아보라 하셨습니다.

햄릿   내 의도는 변함없으니 국왕의 뜻을 따르겠네. 그분이
       문제없으시다면 난 준비되었네. 지금 혹은 언제라도,
       단, 내가 지금처럼 활력이 있다면.   195

귀족   국왕과 왕비와 모든 분들이 내려오십니다.

햄릿   때마침 잘됐군.

귀족   왕비께서는 시합에 들어가기 전에 왕자님께서 레어티
       스 공에게 예의를 좀 표했으면 하십니다.

햄릿   온당한 충고를 하셨네.   (귀족 퇴장)   200

호레이쇼   지실 것입니다, 왕자님.

햄릿   난 그렇지 않다고 생각해. 그가 프랑스로 간 뒤에도 난
       계속 연습했어. 주어진 점수 차로 이길 거야. 자넨 여
       기 내 맘속의 모든 게 얼마나 안 좋은지 상상도 못 할
       걸세. ─ 하지만 상관없어.   205

호레이쇼   하지만 왕자님.

햄릿   기우일 뿐이야. 여자라면 아마 신경 쓸지도 모르는 그
       런 종류의 걱정거리이지.

호레이쇼   뭐든지 마음에 걸리면 그에 따르십시오. 제가 이곳으
       로 오시는 분들을 막고 왕자님이 준비가 안 됐다고 말   210
       씀드리지요.

햄릿   전혀 그럴 것 없네. 우린 전조를 무시해. 참새 한 마리
       가 떨어지는 데도 특별한 섭리가 있잖은가. 갈 때가 지

212~213행 참새…있잖은가 마태복음 10장 29절.

금이면 아니 올 것이고 아니 올 것이면 지금이겠지. 또
지금이 아니라도 오기는 할 것이고. 마음의 준비가 최   215
고야. 누구도 자기가 남기는 게 무엇인지 모르는데 일
찍 떠나는 게 대수란 말인가? 내버려 두게.

　　　탁자가 준비된다. 나팔수, 고수, 쿠션을 가진 관리들,
　　　　　왕, 왕비, 레어티스, 오스릭, 귀족들과
　　　　　수련검 및 단검을 든 시종들 등장.

　왕　　자 햄릿, 내가 주는 이 손을 잡아라.
　　　　　　　　　　　　　　(레어티스의 손을 햄릿 손에 쥐어 준다.)
　햄릿　　이보게, 용서해 주게나. 자네에게 잘못했어.
　　　　하지만 자네는 신사이니 용서하게.   220
　　　　내가 심한 착란으로 어떤 벌을 받는지
　　　　여기 있는 분들은 다 알고 자네도 틀림없이
　　　　들었겠지.
　　　　자네의 효성과 명예와 그리고 반감을
　　　　거칠게 일깨웠을 내 행동은 광기였다는 걸   225
　　　　여기서 공표하네. 햄릿이 레어티스에게
　　　　잘못을 범했다고? 햄릿은 절대 아냐.
　　　　햄릿이 자신으로부터 납치를 당하여
　　　　그 자신이 아닐 때 레어티스에게 잘못하면
　　　　그것은 햄릿이 한 게 아냐. 햄릿은 부정하네.   230
　　　　그럼 누가 한 짓이지? 그 사람의 광기가.
　　　　그렇다면 햄릿은 해를 입은 쪽이며

217행 내버려 두게 오는 사람들을 막지 말게.

광기가 불쌍한 햄릿의 적이라네.
자, 이 증인들 앞에서
의도된 악행을 내가 부인할 테니   235
너그러운 마음으로 나를 해방시키고
지붕 넘어 쏜 화살로 내가 내 형제를
다쳤다고 여겨 주게.

레어티스   이러한 경우에
복수심을 가장 자극하는 건 효성인데
그 점에선 만족이오. 하지만 명예에 관해선   240
거리를 두고서 이름을 상하지 않기 위해
명망 있는 스승들로부터 화해를 권하는
발언과 선례를 들을 때까지는
아무 타협 않겠소. 하지만 그때까진
왕자님의 호의를 호의로 접수하고   245
저버리지 않겠소.

햄릿   흔쾌히 승낙하고
형제간의 이 내기를 맘 편히 겨루겠네. ―
수련검을 가져오라.

레어티스 자, 나도 하나.

햄릿   레어티스, 자네를 빛내 주지. 내가 무지하니까   250
자네의 재주는 가장 짙은 밤중의 별처럼
확실히 타오를 것이야.

레어티스   저를 조롱하십니다.

햄릿   아닐세, 이 손에 맹세코.

왕   오스릭, 둘에게 수련검을 주어라. 햄릿 조카,
내기를 알고 있지?

햄릿   아주 잘 압니다, 전하.   255

	전하께서 약한 쪽에 점수 차를 두셨지요.	
왕	걱정하지 않는다. 두 사람을 봐 왔어.	
	근데 그가 낮다니까 점수 차를 두었다.	
레어티스	이건 너무 무겁소. 다른 것 좀 봅시다.	
햄릿	난 좋은데. 검들의 길이는 다 같은가?	260
오스릭	예, 왕자님. (둘은 경기를 준비한다.)	

포도주 잔을 든 하인들 등장.

왕	포도주 잔들을 저 탁자에 올려놔라.	
	햄릿이 첫 번째나 두 번째로 득점하면	
	아니면 세 번째 회전에서 한 점을 만회하면	
	흉벽 위의 대포를 모두 다 발사하라.	265
	국왕이 햄릿의 활력 위해 건배할 것이며	
	잔 속에는 덴마크 왕들이 사대에 걸쳐서	
	왕관에 매달았던 것보다 더 화려한	
	합진주를 빠뜨리겠노라. — 술잔을 이리 줘. —	
	그리고 고수는 나팔수에게 고하라.	270
	그리고 나팔수는 밖에 있는 포수에게	
	대포는 하늘에게, 하늘은 땅에게 고하라,	
	'왕이 지금 햄릿 위해 마신다.'고. 시작하라.	

(그동안 나팔 소리)

| | 그리고 판관들은 한눈팔지 말도록. | |
| 햄릿 | 자, 덤비게. | 275 |

269행 합진주
특별한 진주의 이름. 원문에 '합일'이란 뜻
이 있기 때문에 이렇게 옮겼다. 이 단어는

330행에서 햄릿이 왕에게 강제로 남은 독
주를 먹일 때 신랄하고 냉소적인 효과를
발휘한다.

레어티스	갑니다, 왕자님.	(둘이 경기한다.)
햄릿	일 점.	
레어티스	아닙니다.	
햄릿	판정은?	
오스릭	일격, 아주 분명한 일격입니다.	280
레어티스	그럼, 다시.	
왕	멈춰라, 술을 다오. 햄릿, 이 진주는 네 것이다.	
	네 건강을 위하여! (북소리. 나팔 소리. 대포 발사)	
	그에게 잔을 줘라.	
햄릿	먼저 이 한판을 치르고요. 잠시 뒤라.	
	덤비게. (그들은 다시 경기한다.)	285
	또 일격. 안 그런가?	
레어티스	정말 인정합니다.	
왕	왕자가 이기겠다.	
왕비	저 애가 땀나고 숨찼어요.	
	햄릿, 이 손수건 받아서 이마를 닦아라.	
	왕비가 행운을 빌면서 마시겠다, 햄릿.	290
햄릿	고맙습니다.	
왕	거트루드, 마시지 마오.	
왕비	마실게요, 전하, 용서해 주십시오.	
	(술을 마시고 잔을 햄릿에게 내민다.)	
왕	(방백) 저것은 독배인데. 이미 너무 늦었다.	
햄릿	아직 감히 못 마셔요, 마마 — 잠시 후에.	295
왕비	자, 얼굴을 닦아 주마.	

282~283행 햄릿…위하여
왕은 진주를 높이 들고 햄릿의 건강을 위 주 형태의 독이 든 알약을 잔 속에 빠뜨린
하여 먼저 축배를 든다. 그런 다음 그 진 다. (뉴케임브리지)

레어티스	전하, 이제 그를 찌르겠습니다.
왕	안 될걸.
레어티스	(방백) 그래도 이건 꽤나 양심에 걸리는군.
햄릿	삼 회전에 나오게, 레어티스. 장난만 치는군.
	부탁이야, 최대한 격렬하게 찔러 보게. 300
	버릇없는 애처럼 나를 볼까 염려되네.
레어티스	그래요? 덤비시오. (둘이 경기한다.)
오스릭	양쪽 모두 영점이오.
레어티스	이제 맛 좀 봐라.

> (레어티스가 햄릿을 다치고
> 난투 중 그들은 칼을 바꿔 쥔다.)

왕	저들을 떼어 놔라, 흥분했다. 305
햄릿	아니, 다시 덤벼.

> (그가 레어티스를 다친다. 왕비가 쓰러진다.)

오스릭	저기, 왕비를 돌봐 드려, 중지!
호레이쇼	양편 모두 피 흘리오. 괜찮아요, 왕자님?
오스릭	괜찮아요, 레어티스?
레어티스	허, 멧도요처럼 내 덫에 걸렸다네, 오스릭. 310
	내가 배신했기에 당연히 죽는다네.
햄릿	왕비는 어떠신가?
왕	피를 보고 졸도했다.

304행 이제…봐라
이 비극의 위기를 어떻게 연출해야 할지에 대한 단서는 어디에도 없는 듯하다. 무대의 관례로는 보통 4회전에서 준비가 안된 햄릿에게 레어티스가 돌진하여 끝 곧고 독 묻은 칼로 가벼운 상처를 입힌다. 무언가 술수가 있음을 눈치 챈 햄릿이 격렬한 칼싸움을 벌린 후 레어티스의 칼을 떨어뜨리고 그것을 집어 들어 독이 묻어 있음을 안다. 때로는 햄릿이 잔인하게 자신의 수련검을 레어티스에게 내민다. 그러고는 햄릿이 레어티스에게 상처를 입힐 때까지 칼싸움이 계속된다. (뉴케임브리지)

왕비	아냐, 아냐. 저 술, 저 술! 오, 내 아들 햄릿!	
	저 술, 저 술! 난 독살됐다.	(죽는다.)
햄릿	오, 악행이다! 여봐라, 문을 닫아걸어라.	315
	배신이다! 찾아내라.	(오스릭 퇴장)
레어티스	그건 여기 있습니다. 왕자님은 살해됐소.	
	이 세상 어떤 약도 소용이 없습니다.	
	그 몸 안엔 반시간의 생명도 안 남았소.	
	배신의 흉기는 왕자님 손 안에 있습니다,	320
	끝 곧고 독 묻은 채. 흉계가 저 자신에게	
	되돌아온 거지요. 보십시오, 전 쓰러져	
	다시는 못 일어납니다. 모친께선 독살됐소.	
	이제는 기운이 없군요. 왕 — 왕의 책임입니다.	
햄릿	칼끝에 독이라고! 그럼, 독이여 퍼져라. (왕을 다친다.)	325
모두	반역이다! 반역이다!	
왕	오, 보호해 주시오 여러분. 다쳤을 뿐이오.	
햄릿	옜다, 이 근친상간하고 살인하고 영벌받은	
	덴마크 왕 놈아, 이 독배를 비워라.	
	네가 말한 합진주가 여깄느냐?	330
	어머닐 따라가라.	(왕이 죽는다.)
레어티스	그는 죽어 마땅하오.	
	그것은 그가 몸소 준비한 독약이오.	
	용서를 나눕시다, 햄릿 왕자님.	
	저와 제 부친 죽음, 그대 탓이 아니고	
	그대의 죽음 또한 제 탓이 아니기를.	(죽는다.) 335
햄릿	하늘이 용서해 주기를! 나도 그대 따르리라.	
	난 죽었네, 호레이쇼. 딱한 마마, 안녕히.	
	이 사태에 창백하게 떨면서 벙어리들처럼	

이 막을 관람만 하고 있는 여러분께
시간만 있다면 — 이 냉혹한 저승사자, 죽음이   340
어김없이 잡아가니 — 오, 말할 수 있는데 —
하지만 관두지요. 호레이쇼, 난 죽었네,
자넨 살고. 궁금한 이들에게 나와 내 명분을
올바로 전해 주게.

호레이쇼   절대 그리 못 합니다.
전 덴마크인보다는 고대 로마인입니다.   345
여기 아직 독이 좀 남았군요.

햄릿   자네는 사나이니
그 잔을 내게 주게. 놔, 빼앗고 말 테야.
오 이런, 호레이쇼, 사태를 이렇게 덮어 두면
내 이름에 얼마나 큰 상처가 남겠는가!
자네가 날 마음속에 품은 적이 있다면   350
천상의 열락일랑 잠시 동안 미뤄 두고
이 험한 세상에서 고통 속에 숨을 쉬며
내 사연을 말해 주게.   (멀리서 행진곡, 안에서 포성)
          저 무슨 포성인가?

오스릭 등장.

오스릭   폴란드를 정복하고 되돌아오는 길에
포틴브래스 왕자가 영국 사신들에게   355
요란한 예포를 쏩니다.

345행 고대 로마인 가치 없는 삶보다 자살을 선택한 로마 사람들. 카토와 브루투
스 같은 사람들이 대표적인 예이다.

햄릿	오, 난 죽네, 호레이쇼.

강한 독이 내 기를 완전히 꺾어 놨어.

영국 소식 듣기까지 살 수는 없지만

포틴브래스의 선출을 미리 말해 두겠네,

죽어 가는 내게서 지지를 받았어.　　　　　　　　360

그렇게 알려 주게, 그런 결정 재촉한

크고 작은 일과 함께 — 그 나머진 침묵이네. (죽는다.)

호레이쇼	고귀한 심장이 이제야 터졌구나.

사랑하는 왕자님, 고이고이 잠드소서.

천사 노래 들으시며 안식처로 가소서.　(안에서 행진곡)　365

고수들이 왜 이리로 오는 걸까?

포틴브래스, 영국 사신들,

그리고 북과 군기를 든 군인들 등장.

포틴브래스	이 참경은 어딨느냐?
호레이쇼	무얼 보시렵니까?

슬픔이나 경악이면 찾기를 멈추시오.

포틴브래스	이 시체 더미는 살육을 외친다. 오만한 죽음아,

영원한 네 암실에서 무슨 잔치 벌이려고　　　　　370

이 많은 왕족들을 이리도 무참하게

일격에 쓰러뜨렸느냐?

사신 1	끔찍한 광경이오.

그리고 우리의 영국 업무 보고는

너무 늦게 도착했소. 그의 명을 실행했고

369행 죽음　의인화된 죽음. 죽음의 신.

로젠크랜츠와 길든스턴은 죽었단 얘기를 375
들어 주실 그분 귀는 감각을 잃었군요.
고맙단 말씀은 어디서 듣지요?

호레이쇼   그의 입은

고맙다 할 생명이 있다 해도 아닙니다.
그는 결코 그들의 죽음을 명하지 않았소.
근데 이 피비린 문제에 시의도 적절하게 380
당신은 폴란드 전쟁에서 그리고 당신은
영국에서 당도하셨으니 명을 내려
시신들을 전망 좋은 높은 단에 올려놓고
아직도 모르는 세상 사람들에게 이런 일이
어떻게 생겼는지 설명하게 해 주시오. 385
그러면 음탕하고 잔혹하며 천륜을 어긴 행위,
우연 천벌, 우발 살인, 간계와 술책으로
빚어진 죽음과, 또 이번 결말에서
목표가 빗나가 모사꾼의 머리를 맞춘 일도
들으시게 될 겁니다. 제가 이 모든 걸 390
진실되게 전달할 수 있습니다.

포틴브래스   서두시오.

최고위 귀족들도 청중으로 부르시오.
나로서는 이 행운을 슬프게 껴안겠소.
나는 이 왕국에 기억 속의 권리가 있는데
이 호기를 맞아서 그걸 주장하겠소. 395

호레이쇼   그 문제에 대해서도 말씀드릴 겁니다,
지지를 더 끌어올 그분 입을 빌려서.
하지만 사람들 마음이 격앙된 바로 이때
이 일을 곧 실천에 옮기도록 해 주시오,

음모와 과실에 더하여 더 많은 불상사가   400
생기지 않도록.

포틴브래스   네 명의 부대장이
햄릿을 무사처럼 단상으로 운반하라.
왜냐하면 그가 만약 직을 수행했더라면
최고의 왕이 됐을 테니까. 그리고
이분의 서거를 기리는 군악과 군례를   405
소리 높이 울리도록.
시신을 들어라. 이와 같은 광경은
전장에나 어울리지 여기선 흉하구나.
나가서 병사들이 조포를 쏘게 하라.

(시신을 메고 행군하며 모두 퇴장한 후

여러 발의 조포가 울린다.)

작가 연보

1564년   아버지 존 셰익스피어와 어머니 메리 아든의 장남으로
스트랫퍼드어폰에이번에서 태어남. 4월 26일 세례 받음.

1582년   11월 여덟 살 연상의 앤 해서웨이와 결혼.

1583년   딸 수재너 태어남. 5월 26일 세례 받음.

1585년   아들 햄닛과 딸 주디스(쌍둥이) 태어남. 2월 2일 세례 받음.

1588-1589년   런던에서 최초의 극작품들이 공연됨.

1588-1590년   식구들을 두고 런던으로 감.

1590-1591년   3부작 『헨리 6세(Henry VI)』.

1592-1594년   시집 『비너스와 아도니스(Venus and Adonis)』,
『루크리스의 강간(The Rape of Lucrece)』 출간.
두 시집 모두 사우샘프턴 백작에게 헌정.
로드 체임벌린스 멘 극단의 주주가 됨.
『리처드 3세(Richard III)』,
『실수 희극(The Comedy of Errors)』,
『티투스 안드로니쿠스(Titus Andronicus)』,
『말괄량이 길들이기(The Taming of the Shrew)』,
『베로나의 두 신사(The Two Gentlemen of Verona)』.

1595 – 1597년	『사랑의 헛수고(Love's Labour's Lost)』,
	『존 왕(King John)』, 『리처드 2세(Richard II)』,
	『로미오와 줄리엣(Romeo and Juliet)』,
	『한여름 밤의 꿈(A Midsummer Night's Dream)』,
	『베니스의 상인(The Merchant of Venice)』,
	『헨리 4세 1부(Henry IV, Part 1)』,
	『윈저의 즐거운 아낙네들(The Merry Wives of Windsor)』.

1596년   아들 햄닛 사망.
부친의 문장을 사용하는 것을 허가받음.

1597년   스트랫퍼드에서 뉴 플레이스 저택 구입.

1598 – 1599년   『헨리 4세 2부(Henry IV, Part 2)』,
『대단한 헛소동(Much Ado About Nothing)』,
『헨리 5세(Henry V)』, 『줄리어스 시저(Julius Caesar)』,
『좋으실 대로(As You Like It)』.
셰익스피어의 극단이 새로운 글로브 극장으로 옮겨 감.

1600년   『햄릿(Hamlet)』.

1601 – 1602년   시집 『불사조와 산비둘기(The Phoenix and the Turtle)』 출간.
『십이야(Twelfth Night, or What You Will)』,
『트로일로스와 크레시다(Troilus and Cressida)』,
『끝이 좋으면 다 좋다(All's Well That Ends Well)』.

1601년   부친 사망. 9월 8일 장례.

1603년	엘리자베스 여왕 사망. 스코틀랜드의 제임스 6세가 영국의 제임스 1세가 됨. 셰익스피어의 극단이 킹스 멘이 됨.

1603년　엘리자베스 여왕 사망. 스코틀랜드의 제임스 6세가
　　　　영국의 제임스 1세가 됨.
　　　　셰익스피어의 극단이 킹스 멘이 됨.

1604년　『잣대엔 잣대로(Measure for Measure)』, 『오셀로(Othello)』.

1605년　『리어 왕(King Lear)』.

1606년　『맥베스(Macbeth)』,
　　　　『안토니와 클레오파트라(Antony and Cleopatra)』.

1607년　6월 5일 딸 수재너 결혼.

1607-1608년　『코리올레이너스(Coriolanus)』,
　　　　『아테네의 티몬(Timon of Athens)』,
　　　　『페리클레스(Pericles)』.

1608년　모친 사망. 9월 9일 장례.

1609-1610년　『심벌린(Cymbeline)』, 『겨울 이야기(The Winter's Tale)』.
　　　　『소네트(Sonnets)』 출간.
　　　　셰익스피어의 극단이 블랙프라이어스 극장을 매입.

1611년　『태풍(The Tempest)』.
　　　　스트랫퍼드로 은퇴.

1612-1613년　『헨리 8세(Henry VIII)』, 『카르데니오(Cardenio)』,
　　　　『두 귀족 친척(The Two Noble Kinsman)』.

1616년	2월 10일 딸 주디스 결혼.
	스트랫퍼드에서 4월 23일 사망.
1623년	글로브 극장 시절의 동료 배우 존 헤밍과 헨리 콘델이
	편집한 셰익스피어의 극작품들이 이절판으로 출판됨.
	부인 앤 해서웨이 사망.

셰익스피어 전집 4
비극 I

1판 1쇄 펴냄. 2014년 6월 10일
1판 4쇄 펴냄. 2022년 4월 29일

지은이. 윌리엄 셰익스피어
옮긴이. 최종철
발행인. 박근섭·박상준

펴낸곳. (주)민음사
출판등록 1966. 5. 19. 제16-490호
주소. 서울시 강남구 도산대로1길 62(신사동)
        강남출판문화센터 5층(우편번호 06027)
대표전화. 02-515-2000 | 팩시밀리 02-515-2007
홈페이지. www.minumsa.com

978-89-374-3124-1 04840
978-89-374-3120-3 (세트)

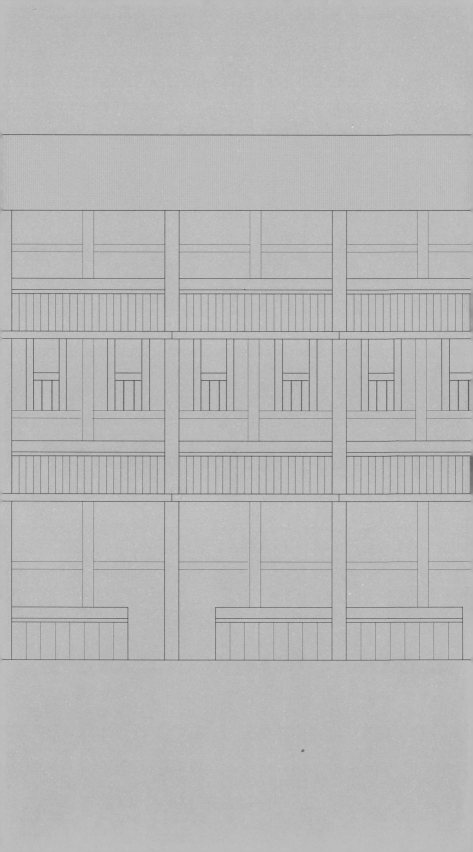